PATRICE VAN EERSEL

La Source noire

Révélations aux portes de la mort

GRASSET

LA SOURCE NOIRE
RÉVÉLATIONS AUX PORTES DE LA MORT

Patrice Van Eersel est né en 1949. Il est journaliste à Actuel, *où ses grands reportages à la recherche des « télescopages primitifs-futuristes » du monde contemporain — de l'Amérique à l'U.R.S.S. en passant par l'Afrique — l'ont amené à consacrer une part croissante de son attention aux grands visionnaires de notre époque, particulièrement dans les domaines de la naissance et de la mort.*

Longtemps, lorsqu'un homme mourait, ses proches étaient heureux de pouvoir dire : « Soyez tranquille, il a eu le temps de se préparer. » Aujourd'hui, pour la première fois dans l'histoire, on se rassure : « Consolez-vous, il ne s'est rendu compte de rien. »
De la mort, nous avons tout oublié, tout ce que notre culture avait érigé en sagesse. Même la science est devenue ignorante. Tellement que des savants tirent la sonnette d'alarme : il faut, disent-ils, réhabiliter l'agonie, écouter les mourants, étudier ce passage aussi capital que la naissance.
Psychiatres, cardiologues, chirurgiens, biologistes et physiciens, dans les laboratoires les plus sophistiqués des Etats-Unis, de Grande-Bretagne, de France (récemment), mais encore en Inde et partout dans le monde, analysent, sondent, interrogent la mort, ou du moins ceux qui ont frôlé la mort, collectionnent leurs récits, examinent leurs témoignages, confrontent leurs expériences... Et l'on découvre que la mort cacherait une clarté à l'éblouissante beauté, pleine de vie, pourrait-on dire. La source noire. Aux portes de la mort, c'est une nouvelle approche de la vie, de la connaissance, de la mémoire...

A Jean-Marie et Yseult, mes parents.
Aux infirmières et aides soignantes,
héroïnes silencieuses de cette histoire.

A l'écoute des agonisants les Occidentaux redécouvrent la mort de l'intérieur.

Je suis de la race des broussards iconoclastes. Si tu ne m'avais pas fait danser, je ne t'aurais jamais crue.

Je tiens à remercier tout particulièrement ici Francis Bueb, qui m'a poussé à écrire ce livre, le journal **Actuel,** *dont les reportages ont miraculeusement coïncidé avec mon enquête, Derek Gill, pour sa longue et minutieuse biographie d'Elisabeth Kübler-Ross, la tribu de Saint-Maur, pour son soutien quotidien pendant les deux années de rédaction, Denis Bourgeois et Monique Mayaud enfin, pour leur lecture attentive du manuscrit.*

I

LES SOMNAMBULES

1

Huis clos avec trente mourants

A NEW YORK, les copains s'étaient moqués de lui quand Emile leur avait dit qu'il prenait l'avion pour Poughkeepsie. Il ignorait où se trouvait ce bled. « C'est dans la banlieue! » s'était esclaffé Sam, le pédé jovial chez qui il habitait, dans la 77ᵉ Rue. Finalement, il avait renoncé à la voie aérienne et pris le métro *grandes distances*. A une heure de Manhattan, un bus l'avait ensuite conduit en dix minutes jusqu'à Wappingers Falls. Là, au sommet d'une colline couverte de bouleaux et de sapins, il avait rendez-vous avec EKR. Dans un monastère franciscain.

Sans le vouloir, il fut en avance, ce qui lui permit de voir arriver les autres. Tous les autres. Car il n'était pas seul au rendez-vous avec EKR. Près d'une centaine de personnes étaient attendues, ce 21 janvier 1984, à Wappingers Falls. « Quatre-vingt-treize, exactement », avait précisé au téléphone le secrétaire de Shanti Nilaya, d'un ton catégorique qui ne voulait laisser aucun doute : c'était beaucoup trop. Le séminaire était *overbooked*, plus une seule place de disponible. A tout hasard, Emile avait alors appelé EKR elle-même, dans sa maison de Virginie, et elle avait dit oui. Une chance qu'il ait eu son numéro de téléphone. Au dernier moment, elle disait toujours oui à une ou deux personnes supplémentaires, au grand agacement de ses assistants. Emile était un veinard. Il n'aurait pas traversé l'Atlantique pour rien.

Ils arrivèrent les uns après les autres. A midi, ils étaient tous là. A trois exceptions près (un jeune cancéreux italien, un toubib bolivien et Emile, Français), rien que des Américains. Quatre-vingt-dix Yankees bien typiques. De quoi ravir un statisticien avide de représentativité. On trouvait vraiment de tout dans le séminaire d'EKR : des hommes, des femmes, des doux, des agressifs, des barbus, des glabres, des intellos, des manuels, le plus jeune devait avoir dix-huit ans et la plus âgée, soixante-dix bien tassés. Du sur mesure. Un seul groupe social se trouvait surreprésenté : les mourants.

Ou les parents de mourants. Ou leurs enfants. Le tiers, environ, des participants au séminaire d'EKR étaient des gens directement confrontés à la mort. Tel était le but du voyage d'Emile en Amérique : passer une semaine, nuits et jours, enfermé entre quatre murs avec des hommes et des femmes menacés – à court terme – par la plus sombre des altesses. La mort.

Les choses, à vrai dire, démarrèrent plutôt gaiement. Sandy, l'une des trois assistantes d'EKR, avait été prévenue de la venue d'Emile par une amie commune, et elle l'accueillit à l'américaine; avec de grands cris de joie – « *Sooooo nice to meet you!!!* » C'était une énorme rousse. Elle l'écrasa contre sa poitrine et l'embaucha sur-le-champ pour préparer la salle où le séminaire aurait lieu. Quatre-vingt-treize sièges en plastique, à disposer en trois demi-cercles concentriques, autour des fauteuils d'EKR et de ses assistantes. Avec au centre, formant comme une scène incongrue, un matelas couvert d'un drap immaculé, deux oreillers et une énorme pile d'annuaires périmés.

Après avoir déposé leurs affaires dans la cellule qu'un vieux moine chauve leur indiquait, la plupart des arrivants échouaient, l'air un peu gauches et désœuvrés, dans la salle centrale. A mesure qu'il les voyait débarquer, Emile ne pouvait s'empêcher de se demander lesquels étaient mourants et lesquels, comme lui, n'étaient venus que pour s'informer. Mais rien ne trahissait la moindre défaillance. Les visages et les corps semblaient égaux. On aurait pris cent personnes au hasard dans une rue de Boston ou de Chicago qu'on aurait obtenu exactement le même résultat. Les gens faisaient connaissance et commençaient à former de petits groupes au hasard des premières affinités. Des rires se mettaient à fuser. Dehors, le soleil avait chassé les nuages et l'atmosphère fut soudain si gaie qu'Emile craignit de s'être trompé. Se pouvait-il réellement qu'il y ait des mourants dans l'assistance ?

En ce cas, ils cachaient bien leur jeu. A moins que... Il regarda le matelas, au centre de la pièce. Allait-on y allonger une personne grabataire, un malade à la toute dernière extrémité ? Mais alors, il n'y aurait de place que pour un seul mourant, or... Une nausée, soudain, lui souleva les boyaux, et il mit fin à toute spéculation, rigoureusement incapable de demander à quiconque, même en aparté : « Mais alors, dites-moi un peu, qui est mourant dans cette histoire, et qui ne l'est pas ? » L'autre s'en serait vraisemblablement tiré par un « Nous le sommes tous, cher ami ! » et Emile préférait faire l'économie de ce genre de boutade. Une cloche sonna, annonçant le déjeuner.

Un moine gigantesque servait la purée à la louche. On mangeait par tables de douze. Emile constata aussitôt que, mourants ou pas, les Américains conservaient un formidable coup de fourchette. Le hasard le plaça à côté de son compagnon de cellule. Un dénommé Phil, originaire de Brooklyn, assez grand, mal rasé et rougeaud, qui ne lui fit pas la meilleure impression. Sur la défensive, presque aussi sarcastique qu'un Français, il prenait visiblement plaisir à faire s'enliser les conversations. Une blonde de quarante ans, assez jolie mais les yeux plutôt cernés, trouvait les programmes universitaires terriblement chargés. Sa fille venait d'entrer en première année d'architecture à Philadelphie, et elle était déjà écrasée de travail.

« Ha, ha, ha! ricanait le gros Phil. Qu'elle renonce! L'archi, je connais! Je suis architecte moi-même. Enfin presque. Figurez-vous que... »

Soudain, Emile la vit. Deux tables plus loin, juste en face de lui. Oui, c'était elle, pas de doute. Petite, le menton volontaire, à peine plus âgée que sur les photos (elle avait, quoi... soixante ans?), EKR grignotait un bout de pain en écoutant son voisin.

Du coup, le reste de la conversation échappa à Emile, qui, jusqu'à la fin du repas, ne put quitter du regard l'étrange petite dame. Elle ne touchait à son repas que du bout des lèvres – pourtant, rien en elle n'évoquait l'anémie. Puis, de nouveau, la cloche sonna et chacun reprit le chemin de la grande salle du séminaire.

L'ambiance demeurait des plus gaies. EKR prit place dans son fauteuil et demanda, avec un épouvantable accent suisse-allemand : « Quelle chanson connaissez-vous? » Aussitôt, deux guitares sortirent de leurs étuis et l'assemblée partit d'un bloc dans quelque vieille rengaine du folklore américain. Commencèrent-ils par *Sweet Chariot* ou *Kumbaya my Love*? En bon Français, Emile en resta d'abord sidéré et les fesses serrées : qu'une centaine de personnes, encore étrangères les unes aux autres, puissent se mettre à pousser la chansonnette à pleins poumons sans l'ombre d'une hésitation, voilà qui n'était pas monnaie courante chez lui. Il commença donc par ironiser en son for intérieur sur ces indécrottables boy-scouts de Nordiques. Mais une énorme énergie se mit à circuler dans la pièce et, se laissant brusquement aller, il eut la chair de poule. Puis les chants cessèrent, et tout changea.

EKR ne prit la parole que quelques instants. Juste le temps de demander que, chacun à son tour, les participants se lèvent, se présentent et disent en deux mots ce qui diable les amenait ici. En cinq minutes, une invraisemblable tension s'empara de l'assistance.

Les deux premières présentations furent anodines. Deux femmes, l'une de New York, l'autre de Boston, s'étaient inscrites au séminaire, la première parce que sa mère s'éteignait lentement, de plus en plus gâteuse, et qu'elle ne savait plus à quel saint se vouer, l'autre simplement parce qu'elle se sentait « si mal dans sa peau ». Elles parlaient d'une voix hésitante, sans trop se mouiller.

« O.K! » se dit Emile, qui bâillait déjà, persuadé d'avance que toutes les présentations en resteraient à ce niveau très tiède d'implication (qu'allait-il pouvoir dire lui-même?), et qu'à raison de deux minutes par personne, il faudrait s'en payer trois bonnes heures d'affilée.

Mais voilà que quelqu'un d'autre se lève. C'est une jeune femme, elle aussi, très belle, aux longs cheveux roux. Elle dit deux mots, et toute l'atmosphère se trouve électrisée : elle vient de perdre son mari, atteint d'un cancer des os, un mal fulgurant. Elle tient dix secondes... et se met à sangloter comme si un poignard lui transperçait le cœur.

Emile sent sa gorge tout d'un coup très sèche.

Son voisin, un petit brun sautillant, déglutit sans arrêt. Submergée de larmes, la jeune veuve doit se rasseoir sans pouvoir achever sa phrase, la bouche ouverte de douleur. Une quatrième personne se lève et se met, elle, à sangloter immédiatement. Encore une femme. Elle a un accent du Sud. On comprend mal ce qu'elle dit. Elle crie : « Je ne veux pas mourir ! Je ne veux pas mourir ! »

« Qu'a-t-elle ? demande quelqu'un à voix basse dans le dos d'Emile.

— La leucémie », murmure une autre voix.

Maintenant, tout le monde est pâle. Et déjà le cinquième participant se lève. C'est un homme. Il est vraiment blanc, et sa barbe ressort, très noire. Un psychiatre. Il dit qu'il se pose des milliers de questions sur sa façon d'exercer son métier. Il parle plus longtemps que les autres, ce qui donne un sorte de répit. Mais tout de suite, ça repart. Le prochain est également un homme. Un brun, moustachu, athlétique. Il tient le coup une bonne minute. Il explique qu'il est ingénieur, qu'il habite Washington et qu'il... qu'il ne s'est... jamais consolé de la mort de son petit garçon, il y a dix ans de cela. A son tour, il fond en larmes. Cette fois, Emile ressent un coup de poing en pleine poitrine. Un homme viril qui pleure, ça fait toujours un drôle d'effet. Quand c'est à propos de la mort d'un enfant, et que le bonhomme se mord les poings en disant : « Jimmy ! Mon petit Jimmy ! » peu de gens résistent. Ils se mettent à pleurer dans tous les coins.

Le moustachu se rassied et le manège continue. EKR ne dit rien. Son visage demeure impassible. Mais son regard est intense. Elle ne quitte pas une seconde des yeux la personne qui parle. L'atmosphère est à présent tellement tendue, que même les présentations « anodines » prennent un tour pathétique. Tout le monde a la voix blanche. Certains avouent ne pas savoir pourquoi ils sont venus. D'autres s'étendent longuement sur des misères apparemment insignifiantes. Mais tous les trois ou quatre témoignages, une nouvelle explosion de souffrance jaillit d'une bouche et transperce les poitrines.

Quand sonne la cloche du dîner, les présentations sont à peu près terminées, et l'assistance, littéralement harassée, ne s'exprime plus qu'à voix basse. Maintenant les masques sont jetés. Emile n'en revient pas : derrière leur apparence bon enfant, la plupart des gens vivent un calvaire épouvantable. Il y a là une bonne dizaine de cancéreux, cinq homosexuels atteints du sida, six personnes, dont deux couples, jamais remises de la mort d'un enfant, cinq vétérans du Viêt-nam, psychiquement en loques depuis qu'ils en sont revenus, une demi-douzaine de veufs ou de veuves... Emile perd le fil. Il ne compte plus. Lui-même fait partie de la petite moitié « en bonne santé », et qui ne porte pas de deuil insurmontable. Quand son tour vient de se présenter, il se surprend à avouer d'une voix presque chevrotante que la mort l'a longtemps harcelé – et qu'elle ne semble s'être lassée de le réveiller d'effroi, la nuit, qu'après sa rencontre avec une femme. Une femme bien précise. La femme de sa vie. Mais le souvenir de ses longues années de terreur le hante encore, et rien ne dit que les choses doivent en rester là...

Les gens se lèvent enfin, les yeux rouges, et descendent lentement vers le réfectoire. L'atmosphère aimablement bavarde du début de la journée a disparu. Et pourtant, les choses ne font que commencer. Emile ne sait encore rien du séminaire d'EKR.

2

La nausée de l'adolescent
au petit jour

QUEL frelon enragé a pu piquer ce garçon? Traverser l'Atlantique pour aller s'enfermer avec des mourants! Emile souffre de cette gale dont on dit qu'elle fait l'homme : il est fasciné par sa propre mortalité. Emile est né chrétien, mais les deuils qui ont jalonné son enfance ressemblaient trop à des implosions d'horreur brute pour que rien de religieux n'y puisse prendre sens. Les yeux boursouflés de larmes, les visages rougis à vif, le désespoir haché des survivants tuaient net le baratin des prêtres. Emile traversa ces ruissellements âpres sans broncher. Le cœur sec. Jusqu'à cette aube de l'été de ses dix-neuf ans.

A vrai dire, il faisait encore noir. Emile s'était brusquement réveillé dans une grande chambre non meublée, sur un lit de camp. Sa famille, récemment rapatriée du Maroc, survivait tant bien que mal, dans une baraque sans eau ni électricité, du côté de Castres. Ses frères allaient à l'école tous les jours avec les mêmes habits, et son père s'escrimait à convaincre les banquiers du Tarn de l'intérêt de relancer l'élevage caprin dans le haut pays. La déchéance et la pauvreté rôdaient. Seul Emile s'en sortait d'un pied, déjà inscrit en fac, à Paris. L'été venu, de retour parmi les siens, tout le choc de l'exode le submergeait. Au point de le réveiller en sursaut, à l'aube.

Il faisait encore noir, et pourtant quelque chose d'imperceptible disait que la lumière était sur le point d'éclore. Une couleur, plutôt. Une couleur qui n'en était pas une. Une tache très vaguement kaki devant lui, dans l'obscurité. Une couleur si faible et si fade qu'Emile en eut instantanément mal au cœur. Jamais il n'avait ressenti un pareil spasme, si mou, si écœurant, entre le diaphragme et le foie. Il gisait là, grelottant malgré l'été, dans son sac de couchage en nylon, et il contemplait cette tache de lumière kaki à peine visible : on ne l'apercevait qu'en la regardant légèrement de côté; de face, elle disparaissait – la rétine présente cette étrange faiblesse centrale.

Le nom de la tache lui avait aussitôt sauté à la gorge : c'était la mort. Pourquoi la mort? Il eût été bien incapable de le dire. Elle était là, c'était monstrueusement indéniable. Là, dans cet infect soupçon de lumière. Sa mort. Celle des autres. Celle de tout. De tous. Des jolies filles. Des chiens. Des enfants.

Finalement, il comprit l'artifice matériel qui provoquait la scène : la fenêtre, devant lui, était voûtée et les volets, carrés, ne pouvaient empêcher la lumière de pénétrer par l'arrondi supérieur des vitres. Du coup, ces vitres avaient été couvertes pendant la guerre, d'un morceau de papier d'emballage, que nul n'avait jamais songé à retirer. Vingt ans plus tard, c'était ce papier qui donnait à l'aube cette couleur fade. Cette lueur qu'Emile ne put jamais oublier.

A dater de ce jour, il s'éveilla presque toutes les nuits, en sueur, les pieds glacés, la certitude de la mort lui traversant le torse de son cimeterre épouvantable. La présence de Nadia à ses côtés – une toute jeune femme, brune et chaude, qu'il venait d'épouser – n'y pouvait rien : tout le monde allait y passer. « Même mon fils, se répétait-il inlassablement, même mon fils! »

Une nuit, l'angoisse lui fit pousser un cri qui réveilla Nadia. Elle se serra contre lui en murmurant : « Tu m'embêtes mon amour, dors! » Mais Emile s'était figé. Raide comme un os, il postillonna d'une voix sifflante dans l'oreille de la jeune femme : « Comment peut-on oublier une seule seconde? Comment font-ils, pour vaquer à leurs besognes, quand on sait que *rien* ne subsistera? »

Nadia l'enveloppa de ses bras ronds et répondit, sans ouvrir les yeux : « Allez, tu l'auras, la gloire! Tu seras un grand, un très grand révolutionnaire, et tu laisseras un souvenir immortel derrière toi. Mais dors, maintenant, je t'en prie... »

Emile s'arracha d'un bond brutal aux bras de sa femme et alla s'écrouler, les dents serrées, sur le tapis, la tête dans les poings. Elle n'y comprenait donc rien, elle non plus? La gloire? Ils pouvaient bien tous se la mettre au cul! Il lui aurait fallu celle de Dieu lui-même pour ne plus se tordre d'angoisse en cet instant. Nulle célébrité, fût-elle mondiale et illustrissime, n'était à l'abri de l'effacement total. Du scandale infini. Et c'était atrocement douloureux.

Seul le jour, en revenant, délivra Emile de sa torture. Il s'endormit épuisé.

3

Comment le docteur Simpson découvrit que les aliens sphériques ne lui voulaient pas de mal

Rotterdam

LE docteur Simpson étouffe. Une fois encore, il cherche à porter sa main à sa gorge. Mais il est trop faible. Il est... Qu'est-il? Quel minuscule filet de voix peut encore dire « Moi » au fond de lui? Des tuyaux de plastique verts et blancs lui sortent du nez et de la gorge. Par la fenêtre embuée de l'hôpital, il aperçoit la neige qui commence à tomber sur Rotterdam, et la grosse infirmière rousse, qui vient changer ses bocaux de perfusion. Puis il perd connaissance, et sa tête s'affaisse lentement sur le côté gauche. L'infirmière pose ses bocaux et donne aussitôt l'alarme. Sans conviction. Le docteur a soixante-douze ans, son cœur archi-usé s'est totalement arrêté de battre. Il vient vraisemblablement de sombrer dans son dernier coma.

Quand l'équipe de réanimation arrive, trois minutes et demie plus tard, l'interne – un nouveau qui n'a encore jamais vu le docteur Simpson – fait la grimace. Le vieillard ne doit guère peser plus de soixante-cinq livres. Il ne semble même plus respirer. L'interne lui prend le pouls : rien. Le docteur Simpson paraît bien mort. Une fraction de seconde, le jeune médecin hésite : doit-il tenter de ranimer le vieillard malgré tout? Un bref échange de regard avec l'anesthésiste achève de le convaincre. C'est bien fini.

Pourtant l'interne ne peut se résoudre à ne rien faire. Il est trop novice, c'est trop angoissant. Il y a une seringue, prête, remplie d'un stimulant cardiaque bleuté, à réveiller un cheval de granit. D'un geste sec, il dégage la poitrine chenue et abominablement maigre du docteur Simpson et lui enfonce l'aiguille jusqu'au cœur. Injection. Puis ils attendent deux longues minutes. Rien ne se passe. Le docteur est bel et bien mort. Sans ouvrir la bouche, l'interne fait un signe de la tête à l'infirmière et sort, suivi du reste de l'équipe.

L'infirmière prend les mains du mort – qui avaient glissé de part et d'autre du lit – et les remet à plat sur le drap. A peine les a-t-elles lâchées qu'elles se mettent à bouger! La grosse femme pousse un cri. L'interne, déjà loin, revient en trombe. Stupéfaction : le docteur Simpson se réveille! Le stimulant cardiaque a donc agi quand même? Mais leur étonnement vire à la franche catalepsie quand, malgré tous ses tuyaux, le vieil homme se redresse soudain dans son lit et, d'une voix à peine compréhensible, se met à marmonner : « Du papier... Un crayon... Je veux prendre des notes... »

L'équipe de réanimation demeure pétrifiée. Seule l'infirmière finit par réagir. Elle tire un bloc-notes de la poche de sa blouse et tend, incrédule, son stylo à bille au vieillard. Sans perdre une seconde, celui-ci se met à écrire d'une main tremblante.

A écrire quoi? Ce qu'il raconte semble relever du délire le plus total.

A peine me suis-je senti perdre conscience, écrit en substance le vieux médecin (après avoir brièvement relaté son état de santé mortellement avancé), qu'une sorte de glissade en arrière m'a fait me retrouver dans un monde totalement étranger. Un monde terrifiant, où je n'avais plus ma forme habituelle, mais celle d'un cube. Un cube parfait, taillé dans je ne sais quoi.

A la rigueur aurais-je supporté cet état, si je n'avais aussitôt senti qu'on s'approchait de moi. Des êtres, peu à peu, me devinrent perceptibles (je ne saurais dire comment, je ne possédais aucun de nos sens habituels). Ces êtres n'étaient pas cubiques comme moi, mais sphériques, et, lentement, ils s'approchaient de moi. Bientôt leur intention me devint évidente : ils voulaient que je devienne comme eux, et une vague de terreur me submergea. Bien que ne comprenant strictement rien à ce qui ce passait, j'eus l'intuition d'une menace redoutable. Je hurlai : « Allez-vous-en! » et je tâchai de me recroqueviller au maximum sur moi-même.

Mais ces horribles sphères demeuraient là, m'encerclant et m'effleurant de temps en temps. Chacun de leurs attouchements faisait grandir mon effroi. J'étais comme prisonnier d'un film d'épouvante. Je m'en fis d'ailleurs la remarque, tout en hurlant (du moins est-ce le souvenir que j'en conserve) : « Ne me touchez pas! Je ne veux pas devenir comme vous! »

De ma vie je n'ai connu une peur aussi intense. Le plus étonnant tient à la nature intime de ce qui les rendait effrayants. La chose est quasi inexprimable. Le seul mot qui puisse vaguement rendre ce qu'ils m'inspiraient est ironie. Je sais que cela paraîtra déconcertant, mais ces « sphères » dégageaient à mon endroit quelque chose de moqueur, qui décuplait mon envie panique de les voir s'éloigner.

Finalement, sans disparaître, elles se tinrent à une

certaine distance. Je constatai alors que je me trouvais dans un paysage aride et encaissé, comme terré au fond d'un canyon en plein désert. Ce n'était pas l'atmosphère habituelle d'un cauchemar classique. Je me sentais réellement perdu.

Enfin mon « cube » fut aspiré en lui-même et je me retrouvai dans mon lit, à l'hôpital, devant la grosse infirmière poupine que je connais bien. Je lui demandai aussitôt du papier et un crayon.

Pourquoi, s'étonnera-t-on, cette hâte à transcrire une hallucination? A peine étais-je réveillé qu'une sorte de lueur m'a empli la tête. J'ai revu toute la scène. En moins de temps qu'un éclair, j'ai saisi que je m'étais totalement trompé : à aucun moment ces « entités » étranges ne m'avaient voulu du mal. Au contraire, en les revoyant défiler dans mon souvenir, je me suis aperçu qu'elles avaient été, en réalité, extrêmement bien intentionnées. Juste un peu « amusées » par ma frayeur. C'est cet « amusement » que je n'avais pas supporté.

Comment dire le formidable sentiment de remords que j'éprouve maintenant? En fait, c'est ce remords qui m'a fait me relever et demander du papier et un crayon sur un ton si pressant. Bien que conscient des apparences totalement fantaisistes de mes propos, je tiens à dire ici que cette brève et fulgurante expérience a bouleversé ma conception du monde. Je suis sûr, désormais, et impatient, de revoir ces êtres étranges. Après ma mort.

Dr Philip Simpson.

Ce qui avait le plus étonné le jeune interne et son équipe de réanimation, à l'époque, c'était l'incompréhensible énergie dont le vieux médecin avait fait preuve pour écrire ces quelque six cents mots. Le contenu du message ne les intéressa point.

4

Vive l'overdose finale!

Paris-Los Angeles

QUANT à moi, cher Jo, je m'en vais te dire par quel biais sournois le destin m'a jeté un beau jour dans cette étrange histoire. On était au tout début du printemps de 1981 et la nuit s'annonçait tranquille, rue Réaumur, où nous avions relancé le journal quelques mois plus tôt. Nous venions de boucler le numéro d'avril et l'ambiance était au papillonnage. Il n'y avait pas d'urgence, chacun feuilletait mollement la pile de magazines qu'il avait devant lui, à la recherche de nouveaux sujets. Parlant allemand, je me retrouvais automatiquement avec un tas de *Stern* et de *Spiegel* sur ma table. Des journaux sérieux, solides, crédibles, *made in Germany*. (L'affaire du faux journal intime de Hitler, publié en 1983 par *Stern*, n'était pas encore venue jeter son ombre trouble et amusante sur la presse d'outre-Rhin. Et je ne savais pas encore moi-même sur quelle piste bizarroïde, voire loufoque, l'imperturbable *Spiegel* allait me jeter!)

Il ne devait pas être loin de vingt-trois heures quand je tombai sur un article intitulé « Un pied dans l'au-delà », dans la rubrique « Recherche sur la mort ». Je me rappelle l'heure, parce que j'avais rendez-vous avec un ami pour dîner, et que j'ai lu l'article, presque sans lever les yeux, dans l'escalier, puis dans la rue et à la pizzeria Armando, rue de Turbigo. Cet article!

Je fus tout de suite électrisé. Le texte s'étendait sur trois pages, illustré par des photos de Liz Taylor, de Charles Aznavour et d'un certain docteur Ronald Siegel, psychologue à l'université de Los Angeles. Les deux vedettes n'étaient là que pour attirer l'œil – elles avaient toutes deux été victimes d'un grave accident –, le vrai héros, c'était le savant. On disait que Ronald Siegel apportait enfin une explication scientifique aux étranges visions ramenées des rives de la mort par les gens qu'on avait réussi à ranimer *in extremis*.

Comme la plupart de mes amis (je m'en rendis compte par la suite), j'avais déjà vaguement entendu parler de ces « visions ». La toute première fois, c'était, je crois, à la télévision, sur la deuxième chaîne.

Un professeur de philosophie de Toulon (le professeur Robert Blanchard, que j'allais rencontrer bien plus tard) avait raconté une invraisemblable mésaventure. Il avait dix-neuf ans, disait-il, lorsqu'on avait dû l'opérer d'une hernie, à l'hôpital de Poitiers. A la fin de l'opération, au lieu de se réveiller normalement, il avait repris conscience... hors de son corps. Comment cela? Eh bien, il prétendait qu'il s'était senti flotter dans une sorte d'« espace carré dont le plafond se perdait dans les nuages ». Très vite, il s'était dit : « Ma parole, mais je suis mort! » Contre toute attente, pourtant, cette situation lui avait paru agréable. Il ne s'était jamais senti aussi bien. Calme, infiniment calme; et libre comme l'air.

Au bout d'un moment, une force mystérieuse l'avait tiré vers le bas. Trouvant la chose désagréable, Robert Blanchard avait tenté de résister, mais en vain. L'attraction était trop forte, et il s'était mis à descendre. A descendre vers quoi? Vers son propre corps, qu'il avait fini par apercevoir, allongé, inanimé, quelques mètres plus bas, entouré de bonnes sœurs en cornette – l'hôpital était tenu par des religieuses. Cette scène avait duré un instant, puis la mère supérieure était arrivée et s'était mise à gifler violemment le jeune homme. Alors s'était produite une chose que Robert Blanchard n'a jamais oubliée : lentement, il avait eu la sensation de *réintégrer son corps, comme on enfile une combinaison*, en y entrant par la tête. Une impression extrêmement pénible, car cette « combinaison physique » s'avéra être infiniment lourde, douloureuse et surtout de plusieurs tailles trop petite. Quand enfin son regard s'était retrouvé « derrière ses yeux », comme derrière des lunettes, son corps avait recommencé à bouger, au grand soulagement des bonnes sœurs qui l'imaginaient déjà mort.

Dans la suite de l'émission, d'autres *rescapés de la mort* avaient raconté des histoires encore plus folles. Certains disaient qu'une fois « hors de leur corps », ils s'étaient envolés vers une lumière resplendissante, tout au fond d'un tunnel, et que de cette lumière émanait un « incommensurable sentiment d'amour ». Certains récits étaient émaillés de détails paradisiaques abracadabrants – il était question de palais de cristal, de farandoles de parents morts depuis longtemps, de papillons géants.

Qu'on ait pu trouver à ces visions une explication scientifique me passionna d'emblée. Que disait donc le docteur Ronald Siegel? C'était assez simple. Du moins, pour qui possède quelques vagues notions de chimie du cerveau.

Notre cerveau contient quelques centaines de milliards de neurones, et chacune de ces cellules est reliée à ses semblables par, en moyenne, un bon millier de passerelles – ce qui fait, au bas mot, plusieurs milliers de milliards de connexions. Un impensable ordinateur. Or, la nature de ces connexions est aussi fascinante que leur nombre. L'influx nerveux, c'est-à-dire le transporteur de nos sensations et de nos pensées, circule sur un mode électrique tant qu'il se promène *à l'intérieur* d'un neurone. Dès que cet influx parvient à l'une des passerelles, pour tenter de passer dans la cellule suivante, il est traduit dans un langage chimique. En réalité, il faudrait d'ailleurs plutôt utiliser l'image d'un ravin que celle d'une passerelle, car à l'endroit où deux neurones se rejoignent, il n'y a pas de pont mais une fente, une minuscule fente de quelques millionièmes de millimètres, que l'on appelle la *synapse*. En 1981, aux congrès de neurobiologie, c'était déjà une vieille star, la synapse ! J'avais lu quelques ouvrages sur elle en 1977, quand, dans une sorte de fièvre positiviste, le journal avait décidé de consacrer à la science une part beaucoup plus grande de nos efforts.

Bref, nous voici avec quelques milliers de milliards de fentes dans lesquelles toutes les informations qui nous font vivre sont convoyées par des messagers chimiques. Toutes sortes de messagers chimiques. C'est une véritable pharmacie. Certains messagers vous réveillent. D'autres vous font rigoler, d'autres vous donnent envie de faire l'amour, de manger, de courir, de dormir ou de mordre... Un incroyable cocktail, dont on a franchement du mal à se représenter « humainement » la réalité, dans la mesure où cette symphonie chimique se déroule à des milliers de milliards d'endroits à la fois, avec des centaines de types de messagers différents.

Ce qui m'amusait le plus, à l'époque, c'était le cousinage étroit de ces messagers chimiques, aussi appelés *neuromédiateurs*, avec ce que nous avons coutume d'appeler les « drogues ». C'est d'ailleurs de cette façon que les drogues du commerce agissent sur nous : leurs molécules se font passer pour des neuromédiateurs. Ainsi les amphétamines et la mescaline se font-elles passer pour de la dopamine ou de l'adrénaline (et tout s'accélère); la morphine se déguise en agent provocateur des sécrétions de sérotonine (et toute douleur disparaît); l'HCH, principe actif de la marijuana, joue la même imposture envers la noradrénaline (et les émotions entrent dans la danse). En un mot, le cerveau est le plus grand dealer de tous les temps. Non seulement il dispose, à l'insu de la police, du plus grand arsenal de drogue qui se puisse imaginer, mais ces drogues sont d'une concentration et d'une précision tout à fait redoutables. Un millionième de gramme de sérotonine de trop dans votre hypothalamus – cette partie du cerveau dont le vieux docteur MacLean aimait dire que nous l'avions en commun avec les crocodiles – et hop! votre bonne humeur vire à la colère, votre léthargie à l'euphorie, ou au désespoir, selon la dose.

J'en reviens au docteur Ronald Siegel. Que disait-il donc dans l'article du magazine allemand? En gros, qu'au moment où l'organisme sent la mort venir, il libère automatiquement une énorme quantité de ses drogues synaptiques, provoquant ainsi une sorte d'overdose endogène et naturelle. D'où cette sensation d'euphorie, si souvent citée par les rescapés de la dernière minute.

Une overdose naturelle!

Au moment de mourir, nous aurions tous droit à une belle overdose gratuite, avec la garantie – les témoignages cités par le *Spiegel* ne laissaient aucun doute – d'un *très* beau voyage. Je me rappelle l'exaltation dans laquelle nous plongea la lecture de cet article cette nuit-là. Une overdose naturelle! Et automatique! Pour tout le monde! Personne n'échapperait à l'assaut final de la délinquance intérieure! C'était superbe. Et plus besoin de s'en faire quant à la sale impression du terminus, de l'effroyable moment blanc, du drôle de vertige dégoûtant entre la montagne et le vide, entre le plein et le rien : l'effacement de l'être se ferait d'un coup de gomme cosmique hilarante. La mort se passerait complètement *stoned*, complètement *raide*. C'était d'ailleurs bien connu, ne dit-on pas tomber *raide mort?* Nous rîmes tels des crétins, et Armando nous resservit à boire plusieurs fois, ce soir-là.

Le lendemain, je proposai le sujet au comité de rédaction : « Les visions de la mort expliquées par la chimie du cerveau. » Trop sensationnaliste? Bah, on pouvait aussi bien appeler cela « Du rôle des neuromédiateurs en phase terminale », mais pourquoi toujours adopter la langue de bois des robots? Nous aimions appeler un cul un cul et, après tout, on parlait de la mort, non? de la mort des hommes, et *c'était* sensationnel.

Les copains trouvèrent l'idée bonne. La proposition fut acceptée. Fait amusant : le sens unique de mon autocensure. Jamais je n'aurais osé proposer aux copains un sujet sur les « visionnaires de la mort ». C'eût été... je ne sais pas, trop bizarre, trop fumeux. Malsain. En revanche, que des produits chimiques permettent d'expliquer les visions de sainte Thérèse d'Avila, c'était magnifique! Vive la science! Vite, un billet pour l'Amérique! J'avais de la chance, grande est parfois la pureté du niais.

C'est ainsi que je me retrouvai dans un avion pour Los Angeles. Avec un seul rendez-vous dans mon agenda : l'éminent docteur Ronald Siegel, psychologue à l'université de Californie, m'attendait de pied ferme. Sacré Ronald! Sans lui, je ne me serais jamais intéressé à cette affaire. Grâce à la photo du *Spiegel*, je connaissais déjà son visage; un fin renard à lunettes, les cheveux longs, l'air amusé. Dans l'avion, j'essayais d'imaginer comment il avait pu s'y prendre pour faire sa découverte. Par quel biais avait-il réussi à prouver que les visions des moribonds étaient provoquées par une brutale émission d'endorphines? Lui-même était psychologue, pas neurochimiste. Mais, bien sûr, il devait travailler en équipe avec d'autres chercheurs. J'étais impatient d'en savoir davantage sur l'overdose finale.

Ici, par honnêté élémentaire, une petite mise au point s'impose. Mon impatience à rencontrer Ronald Siegel était évidemment ambivalente. Je m'en rendis compte tandis que l'avion traversait une légère bourrasque et que les mots *Attachez vos ceintures* se rallumèrent dans tous les coins. Les hôtesses pressèrent le pas, et aussitôt les mines des passagers se tendirent imperceptiblement. Oh, de presque rien! La vie continue. On sifflote. On se concentre un peu plus sur l'article qu'on est en train de lire. Quelqu'un rit très fort. Mais comment faire pour ne pas se rappeler soudain les dix mille mètres de vide au-dessous de son fauteuil?

Une sourde mélancolie me remonta dans les boyaux, contrebalançant à point nommé cette curiosité surexcitée et suspecte d'en savoir davantage sur la plus folle de nos frontières. Nostalgie. Eh oui! C'était ainsi! L'inexorable avancée de la science se payait du sacrifice d'un de nos derniers très vieux contes encore vivants. Je ne dis pas conte d'enfant. Les contes sont des récits destinés aussi bien aux vieux qu'aux petits. Et ils peuvent fort bien s'asseoir sur un fondement scientifique. Prenez la théorie actuelle du big-bang. Elle dit quoi? Qu'au début des temps, il y a dix-huit milliards d'années environ, tout l'univers était contenu dans un point plus petit qu'une tête d'épingle. Un point de rien. Une *singularité*. Hors de l'espace et du temps. Ça n'est pas admis pour tous les savants, mais bien par 90 p. 100 d'entre eux. Et vous? Vous y croyez? *Vous croyez réellement qu'il y a dix-huit milliards d'années tout l'univers était contenu dans un point de rien?* J'appelle cela un conte. Un conte vivant. Avec, en son centre, un mythe, vivant lui aussi, un rêve collectif, très fort, apparemment vital pour ces grands êtres qu'on appelle civilisations. Le conte du big-bang, c'est celui de la Genèse, évidemment. Eh bien, le docteur Ronald Siegel, avec sa découverte, il venait d'étrangler la dernière version d'un autre très vieux conte, me disais-je dans la bourrasque au-dessus de l'Atantique : la dernière version du conte de l'au-delà.

Plus le temps passait, plus je m'inventais une tragédie grecque où le docteur Ronald Siegel assassinait un très ancien archange, d'une simple équation chimique. Pauvre Ronald. C'était époustouflant.

Puis j'en eus assez de gamberger, et comme il y en avait encore pour des heures avant Los Angeles, je sortis de mon sac quelques documents dénichés à Paris au dernier moment, et je me mis à lire. Pour l'essentiel des articles médicaux. Les progrès de la médecine ont tout chamboulé. Les gens remontent de comas si profonds qu'on les aurait considérés bons pour la morgue il y a encore dix ans. Vous avez sûrement déjà vu ces salles de réanimation impeccables, vert et bleu pâle, entendu le lent va-et-vient de l'aérateur, et tous ces bruits de succion autour de l'orifice de la trachéotomie. Et le bip-bip de l'électrocardiographe, avec le petit écran verdâtre, rendu si célèbre par le cinéma, où soudain... Bon sang! on ne voit plus courir qu'une ligne horizontale! Le cœur de cette dame ne bat plus! La respiration s'est arrêtée. Regardez-la. Tout est fini depuis trois minutes. Mais le chirurgien insiste. Il appuie de toutes ses forces sur son plexus, bientôt relayé par son assistant qui applique les disques métalliques du défibrillateur sur la peau blanche de la poitrine morte. Et *vlan*! Et *vlan*!, le corps de la dame saute en l'air. Ça dure... quoi?... Cinq minutes, six, parfois dix, parfois quinze. Le cadavre est encore sous perfusion. Et tout d'un coup, allez savoir pourquoi, le cœur repart, et la « morte » se réveille. C'est déjà surprenant. Mais il y a plus surprenant encore. Sitôt réveillée, la dame engueule les médecins. Elle hurle :

« Je ne voulais pas revenir!

– Calmez-vous, dit le toubib.

– Elle délire, remarque une infirmière.

– Je ne voulais pas revenir, je ne voulais pas! »

Que se passe-t-il? D'où cette dame ne voulait-elle pas revenir? Dès qu'elle se calme, elle raconte des folies. Elle dit qu'elle a traversé des pénombres infiniment accueillantes, jusqu'à ce fameux grand « soleil » de jouissance pure. « J'étais si bien, dit-elle, mieux que ça : j'étais dans un état de béatitude... » Et des années plus tard, elle demeure convaincue de la réalité de son expérience. Sa peur de la mort a totalement disparu. Mes documents contenaient des dizaines d'histoires comme celle-là. Je les lus et relus. Enfin, l'hôtesse annonça la descente sur Los Angeles.

Juste le temps de jeter un œil au dernier de mes documents. Un petit livre à couverture rouge, offert la veille de mon départ par un ami, *Le Livre tibétain des morts*. J'en avais entendu parler, comme tout le monde, mais j'ignorais radicalement de quoi il s'agissait. Je fus plutôt surpris. C'était beau, baroque en diable, avec des dragons de feu à tous les coins de page. Mais dans un langage assez incompréhensible pour moi.

Simultanément apparaît la terne lueur verte du monde des animaux. Alors la force des illusions de tes penchants te fera avoir peur de la lumière aux cinq couleurs. Tu chercheras à fuir, te sentant au contraire attiré par la lueur terne du monde des animaux. C'est pourquoi, à ce moment-là, il ne te faut pas craindre la lumière aux cinq couleurs, rayonnante et éclatante, mais au contraire il te faut la reconnaître[1]...

Non, je n'y comprenais rien. Et nous arrivâmes à Los Angeles.

C'était mon premier voyage là-bas. J'aimai tout de suite. Les mêmes arbres qu'en Afrique du Nord, palmiers, eucalyptus; le même air trouble du chergui. Les villas. Celle du professeur Ronald Siegel était modeste, mais en plein Hollywood, une grosse bougainvillée écroulée sur le toit.

Un homme assez petit, plutôt pète-sec, avec un petit sourire en coin. Dans le hall d'entrée, une scène assez bizarre : deux jeunes femmes se tenaient accroupies sur un dallage noir et blanc, en train de classer des piles de *comics* d'horreur et de fanzines psychédéliques. Des bandes dessinées exclusivement consacrées à la came : histoires de camés, par des camés, pour des camés. Aux murs, des peintures d'Indiens Huichols, grands adorateurs du peyotl, dont les chamans connaissent quelques-unes des techniques de méditation les plus hardies qui soient. Mon hôte – je l'ignorais – avait l'air de s'y connaître. C'était sa spécialité : expert ès

* Les références des textes cités sont regroupées à la fin de l'ouvrage.

drogues à l'université et devant les tribunaux de Californie.

« Je les ai toutes goûtées, dit-il joyeusement en m'invitant à m'asseoir.

– Oh! Oh! Et alors? »

Je m'attendais bêtement à quelque récit échevelé en guise d'apéritif. Mais le professeur n'était pas un lyrique. S'il avait absorbé toutes ces drogues, c'était dans le seul dessein de mieux comprendre les mécanismes psychiques. Il s'était servi de son corps comme d'un laboratoire, rien de plus. Sa personnalité, elle, en était sortie, m'assura-t-il, inchangée.

En un sens, ces premières impressions me rassuraient. J'avais vaguement craint de tomber sur un scientifique coupé du monde des vivants, qui, pour expliquer l'amour, vous dit qu'il faut analyser la copulation, pour analyser la copulation, l'étudie chez le rat, vous chope deux pauvres souris en train de baiser, leur broie illico la cervelle, la triture, la mixe et la décante, avant d'exhiber fièrement un jus d'éprouvette en s'écriant : « Victoire, je viens de découvrir la molécule de l'amour! » Non, visiblement, le docteur Siegel n'était pas de ce type-là. L'étude des drogues, *in vivo* avait dû lui en apprendre long sur la nature humaine. Je n'insistai donc pas, et nous passâmes immédiatement au plat de résistance : comment s'y était-il pris pour découvrir l'explication exacte des visions ramenées des rives de la mort? Avait-on déjà réussi à isoler avec précision les neuro-médiateurs impliqués dans cette incroyable overdose naturelle?

Ronald Siegel eut un sourire entendu :

« Ce n'est pas compliqué. Toutes ces visions – dont on nous rebat, excusez-moi, un peu les oreilles – ressemblent trait pour trait aux visions provoquées par les drogues. Je dirais même que c'est exactement la même chose.

– Et c'est cette similitude qui vous a mis sur la piste ? »

Il eut l'air vaguement surpris :

« Quelle piste ?

– Je veux dire votre découverte. Celle dont parlait le *Spiegel*, vous savez, le...

– Ah! oui, j'ai lu leur article.

– Vous comprenez donc ma curiosité. J'aimerais que vous me racontiez l'histoire de votre découverte. »

Ronald Siegel réfléchit un instant, puis il dit :

« Le plus simple, c'est que je vous dise comment, à mon avis, les choses se passent quand on meurt. »

Il se lança alors dans une parabole assez jolie. Un peu la grotte de Platon, mais à l'envers : au lieu de servir une thèse idéaliste, elle en servait une chimique :

« Quand une personne va mourir, son énergie vitale baisse, ses sens s'affaiblissent, ses rapports avec l'extérieur s'amenuisent et c'est un peu comme si l'on fermait progressivement les volets d'une maison. Enfermée à l'intérieur, la conscience ne perçoit plus rien du monde. En revanche, elle aperçoit son propre reflet dans les vitres aux volets fermés et s'imagine que c'est le monde. Evidemment, la conscience se trompe. Elle se monte un cinéma.

– Comment cela se passe-t-il concrètement ?

– A partir du moment où vous avez compris ce que je viens de vous expliquer, tout le reste coule de source. La conscience du mourant perçoit son propre reflet dans les fenêtres sensorielles aux volets fermés (si vous me permettez une dernière fois cette image un peu enfantine), et, s'imaginant que c'est le monde extérieur, elle se met à projeter sur cet écran tous ses souhaits les plus fous. Les gens s'imaginent ainsi des paysages fabuleux, avec des arbres parleurs, des papillons géants, des... des scènes érotiques tout à fait extraordinaires... Or, comme ils savent bien, par ailleurs, qu'ils sont sur le point de mourir, eh bien, ils s'imaginent tout bonnement qu'ils sont au paradis. C'est aussi bête que ça. »

Il poursuivit avec un haussement d'épaules :

« Ce feu d'artifice d'illusions, que le cerveau nous procure dans les derniers instants de la vie, vous avez le droit de l'apprécier, bien entendu. Et même, d'ardemment le souhaiter. Après tout, mieux vaut mourir euphorique et dans l'illusion – n'est-ce pas? – que lucide et désespéré. En tout cas, c'est le parti qu'a choisi la nature, et il faut donc bien l'étudier. »

J'expliquai que c'était exactement ce qui m'amenait : l'overdose naturelle. Il tiqua :

« Quelle overdose?

– Oui, dis-je, le feu d'artifice final de tous les neuromédiateurs du cerveau. En deux mots, comment cela se passe-t-il?

– Oh! ça, répondit-il, ce n'est pas difficile à imaginer. Notez, là on sort de mon rayon et je préfère ne pas m'avancer.

– *Imaginer?* Mais... L'article du *Spiegel* parlait bien, n'est-ce pas, d'un mécanisme neurochimique précis, mis en branle à la fin de l'agonie...?

– Oui, répondit Ronald Siegel d'un ton détaché, ces journalistes allemands ont un peu... mélangé leurs informations. Je suis psychologue, la neurochimie n'est pas mon rayon. J'avais simplement dit que je *supposais* un possible processus impliquant des endorphines, rien de plus. Vous savez, la découverte du rôle hormonal des synapses est encore très récente. Attendons un peu. Tout laisse supposer que l'on finira par découvrir quelque chose de ce côté-là, au moment où l'organisme sent la mort imminente. »

Qu'on *finirait* par découvrir? Y avait-il maldonne? Etais-je venu spécialement de France pour une découverte que cet homme n'avait jamais faite? Pourquoi l'action des neurotransmetteurs au moment de la mort? Quel orage nerveux déclenchait l'overdose naturelle? Il avait tout imaginé! Il n'y connaissait rien! Plantage total. Non, c'était impossible. Ce type devait *forcément* avoir découvert quelque chose. Je décidai d'oublier momentanément la chimie du cerveau et interrogeai Ronald Siegel simplement sur la façon dont il avait mené à bien son travail. De quelles données s'était-il servi? Il avait quand même bien interrogé quelques-uns de ces visionnaires de la mort, non?

« Non, dit-il.

– Ah?

– Non, répéta-t-il, ça ne présente aucun intérêt pour moi. Suffisamment d'enquêtes ont paru sur le sujet ces dernières années. Il suffit d'en lire une, on a tout de suite compris. Si vous *connaissiez* les effets de la drogue sur la conscience, vous n'auriez aucun problème, monsieur, pour comprendre qu'on a strictement affaire aux mêmes processus. On peut donc très logiquement supposer les mêmes déterminismes neurochimiques en dessous. Je ne dis rien de plus. »

Cette fois, ma déception fut totale. Non que le raisonnement logique de Ronald Siegel me paraisse bancal, *mais il n'avait pas même interrogé un seul cas*! Il n'avait carrément pas étudié le phénomène! Cette fois, je ne comprenais plus. Ou plutôt si, j'étais tombé dans une arnaque!

Cet homme n'avait pourtant pas l'air d'un escroc. C'était un honnête professeur d'université américaine. Alors, où était la gêne? Le problème une fois ainsi posé, j'y vis tout de suite plus clair. Mais oui! le docteur Siegel avait un comportement... on aurait dit... qu'il avait peur!

« Vous semblez craindre quelque chose, professeur...

– Peur? Moi? Pas du tout. Et pourtant, il y aurait de quoi!

– Que voulez-vous dire? »

Il haussa les épaules :

« Il est possible, monsieur, que l'Europe ne soit pas encore au courant... Nous sommes tellement enclins à l'obscurantisme, ici, aux comportements irrationnels. L'Amérique, voyez-vous, c'est la Bible, le Ku Klux Klan, les soucoupes volantes! »

La conversation prenait un tour inattendu. De quoi diable s'agissait-il?

« Monsieur, dit Ronald Siegel d'un air grave, une vague de maccarthysme mental est en train de submerger une partie de l'élite scientifique de ce pays. Dans les années soixante, les psychiatres se sont pris de passion pour le LSD. On disait que ça allait révolutionner la planète. Aujourd'hui, c'est fini. Alors on trouve autre chose. Ça n'est plus LSD, mais NDE et toutes ces salades de vie après la mort. C'est extrêmement inquiétant.

– NDE? Une nouvelle drogue?

– Non, *near death experience*. C'est le nom qu'ils donnent à ces fameuses visions. Oh, ils ont inventé tout un jargon, pour mieux abuser leur monde! Mais nul ne peut s'y tromper : ils ramènent l'irrationnel dans les fondements mêmes de la science. C'est *très* inquiétant, monsieur. »

Le professeur en avait trop dit ou pas assez. Ce coup-là, il commençait à réellement m'intéresser, car sa démarche s'éclairait soudain d'une lumière nouvelle : dans cette affaire, il ne s'était donc pas tant comporté en scientifique qu'en idéologue.

C'était une conception du monde qu'il défendait! Et avec une passion telle qu'il n'avait pas hésité à avancer des hypothèses sans enquête! Et le *Spiegel* s'était fait, plus ou moins consciemment, son allié. A l'évidence, le système qu'il défendait était celui de l'orthodoxie scientifique. Les travaux sur les neuro-transmetteurs sont puissamment soutenus par l'industrie pharmaceutique. Normal : on fait des tas de découvertes dans ce secteur. Et l'on ne parle plus que de ça dans certains milieux. Pas une semaine ne s'écoule sans que les magazines scientifiques annoncent la découverte d'une nouvelle « drogue » du cerveau. La « drogue de la peur », la « drogue de l'amour », la « drogue de l'intelligence »... Et des milliers de chercheurs tentent de comprendre comment tout cela fonctionne – pour mieux aider l'humanité à se réguler, à trouver son « homéostasie », comme dit le professeur Laborit, son équilibre chimique interne, c'est-à-dire, en dernier ressort, son bonheur.

Malheureusement pour mon interlocuteur, aucune découverte de ce genre ne semblait encore avoir été faite dans le domaine mystérieux qui nous intéressait. Immanquablement, une question idiote me vint à l'esprit. Je demandai à Ronald Siegel quels étaient donc ces ennemis de la raison qu'il redoutait tant. Etaient-ils si forts?

D'un bond il m'entraîna dans une pièce voisine, se planta devant une bibliothèque et, faisant glisser son index sur une rangée de bouquins aux revers multicolores, déclara :

« Voilà, monsieur, les gens que je combats. Vous avez compris : ils sont très nombreux et gagnent beaucoup d'argent. Ils ont découvert qu'on pouvait faire fortune en racontant des sornettes sur la mort! »

Il me lut quelques titres :

« *Voix de l'au-delà*, par le psychologue T., *J'ai passé trente minutes chez les morts*, par Elisabeth H., une simple mère de famille devenue médium, *Les trépassés nous téléphonent*, par le révérend J., un prêtre, vous vous rendez compte! Ou celui-ci : *La mort n'existe pas*, par le parapsychologue C. Merveilleux, non? »

Je devais faire une mine consternée : Ronald Siegel éclata de rire.

« Je vois que vous avez enfin compris! Il y a là un énorme marché sur lequel les pseudo-savants dont je vous parlais se sont avidement branchés.

– Ne disiez-vous pas que l'*élite* scientifique elle-même était atteinte?

– L'irrationnel a le vent en poupe. Et vous avez même des gens intelligents qui cèdent. Par peur, par lâcheté et respect humain... il faut croire que la crise générale des valeurs fait remonter de très vieilles choses mal digérées des tréfonds de notre inconscient. De très vieilles peurs. »

Il me planta là et revint avec deux verres de Coca-Cola. Je le sentais plus détendu à présent. Et moi, je marinais dans une immense perplexité. Ainsi, ces « pseudo-savants » avaient peur, eux aussi? Mais alors, tout le monde était mort de trouille dans cette histoire! Je demandai à Ronald Siegel de me citer quelques noms de savants particulièrement représentatifs de cette vague « obscurantiste » qui déferlait sur la communauté scientifique. Ronald Siegel eut un hoquet.

« Je suppose que vous avez entendu parler du numéro de cirque le plus célèbre, la célèbre dame Kübler-Ross?

– Qui ça?

– Elisabeth Kübler-Ross, cela ne vous dit rien? Achetez donc le dernier *Playboy*, elle vient de leur accorder une interview, ah! ah! ah! *Playboy*! Ça vous donne une idée du genre de dame! Tout un programme! »

– Ah?

– Parce que figurez-vous que cette femme, qui se prétend psychiatre, organise des séances « scientifiques » un peu... spéciales! »

Il rit de nouveau et m'invita à regarder de plus près quelques-uns de ses tableaux huichols. Je compris par là qu'il considérait l'interview comme terminée et me décidai à prendre congé. Avant de le quitter, je lui demandai quelques autres noms de ces « pseudo-savants » vendeurs de contes à dormir debout. Il m'en cita deux : Raymond Moody et Kenneth Ring. Puis il me tendit une copie de sa dernière communication parue dans l'*American Psychologist* avant de me raccompagner en disant : « Il faut absolument stopper ce délire. »

5

Découverte de l'étrange vaisseau amiral de Ken Ring

Los Angeles-Storrs University

DEHORS, il fait un temps radieux. Tout Hollywood est en fleurs. Mais je suis bien embêté. A l'eau, mon bel article scientifique! Le docteur Siegel ne m'en a aucunement donné la matière. A moins que son texte paru dans l'*American Psychologist* ne contienne d'autres informations, qu'il aurait omises pendant l'entretien? Un ultime espoir. J'extirpe le papier de ma sacoche et me mets à lire fébrilement, assis sur le trottoir. Mais je ne trouve rien que le psychologue ne m'ait déjà exposé. Rien d'assez costaud pour alimenter même un court article scientifique.

Je ne peux pourtant pas rentrer à Paris bredouille. La honte! Reste, bien sûr, la solution bon marché : transformer l'histoire en papier de mœurs. « Du rififi chez les psy de la mort », je vois ça d'ici. L'horreur! Je repense à toutes ces histoires débiles de morts congelés. Pour 10 000 dollars, certains Américains se font congeler, avec l'espoir qu'on trouvera un jour le remède au mal qui les a emportés et qu'on réussira alors à les ressusciter. Mais plusieurs fois déjà, la chose a mal tourné.

J'ai lu dans *Libération* la mésaventure de ces deux

garçons qui avaient fait congeler leur père et leur mère et à qui une compagnie d'escrocs faisait régulièrement cracher des milliers de dollars pour couvrir les « frais de réparation » du réfrigérateur. L'affaire s'était terminée dans le macabre grand-guignolesque le plus dément, le papa et la maman pourrissant sur place...

Je me retrouve sur l'avenue qui longe l'océan. Des sportifs s'ébrouent sur la plage. Des filles bronzent aux terrasses des salons de thé. Et moi, je gamberge comme un pauvre diable. Et s'il y avait malgré tout un vrai papier sous roche? De toute façon, je n'ai plus le choix; si je veux rédiger quoi que ce soit, il me faut rencontrer quelques spécimens de ces pseudo-savants que le docteur Siegel combat avec tant d'ardeur. Cette femme si suspecte, par exemple, cette Kübler-Ross, dont *Playboy* vient de publier une interview.

J'achète donc *Playboy*. Mais je ne trouve rien. Le bonhomme s'est-il payé ma tête? Non, Ronald Siegel s'est simplement trompé de numéro : l'interview d'Elisabeth Kübler-Ross, me dit-on, est parue dans le numéro d'il y a trois mois. Je me le procure et me voilà sur la plage, le dos appuyé à un poteau de volley-ball, en train de lire l'une des plus étranges interviews qui me soient tombées entre les mains.

Une maîtresse femme, apparemment. Trois petites photos noir et blanc la montrent au cours de l'interview. La cinquantaine, le visage énergique, le front plissé dans un visible effort de se faire comprendre par la journaliste venue l'interroger.

J'apprends qu'elle est d'origine suisse et psychiatre, qu'elle exerce aux Etats-Unis depuis la fin des années cinquante et qu'elle serait la « grande spécialiste occidentale de l'aide aux mourants », une sorte de mère Teresa du monde moderne. Or

Playboy a beau être un journal porno, ses grandes interviews ne m'ont jamais paru bidon. Je tombe des nues. La « spécialiste occidentale de l'aide aux mourants »? Ça veut dire quoi? Quant à l'affaire louche à laquelle Ronald Siegel faisait allusion, l'article de *Playboy* en dit un mot : l'éminente dame se serait récemment découvert un goût prononcé pour les séances de technique mystique. Elle aurait même « voyagé hors de son corps »! Elle dit à ce propos : « Je demeure exactement la même personne, sceptique et têtue, que lorsque je faisais mes études de médecine à Zurich. Je suis quelqu'un d'éminemment pragmatique : je ne crois que ce que je vérifie moi-même.

– Mais comment voulez-vous, lui demande la journaliste, que l'on vous croie lorsque vous racontez que vous avez *voyagé au pays des morts*? Avouez que ça ne fait pas très scientifique.

– Mais je ne cherche à convaincre personne, répond la dame, et je me contrefiche de ce que l'on dit de moi. Vous pensez bien que je serais la dernière des prostituées si, travaillant dans un domaine aussi grave, je me souciais un tant soit peu de l'opinion publique. »

Après des années de célébrité et d'honneurs, cette Kübler-Ross aurait été chassée de l'université et se serait réfugiée avec un groupe d'amis à Escondido, dans l'extrême sud de la Californie. Elle y aurait fondé une communauté baptisée *Shanti Nilaya* – ce qui signifierait « Maison de paix » en sanscrit – et passerait son temps à aider et à conseiller les malades incurables et surtout les parents d'enfants mortellement atteints.

Une irrésistible envie de rencontrer cette femme me saisit. Je joins le journaliste-poète Lewis Mac-Adams, alors correspondant de mon journal à Los

Angeles, qui ne met pas une heure à me procurer les coordonnées de la communauté Shanti Nilaya.

J'appelle. Une fois, deux fois, trois fois. Peine perdue, cette Kübler-Ross me semble entourée d'un véritable rempart. Des voix me répondent qu'elle n'est pas là, ou qu'elle est très fatiguée, ou encore qu'elle ne reçoit plus de journalistes. Du coup, la voilà qui me devient suspecte à moi aussi. C'est louche. Il faut aller voir.

Cent kilomètres d'autoroute. L'endroit est splendide. Des collines de terre rouge, des cyprès vert sombre, des fermes mexicaines aménagées en bungalows, des bassins d'irrigation transformés en piscines... Une grande blonde costaud me reçoit dans un petit bureau. Elle me regarde d'un air fatigué : pourquoi n'ai-je pas cru ce qu'elle disait au téléphone ? « Elisabeth n'est réellement pas là. » Elle me tend un dépliant bleu pâle. Je lis : « Prochains ateliers *Vie, mort et transition* avec Elisabeth Kübler-Ross : New York : du 23 au 28 avril; Chicago, du 6 au 11 mai; Stuttgart, du 16 au 21 mai... » Et, plus loin, une autre série de dates. Des conférences, cette fois : « Miami, le 3 mai; Bâle, le 12 juin », etc.

« Elisabeth ne rentrera pas en Californie avant la mi-juin, explique la grande blonde. Après sa tournée européenne, elle doit donner d'autres conférences, à l'école de médecine de Denver, dans le Colorado, à Hawaii... »

J'essaie de me rattraper :

« Avouez que vos réponses au téléphone n'étaient pas très nettes. »

Elle sourit gauchement :

« Vous devez avoir raison. C'est devenu un réflexe. Les journalistes ont été tellement sordides ces dernières années... »

Que penser ? Je me gratte la tête en contemplant

un grand planning au mur. Tout cela m'a l'air bigrement organisé. Je dis :

« Mais je croyais que le docteur Kübler-Ross avait été... euh, chassée de l'université... »

La jeune femme me coupe :

« Plus de cent cinquante mille cours, conférences, séminaires et ateliers divers sont organisés chaque année sur la base des travaux d'Elisabeth.

– Ah bon? Mais où ça?

– Un peu partout, dans les hôpitaux, les écoles d'infirmières, les hospices de vieillards, les monastères, les ashrams... Et ici, à Shanti Nilaya. »

Je regarde cette fille de tous mes yeux. Et demande :

« Ces ateliers *Vie, mort et transition*, ça consiste en quoi?

– Il faudrait que vous y participiez vous-même, c'est difficile à décrire. Disons que chacun y apprend à se pencher sur ce que nous appelons le " business inachevé ".

– Pardon?

– Oh, il s'agit de se débarrasser de la négativité, de tous les refoulements émotionnels que chacun trimbale...

– Une simple psychothérapie alors?

– Oui, mais dans une perspective de préparation à la mort. »

Elle n'a malheureusement pas le temps de discuter davantage avec moi. Elle doit prendre un avion pour Boston, où un groupe Shanti Nilaya vient de démarrer.

Avant de partir, je lui demande si, par hasard, elle ne connaîtrait pas MM. Raymond Moody et Kenneth Ring, les deux autres suspects signalés par Ronald Siegel.

« Mais oui, dit-elle, naturellement. »

Tiens, tiens, ils se connaissent donc? Serait-ce un

vrai réseau? Elle m'apprend que le premier est psychiatre à Charlottesville en Virginie, et le second professeur de psychologie à l'université du Connecticut. Et elle me donne leurs coordonnées.

Sitôt rentré à Los Angeles, je compose les deux numéros de téléphone. Ring finit par me répondre. Il accepte de me recevoir si je peux me rendre dans le Connecticut. Je cours m'acheter un billet d'avion, extrêmement impatient de voir de près un de ces hurluberlus. Coquin de sort!

Il y a vraiment deux sortes de savants.

Les premiers respectent d'abord le système d'explication en place. Celui dans lequel, souvent, ils ont grandi. Leur mission est d'*intégrer*. Ils doivent absolument ramener au système toute donnée nouvelle qui pourrait apparaître dans tel ou tel champ de perception – œil, oreille, baromètre, radar, chambre à bulle, télescope, synchro – ou cyclotron, etc. Pour eux, l'intégration est prioritaire. Si elle ne s'intègre pas, on range la donnée nouvelle dans un tiroir en prononçant la formule magique. *On verra ça plus tard.*

L'autre sorte de savants, au contraire, respecte d'abord les données, les faits. Tant que le fait nouveau s'intègre bien, ils se comportent exactement comme les savants de la première catégorie. Mais si le fait ne s'intègre pas, alors leur mission diverge. Ils commencent par observer, longuement, le fait rebelle. Puis ils essaient de découvrir dans quel autre système il pourrait s'imbriquer.

Les savants de la première catégorie sont de bons gestionnaires. Ceux de la seconde de bons explorateurs. Bien sûr, les savants gestionnaires ont naturellement tendance à devenir conservateurs, et à accuser les savants explorateurs d'agir en irresponsables, ce qui n'est pas toujours faux. Surtout quand le fait nouveau exige, dans son énormité, une grave remise en question des certitudes du moment. Tout dépend du degré de maturation. Pendant la première phase du bouleversement, quand il s'agit encore simplement de savoir si le fait nouveau existe ou pas, les gestionnaires ont généralement raison. Car les explorateurs sont jeunes d'esprit et leurs inventions dangereuses. Mais si l'existence du fait s'impose, alors, lentement les rôles s'inversent. Un jour, on s'aperçoit que ce sont les gestionnaires qui deviennent dangereux. Le fait est trop énorme, et son « oubli » peut tout faire exploser.

Comment en vient-on à « oublier » un fait? Jamais méchamment. Il s'agit d'abord d'un fait « idiot », apparemment inutile et absurde. On le néglige, et l'oubli vient peu à peu. A tel point que la science et le savoir se reconstruisent sans lui. Hélas! s'il s'agit d'un véritable fait, c'est un animal têtu. Il remonte forcément à la surface un jour. Il arrive que cela gêne. Que font alors les savants gestionnaires? Ils nient, que voulez-vous qu'ils fassent? Comme ils détiennent les crédits, les revues et, en gros, le pouvoir, ils peuvent étouffer un fait gênant pendant des lustres. Personne, d'ailleurs, ne devrait leur jeter la pierre : ce sont les globules blancs, ils protègent la maison.

Mais voilà le fait nouveau devenu géant. Les savants explorateurs en ramènent d'énormes échantillons aux foules ébahies. La rumeur s'ébruite, et plus personne ne peut nier. La révolution gronde. Les explorateurs s'activent. Un silence se fait dans le cœur des plus lucides : que va-t-il se passer?

Nul ne peut le prévoir quand le « petit-fait-idiot-qui-soudain-remonte-à-la-surface » s'appelle la mort. Les états de conscience des agonisants.

Avec Ken Ring, en tout cas, j'allais tomber sur le type parfait du savant de la seconde catégorie. Un explorateur. Doublé d'un veinard. *The right man in the right place at the right time.* Un sacré veinard. Avec ce côté gamin curieux du véritable explorateur.

Ken Ring est professeur de psychologie à l'université des Storrs, au beau milieu de la forêt de sapins de la Nouvelle-Angleterre. L'immeuble où il travaille ressemble à un blockhaus posé sur le gazon du campus : pas de fenêtres apparentes – elles donnent toutes sur des patios. A l'intérieur, on dirait les couloirs de la NASA. Une porte vert pomme dans un couloir jaune citron, avec, sur une plaque métallique, les mots suivants : *International Association for Near Death Studies.* IANDS. Prononcez « aïllèndss ».

A l'époque, en 1981, Kenneth Ring est le directeur de cette étonnante organisation de savants. L'Association internationale pour l'étude des états proches de la mort. Un grand blond bouclé à lunettes, le sourire jovial, débordant d'activité.

« Suivez-moi au premier, dit-il, j'ai une réunion avec les membres du bureau. Ensuite, j'aimerais aller manger un sandwich et nous pourrions discuter un brin. »

Je le suis en courant dans l'escalier :

« Quel bureau?

– L'équipe exécutive d'IANDS, dit-il. Une réunion de routine, comme tous les quinze jours. (Il rit.) Et toujours le même point noir à l'ordre du jour : où trouver de l'argent? Nous pataugeons par manque de moyens. Mais bon... tout est O.K. ainsi. »

Je demande :

« Vous n'appartenez donc pas à l'université?

– Si, heureusement, ça nous permet de faire subsister l'association, ce qui est déjà bien. Mais il y aurait tant à faire. Systématiser les sondages, faire

50

des études croisées avec d'autres pays, culturelle-
ment différents. Pour le moment, il n'y a que les
travaux d'Osis et Haraldson qui nous donnent une
vue croisée des choses

— Osis et Haraldson?

— Les renseignements qu'ils ont ramenés des
hôpitaux de New Delhi sont inestimables... »

Il m'arrête devant une machine à café :

« Bon, attendez-moi là, je ne serai pas long. »

Quel tourbillon! Ce type vit à deux cents à
l'heure. J'ai intérêt à lui signaler tout de suite que je
ne suis au courant de rien, ou alors il va me larguer
en moins de deux. En tout cas, il tient sa parole : un
quart d'heure plus tard, nous nous retrouvons sur
le gazon du campus, en train de manger des ham-
burgers, à deux pas d'un lac où barbotent des
canards.

Je me rappellerai toute ma vie cet après-midi.
Brusquement, toute la problématique de mon
reportage allait se retrouver cul par-dessus tête.
D'abord, je compris qu'en Europe, des travaux
majeurs nous avaient échappé. Les savants américains n'en étaient plus du tout à se tâter pour savoir
si « quelque chose d'intéressant » se produisait
dans la tête des gens au moment de mourir. Ils en
étaient persuadés. Mieux : ils le savaient. Pas par
croyance ni par intuition. Ils en étaient au stade où,
ayant enquêté, ils disposaient déjà de milliers de
données dûment enregistrées, répertoriées et analy-
sées. Sur la chimie du cerveau, rien. Rien de plus
que ce que suggérait Ronald Siegel, c'est-à-dire pas
grand-chose encore. Mais ils s'en fichaient complètement, ça n'était pas leur problème. Leurs maté-
riaux n'étaient pas constitués de formules de
sérotonine ou d'adrénaline, mais de récits et de
témoignages humains. Cela revenait sans doute au
même, mais là, au moins, il ne s'agissait plus de

savoir si l'affaire valait la peine ou pas d'être explorée. On avait un besoin urgent d'explication à des données devenues massives.

Au début des années soixante-dix, des indices de plus en plus denses les avaient mis sur la piste de ce qu'on allait bientôt baptiser les NDE, *near death experiences*. Les savants avaient fini par se rendre compte d'une donnée stupéfiante de simplicité : nous serions littéralement entourés de NDE. Qu'est-ce à dire ? Des tas de gens autour de nous auraient, à un moment donné de leur vie, frôlé la mort et, à cette occasion, vécu une expérience intense, unique. Dans de nombreux cas, cela aurait bouleversé leur vie. Mais l'étude de cette expérience par des scientifiques ne faisait que commencer.

Je tiquais :

« Si ce fait est si fréquent, pourquoi ne sommes-nous pas au courant depuis longtemps ?

— Pour deux raisons au moins, dit Ring en mordant dans son sandwich. D'abord, c'était trop loin de la norme. Les gens à qui ça arrivait avaient peur de passer pour fous.

— Comment cela ?

— Imaginez que votre petite amie s'en sorte de justesse, après un grave accident de voiture et un long coma. En se réveillant, elle vous dit qu'elle a connu la plus grande extase de sa vie et que, maintenant, elle veut aimer le monde entier. Quelle serait votre réaction ?

— Si j'ai vraiment eu peur ? Je penserais qu'elle exagère un peu.

— Mais si elle insiste ?

— Je me dirais qu'elle a eu une sorte d'hallucination.

— Et si, du coup, sa vie se met à changer ?

— Dans quel sens ?

– Dans le bon sens : plus épanouie, plus ouverte, moins névrosée...

– Que voulez-vous que je vous dise? J'en serais ravi...

– Détrompez-vous. Jusqu'à présent, dans 99 p. 100 des cas, la réaction des gens, je veux dire de ceux qui accueillent *l'experiencer* qui revient à lui, a été négative. Le personnel soignant, la famille, les amis... à 99 p. 100 négatifs. Les médecins disent : « Mais « oui, allez, on va vous faire une petite piqûre et ça « ira mieux! » Les parents : « Allons, du calme, ma « chérie, tu as passé un mauvais quart d'heure, « maintenant, c'est terminé, il faut oublier tout « ça! » Vous avez des cas où la personne qui a fait l'expérience réagit très mal : « Mais puisque je vous « dis que ça *n'était pas* un " mauvais quart d'heure "! « Nom d'une pipe! J'étais bien! » Là, l'entourage commence à s'inquiéter : *Bien*? Elle se sentait *bien* dans son coma? Et elle semble se repaître avec délice de ce souvenir? Mais c'est morbide! Il faut un traitement! La malheureuse risque fort de se retrouver dans une spirale infernale – elle a déjà tellement de mal à digérer ce qui lui est arrivé! Alors elle se tait. Un instinct de survie lui fait garder le silence. Aujourd'hui, grâce à notre écoute, les langues commencent à se délier. »

Nous en étions au café. Le gobelet de Ring débordait sur ses doigts. Ses yeux brillèrent derrière ses épais binocles :

« La seconde raison de l'émergence brutale des NDE sur le devant de la scène des sciences humaines, c'est l'amélioration formidable des techniques de réanimation. A tel point que, ces vingt dernières années, la population des *survivants* s'est brutalement accrue dans des proportions considérables.

– Des *survivants*?

– On appelle ainsi les personnes qui ont pu

échapper à une mort clinique passagère. En soi, les survivants ne nous apprennent rien. Ce qu'on a découvert, c'est qu'un pourcentage constant de ces survivants ramenait le récit d'une NDE.

– Quelle proportion est touchée?

– Pour l'instant, nous aboutissons à des chiffres tournant autour de 40 à 50 p. 100. Mais nous n'en sommes qu'au tout début d'une recherche complètement nouvelle. Nos statistiques sont à prendre avec des pincettes.

– De 40 à 50 p. 100? Vous voulez dire qu'environ un *survivant* sur deux dit avoir vécu une NDE? »

Je n'en revenais pas. Ring corrigea :

« De 40 à 50 p. 100 des *survivants que nous avons interrogés*. Or rien n'exclut que nos échantillons soient biaisés, malgré toutes nos précautions. Et puis, attention, tous ne sont pas allés aussi loin dans l'expérience. Nous avons fini par discerner un profil type comportant cinq stades dans les expériences les plus profondes.

– Ah?

– Cinq degrés. Pour vous donner un ordre de grandeur, seuls 10 p. 100 des *survivants* que nous avons interrogés ont atteint le cinquième degré. Soit un *experiencer* sur cinq, environ.

– C'est quoi, le cinquième degré? »

Il eut un sourire. Je ne connaissais donc rien du dossier? Mais je n'étais jamais que le cent cinquantième journaliste à venir le questionner. Il s'y était fait. Mieux : il semblait aimer ça.

« Venez, me dit-il, j'ai là-haut assez de documentation pour étancher toute votre curiosité. »

Nous grimpâmes dans les bureaux de l'IANDS. Un groupe d'étudiants était en train de classer des fiches.

« Quelques-uns de nos enquêteurs », dit Ring en leur faisant un petit signe. Puis il fouilla un carton posé au sol et en extirpa un gros volume : « Tenez, ça vient de sortir, c'est pour vous. Je monte vous chercher d'autres choses. Juste une seconde! »

Un gros livre signé K. Ring et intitulé *Life at Death* – « la Vie au moment de la mort ». Je feuilletais. Bigre! C'était bourré de graphiques, de tableaux... Je lus au hasard : *Mais la façon dont on « meurt presque » a-t-elle une importance? L'une des principales raisons qui nous ont menés à entreprendre cette enquête fut la nécessité de déterminer si l'expérience centrale était indépendante des circonstances et des motifs qui avaient conduit à l'épisode de*[2]...

Mais déjà, il revenait, les bras chargés de brochures :

« Prenez aussi ça, dit-il, voici quelques exemplaires de *Vital Signs*, et ceci est le second numéro de notre revue, *Anabiosis*. *Vital Signs* est notre lettre de vulgarisation. *Anabiosis* est réservée aux chercheurs. »

Il y ajouta un tas de photocopies et de coupures de presse, puis déclara qu'il était déjà en retard à son cours et s'en alla au triple galop.

Je regagnai mon hôtel et me mis à dévorer l'énorme tas de papier. Je commençai par piocher parmi les photocopies, comme dans un plat d'amuse-gueule, olives, piments, pistaches. J'appris que plusieurs dizaines de chercheurs – psychiatres et psychologues, médecins de toutes sortes et, même, chirurgiens peu à peu rejoints par des biologistes et des... philosophes – étaient déjà à l'œuvre un peu partout aux Etats-Unis. Terrain principal : les hôpitaux, puisque c'est là que meurt aujourd'hui l'écrasante majorité de nos congénères.

Ces chercheurs en étaient encore à l'accumulation primitive des données; mais celles-ci semblaient si concentrées que c'était à grand-peine qu'ils parvenaient à se garder d'en tirer de fantastiques conclusions. Mais il était trop tôt, beaucoup trop tôt. Pourrait-on, d'ailleurs, jamais conclure? Que voulaient dire ces visions? Et pourquoi surgissaient-elles ainsi tout d'un coup dans la conscience collective? Les questions se bousculaient.

Dans tout ce remue-ménage, je compris que j'avais eu de la chance : Kenneth Ring était l'un des principaux coordinateurs de ces recherches. Il n'arrêtait pas de voyager. Donnant des conférences, un jour à des étudiants de médecine de Chicago, le lendemain dans une école d'infirmières de New Haven – j'allais bientôt découvrir le rôle crucial des infirmières dans cet étrange mouvement –, avant de s'en aller passer trois jours dans le Nebraska, où l'on venait de lui signaler une nouvelle NDE, particulièrement frappante.

Nom d'un chien! J'eus tout à coup l'impression qu'on se comportait à l'égard de ces fameuses NDE comme s'il s'agissait de contacts avec les extraterrestres! Ken Ring ressemblait vraiment au savant que jouait Truffaut dans *Rencontre du troisième type*, le film de Steven Spielberg.

J'éclatai de rire tout seul dans ma chambre d'hôtel. C'était tout à fait ça! Vous souvenez-vous? Un peu partout sur la planète, des milliers de gens se mettaient à faire le même rêve. Un rêve bizarre dont ils retenaient essentiellement deux choses : une mélodie de cinq notes et la vision d'une montagne aplatie, genre *mesa* mexicaine. Pris d'une sorte de fièvre délirante, les rêveurs tentaient d'abord de matérialiser leur vision, de représenter la montagne, chacun à sa manière, en la dessinant, en la sculptant, en la moulant... Pour eux, elle existait vraiment, et ils mouraient d'envie de la rejoindre. Le phénomène prenait une telle ampleur que la communauté scientifique, pressée par les pouvoirs publics, se trouvait acculée à essayer de

56

comprendre. Une mission internationale était créée, avec à sa tête un savant français (joué par Truffaut). Parcourant le monde à grands bonds, de rêveur en rêveur, il finissait par dénicher la fameuse montagne et comprenait enfin de quoi il retournait : le rêve avait été communiqué aux hommes par des extraterrestres. La montagne était un lieu de rendez-vous et la mélodie, un mot de passe. A la fin du film, la rencontre avait lieu, et, pour la première fois depuis longtemps dans les annales du cinéma fantastique, on découvrait des extraterrestres géniaux et bons. Géniaux parce que bons.

Eh bien, Ken Ring, me dis-je dans ma chambre d'hôtel, c'était le savant joué par Truffaut! Et le rêve nous venait des bords de la mort. Mais quel était le message? Et qui pouvait bien nous l'envoyer? Nous-mêmes?

J'ai lu jusque très tard dans la nuit. A 10 p. 100 près, toutes les enquêtes citent les mêmes chiffres : un peu plus ou un peu moins de la moitié des personnes interrogées à la suite d'un épisode de mort clinique racontent qu'elles sont « sorties de leur corps » au moment fatal. Et toutes les enquêtes aboutissent en gros au même profil type. Je me plonge dans *Life at Death*, le livre de Ring. Quels sont donc les cinq « stades » qu'il a évoqués tout à l'heure?

Le premier stade concerne, par définition, l'ensemble des *experiencers*, comme ils disent. Quel mot français utiliser? Expérimentateurs? Ça ne va pas. Visionnaires? Ça fait trop pompeux. Gardons *experiencers*. Selon Ring, donc, 50 p. 100 des *survivants* interrogés ont au moins connu le premier stade. Ils se souviennent d'avoir flotté dans un espace totalement étrange, en état d'apesanteur, avec un sentiment de calme et de bien-être inimaginables. Rien à voir, disent-ils, avec la vie ordinaire. Ils n'hésitent pas à affirmer que ce fut la plus belle expérience de leur vie et qu'ils s'en souviennent comme s'ils y étaient encore, même si vingt ans se sont écoulés depuis.

Je demeure incrédule : le meilleur moment de leur vie aurait été celui de leur (quasi-)mort? C'est inconcevable. Je suis contraint, je l'avoue, d'arrêter ma lecture toutes les cinq minutes et de me frotter les yeux. Est-ce un rêve? Suis-je bien en reportage aux Etats-Unis, en train de lire un ouvrage scientifique? Je me pince. Mais je ne rêve pas. Poursuivons.

De ces rescapés de la mort, 37 p. 100 parviennent au deuxième stade : « apercevant soudain leurs corps à quelques mètres d'eux », ils se rendent compte de l'insolite de leur situation et se demandent s'ils sont toujours vivants. La réponse est généralement *non*. Mais cela ne les empêche pas de contempler très tranquillement médecins et infirmières en train de se démener autour de leur « cadavre ». Il arrive que les *experiencers* soient capables de rapporter, par le menu, tout ce qui s'est passé durant leur mort apparente.

23 p. 100 des *survivants* interrogés par Ring et son équipe ont atteint le troisième stade, ou stade du tunnel. Ils se rappellent alors avoir été aspirés par un vide dont l'obscurité devenait paradoxalement « de plus en plus intense ». Leur sentiment de bien-être s'y serait doublé d'une sensation d'extrême vitesse.

16 p. 100 ont ensuite franchi le seuil du quatrième stade. Leurs récits mentionnent qu'ils ont alors aperçu une lumière énorme, blanche et dorée, impossible à décrire – à la fois très puissante et extrêmement douce. De cette lumière aurait émané un « rayonnement d'amour ».

Enfin, 10 p. 100 des *survivants* disent avoir pénétré cette lumière. Les savants parlent alors de *cinquième stade*. Là, les écrits s'éclatent en mille versions. Les uns parlent de chœurs célestes, d'autres de cités de lumière ou de cristal, d'autres disent s'être « fondus dans la lumière » en un spasme infiniment érotique. Tous s'accordent au moins sur deux constantes : d'abord les seuls mots « humains » qu'ils puissent utiliser pour désigner ce qu'ils ont connu est *amour inconditionnel* ou *amour total*; ensuite, baignant dans cet état, toutes leurs questions auraient instantanément trouvé leurs réponses, *comme s'ils avaient tout su*. Et jamais, pourtant, leur esprit ne leur aurait semblé si clair ni leur attention si concentrée.

Là, je commence à me demander si je ne deviens pas gâteux. Je prends une douche et descends boire un café au snack, ouvert toute la nuit, mon livre sous le bras, en me disant que de poursuivre ma lecture en présence d'une faune normale va sans doute me réveiller d'un rêve sympathique mais quelque peu grotesque.

Et non. Malgré les camionneurs sous les néons et le sourire hyperréaliste de la serveuse en tablier immaculé, le livre de Kenneth Ring me tient à sa merci toute la nuit.

Le lendemain, à demi halluciné, je retourne voir le savant. Il est toujours sur la pelouse du campus, en train de discuter avec ses étudiants. J'ai juste trois mille cinq cents questions à lui poser. Il y en a une d'ordre purement pratique : où rencontrer quelques-uns de ces visionnaires fous?

« Mais partout! me dit-il, il y en a partout. Nous n'avons aucune exclusivité sur la matière première! Le seul désir d'IANDS est de voir la communauté scientifique internationale s'emparer du phénomène. Que chacun fasse son enquête. Echangeons nos données, confrontons nos hypothèses! »

Une étudiante m'apprend qu'au moment même où nous parlons l'un des fondateurs de l'association est en Europe, à la recherche de contacts. Il aurait déjà trouvé quelques chercheurs en Scandinavie, en Angleterre et en Allemagne (rien que des pays à majorité protestante). L'homme s'appelle John Audette. C'est un sociologue... marxiste! Il doit passer par Paris.

Mais tout me semble soudain trop bien réglé. Mon diable gardien s'escrime à trouver des failles. Depuis le début, il y en a une sérieuse, qui ne cesse de s'élargir dans mon esprit. Je demande à Ring :

« L'idée ne vous est jamais venue que votre histoire risquait de pousser les gens au suicide? »

Ring plisse les yeux :

« Vous voulez rire! Tous ces gens qui ont failli mourir en reviennent amoureux de la vie comme jamais! Ils le crient à tue-tête, et c'est très contagieux. Ils parviennent à faire admettre à leur entourage que la vie est une occasion indispensable à exploiter et que le suicide est la pire des pertes de temps. Non, tout leur message émotionnel est une proclamation d'amour inimaginable, à l'inverse diamétral du morbide. Ça aurait plutôt pour influence de faire baisser le taux de suicides, je dirais! (Sans s'interrompre, Ring se lève, baissant la voix.) C'est un voyage très formateur. Ceux qui en reviennent se sentent mieux dans leur peau, moralement plus forts, plus aimants, plus frais...

– N'en jetez plus! Et ça dure *ad vitam*?

– Généralement ça dure, oui, de manière in-com-pré-hen-si-ble. Mais vous n'avez pas deux cas totalement identiques, vous savez. »

Ah là non, c'est trop. Que dire? Je lui demande si ça se vend bien, son livre. Il répond qu'il n'en sait encore rien, qu'il l'espère. Je dis, un sourire en coin :

« Allez, ça va marcher, puisque ça prouve l'existence de l'immortalité! »

On lui a déjà fait le coup. Il répond :

« L'intérêt populaire pour nos recherches repose évidemment sur l'espoir que nous allons *prouver* la vie après la mort. Mais les chercheurs qui *étudient* le phénomène ne tiennent aucun compte de cette hypothèse. »

Sa moustache s'enflamme :

« Vous n'allez pas non plus, à l'inverse, être négatif au point de censurer tous les faits qui *risqueraient* de vous donner des indices sur une éventualité de *vie après la mort,* non? Heureusement, les NDE représentent un fait suffisamment dense pour que nous n'ayons pas le temps de nous laisser piéger par des questions idiotes. Il n'y a que les faits qui nous intéressent. Nous les étudions, un point, c'est tout. Que chacun en tire les conclusions qu'il peut. »

Il s'arrête, me regarde et dit :

« Elisabeth Kübler-Ross est la seule à avoir franchi le pas.

— Quel pas?

— Celui qui, dans nos catégories classiques, sépare le savoir scientifique du savoir mystique... »

Je suis intrigué. La connaît-il? Il n'entend pas ma question et poursuit :

« Elle a pris des risques énormes. Cela ne change évidemment rien au fait qu'elle soit une très grande dame. »

Je demande, l'air un peu gêné (à cause des insinuations de Ronald Siegel) :

« Mais comment vous situez-vous par rapport au

genre de... au genre d'expériences qu'elle pratique?

– *Au genre d'expériences?* » Il éclate de rire : « Mais c'est elle qui a ouvert la voie! Et sur toute la largeur! Elisabeth a une immense avance sur nous tous. »

Elisabeth.

EKR.

Une petite bonne femme venue des montagnes suisses.

Avec elle, ce livre commence pour de bon. Tout le reste n'était, pardonne-moi lecteur, que préambule. Car l'histoire d'Elisabeth contient la clef de la Source noire, de sa redécouverte par nos contemporains. Pour moi, vois-tu, elle est le signe qu'une nouvelle civilisation est en train de naître.

II

LA LUMIÈRE AU FOND DU PUITS

6

Le livre terrestre des morts
s'est ouvert en Pologne
il y a environ quarante ans...

ELISABETH naquit triplée le 8 juillet 1926 près de
Zurich – aînée de trois filles dont personne n'espé-
rait plus la naissance, sept ans après celle d'un
unique garçon. Cette naissance à trois joua sans
doute un rôle déterminant, car le père, M. Kübler,
préféra vite « Numéro trois », et la mère « Numéro
deux ». « Numéro un » allait grandir solitaire.

A quatre ans, elle bâtit sa première clinique pour
animaux, dans la cave de ses parents. Un cagibi où
elle allait soigner des chats, des lapins, des moi-
neaux et des hérissons. Pendant des années, elle
joua ainsi au vétérinaire toute seule. Ses sœurs
préféraient leurs poupées.

Elisabeth avait onze ans quand on leur demanda,
à l'école, ce qu'elles aimeraient faire plus tard. Elle
écrivit : « Je voudrais être une chercheuse, une
exploratrice des zones inconnues de la connaissance humaine. » Et aussi : « Je voudrais étudier la
nature de la vie, la nature de la vie de l'homme, des
animaux, des plantes. » Et plus loin encore : « Mais
par-dessus tout au monde, je voudrais être médecin.
Bien sûr, je sais que faire des études de médecine
est un rêve impossible, mais c'est mon rêve le plus
cher. »

Impossible? Elle en avait parlé une fois à la maison. Son père avait répondu tout net : « Pas question! » C'était un honnête assureur zurichois, mais pas assez riche, prétendait-il, pour pouvoir payer des études à ses trois filles. La seconde des triplées étant la plus chétive et la plus intellectuelle, il avait décidé qu'elle seule poursuivrait des études au lycée. Les deux autres devraient se contenter de devenir bonnes mères de famille. On n'avait jamais discuté les décisions du père chez les Kübler; Elisabeth n'avait plus jamais parlé de son envie de devenir médecin. Elle se contenta d'en rêver.

Mais dès que les choses prirent une tournure concrète, lorsque, à seize ans, un soir, elle entendit son père lui annoncer qu'elle commencerait à travailler pour lui, comme secrétaire, le lundi suivant, elle n'eut pas l'ombre d'une hésitation : ce fut *Non*!

Elle avait seize ans. On était en 1942. La Suisse était alors cet endroit étrange, cet esquif inimaginablement préservé au milieu de l'ouragan. Les nazis ravageaient tout par cinq mille kilomètres à la ronde, et les Helvètes vaquaient peinards, dans leurs usines à chocolat. Mais aux frontières, pour ceux en tout cas qui étaient à l'écoute du monde, la Suisse était devenue comme un balcon sur le spectacle de l'enfer.

La radio informait bien. C'était un médium extrêmement suggestif. Surtout quand on était de langue allemande et qu'on pouvait comprendre les discours de Hitler. Le 1er septembre 1939 au soir, quand elle avait appris que les Allemands envahissaient la Pologne, Elisabeth avait fait un vœu. Elle avait juré au peuple polonais qu'elle ferait tout ce qui serait en son pouvoir pour l'aider, dès que possible.

Maintenant, on était en 1942, la fin du cauchemar

semblait hors de vue et Elisabeth venait de commettre un sacrilège : elle avait refusé net de prendre son poste de secrétaire le lundi suivant. Son père la flanqua aussitôt à la porte, avec l'ordre de ne plus jamais revenir. C'est ainsi qu'elle devint, pour survivre, bonniche chez des parvenus du lac Léman. Par malheur pour nous, ces méchantes gens parlaient français. Du coup, la gamine se mit à détester notre langue – elle ne s'en est jamais totalement remise (et c'est malheureux, car, plus tard, elle ne fera guère d'effort pour parler français. Or il faudra l'entendre pour comprendre, tout son enseignement sera d'abord socratique).

Elisabeth finit par échapper à la méchante famille, une nuit de Noël, avec son petit manteau pelé – une histoire pour faire pleurer les petits enfants! De retour à Zurich, elle trouve un travail de laborantine. Son instinct la guide sûrement. Elle n'hésite pas devant les plus petites portes, accepte l'idée de devoir passer des siècles à faire des dosages d'urine parfaitement ennuyeux.

Bientôt, elle est embauchée par un ophtalmologiste réputé, le docteur Zehnder, dont elle gagne rapidement la confiance. Au bout d'un an, elle s'occupe de recevoir les patients. Et de les consoler. Zehnder soigne surtout des enfants, tous plus ou moins menacés de devenir aveugles.

Que se passe-t-il dans la tête d'un enfant qui, soudain, devient aveugle? Et dans celle de ses parents? Zehnder a reconnu une force dans le regard d'Elisabeth. Une chaleur. Elle est étonnamment mûre pour son âge. Les clients du cabinet semblent du même avis. Ils se confient à elle sans hésiter. Et c'est ainsi qu'elle découvre en quelques mois, et presque par inadvertance, les différentes phases par lesquels passent les patients – et avec eux, des familles entières. Cinq phases qu'elle retrouvera tout au long de sa longue route. Les cinq phases du deuil.

Première phase. Tout commence par un choc, un coup de barre de fer sur la tête : tu vas perdre un œil. Réaction automatique : non! Refus, blocage. Vous niez : ce médecin est fou! vite allons en voir un autre! Docteur, je ne vais pas perdre mon œil, dites?

Seconde phase : malheureusement si, répond le second médecin, et il faut même le retirer en vitesse. Alors monte une énorme bouffée d'adréna-line, qu'il faut absolument – c'est vital – laisser se répandre et faire son œuvre. Elle vous rend fou de colère. Elisabeth assiste à des explosions impres-sionnantes. Le patient (ou, par procuration, un de ses parents) cherche un coupable. C'est la grand-mère, ou la tante, ou la nurse, à qui l'on avait confié l'enfant. C'est le premier médecin, qui « n'avait qu'à réagir plus vite ». C'est lui le fautif! Ou c'est Dieu, ce sadique! Elisabeth voit des familles au complet entrer en transe. Sa présence n'y est pas pour rien. Curieusement, son regard calme, son invitante dis-ponibilité les aide à se mettre en colère. Après, seulement, Elisabeth les voit passer à une troisième phase.

La phase du marchandage : mon Dieu! Mais un œil, c'est mieux que rien. Docteur, je vais le garder, celui-ci, n'est-ce pas? Parfois le marchandage dure des mois. Mais un jour tombe le verdict : rien à faire, le petit *sera* aveugle.

Alors, quatrième phase : les bras tombent. Tous les muscles se relâchent. Un mutisme s'empare des faces. La dépression abat ses voiles de plomb. Elisabeth n'a pratiquement plus rien à dire aux gens. Elle les fait entrer dans la salle d'attente ou les raccompagne à la porte en silence. Ils sont anéantis.

Enfin peut se produire le miracle de la cinquième phase : le miracle de l'aveugle. Pour ceux qui ont des yeux, la sérénité de l'aveugle a quelque chose d'incompréhensible. Des mois plus tard, les gens reviennent, définitivement aveugles, ou accompagnant leur enfant aveugle. Et une incroyable tranquillité s'est installée. L'atmosphère reste mélancolique, mais belle, comme un paysage sous la pluie quand l'air est clair. Lorsque les clients de Zehnder en arrivent là, Elisabeth découvre qu'elle reçoit davantage d'eux qu'elle ne leur donne. Elle n'en revient pas. De quel velours est tapissée leur nuit ?

Le goût purement intellectuel de l'*étrange* n'est pas son moteur. Exploratrice, mais avec, d'abord, au fond d'elle-même, l'urgence d'aider, de soigner, de devenir médecin. Elle en est encore loin. 1943, 1944, 1945, la voilà apprentie laborantine dans un grand hôpital de Zurich. Le patron s'appelle Weitz. C'est un juif polonais. Lui aussi se prend d'affection pour la jeune fille passionnée. Ensemble, ils parlent de la Pologne. Elisabeth lui avoue la promesse qu'elle a adressée au peuple polonais. Le professeur Weitz raconte des histoires à mourir de tristesse.

En attendant de pouvoir aider les Polonais, Elisabeth épouille les réfugiés à l'étage au-dessus. Weitz ferme les yeux sur son absence bientôt permanente du labo; elle ne touche plus une pipette, passe ses journées à laver des gens dans des baignoires remplies d'insecticide, à leur trouver des vêtements, de la nourriture.

Puis les Américains débarquent. Des foules entières fuient les combats. En Suisse, le flot des réfugiés grossit. L'apprentie laborantine se retrouve responsable, de fait, d'une aile entière de l'hôpital, transformé en centre de triage. Elle ne dort plus. Son énergie augmente sans cesse.

Enfin, les nazis sont vaincus. L'heure vient, pour Elisabeth, de tenir sa parole. Comment aller en Pologne? Elle ne trouvera de piste qu'à l'automne. Entre-temps, pendant tout l'été de 1945, un déferlement d'images d'horreur s'abat sur l'Europe. Il n'y a pas encore la télévision, mais les grands magazines diffusent déjà des images chocs sur les ruines, les charniers, les camps... Et tout le monde les voit.

C'est là que va s'enraciner le livre moderne de la mort. A cet endroit le plus bas des siècles.

Comment faire, donc, pour gagner la Pologne? C'est le père d'Elisabeth qui, bien malgré lui, va la mettre sur la voie. Il adore le ski et la montagne. Or, dans toute la famille, il n'y a qu'Elisabeth qui partage ce goût avec lui. C'est ainsi que le père et la fille se réconcilient. Un des derniers jours de l'été de 1945, M. Kübler demande à Elisabeth de l'aider à guider des clients, des membres de l'*International Voluntary Service for Peace* (IVSP). Fondée après la Première Guerre mondiale, cette organisation américaine est l'ancêtre des *Peace Corps*, aujourd'hui actifs dans toute l'empire américain. A l'époque, c'est une sorte de Médecins sans frontières, mais ouvert à tous les corps de métier : maçons, boulangers ou simples manœuvres, autant que médecins. Avec la Libération, la tâche de ces IVSP devient énorme. Il faut aider un continent entier à se reconstruire.

Après leur course en montagne, les clients de M. Kübler parlent de leur prochain chantier, à Ecurcey, juste de l'autre côté de la frontière suisse, en France. Le village a été sauvagement égorgé et razzié par les nazis en fuite. Elisabeth demande à suivre ces « volontaires pour la paix » en France. Ils l'acceptent comme cuisinière.

Il y a tant d'histoires admirables qu'il faudrait plus de place pour raconter. Elisabeth, horrifiée d'apprendre qu'on se sert des prisonniers allemands pour déminer les zones piégées par la Wehrmacht, fomente une révolte parmi les sauveteurs étrangers, contre les habitants d'Ecurcey, qui obtempèrent vite fait. De différentes manières, elle aide les prisonniers allemands. La justice a la si mauvaise habitude de déserter le camp des vainqueurs sitôt la victoire acquise! Puis Elisabeth se retrouve à Mons, en Belgique, où elle rencontre un quaker américain qui, justement, se rend en Pologne, où il doit rejoindre le camp de réfugiés de Lucima.

Elisabeth en est sûre : ce garçon va pouvoir l'aider. Il lui promet de s'occuper d'elle « sitôt arrivé à Varsovie ». Mais comment pourraient-ils rester en contact à travers l'Europe dévastée? Il disparaît. Elle trouve le temps long. Quand l'IVSP lui propose de servir d'interprète à des volontaires... allemands, quelque part en Suède, sa première réaction est agacée. Elle veut aider les Polonais et non servir de guide à des Allemands, fussent-ils assez gonflés pour venir, si vite, aider à reconstruire l'Europe!

Mais son instinct est fort. Elle laisse sa bonne étoile la guider. Elle rejoint donc la Suède en stop. La traversée de l'Allemagne du Nord, exsangue, rasée, totalement affamée, l'impressionne. En Suède, elle est, au contraire, bouleversée et choquée par l'opulence : le camp d'entraînement de l'IVSP croule sous la bouffe. Cafétéria rutilante; breakfasts pantagruéliques...

On est au printemps de 1946, quand elle reçoit un câble de Varsovie. Le quaker a tenu sa promesse. Il dit qu'on manque cruellement de tout en Pologne, qu'un maximum de bras est nécessaire, qu'elle doit venir de toute urgence. L'IVSP lui paie le voyage.

Elisabeth se retrouve sur un bateau, voguant vers Gdansk.

Son seul bien est une couverture roulée dans un sac, plus quelques seringues et des cachets de sulfamide. Elle dort sur le pont. Elle est la seule fille de son genre. Interminable voyage de Gdansk à Varsovie, juchée sur le toit d'un train.

L'arrivée à Varsovie est apocalyptique. Elisabeth est accueillie par deux quakers américains qui la promènent en jeep dans le plus grand champ de ruines que l'on puisse imaginer. Puis une autre jeep l'amène au village de Lucima, près de Lublin, à deux pas de la frontière russe. Et là, Elisabeth sent tout de suite qu'il y a quelque chose de très fort dans l'air. Quelque chose de quasi impossible à dire. Quelque chose de fou. Elle ne sait pas encore l'énorme épreuve initiatique qu'elle va connaître. C'est que, ici, toute la zone est en *phase cinq* depuis longtemps!

Le village a été littéralement haché par les chars. Il n'y a pas un seul médecin à des kilomètres à la ronde. Des hordes de réfugiés affluent de partout. Les rescapés des camps manquent de tout. Une épidémie de typhoïde frappe la population déjà affaiblie à l'extrême et décimée par la faim. Dans le camp de l'IVSP, Elisabeth fait toujours office de cuisinière. Impossible besogne : il faut trouver de quoi nourrir une équipe de volontaires américains, suisses et suédois, habitués à dévorer comme quatre. En Pologne! Au printemps de 1946!

Mais voilà que débarquent au village deux Polonaises, étudiantes en médecine, qui décident de monter une infirmerie. Quand elles apprennent qu'il y a chez les Américains une gamine suisse qui a travaillé pendant trois ans dans un hôpital, elles la recrutent aussitôt. Elisabeth va devoir s'y mettre. Et bien vite, jusqu'à manier le scalpel.

Elles n'ont d'abord aucun autre médicament ni aucune autre seringue que ceux qu'Elisabeth a apportés de Suède.

Les trois « doctoresses » inventent mille techniques de placebo. Elles découvrent un truc apparemment idiot et qui pourtant marche (et que d'autres, plus tard, retrouveront dans des traitements savants) : on aspire le sang du bras droit du malade et on le lui réinjecte le plus simplement du monde dans le bras gauche. Les trois femmes cherchent des plantes. Elles font interminablement bouillir des chiffons. Mais les gens meurent dans tous les coins et pour la petite Suissesse, l'épreuve de vérité commence.

Certes, Elisabeth arrive d'un monde traditionnel. Elle a grandi à la campagne, où l'on mourait encore « à l'ancienne ». Quand elle avait six ans, un paysan voisin était tombé d'un arbre et s'était rompu le dos. Il avait mis deux longs jours à mourir. Juste le temps d'appeler à son chevet tous ceux qui comptaient pour lui, et de leur donner ses dernières consignes. Ainsi avait-il demandé que l'on fasse venir auprès de lui tous les gamins qu'il connaissait, et il leur avait dit : « Promettez-moi d'aider mes enfants à grandir et à conserver notre ferme en bon état. » Les enfants avaient solennellement promis. Pendant des années, ils allaient passer tous leurs congés à travailler dans cette ferme.

Et pourtant, ce qu'Elisabeth voit en Pologne la sidère. L'endurance des Polonais mourant sous ses yeux est proprement inimaginable. Des scènes dantesques. Avec, pour la jeune fille, trois points d'orgue. Trois femmes. Trois initiatrices.

La première s'appelle Rita. Une jeune Polonaise toute blonde et fine, qui a juste vingt ans. Rita est transparente. Elle se meurt lentement d'une leucémie. Elle le sait. Elle en parle. Elle va bientôt mourir dans un pays torturé jusqu'au tréfonds des os. Et pourtant, elle a le regard tranquille. Jamais Elisabeth n'aurait cru qu'une personne en train de mourir pouvait dégager tant de calme beauté. Mourir avec courage? Ça oui, elle imagine facilement – les paysans des Alpes lui avaient montré comment on fait, et même avec sérénité, mais, là-bas, le décor des montagnes s'y prêtait. Ici, dans ce paysage polonais dévasté, la joie rayonnante de Rita, lorsqu'elle se penche sur sa planche à lessiver au bord de la rivière, cette joie devient incompréhensible. Qu'est-ce que la joie?

La deuxième femme s'appelle Mme W. Une nuit de l'été de 1946, Elisabeth dort à la belle étoile dans sa couverture, quand elle entend soudain des pleurs de bébé. Elle se redresse et voit, dans les derniers rougeoiements du feu de camp, une femme, assise par terre, tenant contre elle un enfant enroulé dans des chiffons.

Cela fait trois mois qu'Elisabeth est là, elle se débrouille suffisamment en polonais pour pouvoir demander à la femme ce qu'elle veut. La femme raconte qu'elle est venue à pied d'un village éloigné de quarante kilomètres, parce que son fils de trois ans a la typhoïde et que c'est le seul qui lui reste. Ses douze autres enfants (douze!) sont morts au camp de concentration de Maidanek – où est né celui-ci, qu'elle a baptisé Janek.

Elisabeth se lève en frissonnant, offre du thé à la femme et entreprend de lui expliquer qu'elle ne peut malheureusement rien pour elle. Epouvantablement rien. Rien de rien. Des dizaines d'enfants sont déjà morts de la typhoïde au village, et leur « hôpital » ne dispose plus du moindre milligramme de médicament. Elle regarde la femme

74

avec détresse : son treizième et dernier petit va, selon toute vraisemblance, mourir, lui aussi.

La femme reste assise avec son bébé près du feu, répétant comme un moulin : « S'il vous plaît, docteur, sauvez mon enfant. » Quand le jour se lève, Elisabeth met son manteau et entraîne la femme sur la route de Lublin. Trente kilomètres à pied. Quand elles arrivent, l'hôpital de la ville est évidemment bondé. Elles sont violemment rejetées. Elisabeth agrippe alors par la manche un jeune médecin au regard de loup et lui fait un grand numéro sur la « stupeur horrifiée des Occidentaux quand ils apprendront avec quelle froideur sadique les médecins polonais... ». L'homme l'interrompt brusquement, se saisit de l'enfant et dit : « On le prend, mais déguerpissez, et ne revenez pas avant trois semaines! » A ce moment-là, nul n'en doute : il sera mort.

Les deux femmes rentrent au camp. Mme W. devient l'assistante d'Elisabeth. Pendant trois semaines, elle aide du mieux qu'elle peut, sans jamais ouvrir la bouche. La vingt et unième nuit, elle disparaît, sans prévenir. Elisabeth se dit qu'elle n'en entendra plus jamais parler. Mais un matin, elle découvre sur ses habits un drôle de paquet. Juste un mouchoir rempli de terre, avec un bout de papier portant ces mots, griffonnés au crayon : « Un peu de terre polonaise bénie, de la part de Mme W. dont vous avez sauvé le dernier des treize enfants. »

Elisabeth mettra quelque temps avant de reconstituer le trajet de cette femme. Toujours à pied, elle était retournée à l'hôpital de Lublin, où elle avait retrouvé son fils, miraculeusement guéri. Elle l'avait ramené chez elle et confié à des amis. Puis elle s'était rendue à vingt kilomètres de là, auprès du seul prêtre en mesure d'exercer, afin qu'il bénisse un peu de terre. Enfin, elle avait rejoint Lucima, c'est-à-dire parcouru trente autres kilomètres à pied, simplement pour offrir à Elisabeth ce mouchoir rempli de son pauvre trésor...

Mme W. a posé un deuxième point d'interrogation dans la tête d'Elisabeth : qu'est-ce que l'espoir?

La troisième femme s'appelle Golda. Cela faisait onze mois qu'Elisabeth avait pris la route, quand une inquiétude étrange lui ordonna de partir à nouveau. Elle ne voulait pourtant pas quitter la Pologne sans avoir vu, de ses yeux, le théâtre central de l'enfer. Le camp de concentration de Maidanek n'était pas très loin. Une jeep l'y emmena. C'était déjà un lieu de visite. Des groupes de gens s'y déplaçaient dans un silence ahurissant.

Les miradors, les barbelés, et ces deux wagons, remplis de cheveux, et de chaussures d'enfants. Une odeur insistante de brûlé. Au loin, les fours... Et les longues baraques en bois. Elisabeth pénètre dans l'une de ces baraques et elle voit, stupéfaite, que les murs sont couverts de dessins de papillons. Des dessins d'enfants. Elisabeth est bouleversée. Le papillon deviendra son signe. Tout d'un coup, elle se sent observée. Elle se retourne. Dans l'encadrement de la porte, il y a une jeune femme très maigre, dont le regard l'appelle. Elle s'appelle Golda. Elle vient d'une famille juive de Bavière. Tous les siens ont été exterminés dans ce camp. Elle-même n'y a échappé que par miracle. Elle aussi, elle a le regard fantastiquement calme de ceux qui ont atteint la cinquième phase. Le refus de la mort? La colère? Le marchandage? La dépression? Les survivants des camps ont forcément dû traverser toutes ces étapes dans le plus menu détail, et avec une inconcevable intensité. Le regard de Golda est calme à jamais.

Golda est venue en pèlerinage avec des parents. Mais elle repart le lendemain. Pour l'Allemagne. Et Elisabeth apprend, stupéfaite, que cette jeune juive a décidé de combattre la douleur, l'amertume, la folie, en soignant des gosses de soldats allemands, dans un hôpital de Hanovre. Elisabeth détourne la tête et demeure silencieuse. Que s'est-il passé dans la tête de cette femme, pour qu'elle puisse agir de la sorte ? Que s'est-il passé dans ces camps de l'enfer, pour qu'en émergent des êtres pareils ?

De Golda, Elisabeth a reçu son troisième point d'interrogation : qu'est-ce que la compassion ?

Après, son périple devient ivre.

Elisabeth erre jusqu'en Russie, avec des gitans, dont les chevaux tirent les roulottes depuis le fin fond de l'Asie, où ils ont passé la guerre à l'abri. Finalement, grâce à des curés polonais et à des aviateurs américains, elle se retrouve en Allemagne. Mais mourante : elle a attrapé le microbe de la typhoïde.

La voilà toute seule en pleine forêt germanique. Quelqu'un la découvre, gisant inanimée, transpercée de fièvre. On la transporte dans un hôpital. Elle demeure suspendue entre la vie et la mort pendant une semaine.

Les autres malades – des Allemands – la croient polonaise. Ils la haïssent, lui tournent le dos, refusent de lui donner à boire. Lorsqu'elle s'en sera sortie, ils apprendront leur erreur et s'excuseront : si seulement ils avaient su qu'elle était suisse ! Ils l'auraient dorlotée. Horrifiée, Elisabeth se sauve dès qu'elle peut tenir sur ses jambes et finit par se retrouver chez elle, à Zurich, dans sa famille, effrayante de maigreur.

Elisabeth fera d'autres voyages à travers l'Europe ravagée. Puis elle reprendra son travail de laborantine, au service ophtalmologique du grand hôpital de Zurich. Son nouveau patron l'encourage à passer son baccalauréat. Elisabeth a quitté l'école en troisième. En un an, elle en rattrape trois, bûchant seule, le soir, dans un grenier que lui sous-loue une amie musicienne. A l'été 1949, sans avoir cessé de travailler à l'hôpital, Elisabeth décroche son bac. Un an plus tard, elle entre en fac de médecine.

Sept années d'études acharnées. Mais Elisabeth ne fait pas que ça. Avec son amie musicienne, elles organisent dans leur appartement des « soirées musicales » bientôt célèbres dans toute la faune estudiantine de Zurich.

Avec Elisabeth, les choses prennent toujours une tournure particulière. De salon chic, l'appartement de ces demoiselles se transforme peu à peu en *Free clinic* avant la lettre, où elle fait se rencontrer, en séances gratuites, étudiants malades et étudiants en médecine. Et ça marche!

Parmi les étudiants en médecine, il y a plusieurs Américains, et, au milieu d'eux, Elisabeth a vite repéré un grand brun aux yeux noirs, que le hasard a mis dans la même équipe qu'elle, en cours d'anatomie. Ce sont de toutes petites équipes. Des équipes de deux. Il s'appelle Emmanuel Ross et les copains l'appellent Manny. C'est un juif du Bronx. Avec lui, Elisabeth apprend à disséquer les cadavres.

7

Première conférence d'une jeune mourante dans le Colorado

DEVENUE médecin, Elisabeth se voit tout à fait marcher sur les traces d'Albert Schweitzer en Afrique. A moins que ce soit en Inde? Elle a un échange étrange avec l'Inde. Un enfant indien, atteint d'une scepticémie après qu'un rat lui eut mangé un œil, a été sauvé *in extremis* par une bonne âme qui l'a fait expédier en Europe. L'enfant se retrouve à l'hôpital de Zurich, où, affolé, il refuse de manger et demeure prostré depuis une semaine. Que faire? C'est la panique : le petit Indien va mourir. Elisabeth appelle aussitôt quelques étudiants indiens amis et leur demande de s'occuper à tour de rôle de la nourriture du petit. Ils le font avec joie. A la seule odeur du riz au curry rapporté par ces gens aux figures familières, l'enfant se débloque et guérit. L'histoire circule jusqu'à Berne. Justement, le Pandit Nehru et sa fille Indira Gandhi sont en visite. Ils invitent Elisabeth et ses amis étudiants indiens à l'ambassade. Elisabeth sympathise avec Indira, qui lui dit : « Venez chez nous, nous avons besoin de gens comme vous. »

Elisabeth n'ira jamais en Inde. La voie semble pourtant toute tracée. Déjà elle rêve de paysages grandioses, se voit, par un chaud après-midi tropical, aider les malheureux dans quelque léproserie.

Elle en parle à Emmanuel Ross, avec qui elle est sûre, décidément, de vouloir faire sa vie... Mais l'Américain refuse tout net.

« J'ai bien réfléchi, dit-il, je veux rentrer aux *States*.

– Hein ? Et nous deux ?

– Si tu veux vivre avec moi, ce sera là-bas. »

Pas question ! S'il y a un endroit au monde où Elisabeth n'a jamais envisagé de mettre les pieds, c'est bien les Etats-Unis. Quelle horreur ! Elle ne renoncera à aucun prix à sa mission d'exploratrice. Et désormais, elle le sait bien, c'est en Inde que va se jouer sa vie.

L'affaire est en route : elle a posé sa candidature et les Indiens, ravis, l'ont déjà affectée à un programme colossal, qui doit permettre d'assainir toute une région pourrie de fièvres dans le sud du subcontinent. Elisabeth en est à boucler ses bagages quand tombe un télégramme : « Programme reporté *sine die*. » En un instant, tout bascule. Par manque de capitaux, les Indiens ne veulent réellement plus d'elle.

Elisabeth sent un soudain vertige. Car Manny se frotte les mains : « Tu viens avec moi à New York, évidemment ! » L'idée lui fait toujours horreur. Elle veut vivre dans la nature. Il lui faut une grande aventure physique. C'est ainsi qu'elle sent sa vie, depuis toujours. Que faire ?

Un soir, une amie infirmière américaine lui dit en riant : « Tu veux connaître quoi ? La jungle ? Mais ma chérie, Manny a raison, c'est New York qu'il te faut !

– New York !

– Oui, s'écrie Manny, et le vrai, le Bronx ! »

Ils y vont par la mer, sur un paquebot français. Voyage de noces. Juste avant de quitter l'Europe,

Manny a épousé Elisabeth. Maintenant elle s'appelle Elisabeth Ross.

Ce sont deux bosseurs fous. Le travail à l'hôpital (le Glencove Community Hospital de Long Island) va bientôt les empêcher de se poser le moindre problème inutile. Ils sont affectés ensemble aux urgences. Elisabeth découvre le rythme de travail monstrueux des Américains. L'usine! Autre différence : là-bas, les aides-soignantes, les infirmières, les sages-femmes, bref toutes les femmes qui travaillent à l'hôpital sont outrageusement maquillées. La montagnarde européenne trouve cela choquant. Et leur façon de parler des patients! De ceux qui meurent!

« Salut, baby, qu'est-ce que t'as comme pot de t' casser maintenant. Quoi d' neuf?

– Bof, rien. Il est super ton fut! Si, tiens, la 7 est morte.

– Trois dollars chez Hoover, à côté. La 7? Elle a tenu si longtemps? J'aurais pas cru. J' l'aimais bien.

– Si, si. A part ça, je crois que... oui, la 5 et la 14 sont vides... Attends qu' j' vérifie... Oui, la 12 aussi. Ben, dis donc, on peut dire que vous avez du bol : ils ont tous clamsé pendant la journée cette fois. Qu'est-ce qu'on a dégusté! »

Ces femmes sont-elles des monstres? Quelques années plus tard, l'atmosphère « s'américanisera » de la sorte jusqu'au fin fond de l'Europe, mais ce n'est pas encore le cas dans les années cinquante : Elisabeth est profondément choquée.

Pourtant, s'ils parlent facilement de la mort, dès que celle-ci frappe à l'improviste – dans un service où l'on ne meurt pas d'habitude –, dès qu'il s'agit d'un gosse, dès que la routine n'offre plus son bouclier somnambulique, c'est la panique. Et Elisabeth découvre l'extraordinaire épaisseur du mensonge qui entoure les Américains gravement malades. Ces gens-là sont trop vernis, que voulez-vous! Trop beaux, trop grands, trop forts, trop sains, trop gais, trop jeunes, que viendrait faire la mort dans le tableau?

L'étonnant, c'est qu'il y ait, en même temps, le cinéma, avec une mort mythique apparemment au point :

« Aaaah, Joe, soutiens-moi! Je vais mourir.

— Mais non, Bill.

— Mais si. Alors, écoute-moi bien, Joe. Le type au bras d'argent... c'est... lui qui a vendu Sam aux flics. Jure-moi de le venger.

— Je te le jure, Bill.

— Et c'est aussi lui qui... qui...

— Qui quoi? Bill? Bill! Dieu ait ton âme, Bill. »

Bizarrement, cette scène n'a jamais lieu à l'hôpital. C'est pourtant là que meurent la plupart des citoyens d'Amérique. Elisabeth découvre que les Américains sont tellement obnubilés par la bonne santé qu'ils vous la souhaitent et vous la prêtent à tout bout de champ. Même quand ça ne marche plus du tout.

« Est-ce grave, docteur?

— Mais non, mais non, vous allez vous en sortir comme un chef! »

Puis, en aparté, à la famille toute tremblante : « Il n'y a, hélas! plus rien à faire. » Ou, éventuellement, à un confrère : « Il est cuit. Dans huit jours, il n'y a plus personne dans ses baskets! »

Mais jusqu'au bout, on sourira *Cheeeeeese*! en entrant dans la chambre du malade, le maintenant « par humanité » dans l'ignorance de son état réel.

Les familles ne s'en sortent pas plus élégamment que les toubibs. On sèche ses larmes le mieux qu'on peut avant d'entrer dans la chambre, et le mourant reçoit des siens un double message horriblement contradictoire : leurs mots sont pleins d'espoir, mais leurs vibrations, leurs gestes, leurs tics puent l'angoisse. En général – Elisabeth le découvrira plus tard – le mourant *sait*. Mais il négocie plus ou moins bien avec son savoir tragique. Quand tout le monde, autour de lui, nie si farouchement la réalité et ne voudrait pour rien au monde en parler avec lui, le malheureux entre facilement dans la combine. Sans se douter que c'est une torture. Orchestrée, de toute bonne foi. Avec les médecins qui règnent là-dessus comme des pachas maladroits.

Pachas pressés. Pachas paniqués, en réalité – mais cela non plus, Elisabeth ne le sait pas encore, quand elle travaille au Glencove Community Hospital. D'ailleurs, qui sait, à l'époque, que les médecins et les professions médicales sont, en Amérique, plus paniqués devant leur propre mort que la moyenne des gens ? Les enquêtes et les sondages sur la question n'ont pas encore commencé. Le grand public apprendra cela dans les années quatre-vingt, un quart de siècle plus tard. De combien « plus paniqués » ? 13 p. 100 ? 20 p. 100 ? Est-ce mesurable ? Cette panique est-elle la cause ou l'effet de leur profession ? Autre paire de manches.

Tous ces mensonges autour de la mort confirment Elisabeth dans son impression que les Américains sont des gamins. Elle-même se taille vite une réputation de roc. Un jour, l'une des infirmières tombe gravement malade. Elle a travaillé avec Elisabeth aux urgences. Instinctivement, c'est elle qu'elle réclame à son chevet la nuit où elle meurt. Elles se connaissent à peine. Elisabeth est étonnée. Encore tellement loin de se douter de ce qui l'attend.

La mort ? En réalité, elle n'y pense pas plus que n'importe quel médecin. Les enfants, en revanche, l'intéressent énormément. Après son internat, elle décide de devenir pédiatre. Un patron l'accepte dans son service, amusé d'entendre cette petite bonne femme pester contre tous les pédagogues américains réunis. Une seule condition : qu'elle ne soit pas enceinte. Une semaine plus tard, Elisabeth découvre qu'elle l'est. Premier acte manqué.

Elle cherche un autre poste – et ne trouve rien. Devant l'urgence, elle finit par accepter un poste à 400 dollars par mois, dans un établissement d'Etat, un hôpital psychiatrique, le Manhattan State Hospital, sur l'île de Ward, dans l'East River, à la hauteur de Harlem.

Là-dessus, série de coups durs. Fausse couche. Et son père, en Suisse, qui a une attaque et se trouve à l'article de la mort. Elisabeth a le moral à plat. Seule consolation, au moment de quitter l'hôpital de Glencove, les Ross sont élus meilleurs internes de l'année par le personnel de l'hôpital. Mais la direction refuse : cette récompense très ancienne est réservée aux étudiants de la maison. Chauvinisme criant.

Autant Elisabeth s'est relativement vite attachée aux Américains de base, autant les leaders lui semblent épouvantables. On est à la fin des années cinquante. L'ère des Kennedy arrive. L'Amérique au faîte de sa gloire. C'est la Rome des grands triomphes. Avec la même apparente fraîcheur que le jeune et beau nouveau président : le mensonge fait tache d'huile, on nie tous les obstacles, tous les maux, on est optimiste à 1 000 p. 100, on est les rois de l'univers. Elisabeth fait partie des gens qui ont vraiment eu peur de la guerre mondiale à cette époque.

Après l'étourdissement du mensonge viendra la colère. Puis le marchandage. Puis la dépression. Les sociétés humaines passent, elles aussi, par cette étrange succession de phases...

Le premier lundi de juillet 1959, Elisabeth arrive en bus, à travers Harlem, et débarque dans l'île du diable. Une forteresse monstrueusement laide, entourée de réservoirs à gaz géants, de centrales électriques, à deux pas du vieux nœud autoroutier qui relie les aéroports à Manhattan par le nord. Dès l'entrée, ça sent la souffrance, la violence, la résignation, la bestialité. Mille bouquins ont raconté cette zone. L'emprisonnement qu'elle représente. Le fait que, pour beaucoup, il n'y ait pas d'autre endroit où aller. Mais le Manhattan State Hospital, c'est vraiment le pire de tous. Elisabeth est tombée dans ce qui se fait de plus glauque.

Un gros chef de service à la voix enrouée lui fait visiter l'endroit. Au centre, les bureaux et les labos – où des biochimistes mettent au point de nouvelles drogues. Autour, en étoile, l'infirmerie, le bloc chirurgical et les différents services où s'entassent psychopathes, schizophrènes et maniaco-dépressifs divers. Quatre cours bondées – essentiellement de Noirs et de Portoricains, prostrés dans tous les coins, en loques, nageant dans leur urine.

Elisabeth doit surveiller des femmes schizophrènes chroniques et soigneusement noter le comportement de celles à qui l'on vient d'administrer une drogue. Il s'agit d'expériences inédites. Ces malades, souvent jugées incurables, servent de cobayes. Epouvantée, Elisabeth découvre qu'on ne demande pas leur avis aux « cobayes ». Plus tard, elle apprendra que les produits qu'on leur administrait s'appelaient LSD, psylocybine, mescaline, à doses de cheval. Des hallucinogènes puissants, outils remarquables aux mains des chamans, mais horriblement destructeurs lorsque vous les injectez anarchiquement à n'importe quelle malheureuse, à son insu et sans rien faire pour l'aider, alors qu'elle se roule par terre, tordue de douleur et de peur, en proie à d'indicibles cauchemars.

Très vite, Elisabeth jette ses bouquins psychiatriques au panier. A quoi bon ces salades? Elle veut du concret, et tout de suite! La direction la laisse d'abord faire. Elisabeth exige de ses malades un peu de tenue : qu'elles portent des souliers, se peignent, se brossent les dents... Sinon, pas de cigarettes, ni de Coca-Cola. Ça marche tout de suite étonnamment. Les malades les plus atteintes comprennent très bien ce que raconte la petite dame étrangère.

Elles l'ont toutes repérée, celle-là, qui vient leur tenir la main comme à des enfants, quand elles se paient une crise! Une vraie petite mère. En moins de deux, les malades s'accrochent à Elisabeth. Elle leur apporte des cadeaux, sourit aux plus maboules. Bien vite, ses patrons la mettent en garde : si elle n'est pas capable d'observer de recul par rapport à ses propres émotions, autant abandonner tout de suite, elle n'est pas faite pour ce métier. D'ailleurs, c'est très simple : elle va forcément se prendre un retour de manivelle dans la mâchoire. Il n'y a qu'à attendre.

Or c'est le contraire qui se produit. Elisabeth obtient des résultats étonnants, en particulier avec une schizophrène catatonique, une ancienne artiste peintre qui n'a pas dit *un* mot depuis plusieurs années et qui ne parlera jamais plus, on en est sûr. On connaît bien ce genre de trouble. C'est terrible. Mais il n'y a rien à faire. EKR demande le droit de s'occuper personnellement de la dame.

Pour qui se prend-elle? Si on ne la flanque pas à la porte, c'est qu'aucun médecin américain ne veut travailler dans ce genre de bagne. Elisabeth obtient de s'occuper de la muette. Elle s'appelle Rachel. Son visage n'exprime strictement rien. Jamais. Elle semble définitivement aspirée à l'intérieur d'elle-même. Pendant trois mois, Elisabeth lui parle, comme si elle était sûre que l'autre entendait. Mais l'autre ne moufte pas. Pas un cil ne bouge. Plusieurs fois, EKR est à deux doigts d'abandonner. Elle mesure à quel point, en effet, elle risque de se blesser elle-même à ce petit jeu. Allez parler à une statue de marbre, tous les jours, pendant des mois, à la fin, vous vous demanderez qui est le plus fou des deux!

Dix mois passent et rien ne s'est produit. Elisabeth est convoquée : Rachel doit retourner chez les incurables et tout doit rentrer dans le rang. La jeune toubib supplie ses chefs de lui laisser un dernier délai, jusqu'à Noël.

Un jour, elles regardent ensemble la neige tomber dans la cour. Elisabeth parle à Rachel de la joie de peindre. Elle essaie d'imaginer l'émotion de l'artiste devant le spectacle qu'elles ont sous les yeux. Puis elle se tourne vers la schizophrène et, la tenant par les épaules, la conjure de mettre toutes ses forces dans la balance et simplement de lui dire « Oui ». La femme brune semble soudain parcourue d'un spasme. Son visage, pour la première fois depuis des années, perd sa mortelle immobilité. Ses lèvres se tordent, se convulsent. Elle porte ses mains à sa gorge. Et enfin laisse échapper un « Oui » étranglé. Elisabeth, suffoquée de stupeur, se met à sangloter.

Ensuite, en quelques jours, avec l'aide de l'assistante sociale et d'un thérapeute ami, elle élargit la brèche qu'elle a réussi à ouvrir dans l'éboulis monstrueux de la folie. Mais elle ne dit rien aux autres. Quand Noël arrive, EKR invite le boss à venir faire un tour chez elle. Le psychiatre trouve Rachel penchée sur un canevas. L'aiguille à la main, elle le regarde et, d'une voix désaccordée mais audible, lui demande : « Vous trouvez ça joli? »

Evidemment, la nouvelle fait l'effet d'une bombe. Ce genre de chose n'arrive pas tous les quatre matins! Maintenant, Elisabeth ne veut plus partir. Elle organise un Noël fabuleux, fait elle-même des gâteaux, rapporte un cadeau pour chacune de ses malades... La folie! Cette fois, c'est carrément le blâme. Elle est mise en demeure de cesser immédiatement sa thérapie sauvage.

Une fois par mois, tous les psychiatres se réunissent et discutent *méthodes*. Ils citent Freud, Adler, Skinner, etc. Elisabeth ne cite jamais personne. Selon elle, la plupart des psychiatres sont inaptes à ce métier, qui exige plus de cœur que d'intelligence mentale. Elle commence à le dire tout haut : du cœur! Ce mot a le chic pour mettre ses confrères en rage. Mais ses démonstrations sont tellement concrètes qu'ils sont généralement obligés de se plier. Ils l'attendent au tournant.

Une autre de ses malades est une Noire hyperviolente, qui a été violée à maintes reprises par ses employeurs blancs, et qu'on a dû enfermer depuis qu'elle a essayé d'en étrangler un. Elisabeth a entamé un dialogue avec cette femme depuis quelques semaines et a réussi à obtenir que l'on allège la camisole chimique qui la maintient d'ordinaire dans une léthargie effrayante. Un jour, la femme déboule en trombe dans son bureau. Elisabeth, en pleine conversation avec une autre malade, lui fait signe d'attendre. Mais l'autre ne supporte pas d'être ainsi « rejetée » et se rue sur Elisabeth, qu'elle se met à étrangler. Aussitôt, deux infirmiers se jettent sur la forcenée et, avant qu'Elisabeth ait pu dire un mot, disparaissent avec elle dans le « bloc des punitions ». Le bloc dont la seule évocation fait frémir tous les malades, et où la direction n'a jamais laissé entrer Elisabeth. Mais elle sait bien ce qui s'y passe : l'électrochoc.

Quelques heures plus tard, on ramène la Noire, brisée, anéantie. Au fond de son regard complètement éteint, on lit une lueur de terreur. Cette fois, c'est Elisabeth qui pique sa crise. Elle se précipite chez le chef de service et se met à l'insulter : « Si d'ici à une semaine ces pratiques barbares n'ont pas cessé, toute la presse américaine et européenne sera mise au courant! » Un joli boucan. Va-t-on la licencier? Au point où elle en est, quelle importance?

Au contraire, elle est invitée à venir bavarder avec le directeur. Il lui annonce que, justement, il projetait d'arrêter l'électrochoc punitif pendant quelques mois – à titre expérimental...

Quand EKR quittera l'île de Ward, en 1961, les trois quarts de ses patientes auront quitté l'hôpital, après qu'elle les aura elle-même, peu à peu, entraînées à retrouver le monde extérieur (par exemple, en les emmenant par petits groupes faire les courses dans les grands magasins). Une trentaine de femmes sauvées de l'enfermement, alors qu'elles croupissaient là depuis des années (l'une d'elles depuis dix-neuf ans). La plupart étaient censées y rester à jamais.

Au cours de ses conversations avec ces femmes, Elisabeth a acquis une certitude : même prostrés – plus tard elle dira la même chose des gens dans le coma –, les malades mentaux sont hypersensibles à l'*état affectif* de ceux qui les entourent. Le psychiatre ou l'infirmière les mieux intentionnés du monde, mais qui n'auraient pas, spontanément, le cœur ouvert à leurs patients, seraient extrêmement mal partis pour les soigner. Avoir le cœur ouvert? Cela se dit aussi aimer. Et à la fin, Elisabeth n'hésite plus. Elle utilise carrément le mot. *Aimer*. Est-ce un mot médical? Elle s'en fiche. Ce dont les hôpitaux modernes ont le plus besoin, dit-elle, c'est d'amour.

Et, bien que fort perplexes, ses confrères ne rient plus. Elle obtient des résultats trop évidents.

Autour d'elle s'est constituée une équipe. Elle a institué une véritable *thérapie de secteur* – notion encore inédite à l'époque – trouvé des familles d'accueil, créé de petites équipes baladeuses, mis au point un système pragmatique, totalement individualisé... Un ensemble impossible à mettre en œuvre sans un minimum d'amour, en effet.

Son initiation continue. La voilà au Montefiore Hospital – à New York, toujours. Elle entre dans le monde des intellos. Son anticonformisme surprend, mais comme elle obtient des résultats, on la consulte régulièrement. Un jour, un confrère lui demande ce qu'elle pense de la « comédie morbide » d'un jeune patient dépressif qui, depuis quelques jours, fait semblant d'être paralysé, malgré tous les antidépresseurs qu'on lui a administrés. Elisabeth va voir le malade, discute avec lui pendant une heure et demie.

« Alors? demande ensuite le confrère.

– Il ne s'agit pas d'une comédie, dit Elisabeth, il est *vraiment* paralysé (elle cite le nom d'une maladie nerveuse). Il va bientôt mourir.

– Hein! s'écrie l'autre. Mais vous plaisantez?

– Pas du tout, répond-elle, d'ailleurs je pense qu'il *sait* qu'il va mourir. Il faut, je crois, comprendre son état dépressif comme un stade normal de son agonie. Ce jeune homme observe en quelque sorte son propre deuil. »

Le psychiatre regarde Elisabeth avec surprise : son « propre deuil »? Que baragouine-t-elle? Trois jours plus tard, le jeune homme meurt, de la maladie diagnostiquée par EKR. Le confrère ne la consultera jamais plus.

Elisabeth commence à entr'apercevoir que, pour les médecins, la mort est toujours vécue comme un échec personnel. Et même un affront. Elle pressent qu'il y a là comme un vice de fabrication. Quelque chose de tordu à la base même de la formation médicale. Mais quoi? La route est encore longue.

Le père d'Elisabeth se meurt de septicémie. L'agonie dure plusieurs jours. Accourue à son chevet, la jeune femme entend la requête paternelle et use de son pouvoir de médecin pour enlever le vieil homme aux confrères qui veulent le retenir à l'hôpital. Elle l'installe confortablement chez lui. Père et fille passent des heures à discuter philosophie. Elle s'aperçoit qu'il a énormément lu depuis leur dernière rencontre. Il lui parle du bouddhisme, des zoroastriens. Lui! Ce vieux protestant conservateur! Jusqu'au bout, il refuse la morphine pour demeurer le plus lucide possible. Jusqu'au bout, il garde un impayable sens de l'humour.

Intriguée, Elisabeth s'aperçoit que seule la venue de sa mère dans la chambre tend l'atmosphère. Il faut dire que Mme Kübler est terriblement angoissée. Elle ne dit rien, mais cela se sent. Elisabeth commence à comprendre que l'angoisse des « bienportants » – surtout quand elle n'est pas exprimée – freine l'agonisant dans sa glissade naturelle, l'empêche inconsciemment de « vivre son propre deuil » et d'approcher de la « cinquième phase ». L'acceptation sereine du grand départ doit être réciproque. De cœur à cœur, les vivants doivent laisser le mourant s'en aller.

Son père enterré, Elisabeth rentre à New York. Mais les Ross finissent par s'ennuyer dans la grande ville. Ils ont soif de nature et posent leur double candidature dans plusieurs hôpitaux de l'Ouest. Finalement, ils se retrouvent à Denver, dans le Colorado.

D'une certaine façon, tout va se jouer à Denver.

Juste avant de quitter New York, Elisabeth avait refait un rêve déjà ancien, où elle se voyait dans un paysage mexicain. Une chaleur torride, une jeune Indienne, le corps abandonné au rythme de son cheval. Elle redresse la tête. Au pied d'un plateau, dans une tache de vert sombre, un pueblo, arc-bouté contre un rocher noir en forme de bec d'aigle. Elle donne un léger coup de talon à son cheval, qui s'éloigne au galop...

Or, à peine arrivée dans le Colorado, Elisabeth tombe sur le paysage de son rêve. Exactement le même, au moindre détail près : le pueblo, le rocher en bec d'aigle, tout – y compris l'Indienne à cheval! Incroyable impression du *déjà vu*. Phénomène paraît-il courant. Mais rarement avec une telle intensité et un tel luxe de coïncidences. Elisabeth met un moment à retomber sur ses pieds. Les Indiens du Colorado lui sont immédiatement familiers. Quel est ce phénomène?

A Denver, Elisabeth se retrouve assistante du professeur Sydney Margolin. Un psychophysiologiste, dont l'enseignement et les recherches mordent sur plusieurs domaines très vastes. Au centre de son travail : les relations entre maladies et émotions. Les troubles psychosomatiques. Et les pouvoirs, à peine défrichés par la science, de l'esprit sur le corps. Avec Margolin, l'exploration en est au stade de l'accumulation primitive des données. Le champ est tout neuf. Il faut de l'imagination. Qu'un individu triste devient plus facilement malade qu'un joyeux, cela tombe sous le sens. On entend toute la journée des gens vous dire qu'Untel a « somatisé son angoisse ». Mais comment fonctionne cette somatisation, dans la profondeur des chairs? On n'en sait alors pas grand-chose. Pour beaucoup de psychologues des années soixante, le système nerveux demeure une « boîte noire », dont on ne cherche pas à savoir ce qu'elle contient. Margolin fait partie de ces chercheurs qui tentent la jonction – certains pensent téméraire – entre la psyché et la matière. Et il multiplie les expériences.

Le premier travail d'Elisabeth dans l'équipe de Margolin consiste à nettoyer, avec une brosse métallique et du décapant, un détecteur de mensonge tout rouillé dans l'arrière-boutique du prof! Pendant des jours entiers, elle frotte. Mais elle a aussi le droit de fouiller les archives personnelles du patron. Ça la passionne. Margolin travaille, notamment, sur l'hypnose. Elisabeth se laisse hypnotiser. Puis elle hypnotise à son tour. Un jour, sous hypnose, elle se revoit dans la peau de l'Indienne, mais cette fois, à bord d'un canoë. Tout d'un coup, un Indien d'une autre tribu surgit de l'eau et s'agrippe à elle, essayant de la noyer. L'expérience s'arrête avant la fin du songe. Le lendemain, elle apprend qu'un étudiant hypnotisé au même moment qu'elle, mais dans une autre salle, a fait le songe inverse : c'était lui l'Indien agresseur. Les étudiants pressent Margolin de questions. Ils veulent une explication du phénomène. Le psychophysiologiste se garde bien de conclure.

En quelques mois, Sydney Margolin et Elisabeth deviennent grands amis. Un après-midi, EKR est en train de donner un coup de brosse à un sismographe – que le prof compte utiliser dans Dieu sait quel bricolage –, quand Margolin se pointe en sifflotant et lui balance :

« Au fait, je pars deux semaines dans le Sud! »

Elle acquiesce d'un geste vague, tout à son labeur. Le prof va régulièrement au Nouveau-Mexique, poursuivre certains travaux auprès des Indiens. Mais il ajoute de loin :

« L'embêtant, c'est que j'ai cette conférence psychiatrique mensuelle, vous savez, ce truc, vendredi, pour les internes de dernière année. » Elisabeth l'écoute sans entendre, tout à son travail de décapage. La voix de son patron continue de lui parvenir depuis la pièce voisine : « Mon voyage, dit-il, ne peut malheureusement pas attendre. Alors j'ai eu une idée : c'est vous qui allez donner cette foutue conférence à ma place, Elisabeth. »

Là-dessus, il grimpe dans son bureau, sans attendre de réponse. La jeune femme court se laver les mains en vitesse et rejoint son patron, très inquiète. Margolin compte-t-il lui laisser le texte exact de la conférence, ou bien veut-il qu'elle rédige un papier à partir de ses notes ?

« Pas du tout, réplique-t-il, je n'ai rien préparé. A vous de trouver un sujet intéressant. Je vous fais confiance ! Mes dossiers sont à votre disposition. »

Elisabeth manque s'évanouir. Parler depuis sa chaire, elle ? Faire un discours professoral ? Sur « quelque chose d'intéressant », en matière de psychiatrie, à quatre-vingts internes insupportables et venus uniquement à cause de la réputation de drôlerie de Margolin ? Elle proteste :

« Mais... je n'aurai pas atteint la tribune qu'ils auront tous décampé ! »

Le prof hausse les épaules. Pour lui, l'affaire est réglée, il n'y reviendra pas.

Suivent trois jours d'angoisse intense. Que faire ? Elisabeth sait maintenant à peu près s'exprimer en anglais – malgré son accent, on la comprend. Mais de quoi parler ? Elle connaît cette conférence en psychiatrie. Des internes en chirurgie, en obstétrique ou en ophtalmologie, qui se moquent bien des méandres de la psyché. Pour tenir un auditoire pareil, il faut un excentrique comme Margolin. Il touche à tant de choses à la fois, et sait bondir de l'une à l'autre avec une telle pertinence qu'en cinq minutes les plus dissipés se taisent et écoutent. Mais Elisabeth ?

Pendant trois jours, elle cherche une idée de sujet. Comment accrocher un public si difficile ? Comment leur démontrer qu'ils ont tort de voir le monde ainsi coupé en tranches ? Par où passer pour les toucher ?

Le troisième jour est un dimanche. Elle arrose les fleurs au jardin, quand l'idée, lentement, émerge du fond de son esprit, « comme une photo apparaît peu à peu, dans le bac à révélateur ». Bien sûr qu'il y a un moyen d'obliger les internes à mettre leurs propres émotions dans la balance ! « Je vais, se dit-elle, leur parler de la mort. »

Elle court en parler à son mari, qui éclate de rire :

« Les médecins s'intéressent à la vie, pas à la mort ! » Rassurant, il ajoute : « Au moins, t'es sûre de ton succès, si tu parles de la mort, ça les fera marrer ! »

Elisabeth secoue la tête : non, il se trompe, c'est un sujet important qui met en jeu les émotions les plus subtiles de l'être humain. Mais le mari n'en démord pas : cela n'est pas un sujet scientifique.

Loin de la dissuader, l'obstination de Manny achève de convaincre Elisabeth. Décidément, les toubibs américains ont un problème gigantesque avec la mort. Ils ne veulent carrément pas en parler... sauf pour « se marrer ». Ça oui, ils en ont des blagues autour des macchabées, les carabins ! Laisser une paire d'oreilles dans le sac à main des jeunes étudiantes terrorisées. Ou une paire de couilles. Vieux rituels de bizutage... La mort du corps, le sang, les blessures, les infections, les purulences, les fractures, les amputations, les goitres, les tumeurs... tout cela, oui, tels les soldats d'une guerre sans cesse recommencée contre la dégradation physique, les médecins connaissent. Mais dès qu'on abandonne le dehors pour le dedans, il n'y a plus personne. Ce qui se passe à l'intérieur de la tête des gens au moment où ils se sentent partir, la façon dont ils encaissent *émotionnellement* – c'est-à-dire, du point de vue des intéressés, *réellement* – l'imminence de leur mort, les médecins s'imaginent que cela « n'a aucun intérêt », du moins pour des praticiens comme eux. Eux dont la fonction est de soigner, pas d'élucubrer.

Elisabeth n'a pourtant nulle envie d'élucubrer. Dès le lendemain, elle fonce à la bibliothèque de l'école de médecine, pour voir ce qu'on a déjà écrit sur le sujet.

A sa grande stupéfaction, elle ne trouve rien.

Rien.

Rien sur les états psychologiques du mourant.

Elle s'étonne, vérifie, passe une journée à feuilleter toutes les revues médicales d'Amérique. Rien du tout. Le sujet semble entièrement ignoré par la médecine moderne. On parle de l'alimentation du mourant, de la pharmacopée du mourant, mais pas du mourant lui-même. Dans les encyclopédies de médecine, elle tombe évidemment sur différentes définitions cliniques de la mort. Est-on mort lorsque la respiration s'arrête? Non, pas tout de suite. Alors, lorsque le cœur cesse de battre? On l'a longtemps cru. Mais le progrès technologique a repoussé la frontière : maintenant que l'on sait mesurer l'activité électrique du cerveau, les médecins déclarent un individu cliniquement mort lorsque son cerveau est électriquement à l'arrêt – électroencéphalogramme plat.

La relativité extrême de toutes ces définitions

plonge Elisabeth dans une grande perplexité. A mesure qu'elle tourne les pages, une évidence s'impose crûment à elle : les médecins n'ont pas de définition de la mort. Que se passe-t-il au moment précis où la vie s'en va? Dire que toute activité cesse – électrique ou pas – ne répond en rien à la question. Il est mort parce qu'il est mort. Mais encore? On ne sait pas. Elisabeth comprend à quel point cette lacune révèle les limites de la biologie tout entière : qu'est-ce que la vie? Les biologistes cherchent, cherchent, mais ne savent pas – bien que toujours *à deux doigts*, comme ils disent, de découvrir, enfin, la clef de l'énigme.

Elisabeth quitte la bibliothèque très songeuse. A trente-six ans, cela fait vingt longues années qu'elle vit dans l'univers médical et hospitalier. Elle est encore débutante. Mais déjà elle aurait tant de choses à raconter sur les mourants. Sur la façon, dont ils luttent et paniquent, mais aussi sur l'incompréhensible douceur qui peut s'emparer d'eux, l'ineffable beauté que peut soudain dégager le moindre de leurs gestes, de leurs mots derrière le masque souvent horrible dont ils sont revêtus. Mais pas un mot de tout cela dans les bouquins de médecine. Si Elisabeth veut dire quoi que ce soit sur la mort, il lui faudra trouver les mots elle-même.

Il y a une autre bibliothèque sur le campus. Celle du département d'ethnologie. Là, en revanche, Elisabeth tombe sur des centaines d'ouvrages consacrés à la mort. Essentiellement des comptes rendus d'explorateurs sur les rituels funéraires des peuples traditionnels. Dieu sait si la mort en a inspiré, des rituels! Et des visions! Religieuses, mystiques, eschatologiques, philosophiques, mythologiques, cosmogoniques ou simplement artistiques. Elisabeth pioche au hasard, relève quelques pratiques indiennes particulièrement belles, pour introduire son exposé de façon pas trop rébarbative. Mais son problème reste entier : que dire, en tant que psychiatre, sur la fin de la vie?

Finalement, la simplicité l'emporte. Elle repense à l'enseignement qu'elle a reçu en Suisse : les professeurs faisaient le plus souvent leurs cours à partir d'un vrai malade, amené sur une civière, ou en fauteuil roulant, au centre de l'amphithéâtre. Elisabeth décide de faire pareil : il suffit de trouver un malade jugé incurable, qui accepte de venir parler devant des étudiants.

Aussitôt, elle se met à la recherche d'un volontaire. Le plus ingénument du monde. Oui, à cet instant, elle est, je crois, totalement innocente. Elle ne saisit pas que toute sa vie va brusquement virer de bord. Elle est simplement soulagée d'avoir, peut-être, trouvé une solution au traquenard dans lequel le professeur Margolin l'a poussée. Elle se rend à l'hôpital et, tout de suite, guidée par une chance invraisemblable, tombe sur une jeune leucémique en pleine crise de colère. Elle s'appelle Linda. Elle a de grands yeux verts. Derrière sa pâleur et sa maigreur extrêmes, on discerne qu'elle a été très jolie. Quand Elisabeth entre dans sa chambre, la jeune fille est en train de brasser un paquet de cartes postales à pleines mains. Tout son lit est couvert de cartes de vœux : elle a eu seize ans le matin même et des centaines d'individus lui ont écrit.

« Et vous savez pourquoi? hurle l'adolescente en regardant le médecin qui vient d'entrer, parce que ma mère, ma mère – oh, celle-là! – a mis une petite annonce dans le journal, disant que *sa pauvre petite fille leucémique allait devoir fêter son anniversaire à l'hôpital*! Des inconnus! Qui se fichent bien de moi! Oh, je la hais, je la hais! »

Folle de rage, elle tire un coup sec sur son drap et toutes les cartes voltigent dans la pièce.

Elisabeth demande à Linda si elle veut bien un peu bavarder. La jeune fille est d'accord, pour continuer à déballer sa rancœur. Sans qu'Elisabeth ne lui pose la moindre question, Linda raconte comment, du jour au lendemain, sa mère s'est mise à la couvrir de cadeaux, à l'embrasser à tout bout de champ... « Pourquoi, maman ? – Mais pour rien, pour rien ma chérie »... Ou bien : « Mais parce que je t'aime, mon trésor. » En présence de Linda, ni son père, ni sa mère, ni aucun membre de sa famille n'a jamais admis qu'elle était condamnée. Elle s'en est pourtant bien rendu compte. Mais toute seule, enfermée dans une sorte de secret maléfique que les autres ne voulaient pas entendre. « Dis, maman, si je devais mourir... – Veux-tu te taire ! Voyons, ma chérie, tu sais bien que le docteur a dit que tu irais bientôt mieux. »

Pourtant, l'une après l'autre, ses amies ne sont plus venues la voir. Sauf une ou deux, mais avec des mines si coincées...

« Qu'est-ce qui t'a manqué le plus ? demande Elisabeth.

– De ne plus pouvoir jouer au tennis. Un jour, j'ai dû m'arrêter en plein tournoi. J'étais bonne, j'adorais ça. Depuis, je n'ai plus jamais joué.

– Et maintenant, demande la psychiatre, qu'est-ce que tu aimerais le plus ?

– Passer mon bac, répond Linda. Normalement, c'est l'année prochaine. Mais ça me paraît impossible ; bientôt un an que je suis des cours par correspondance. Mais dès que je lis une page, mes yeux se brouillent de fatigue. »

Elle regarde Elisabeth, assise à côté d'elle, et brusquement se met à pleurer. Elisabeth ne dit plus rien, se contente de tenir la main de la jeune fille.

Puis elles se remettent à parler. Linda passe par des phases de grande tranquillité. Son visage se détend, elle raconte ses meilleurs souvenirs d'enfance et sourit d'une façon terriblement touchante en observant qu'elle ne partira sans doute plus jamais en vacances.

Puis la colère la reprend. Elle crie des insultes, ses larmes l'étouffent, elle maudit la terre entière, et Dieu, cet innommable monstre qui veut déjà lui retirer ce qu'il prétendait lui avoir donné. Puis nouvelle accalmie, nouveau sourire... Au bout d'une heure, elle semble apaisée. Elisabeth lui demande alors si elle serait d'accord pour venir parler à des étudiants médecins. Linda est étonnée : que pourrait-elle dire à des étudiants? Elisabeth lui explique que ce sont des internes, mais qu'ils n'ont certainement jamais discuté avec une personne très malade, comme elles viennent de le faire. Linda éclate de rire. L'idée de jouer les profs la ravit.

La suite appartient à l'histoire. Le fameux vendredi, une centaine d'internes en blouse blanche attendent en bavardant très fort et en mâchant du chewing-gum. Elisabeth tremble, en montant sur l'estrade. Elle s'assied, ses genoux s'entrechoquent. Une rumeur parcourt l'assistance. Quoi? Ce n'est pas Margolin? Qui est cette maigrichonne? La jeune femme met cinq longues minutes à calmer sa voix qui chevrote. Mais, à sa grande surprise, le silence se fait et personne ne quitte la salle.

Elle attaque bille en tête. Les Etats-Unis sont champions du monde dans beaucoup de domaines, en particulier dans un : la peur de la mort. Avec son inimitable accent suisse-allemand. Ça intrigue les étudiants, qui cessent de bavarder. Perdant peu à peu sa timidité, EKR se lance dans un bref mais violent discours sur la sagesse des Anciens, qui regardaient la mort en face. Puis elle évoque ses voyages européens après la guerre, et elle plaint la société américaine d'être tellement effrayée par les agonisants. « Chez moi, dit-elle, dans les montagnes suisses, la fin de la vie n'est pas considérée comme une maladie honteuse. Ni comme une maladie tout court. La mort n'est pas seule en jeu, mais la vie entière. » Puis elle annonce que, après une courte pause, ils pourront discuter avec une personne gravement malade, qui a beaucoup réfléchi à tout cela.

Les internes s'attendent bien sûr à voir débarquer une personne âgée. L'arrivée de Linda dans un fauteuil roulant poussé par Elisabeth provoque la stupéfaction. Une teen-ager! Elle a osé faire venir une gosse leucémique pour parler de sa fin prochaine. Linda s'est maquillée. Elle est très jolie. Un silence cru s'installe.

Elisabeth se rassied et demande quelques volontaires, pour venir discuter avec la malade. Personne ne bronche. Elisabeth réitère sa demande. Toux, frottements de pieds. L'idée de venir bavarder avec la leucémique terrifie les internes. Aux premiers rangs, on serre les fesses. Certains paieraient cher, soudain, pour être ailleurs. Ce sont de brillants jeunes gens, mais à la seconde présente, toute l'intelligence du monde ne leur serait d'aucun secours. Pas de volontaire? EKR est obligée d'en désigner une demi-douzaine au hasard. Avec une lenteur épouvantable, les « volontaires » d'office gagnent l'estrade. Ils se mettent en demi-cercle autour de Linda.

« Cette jeune fille, dit Elisabeth, est venue pour répondre à vos questions. Qui commence? »

A grand mal, un étudiant prend la parole. Puis un deuxième. Et un troisième. Mais ce sont des questions techniques : Appétit? Pouls du matin? Numération globulaire? Vitesse de sédimentation?

Pauvres clampins. On dirait qu'ils ont avalé des parapluies. Depuis l'amphithéâtre, le tableau est saisissant. La gamine leucémique a l'air calme. Autour d'elle, par contraste, les internes semblent au martyre. De vrais morts vivants. Jamais Elisabeth n'avait aussi clairement lu la peur de la mort ordinaire sur le visage de gens bien portants. Finalement, elle renvoie les faux volontaires à leurs places et c'est elle qui interroge.

La psychiatre et la jeune fille reprennent leur discussion de l'avant-veille. Linda, très excitée, raconte : le refus de sa famille de s'avouer la vérité; la faiblesse qui, lentement, la ronge de l'intérieur; la noire déprime qui l'annihile certains soirs. Les souvenirs. Les rêves. L'espoir aussi. Oui, l'espoir : et si, finalement, elle s'en sortait quand même? Puis sa voix faiblit. Elisabeth la fait raccompagner dans sa chambre par un infirmier, après l'avoir longuement serrée contre elle.

Suit un interminable silence.

Enfin Elisabeth reprend la parole. Alors, subitement, toute l'assistance se met à bourdonner. L'attention est extrême. La plupart des yeux sont humides. Elisabeth demande s'il y a des questions. Cette fois, trente mains se lèvent. Mais tous disent la même chose : ils n'ont jamais été aussi émus de leur vie. Savent-ils pourquoi? demande Elisabeth.

« J'ai été bouleversé par sa jeunesse, dit quelqu'un, et par son courage. »

Un autre : « Par sa fragilité.

– Par sa beauté.

– Sa transparence...

– Ne pensez-vous pas, demande Elisabeth, qu'au travers de sa jeunesse, de son courage, de sa beauté, de sa transparence, vous venez de voir votre propre mort en face? Pour la plupart d'entre nous, c'était la première fois, non? » Elle ajoute : « Aucun médecin ne peut réellement s'occuper de malades graves ni d'agonisants avant d'avoir pris conscience de sa propre mortalité. Malheureusement, nos écoles de médecine ont oublié cela. Elles jettent chaque année sur le marché des milliers de jeunes docteurs non initiés, qui refusent ne serait-ce que de *penser* à la mort. Les écoles ont oublié de très anciennes vérités. »

La conférence dure exceptionnellement tard. C'est un franc succès. Voilà Elisabeth promise à un brillant avenir dans le sillage du professeur Margolin. Pourtant, elle s'interroge : va-t-elle réellement prendre racine, ici, à Denver? La montagne y est superbe et les Indiens lui plaisent toujours autant, mais elle se voit mal dans ce rôle. Quelque chose lui manque encore. Mais quoi?

Elle consulte donc trois vieux sages, en qui elle a grande confiance. Trois médecins. Les docteurs Spitz, Benjamin et Margolin. Tous les trois lui tiennent à peu près le même discours : inventer une nouvelle voie, c'est très bien. Mais au point où elle en est, il lui faut suivre une psychanalyse, et pas n'importe où. Ils lui conseillent l'Institut de psychanalyse de Chicago, selon eux le plus sérieux et le plus orthodoxe des Etats-Unis.

Une psychanalyse? Elisabeth n'aime pas ça. Et puis Chicago est loin. Aller là-bas deux fois par semaine en avion? Une fortune! Mais elle n'est pas femme à reculer devant l'obstacle. A tout hasard, elle va faire un tour à cet institut... Où on l'accepte aussitôt. Elle est furieuse. Heureusement, la revoici enceinte. Un double voyage hebdomadaire aller-retour Denver-Chicago n'est plus envisageable. Elle respire. Mais pas longtemps. Son mari en a marre de Denver. Dans sa spécialité – l'épidémiologie – c'est un trou à rat. Il a de nouveau soif de grande ville. On lui offre un poste en or. A Chicago...

Avant de quitter Denver, Elisabeth donne naissance à une petite Barbara, qu'elle se dépêche
d'aller montrer à sa famille, en Suisse. Mais le
charme n'y est plus. Est-ce l'absence de son père?
Finalement, elle est contente de s'installer à Chicago, où on l'accepte comme prof assistante au
Billings Hospital. La symphonie va pouvoir commencer.

8

Le séminaire d'Elisabeth Kübler-Ross derrière le miroir sans tain

A L'INSTITUT de psychanalyse de Chicago, ça commence très mal. Avec un analyste rude et grossier, à
qui elle dit ses quatre vérités, avant de claquer la
porte. Puis elle entend parler d'un certain docteur
Baum, un autre juif de Vienne (les juifs de Vienne
font une véritable haie d'honneur sur la longue
route d'Elisabeth). Elle trouve l'homme immédiatement sympathique. Fait exceptionnel à l'institut : il
accepte de la prendre, alors qu'elle vient de ruer
dans les brancards d'un confrère. Elisabeth trouve
en Baum un nouveau guide. Avec lui, en deux ans,
elle va boucler une analyse complète. Au pas de
charge.

Nous sommes en décembre 1965, trois mois à
peine après son arrivée à Chicago. Elle est en train
de préparer un cours sur quelque trouble psychosomatique, quand quatre étudiants frappent à la
porte de son bureau.

Ils disent qu'ils ont entendu parler de sa conférence de Denver, avec Linda, la jeune leucémique.
Ils sollicitent son aide. Elisabeth demande des
détails. Ce sont des étudiants en théologie, de futurs
prêtres. Ils expliquent qu'au séminaire, on leur
bourre le crâne de théories, mais qu'ils tremblent à
l'idée de devoir exercer bientôt leur ministère. Ils

n'ont, par exemple, jamais vu de mourant de près.

Les quatre bacheliers ont, en outre, un devoir à rendre sur « la crise dans la vie de l'homme ». Ils ont estimé qu'il n'y avait pas de plus grande crise que l'agonie. « Accepteriez-vous, demande l'aîné des quatre, que nous vous accompagnions, la prochaine fois que vous visitez un mourant? »

Elisabeth, très surprise, ne sait que répondre. Que de futurs prêtres viennent lui demander, à elle, de leur servir de guide dans l'apprentissage de leur sacerdoce face aux mourants, cela lui paraît inouï. Elisabeth a grandi dans la religion protestante; mais sa rébellion contre les pasteurs a été précoce. Elle a cessé de pratiquer dès qu'elle a pu, nourrissant une solide méfiance envers toute religion. Pour devenir Américaine, et épouser Emmanuel Ross, on lui a demandé quelle religion elle pratiquait. Elle a mis une croix dans la case « Agnostique » – il n'y avait pas de case « Athée ». Qu'est-elle réellement? Elle se le demande elle-même. Pragmatique, en tout cas. Elle n'a jamais cru qu'à ce qu'elle avait pu expérimenter elle-même, et avec toute la rigueur dont un scientifique est capable.

Ce besoin de tout vérifier pourra même, dans certains cas, se révéler excessif. Mais pas dans la situation où elle se trouve maintenant : des étudiants en théologie aimeraient en savoir davantage sur l'agonie des mourants et c'est elle qu'ils viennent voir! Elisabeth sait fort bien, pour l'avoir vérifié à Denver, qu'il n'existe aucune recherche scientifique, aucune documentation moderne dans ce domaine. Elle ne peut donc pas se débarrasser de ces jeunes gens en les aiguillant vers quelque rayon de bibliothèque. Elle doit prendre l'initiative. Toute seule. Ou renoncer. Est-ce donc cela, la « zone frontière » de la connaissance humaine qu'elle se sent devoir affronter depuis qu'elle est toute petite ?

Doucement, un voile se lève.

Jusque-là, l'effort essentiel des spécialistes de la psyché s'est plutôt focalisé sur la naissance et sur les premiers temps de la vie. Rien sur l'autre extrémité. Comme si l'être humain cessait de présenter le moindre intérêt, sitôt qu'on le savait sur la pente inexorable de sa fin. Comme s'il était, en fait, mort avant même de mourir. La simple supposition que l'on puisse dialoguer avec un mourant provoque une admiraiton glacée, un frisson d'angoisse pour cet acte héroïque de gratuité (et de vacuité). Un acte beau, se dit-on, mais vain. L'agonisant est supposé soit tout ignorer, soit transpirer d'angoisse à cent lieues à la ronde. Mais cette supposition ne repose sur aucun savoir. Plutôt sur des rumeurs, au sens le plus irrationnel. Des rumeurs contre lesquelles les médecins, psy et autres, ne peuvent rien, par peur – comme tout le monde –, mais aussi par négligence, par paresse d'esprit.

Parce qu'elle a du cœur, parce que la vie lui a déjà montré combien la zone interdite de l'agonie pouvait receler de richesse, en un mot parce qu'elle est humaniste et empirique jusqu'au bout, Elisabeth trouve la négligence de ses contemporains impardonnable. Criminelle. Et stupide, car dans le même temps, ils s'escriment à prolonger au maximum la vie des malades, rallongeant ainsi considérablement la durée totale des agonies, ces périodes à cheval sur la vie et la mort, alors même qu'ils en ont fait une zone de mensonge.

L'idée de servir de guide à des étudiants en théologie lui paraît saugrenue. Mais elle accepte. Elle promet de les prévenir quand une occasion se présentera. Mieux : elle décide de se mettre tout de suite à la recherche d'un mourant dans le vaste Billings Hospital.

Recherche hallucinante. Une longue marche commence le long de kilomètres de corridors. La malheureuse ne se doute de rien. L'air avenant, elle se présente au premier confrère qu'elle rencontre :

« Auriez-vous dans votre service un malade gravement atteint, s'il vous plaît, qui accepterait de venir parler à ces étudiants en théologie?

– Pardon? Parler de quoi?

– Disons... de la façon dont il vit cela, et comment il voit la vie, maintenant qu'il est au bout. »

Le confrère éclate de rire et tourne ses talons. Quelle bonne blague!

Elisabeth ne comprend pas. Au cinquième refus, les choses s'éclairent désagréablement. Elisabeth tombe tour à tour sur des mines sidérées : « Une folle! »; consternées : « Qu'ils vous parlent de leur mort prochaine? Mais vous n'avez pas honte?! »; franchement révulsées : « Ça vous excite sexuellement, ou quoi? »

Une infirmière se retient à grand-peine pour ne pas la gifler lorsqu'elle lui expose son idée d'interviewer un cancéreux de vingt-trois ans : « Parler de ça avec ce pauvre gosse? Espèce de sadique! »

Un chirurgien plus sympa, considérant qu'Elisabeth n'est pas méchante, mais juste un peu à côté de ses babouches, la conjure de renoncer : « C'est de la folie! Nous ne tenons pas à voir tous nos malades graves sombrer dans le cafard le plus noir! On a déjà assez de mal comme ça! »

Après trois jours de recherches acharnées, Elisabeth doit se rendre à l'évidence : elle a mis le doigt dans une histoire extrêmement sérieuse. Du haut en bas de la hiérarchie, l'hôpital refuse de la laisser entreprendre quoi que ce soit avec des mourants.

La quasi-totalité des chefs de service a eu la même réponse : on ne meurt pas dans le service.

« Et les malades graves?

– Ils vont bien trop mal pour qu'on vous autorise à venir faire joujou avec! »

L'affaire en serait peut-être restée là, si finalement un vendredi soir, vers 21 heures, quand tous les médecins sont déjà partis en week-end, Elisabeth n'était tombée sur un cas rare. L'unique toubib de tout le Billings Hospital qui allait la comprendre. Un homme d'une soixantaine d'années, entièrement dévoué à ses malades – au point de venir leur rendre une dernière visite, vers 21 heures, le vendredi.

Elisabeth l'aborde, à vrai dire, sans espoir. Ou plutôt : c'est son dernier espoir, mais si mince. Il l'écoute attentivement. Puis, presque sans ouvrir la bouche, la conduit tout au fond de son service, auprès d'un très vieil homme, complètement perdu dans le grand lit de la dernière chambre du corridor.

Le vieillard ne se nourrit plus. Il a un tuyau blanc qui lui sort du nez. Mais il semble lucide et, dès qu'il a compris l'intention d'Elisabeth, il lui fait signe de s'asseoir. Il veut lui parler tout de suite! Mais elle pense alors aux quatre étudiants. Elle se dit que l'occasion ne se présentera peut-être plus avant longtemps. Elle murmure donc dans l'oreille du vieux :

« Gardez vos forces, monsieur, je reviens demain! »

Puis elle court téléphoner aux étudiants.

Mais le lendemain, quand ils se présentent, à cinq, dans la chambre du vieillard, le pauvre est si faible qu'il ne peut ouvrir la bouche. Elisabeth sent une sueur froide lui descendre dans le dos. Elle saisit la main de l'homme qui balbutie à grand-peine : « Merci... quand même... »

L'infirmière fait un signe. Ils doivent repartir, la tête basse, terriblement abattus. Le temps de rejoindre le bureau d'Elisabeth, le téléphone sonne. C'est l'infirmière : le vieux monsieur vient de mourir, à la seconde. Une boule de plomb se fige dans la gorge d'Elisabeth. Elle se revoit, la veille, refusant d'écouter le vieux, avec une légèreté qui lui donne tout à coup la nausée. Une honte épouvantable l'envahit. Les étudiants s'en vont en silence. Elisabeth reste seule dans son petit bureau.

Heureusement qu'il y a son analyste, sur qui elle peut se défouler! En quelques semaines, EKR comprend à quel point cette psychanalyse est devenue indispensable, vu le genre de zone que la vie l'amène à explorer. Vu, aussi, la rapidité que prend le cours des événements : quelques jours à peine s'écoulent qu'une seconde occasion se présente : un autre vieux monsieur se meurt, dans le service du même médecin.

Cette fois, l'entretien a lieu. Ce qui frappe les quatre étudiants aussitôt accourus, c'est la très grande simplicité avec laquelle Elisabeth aborde le malade. Pas de manières ni de peur dans sa voix; elle lui parle avec chaleur et attention. Jamais elle n'évoque elle-même la fin proche de l'agonisant. Mais quand il lui dit : « Je sais bien que je n'en ai plus pour longtemps! » Elisabeth n'esquive pas. Elle demande seulement : « Et cela vous fait quoi de savoir que vous n'en avez plus pour long-temps? » Le vieux a l'air surpris, il hausse les épaules et marmonne une phrase que les étudiants ne comprennent pas sur le coup. Elisabeth répète la phrase d'une voix douce, autant pour eux que pour le mourant lui-même :

« Vous dites que vous n'avez pas vu votre fils

depuis deux ans. Vous vous êtes disputés, et il est parti. Et maintenant, vous avez peur de ne plus le revoir, est-ce bien cela ? »

Le vieux acquiesce d'un signe, sans ouvrir la bouche. Elisabeth promet alors de faire le maximum pour retrouver le jeune homme avant qu'il ne soit trop tard. Les apprentis en théologie retiennent leur souffle : ils se souviendront toute leur vie de cette scène, de cet échange, du regard d'Elisabeth plongé dans celui du mourant.

De fait, en quelques jours, EKR parvient à retrouver le fils disparu et à le convaincre de venir voir son père à l'hôpital. Le vieux mourra quelques jours après, apaisé.

Mais le vrai travail d'EKR demeure encore d'enseigner la psychiatrie. Sans doute le fait-elle à sa façon peu orthodoxe, s'appuyant en particulier sur ses expériences new-yorkaises, mais la thanatologie (ou l'étude de la mort) n'est pas au programme. Elisabeth fait un cours sur la communication avec les psychotiques, sur sa conviction que l'on peut communiquer même avec un individu transformé en statue de bois, en utilisant la voix du cœur. A la même époque, de l'autre côté de l'Atlantique, un homme nommé Deligny entame, dans les Cévennes, une longue conversation avec les enfants autistiques, qui le conduira à des conclusions quelque peu similaires.

Bref, Elisabeth mène une vie de prof assistante en psychiatrie. Elle obtient des notes excellentes : cinq ans de suite, elle sera élue « meilleure prof de l'année » par les étudiants. Sa méthode d'enseignement est directement calquée sur celle de ses anciens maîtres zurichois, déjà utilisée à Denver, avec Linda : elle invite des malades – en l'occurrence, malades mentaux – à venir converser avec elle devant les étudiants.

À Chicago, le cours prend un aspect plus sophistiqué. La conversation se déroule dans ce que les étudiants appellent l' « aquarium » : une petite pièce, avec un miroir sans tain. Les malades sont prévenus de la présence des étudiants derrière le miroir, mais ils sont moins intimidés que s'ils voyaient cette grappe de visages en train de boire la moindre de leurs paroles. Ainsi se met en place le cadre technique de ce qu'on va bientôt appeler le « séminaire ».

Au début, les malades qui défilent sont des psychotiques ou des schizophrènes. Mais voilà qu'un jour une nouvelle délégation d'étudiants vient frapper à la porte d'Elisabeth. Un joli mélange : des étudiants en médecine, des infirmières et des étudiants en théologie. De nouveau, la même requête : « Aidez-nous, demandent-ils, à rencontrer des mourants, dites-nous comment communiquer avec eux. »

En fait, ce sont les infirmières qui vont formuler la demande la plus massive et la plus pressante. Ce sont elles, en fin de compte, qui ont concrètement à charge les mourants, dans les cliniques et les hôpitaux, bien contraintes de « dialoguer » avec les malades jusqu'à la dernière seconde. Elles, aussi, qui doivent les laver et les torcher. Elles qui peuvent parfois jouer les dures. Mais que tinte la moindre information sur l' « aide aux mourants », et elles se précipitent. L'enseignement qu'elles ont généralement reçu a été tellement avare sur cet aspect de leur mission !

Certaines infirmières de Chicago ont entendu parler de la conférence d'Elisabeth à Denver. Plusieurs ont suivi son cours de psychiatrie. Elles lui font une suggestion : pourquoi n'inviterait-elle pas une personne mourante à venir discuter, comme les psychotiques, dans l' « aquarium », derrière la vitre ?

Elisabeth s'interroge. Il est vrai qu'on ne peut pas se pointer à cinquante dans la chambre d'un malade en « stade terminal ». Mais derrière le miroir! Les confrères vont hurler, Elisabeth le sent. Mais les étudiants et les infirmières insistent. Ils tiennent absolument à en savoir davantage sur les derniers instants de la vie. Elle accepte.

Et c'est le choc.
Les chocs.
Chacun le sien : Elisabeth, les infirmières, les étudiants, les médecins, la science, le monde, et nous.

Premier choc, celui d'Elisabeth. Nous sommes en 1966. Maintenant, elle est américaine. Elle s'en rend compte pendant un bref séjour en Suisse. Un séjour si bref et si bizarre. Sans presque oser se l'avouer, Elisabeth a eu l'impression, un soir, que sa mère l'appelait au secours. Elle essaie de se raisonner, mais l'appel se répète plusieurs soirs de suite, et à la fin, elle craque et prend l'avion pour Zurich.

Sans crier gare, elle déboule donc chez sa mère et la trouve en pleine forme. Elle se dit : « Je suis cinglée, c'est un signe de surmenage. » Mais, en la raccompagnant à l'aéroport, à la dernière seconde, sa mère lui dit : « Elisabeth, je veux que tu me promettes solennellement que, si jamais je devenais gâteuse et impotente, tu m'aiderais à en finir. »

Elisabeth sent son sang se figer. Elle garde un long silence puis, avec un air de buffle, répond dans un souffle : « Jamais! Je me couperais en morceaux pour *adoucir* ta fin, mais la provoquer, jamais! »

Mme Kübler regarde intensément sa fille, qui ajoute : « En fait, maman, tout me porte désormais à croire que *rien* ne nous autorise à abréger la fin de quelqu'un. Rien. Ce serait du vol. »

Elle sait que les médecins disposent d'un arsenal chaque année plus riche d'analgésiques, pour atténuer la douleur physique. Mais il lui semble clair que ces produits ne doivent en aucun cas assommer le mourant. Toute son intuition se hérisse contre l'agonie inconsciente. Aucune philosophie ne peut, selon elle, justifier le *gaspillage* d'une phase aussi importante de la vie de l'individu. C'est d'un paradoxal absolu, (et elle serait encore bien en peine d'en dire long sur le sujet), mais la simple pensée qu'il est possible, pour l'individu, de parvenir en *phase cinq* donne à sa voix une assurance qui impressionne sa mère. Cet état si étrange où vivants et mourants peuvent parfois être unis en une même danse. Parfois pour la seule et unique fois de leur existence. N'importe quel humaniste, se dit-elle, devrait être touché jusqu'au fond des os à l'idée qu'il puisse y avoir, au dernier moment, ne serait-ce qu'une *possibilité d'élégance*, et de compassion. *Compassion* : souffrir *avec*. Et pas seulement pour de rarissimes chevaliers de la morale : le coup du traître qui, à la dernière seconde, rachète une vie de bassesses par un sacrifice sublime. La cinquième phase nage au-dessus du spectacle moral. C'est de l'existentiel pur.

Ici, l'histoire devient plus que concrète pour EKR car sa mère va lui faire avaler l'idée étrange de compassion dans un brouet extrêmement amer. Pendant de longues années. Parce que, six mois plus tard, Mme Kübler va se retrouver paralysée de la tête aux pieds.

D'un bond de plus par-dessus l'océan, Elisabeth comprend en peu de temps que sa mère ne pourra probablement plus jamais dire un mot. Paralysie totale.

Pour chasser l'angoisse, la jeune femme s'acharne à mettre au point un système de communication. Sa mère peut juste ouvrir et fermer les yeux. Cela permet, au moins, de dire « Non » (un clin d'œil), ou « Oui » (deux clins d'œil). Elisabeth fabrique alors un tableau portant toute une escouade de mots et d'images : « soif », « pipi », « ça me gratte dans le dos », ou « au cou », ou « au pied droit »... La méthode est simple : l'assistant promène son doigt sur le tableau et observe les yeux du gisant. Au début, c'est fastidieux. Ce genre de communication serait impossible sans le cœur – cela deviendrait effrayant.

Mais va un mois, va deux mois, va une demi-année, quatre ans, c'est long. La mère d'Elisabeth mettra quatre ans à mourir, sans jamais sortir une seconde de sa paralysie. Les convictions d'EKR sont mises à rude épreuve. Et s'il valait mieux, finalement, l'endormir en douceur ? Bonne nuit, ma mère. Endors-toi, oublie-nous. Comme une enfant, après tout. Ne régresse-t-on pas à toute allure vers la fin ?

Mais Elisabeth tient bon. D'après ce qu'elle commence à comprendre, l'indubitable « retour à l'enfant » du mourant, loin de signifier retour à quelque sous-strate larvaire de conscience, éveille au contraire une hyper-attention, des émotions totalement revigorées. Même sous les dehors du gâtisme.

Le second choc est pour les étudiants de son séminaire, qui vont recevoir, en travaux pratiques, la démonstation hebdomadaire de ces états oubliés de la conscience. Elisabeth a accepté leur proposition : elle s'entretiendra avec un mourant dans l' « aquarium » chaque fois qu'elle le pourra.

Elle repart donc à la recherche d'un mourant. En

une semaine, elle trouve quelqu'un, toujours dans le même service de cardiologie. Cette fois, c'est une grosse dame de cinquante ans, mère de neuf enfants. Les plus jeunes sont encore en bas âge. Milieu ouvrier, la misère, la souffrance, le désespoir.

Apparemment, la dame en serait plutôt à la phase un : le refus. Elle a les nerfs costauds et tient tête en aurochs : c'est impossible, elle ne va pas mourir! Ses naseaux contre les naseaux de la mort, elle tient. Attitude initiatrice d'énergie subtile, le refus est un bouclier instantané qui se referme autour de l'esprit à l'annonce du verdict. « Non, je ne vais pas mourir. » La grosse dame traverse une phase indispensable. Seul problème, l'atmosphère des grandes cités modernes tend à bloquer la métamorphose à son premier stade : refusons tous la mort collectivement! Ne la regardons pas, dansons, chantons, oublions, vivons à reculons, les yeux rivés au rétroviseur : Genèse, big-bang, évolution, histoire, naissance, croissance...

Tôt ou tard pourtant, la situation vous accule à regarder dans l'autre sens. Alors vient la phase deux, la colère. Et en fait, dès qu'Elisabeth a un peu parlé avec la grosse dame, celle-ci s'avère en être plutôt là. Dans la catégorie des grands malades épouvantables, exténuants pour les infirmières : elle se plaint tout le temps. Elle en veut à tout le monde. Comme on la sait fichue, on n'ose pas la contrarier, et les choses ne font qu'empirer.

Sitôt qu'Elisabeth lui propose de « venir exposer ses plaintes » à un groupe d'infirmières et d'étudiants, la dame se calme, surprise : venir parler à des étudiants? Pour quoi faire? « Pour que vous nous expliquiez », dit Elisabeth. Bientôt, elle dira : « Pour que vous nous enseigniez », offrant une chaire de professeur à des grabataires se croyant infâmes.

Dans la *screening room* (la chambre à miroir sans tain) – pas encore la *screaming room* (la chambre à pleurs) –, la mère de neuf enfants cesse de pester. Elle dit qu'elle va mourir, qu'elle le sait, qu'elle ne supporte pas les petits ballets hypocrites autour de son lit. Bizarrement, elle préférerait que l'on soit plus dur avec elle. Plus net. Au stade où elle en est, totalement au bout de l'impasse, elle a envie que quelque chose se *détende* tout au fond d'elle-même. Nous passons nos vies à essayer de nous *détendre*. Et nos agonies aussi.

Derrière le miroir, les infirmières observent l'une de leurs malades les plus difficiles en train de se métamorphoser sous leurs yeux. Elles n'en reviennent pas. Pourtant, elles en ont, des histoires de mort à raconter! Des histoires d'hôpital. Mais Elisabeth leur apporte une méthode : comment négocier avec la mort dans une société qui a perdu tout contact, autre que médiatique, avec elle.

Au contraire de celui des infirmières, le choc des étudiants en médecine du Billings Hospital leur fait mal. D'une part, ils ont leurs maîtres, qui les mettent bien en garde de ne se laisser à aucun prix embarquer dans des histoires « purement émotives », classant implicitement les émotions dans les catégories psychologiques sans libre arbitre. D'autre part, ils assistent aux démonstrations d'Elisabeth. Or là, dans l' « aquarium », ce sont d'abord les émotions qui comptent...

Certains ont fui dès que, de l'autre côté du miroir, la grosse dame a dit : « Je vais mourir ». D'autres se sont mis à pleurer. D'autres encore, touchés à vif, ont senti la colère les gagner. La grosse dame pleure aussi. Quand elle repart, elle semble presque flotter entre la quatrième et la cinquième phases, entre la ratatinade et l'apaisement... Les étudiants en colère ne supportent pas ce calme qu'ils trouvent « monstrueux ».

Il y a aussi le choc des autres médecins. Mettez-vous à leur place. Cette jeune psychiatre suisse un peu survoltée a publiquement interviewé une patiente de l'hôpital sur sa mort prochaine. Tout de suite, cela sent le scandale. Pour certains, ça pue même à plein nez. Seul un vautour peut à ce point s'intéresser aux moribonds! De toute façon, cette histoire est dangereuse : on joue avec des choses trop fortes, trop compliquées. Et puis qui est cette excitée? Les patrons tentent de bloquer l'entreprise. Mais c'est trop tard, rien n'y fera. Qu'ils le veuillent ou non, pendant trois ans, le Billings Hospital fournira au séminaire d'EKR un mourant par semaine.

La nouvelle va en effet très vite se répandre, à l'intérieur comme à l'extérieur de l'hôpital. La demande en retour sera si forte qu'Elisabeth elle-même ne pourra *rien* faire pour échapper à son sort. Deux ans plus tard, en 1968, sa conversation avec les mourants derrière le miroir sans tain sera officieusement intégrée au programme de l'université de Chicago. La rumeur va se propager. Tout un champ de recherche et de connaissance s'ouvre. Pour des étudiants curieux, c'est terriblement excitant. Liaison passionnelle. Elisabeth devient une figure du campus. On est en 1968. Il faut parler d'un autre choc encore. Une vague lourde. La guerre du Viêt-nam.

On en parle de plus en plus à l'université. Elle occupe une énorme place dans la tête des étudiants. Cette guerre va provoquer un profond changement des mentalités. Jusque-là, Elisabeth a eu l'impression que la tête des Américains grossissait sans cesse. Les champions du monde du positivisme

118

technologique triomphant, « à 100 p. 100 jeunes et joyeux », semblaient devenus fous, et cela faisait peur. En fait, le premier choc fut l'assassinat de Kennedy. Mais les Américains refusèrent d'admettre ce que cette mort signifiait. Il leur fallut attendre cinq ans au moins, et un second choc, en écho au premier. Le Viêt-nam, leur défaite là-bas. Plus tard, un participant sur deux au second séminaire Kübler-Ross sera un *Vietnam vet's*, un ancien des marines.

Choc national. En dix ans, par les armes et par la propagande, Hanoi fait plier Washington. Les éternels « jeunes hommes » se retrouvent dans les pattes d'une araignée géante. Un monstre qu'ils ont laissé se constituer, leur vie durant, dans les cavernes de leur inconscient, nourri de toutes les peurs refusées. Peur de vieillir, peur de mourir, peurs abandonnées aux orties de l'oubli. Du coup, la mort ne peut devenir qu'un ennemi cosmique. « Putain de mort. » L'ennemi absolu. Celui dont on ne parle même pas. On met de plus en plus d'espoir dans les transplantations d'organes. L'informatique elle-même s'y met et l'on tente de trouver comment décomposer la psyché d'un individu en données enregistrables par un ordinateur, de façon à pouvoir la « réinjecter », plus tard, dans un androïde immortel. On congèle les cadavres des riches...

Le dérisoire cosmique. Et là-dessus, *boum!* Le Viêt-nam.

Premiers frémissements. Rassemblements sur les campus. Orateurs enflammés. Marches pacifistes. Jonction avec le mouvement noir des droits civiques. Et brusquement la répression brutale, à Chicago, préfigurant bien des bastonnades, jusqu'à la fusillade du campus de l'université du Kentucky, où une demi-douzaine d'étudiants seront retrouvés raides morts. Suivra un deuil général de la plupart des universités américaines. Elisabeth participera à des manifestations monstres. Ils seront des centaines de milliers, un soir, à Chicago, de tous les milieux, de tous les âges, de toutes les races. On se succèdera à la tribune. Bien après minuit, une femme noire toute simple, une femme de ménage, prendra la parole, et ce qu'elle dira résonnera longtemps dans la tête d'Elisabeth : elle appellera à la responsabilité de chacun dans la lutte contre la négativité et la violence. Elle dira : « Nous avons trop parlé, rentrons chez nous. Allumons des bougies aux fenêtres. » Et des quartiers entiers de Chicago s'illumineront.

Avant-goût d'une vaste cinquième phase collective. Avant-goût seulement. En 1968, le gros des campus entre, en réalité, en *phase deux* : la révolte. Les parents ont été pris de mégalomanie, ils ont nié leurs limites : première phase. Leurs enfants entrent en colère, ils veulent tout casser : deuxième phase. Le Viêt-nam se chargera du choc principal.

1968, choc mondial illisible, diffracté en mille fièvres. Revenons à EKR. Sur quel déclic joue-t-elle? Prenons un exemple simple, parmi les milliers de dialogues qu'elle sera conduite à mener avec les mourants.

C'est un malade d'une cinquantaine d'années. Il est en train de mourir d'une tumeur dans son lit. Plus que la peau et les os. Il est jaunâtre. Tous ses cheveux sont tombés. Ça fait des semaines qu'il est dans cet état, et les infirmières n'en peuvent plus, car lui aussi est un malade insupportable. Il se plaint continuellement et emmerde la terre entière pour un rien. Culpabilisées, elles s'écrasent, parce qu'elles le sentent si mal. Mais quelle plaie! Elles se demandent à quoi il peut encore s'accrocher. Pourquoi ne meurt-il pas, à la fin? Il y a des gens comme ça, incompréhensiblement tenaces.

EKR débarque : « Bonjour, je suis le docteur Ross, je fais une petite enquête auprès des malades, je peux m'asseoir un instant? »

Le mourant a l'air fâché, mais il accepte. L'entretien démarre de manière classique. EKR lui demande son âge, de quelle maladie il souffre, s'il a de la famille... En trois échanges, le moribond se met à parler :

« J'ai été hospitalisé en avril dernier pour la première fois. Et alors on m'a dit que j'avais le cancer...

– Ça vous a fait quoi?

– Ben, ce choc!

– Vous ne vous y attendiez pas?

– Je venais juste pour mon ventre. Parce que cette alternance de constipation et de diarrhées, je trouvais ça bizarre... Mais le cancer, jamais j'y aurais pensé. »

Le médecin du bonhomme a été incroyablement net : « Vous êtes fichu. Mon père a eu exactement la même chose que vous et il en est mort. »

Comme ça, en pleine figure! Le malade a durement encaissé. C'est rare, ce genre de médecin. D'habitude, on leur reprocherait plutôt de ne rien oser dire. Du fond de son lit, le cancéreux raconte sa vie à Elisabeth. D'abord par bribes, puis par saccades. Il est à bout, mais il commence à s'animer. Ingénieur chimiste, il est marié à un professeur d'anglais. Une très bonne prof, acclamée par ses élèves à chaque rentrée. Ils ont deux fils, de vingt et vingt-deux ans. Ils avaient une fille. Elle est morte, de chaleur, en Iran. Elle a laissé deux gamines à son mari, qui travaille sur les chantiers pétroliers.

Le cancéreux raconte d'une voix enrouée. EKR écoute. Elle cherche dans le récit de l'homme quel *mot de passe* lui manque, pour mourir enfin. Tout son corps ne demande que ça, c'est tellement clair.

Et pourtant il est là, à s'accrocher, et EKR sait bien ce que cela signifie : il y a de l'*unfinished business* dans l'air, comme elle dit, du travail inachevé. Que manque-t-il à cet homme ? Est-ce de n'avoir pas « célébré le deuil » de sa fille, morte et enterrée à l'étranger ? Cela se pourrait. Tant de gens n'ont pas célébré le deuil de quelqu'un ou de quelque chose. Mais non, finalement, EKR ne le pense pas. Qu'est-ce qui empêche cet homme de mourir ? Qu'est-ce qui le crispe si douloureusement sur son flux vital ? Cela ne semble pas être non plus un pur désir animal de vivre. Alors quoi ? Il commence à parler de sa femme.

Les conflits psychologiques qui ont agité notre esprit toute notre vie durant, loin de s'atténuer, sont fouettés à vif quand la mort s'annonce. Malgré toutes les apparences. Le bonhomme peut sembler déjà complètement gâteux ou absent, ses nœuds psychologiques sont *là* !

EKR découvre bientôt que cet homme nourrit un furieux complexe d'infériorité vis-à-vis de sa femme. Une super-woman autoritaire qui, d'après le récit qu'il en fait, semble avoir une énergie à tout casser. Plus la vie a passé, plus il s'est senti faible et médiocre à côté d'elle. Et elle lui a reproché d'être un mou, de ne rien gagner, d'être un *looser*. Le pis, c'est que leurs deux fils sont comme lui. Des nuls. Il y en a un qui n'a même pas réussi à se faire engager dans l'armée ! La honte.

« Et maintenant, dit l'homme, je vais crever, à cinquante-deux ans. Définitivement nul. »

La conversation avec EKR n'a duré que vingt minutes. Mais jamais il n'avait parlé comme ça à quelqu'un. A un moment, il dit : « Je suis sûr que, pour ma femme, fondamentalement, ma mort sera la preuve finale de ma médiocrité. »

C'est lui qui a parlé de sa mort le premier. Alors

EKR lui lance : « Mais ça vous fait quoi, de mourir ? »

Personne, jusque-là, n'avait osé lui renvoyer la balle ainsi. Il réfléchit, et répond que, en fait, il s'en fout. Il est croyant. Toute sa vie, il a été animateur de catéchisme dans sa paroisse. Mais apparemment, cela ne suffit pas à lui donner la sérénité.

Le lendemain, Elisabeth s'arrange pour rencontrer l'épouse, la prof d'anglais autoritaire. Une maîtresse femme, en effet. Une belle blonde costaud, qui reçoit le médecin dans son bureau, en annonçant d'emblée qu'elle n'aura malheureusement pas plus d'une demi-heure à consacrer aux « problèmes psychologiques » de son mari. Avec une moue sceptique, elle ajoute : « Mon pauvre David n'en a plus qu'un seul, de problème psychologique ! Et nous n'y pouvons malheureusement rien.

— Pas d'accord, réplique Elisabeth, vous y pouvez beaucoup. »

La prof a un sourire agacé :

« Ecoutez, dit-elle, ne plaisantons pas. Mon mari n'en a plus que pour quelques jours, ou quelques heures, et je ne peux *rien* pour lui.

— Pardonnez-moi, dit alors EKR, mais vous vous trompez. Votre mari, qui sent bien, au fond, qu'il a toujours été un perdant, un raté, et que vous...

— Hein ? »

Un hurlement. La femme réagit au quart de tour :

« Un raté ? Non mais, dites donc, qu'est-ce que vous venez me chanter là ? Je le connais un peu mieux que vous, mon mari ! Qu'est-ce que c'est que cette histoire ? Vous êtes psychiatre et vous venez déblatérer sur les gens en train de mourir ? Ah ! bravo ! »

EKR fait semblant de protester :

« Quand je dis *raté*, je voulais dire...

– *Raté* rien du tout! hurle l'autre. Ah! ça, par exemple! Mon mari a été toute sa vie un géant d'honnêteté, madame! L'homme le plus propre que je connaisse! Toute sa vie, il s'est esquinté dans son église de fous, à sacrifier tous ses week-ends, à aider les... Et vous, vous viendriez me raconter que... »

EKR la coupe net :

« Stop. Avez-vous dit à votre mari ce que vous venez de me dire là, à l'instant?

– Hein?

– Ce que vous venez de me dire, là, à l'instant?

– Mais, madame... Mon mari sait bien que...

– Eh bien, courez, madame! Vite! Il est déjà sur la passerelle. La sirène siffle. Et vous allez le laisser partir comme ça, sans rien lui dire avant son départ? Il attend. Ça fait mal, vous savez. »

Le matin suivant, la maîtresse femme se rend à l'hôpital. D'abord en présence d'EKR, qui dit au mourant : « Je crois que votre femme a quelque chose à vous dire. »

La prof est dans ses petits souliers. Elle bafouille :

« C'est-à-dire que je disais au docteur Ross, que tu... que tu avais toujours été... »

Elle se met à pleurer. EKR s'éclipse, laissant l'homme et la femme dans les bras l'un de l'autre.

Le soir, pour la première fois depuis des semaines, l'homme a le visage détendu et ne grogne pas. Il a atteint la *cinquième phase*.

Le lendemain, il est mort.

Il y aurait beaucoup d'exemples à raconter, de témoignages à citer. La troisième phase de l'agonie donne les scénarios les plus longs. C'est le marchandage : « Docteur, promettez-moi que je tiendrai jusqu'à Noël », ou : « Jusqu'au retour de mon fils d'Indochine. » Cela vaut bien les grands marchandages mythiques : « Ô Dieu, arrête le soleil dans sa course, et ma victoire sera la tienne! »

Un jour, la malade avec qui Elisabeth s'entretient (devant le miroir sans tain) déclare qu'elle est sûre de pouvoir tenir jusqu'au mariage de son fils, prévu pour dans un an. Les médecins ne s'avancent pas. Elisabeth non plus. Elle est opposée à tout pronostic, surtout en termes d'échéances datées. Elle ne dit jamais, même en aparté : Untel en a encore pour une semaine, ou pour un mois, ou pour un an. Jamais. *On ne sait jamais* quand les gens vont mourir. Elle a vite compris qu'on se trompait une fois sur deux. L'espoir doit toujours rester à bord.

En phase trois, on assiste donc à une étrange cohabitation entre l'espoir de survivre et la certitude de mourir. Les moribonds conservent une énorme énergie vitale. Ils marchandent. La dame gravement malade affirme avec aplomb qu'elle tiendra jusqu'au mariage de son fils. Ça fiche la chair de poule à plus d'un étudiant, parce qu'elle a l'air salement mal en point. Ils se disent qu'elle ne tiendra jamais aussi longtemps. Et pourtant, si : elle tient. Et, le jour venu, malgré sa maigreur extrême, elle trouve l'énergie de se lever et va aux noces de son fils. En dentelles, le visage croulant sous le maquillage, mais heureuse.

Une semaine après, de nouveau hospitalisée, elle déboule au séminaire d'EKR et annonce, très gravement : « Docteur, j'ai un autre fils. Et celui-là aussi, je veux le marier. »

Cette fois, elle n'ira pas jusqu'au bout, mais elle ne perdra jamais son incroyable ténacité.

La quatrième phase est sans histoire. L'individu sombre. Le problème, c'est que, souvent, l'entourage, resté lui-même bloqué en phase un (le refus pur et simple), empêche le mourant de traverser convenablement sa quatrième phase. Ils sont là, collés à lui, tentant désespérément de le ranimer. Il lui faut pourtant bien se faire à l'idée de ce qui l'attend! Se préparer à renoncer psychologiquement à tout. Cela ne va pas de soi! Il faut le laisser traverser son propre deuil. C'est là que l'acharnement thérapeutique peut devenir sadique – puisqu'on interdit au mourant d'évoluer, de dépasser la dépression. Souvent, il ne voudrait plus voir personne. Ou une seule personne – ce peut être une cousine, un ami, ou simplement une infirmière...

Bien sûr, tout cela est schématique. Dans la réalité, il n'y a jamais de coupures aussi nettes. Les différentes phases se chevauchent. Certaines se répètent deux ou trois fois. Il y a des bégaiements de refus, des remontées de colère, d'ultimes supplications. Mais l'ordre général de succession des phases semble immuable. Et quand rien ne vient bloquer la traversée des quatre premières, le mourant semble automatiquement déboucher dans la cinquième. Cela peut prendre quelques années, ou quelques heures. Enfin arrive la cinquième phase. L'ouverture.

Le corps médical oppose une résistance têtue aux coups de butoir d'EKR. Pour certains confrères, elle est définitivement le « vautour ». Ceux-là sont atteints de la même crainte que notre Ronald Siegel du début. Ils voient l'irrationnel sortir de la cave et déferler sur le monde, obscur, effrayant. « Laissons la mort tranquille! » Ils sont les plus nombreux, de loin. Mais leur ligne de défense devient difficile à tenir. Que dit Elisabeth, par exemple, du système hospitalier? Qu'il fut créé jadis, aussi, pour aider les gens à mourir. Puisqu'on l'a progressivement transformé, au fil des découvertes médicales, en « atelier de réparation » pour humains de toutes sortes. A la longue, mourir y est devenu un acte extrême, aux confins du mauvais goût, un domaine où, en tout cas, la compétence des maîtres de céans a cessé de s'exercer. EKR voit là une fâcheuse régression. Le « bon client » de l'hôpital est désormais celui qui, même atteint d'un haut mal, guérit. L'hôpital moderne accepte les expériences partielles. Mais mourir est une expérience totale. Et cela, la médecine moderne ne sait qu'en faire. Résultat : on maquille le total en partiel, la mort en maladie, et cela fausse tout. Les soignants se sentent si facilement coupables de n'avoir pas été assez rapides, assez intelligents, assez informés... Peut-être y avait-il une autre méthode? Oh! sûrement. Il existe *toujours* un nouveau produit, suisse, japonais ou américain, qu'il *aurait fallu* connaître. Ça aurait certainement *sauvé le malade de la mort!*

Entre EKR et ses confrères, le malentendu est complet. Mais son séminaire émerveille tant de gens qu'il devient difficile de la contrer sans argument. Or *il n'y a pas* d'argument qui tienne contre cette praticienne qui, elle, n'argumente pas. Par sa pratique pure, EKR devient célèbre dans tout le milieu hospitalier, depuis les centres « durs » de cancérologie jusqu'à l'archipel des hospices de vieillards, en passant par les écoles d'infirmières. Partout, la nouvelle circule : *il y a une femme peu ordinaire, une psychiatre, qui parle de la mort avec les mourants et qui prétend qu'il ne faut priver personne de la sienne, que la souffrance demeure une épreuve à adoucir, mais que la mort peut se métamorphoser en initiation et les mourants, en professeurs de vie.*

En dehors du Billings Hospital, Elisabeth enseigne bientôt dans plusieurs autres établissements. Chez des aveugles, notamment, qui lui en apprennent, une seconde fois, énormément. Les aveugles vivent davantage dans leurs émotions que les voyants. Ils sont plus à l'intérieur d'eux-mêmes.

Essayez donc de rester un mois, ou même une se-maine, ou même un jour, les yeux fermés, assis sur une chaise! Elisabeth ouvre aussi un cours de psychiatrie à l'école de théologie. Dans certaines universités, on se met à l'imiter.

Mais ça ne fait que commencer.

La notoriété auprès du grand public va brusque-ment exploser, à la fin de l'automne de 1969. En trois temps.

Un : Elisabeth écrit son tout premier article, dans la revue médicale de l'université de Chicago.

Deux : l'éditeur new-yorkais MacMillan lit cet article par hasard et, aussitôt, assiège EKR au téléphone : il *veut* un livre. Elle lui dit qu'elle voit mal à quel moment elle pourrait l'écrire. Sa vie devient frénétique. D'un peu partout des malades commencent à l'appeler. Tant qu'elle peut, matériel-lement, se rendre à leur chevet et leur parler, elle y va. Gratuitement. Elle ne fera jamais payer un centime pour une consultation – elle en donnera des milliers. Pourquoi gratuite? L'imagine-t-on disant : « Bonjour, monsieur, j'ai aidé votre femme à mourir, ça fait 100 dollars »? En revanche, plus tard, elle fera payer les séminaires. Quand l'univer-sité l'aura jetée à la porte. *Deux et demi :* l'éditeur MacMillan insiste énormément. *Deux trois quarts :* elle finit par accepter. Le livre s'appellera *On Death and Dying*. Elle l'écrit en trois mois, en y travaillant tous les jours de minuit à 3 heures du matin. Mais sans effort.

Trois : les « bonnes feuilles » circulent. Cela inté-resse *Life*. Une équipe du magazine vient discuter avec Elisabeth et réussit à lui faire admettre que le grand public est en droit d'être informé. Un journa-liste et un photographe sont donc invités à assister au premier séminaire de novembre. Elisabeth pré-voit de discuter ce jour-là avec un très beau grand-père, depuis longtemps en paix avec lui-même, drôle, débordant de sagesse. Hélas! le papy meurt la veille du jour J. Elisabeth se demande qui elle va interviewer. Il y a désormais trois médecins sympathisants qui l'aident à trouver des gens malades – tacitement, de façon presque clandestine. EKR fait le tour de leurs services et tombe sur Eva. Une adorable brune de vingt-deux ans, atteinte de la leucémie. Etrange coïncidence. Cinq ans après Linda, Eva.

L'équipe de *Life* est fascinée. Elisabeth travaille vraiment sans filet. Pendant la brève conversation qu'elle a eue avant le séminaire avec la jeune fille, celle-ci était sereine. Elle acceptait même son sort avec humour. L'idée de passer dans *Life* l'excitait énormément. Mais une fois dans l'« Aquarium »... elle a tout d'un coup tenu un autre discours. Elle a refusé de parler de la mort! Elle a dit : « Parlons plutôt de la vie. Je crois que je vais guérir. » Et elle est partie au galop dans des rêves fous de guérison miracle.

Où en est-elle? En phase un, trois, cinq? Peu importe. Derrière le miroir, les étudiants sont touchés en plein cœur. Le journaliste London Wainwright pleure à chaudes larmes et le photographe Leonard MacCombe réussit de très beaux clichés à travers le miroir.

L'article de *Life* paraît le 21 novembre 1969.

En une nuit, Elisabeth Kübler-Ross et la jeune Eva deviennent des stars.

Mais les patrons du Billings Hospital mangent leurs cravates, blêmes de rage. Le service des relations publiques menace de démissionner en bloc. C'est insensé : ils s'esquintent à longueur d'année à donner de l'établissement une image rayonnante de santé et de vie, et voilà que cette bonne femme du diable les rend célèbres dans le monde entier pour une de leurs mourantes! Et en plus, celle-ci est une gosse! Quelle pub! « Venez laisser mourir vos enfants au Billings Hospital! » Chapeau! D'amères plaisanteries fusent dans tous les bureaux. Quelques chefs de service se font taper sur les doigts. Des infirmières sont blâmées. Des étudiants sévèrement rappelés à l'ordre. Et l'on fait passer une circulaire interdisant à Elisabeth l'accès à la plupart des services.

Au séminaire de la semaine suivante, il n'y a plus qu'une poignée d'étudiants. Et encore : ils sont venus pour faire leurs adieux. EKR est outrée, renversée, révulsée. Quoi? On leur a donné l'ordre d'abandonner le séminaire s'ils veulent être diplômés un jour, et ils obéissent? Et même les étudiants en théologie! Elle les traite de tous les noms. Car enfin, prétendent-ils qu'elle ait jamais fait fausse route? La critiquent-ils sur le fond? Mais il faut croire qu'ils n'ont pas de tripes, à cet instant-là, car leur diplôme, leur carrière, le respect de la hiérarchie, la peur du scandale, le manque d'expérience, que voulez-vous, tout cela se met à peser soudain d'un poids effrayant.

On attaque Elisabeth Ross avec hypocrisie : officiellement, son séminaire fait toujours partie du programme de l'université de Chicago. Mais le boycott est total. On se met à la fuir.

Sans doute abandonnerait-elle carrément la partie, sans Eva. Sans la joie d'Eva feuilletant le numéro de *Life*, avec de petits cris : « Oh! ce que je suis moche sur celle-là! » Et sans le raz de marée de lettres qui bientôt déferle, en réponse à l'article. Des milliers de lettres de partout. Des infirmières, des médecins, des prêtres, et surtout des malades, une foule de malades, ou d'ex-malades, un flot de lettres enthousiastes, confirmant EKR dans ses intuitions, lui posant mille questions. Après quelques semaines de flottement, elle retrouve son tonus et reprend son séminaire; mais de façon ambulante. Bientôt, elle quitte l'université.

Eva meurt le 1er janvier 1970.

Alors, quelque chose change au fond d'Elisabeth. Maintenant, elle se sent tout à fait adulte. Les grands patrons sceptiques et négatifs ne lui font plus peur. Au diable sa prudence de serpent pour ne pas *trop* les choquer. Pour ne pas se choquer elle-même! Car il y a des tas de choses étranges qu'elle a gardées sous silence. Des choses vues, ou entendues, des choses senties en présence des mourants. Des choses minuscules. Ou gigantesques. Jusque-là, elle n'y a pratiquement pas prêté l'oreille. Par prudence. Par scientifique trouille de l'inconnu. Par manque de maturité aussi. Les enfants n'aiment pas les plats trop étrangers.

Avec la disparition de cette race de gens qui vous accompagnaient jusqu'au bord de la mort, avaient également disparu les visions (les *mots de passe*, disaient les Anciens) qui se transmettaient, depuis le bord du gouffre, de génération en génération. Ces mots de passe s'étaient tout simplement perdus. On en conservait de vieilles traductions « religieuses » théoriques, mais cela ne servait plus à rien. Car la transmission doit s'effectuer sur le terrain. Or la religion avait dû abandonner le *terrain* à la médecine, à la science.

« En termes purement énergétiques, se disait parfois Elisabeth, il y a un bourrelet très beau, juste avant la fin. » Et ce bourrelet dans le flux vital, cette fameuse cinquième phase était incompréhensible. A moins de supposer l'existence d'un énorme flux en aval. Un véritable Niagara! Mais alors... la vie elle-même changeait de sens. Or Elisabeth savait qu'à propos de flux étranges la science contemporaine

131

est porteuse de grandes révolutions, qui réduisent toutes les apparences physiques en une étrange farine d'indétermination... On pouvait se demander si c'était une bonne nouvelle, ou s'il n'aurait pas mieux valu vite refermer la boîte. Mais impossible. Puisque les religieux eux-mêmes ne jouaient plus leur rôle.

Les aumôniers des hôpitaux? Les pauvres! Elisabeth avait beaucoup travaillé avec un aumônier noir. Le seul, parmi les cinq ou six en service à l'hôpital, avec qui elle se soit trouvée des atomes crochus. C'était un excellent psychologue. Quand ils s'entretenaient ensemble avec un mourant, c'était presque toujours la même confusion : à la façon dont les questions étaient posées, le mourant prenait l'aumônier pour un psy et Elisabeth pour un pasteur. Voilà ce que les religieux pouvaient encore faire : du psychosocial. Mais accompagnateurs jusqu'au bord du lac noir? Non. Il n'y avait plus d'accompagnateur.

Les berges du lac étaient naturellement redevenues sauvages. Il fallait la témérité et le cœur d'une femme comme Elisabeth pour qu'un nouveau chemin soit frayé jusqu'au bord et que soit réintroduit un très ancien rite de passage. Oui, il fallait une femme, c'était cela ou rien. La suite du chemin confirmera cette intuition.

Celui qui atteint cette berge rapporte parfois de bien étranges témoignages. Ainsi cette Mme Schwarz, qu'Elisabeth avait invitée un jour à son séminaire. Une femme d'une quarantaine d'années, qu'un cancer épouvantable rongeait à feu lent. Treize fois déjà, elle avait été hospitalisée. A la quatorzième, là, en présence d'une cinquantaine d'étudiants (derrière le miroir), elle avait raconté son histoire.

C'était une femme de ménage de l'Indiana. Son

mari souffrait de schizophrénie aiguë. Dans ses moments de crise, il essayait toujours de tuer le plus jeune de leurs quatre enfants, le seul qui vécût encore à la maison. A chaque fois, le gamin serait mort sans l'intervention de sa mère. Quand elle dut être hospitalisée, Mme Schwarz se paya une terrible angoisse : et si son mari avait une crise pendant ce temps-là? Elle n'en dormit plus. Elle avait beau savoir qu'une de ses sœurs veillait sur son fils, l'image du père en train de massacrer l'enfant la hantait.

Puis les hospitalisations se multiplièrent – à Chicago, où l'on disposait de plus gros moyens pour traiter le cancer. Mais un jour, alors qu'elle était de retour chez elle, dans l'Indiana, elle fut prise d'un malaise si brutal qu'il fallut l'hospitaliser sur place, à Lafayette. C'est là qu'elle eut son expérience.

Elle en avait tellement marre de lutter, encore et encore, pour rester en vie, avec toujours l'image de ce fils menacé! Tout à coup, n'en pouvant plus, elle s'entendit penser : « Tant pis, j'abandonne! »

Alors, tout doucement, elle sentit la paix l'envahir. Elle ouvrit les yeux, vit encore une infirmière entrer dans sa chambre et mourut dans un dernier hoquet. C'est, du moins, ce que constata l'infirmière qui bondit, prit le pouls de la dame et aussitôt appela l'équipe de réanimation. Mais Mme Schwarz elle-même ne vit pas la scène de la même façon.

A mesure que la sensation d'apaisement s'était renforcée, elle avait senti comme une attraction vers le haut. En peu de temps, elle se retrouva « flottant quelque part au-dessus du lit », dans une sérénité totale. Curieusement, la vision de son propre corps, pâle et rabougri, gisant au-dessous d'elle, s'accompagna d'un sentiment... d'humour, très particulier. Un mélange d'extrême proximité et d'immense recul, semblait-elle dire.

« Vous vous pensiez vraiment morte? » avait demandé Elisabeth.

Mme Schwarz répondit que oui. Elle raconta qu'elle avait distinctement vu, d'une hauteur de trois mètres environ, l'équipe de réanimation se saisir d'elle, lui enfoncer des aiguilles dans les veines. Elle voyait le moindre détail, la couleur des yeux des médecins, les poils dans leurs oreilles. Mieux, elle avait l'impression de pouvoir lire dans leurs pensées. Il y avait une infirmière, par exemple, qui fredonnait sans cesse une petite musique dans sa tête.

Mme Schwarz, pour la première fois peut-être de sa vie, se sentit vraiment bien. Elle tenta de le dire à ceux qui essayaient de la « sauver ». Pour les convaincre de se calmer, elle s'approcha d'eux, chercha à les toucher et s'aperçut – alors seulement – qu'elle les voyait, mais qu'eux ne la percevaient même pas. Plusieurs fois, elle revint à la charge. En vain. Alors elle abandonna une seconde fois. Ses mots exacts : « Alors j'ai préféré perdre conscience. » Et elle se réveilla dans son lit, et dans son corps. Son arrêt cardiaque avait duré trois quarts d'heure! L'équipe de réanimation l'avait vraiment crue morte. A la fin, ils lui avaient même fait un électroencéphalogramme; il était plat. Cliniquement morte.

C'était la première fois qu'Elisabeth entendait une histoire pareille.

Ensuite, comme à l'accoutumée, on raccompagna la patiente dans sa chambre, et la discussion commença. Les étudiants protestèrent : qui était cette folle? Pourquoi Elisabeth l'avait-elle laissée parler? Pourquoi n'avait-elle pas arrêté son délire? Pourquoi n'avait-elle pas dit à la dame : « Stop, madame, cela s'appelle une hallucination? » Oui, pourquoi? Ils insistaient. Elisabeth ne les avait jamais vus aussi énervés. Ils tenaient absolument à ce qu'elle mette un nom sur l'histoire qu'ils venaient d'entendre. « Vous êtes bien d'accord, docteur Ross, n'est-ce pas, c'était une hallucination? » Plus les étudiants s'excitaient, plus Elisabeth s'interrogeait. Elle n'avait jamais entendu une telle histoire. Sans doute y avait-il une explication à tout ça, mais donner un nom?

« J'ignore absolument, dit-elle aux étudiants, de quel phénomène il peut s'agir, mais pourquoi auriez-vous voulu que j'arrête cette malheureuse dans son récit? En tout état de cause, un esprit scientifique ne se précipite pas pour faire taire un discours qu'il ne comprend pas. »

Un brouhaha s'installa. Certains étudiants étaient d'accord avec Elisabeth. D'autres râlaient. Elle ajouta : « Je ne dis pas qu'il faille abandonner nos outils critiques. Si l'histoire de Mme Schwarz correspondait à quoi que ce soit de réel, alors il devrait y avoir d'autres cas, et nous pourrions donc les étudier. »

Ça l'amuse, quand elle repense à cela aujourd'hui. Bien sûr, il y avait déjà dans son jeu, à l'époque de Mme Schwarz, quelque chose que les étudiants ne pouvaient vraiment saisir. J'ai visionné, bien plus tard, en 1984, à Boston, plusieurs longues vidéos sur EKR en train de dialoguer avec des mourants. Je n'oublierai jamais l'échange de regard entre elle et la terrible dame goitreuse – une gigantesque tumeur qui faisait à cette dame un cou d'hippopotame monstrueux. Sur le lit, à côté d'elle, un bambin jouait tranquillement. Elisabeth parlait à la malade, les yeux dans les yeux, avec un air de tendresse presque moqueur. Elle parlait du bébé justement, le petit-fils de la dame, et ce qu'Elisabeth lui disait la faisait sourire.

Et à côté de cela, cette incroyable indifférence à

l'égard des cadavres. Elle était là, depuis des heures, à accompagner un agonisant avec une attention sans faille; à la seconde où il mourait, soudain, avec la netteté du cristal brisé, une ligne se dessinait. Le cadavre? Elle s'en sentait immédiatement détachée. Le corps brusquement viande. La viande n'est pas la vie. La viande est l'ombre de la vie qui s'en va. En peu de temps, il ne reste rien, l'ombre s'est dispersée. Où vont les ombres? Où vont les formes? Nous vivons entourés de milliards de formes que ni la physique (cœur de la chimie) ni la biologie (explicative, dit-on, de la vie) ne savent interpréter. Mais Elisabeth ne se laissait jamais longtemps embarquer dans ces questionnements théoriques masculins. La vie la rappelait aussitôt. Il y a tellement de gens qui meurent! Et sitôt active, c'était bien son côté féminin qui reprenait le dessus. Emotions au centre du véhicule. Un *tout terrain*, avec quatre roues motrices.

Etrangement, le fait d'accompagner ainsi les gens vers leur acte final – cet acte jugé effrayant par toute la société – lui donnait une vitalité inadmissible. Par ricochet, cette énergie semblait rebondir sur le mourant lui-même. Du coup, des situations psychologiques extrêmement embrouillées, concernant des familles entières et profondément inscrites dans les corps, pouvaient soudain se résoudre. Pour quelques jours ou pour quelques heures, mais quelques heures qui pouvaient changer une vie.

Puis il y eut une deuxième Mme Schwarz. Puis une troisième.

Mais Elisabeth n'en parla plus. Cela sortait trop de ses propres grilles. Pendant des années, elle accumula des centaines de données sur le « syndrome Schwarz ». Cela rejoignait toutes les constatations bizarres qu'elle avait faites, depuis la guerre, dès qu'elle s'était retrouvée en présence de mourants arrivés en phase cinq.

Au début, elle s'était reproché de prêter l'oreille à leurs délires. De même qu'elle s'en voulait, d'ailleurs, d'être indifférente aux cadavres. Cette froideur soudaine la culpabilisait et elle s'empêchait de laisser totalement faire son intuition quand une Mme Schwarz commençait à lui raconter des histoires à dormir debout. Puis vint un moment où ce fut trop. Des mourants, brusquement, devenaient télépathes, devinaient ce que vous étiez en train de penser, citaient des personnes que vous seul pouviez connaître, décrivaient des paysages invisibles. Les enfants battaient tous les records. Avec eux, c'était un vrai feu d'artifice. Bientôt, Elisabeth allait se consacrer aux enfants mourants. Et à leurs parents. Aider les parents d'enfants morts allait devenir son grand art.

Nous sommes en 1970, après la publication de l'article de *Life*. Elisabeth se met à répondre systématiquement aux universités, aux écoles, aux hôpitaux qui l'invitent à venir parler. Son livre s'arrache. A cause de *Life*, bien sûr. La réaction est mille fois plus forte qu'elle ne se l'était imaginée.

On l'appelle de partout. Elle court. Elle vole. Ses deux enfants ne la voient plus beaucoup. Emmanuel Ross, son mari, n'en peut plus. Lentement, leurs relations se sont détériorées. Depuis Denver. Depuis la première conférence d'Elisabeth sur la mort. Ils se retrouveront, beaucoup plus tard. Pour l'instant Emmanuel Ross se sauve avec les enfants, à deux doigts de proclamer que sa femme est devenue folle. Il vend leur maison de Chicago et Elisabeth se retrouve seule, à la rue.

Que va-t-elle faire ? Tenter d'en savoir plus sur le « syndrome Schwarz » ? Non, cela elle va le laisser à d'autres. A de plus jeunes. Un jour, elle reçoit les épreuves d'un livre d'un éditeur d'Atlanta. Cela s'appelle *La Vie après la vie*. C'est un recueil de cas extrêmement semblables à celui de Mme Schwarz. L'auteur, un jeune psychiatre du vieux Sud, s'appelle Raymond Moody. Il demande à profiter d'une conférence d'EKR à Atlanta pour venir la saluer. Il souhaiterait qu'elle lui écrive une préface pour son livre. Elisabeth accepte.

Sa route est encore longue. Elle va connaître bien d'autres épreuves, et des éblouissements autrement géants. Quittons-la quelque temps. Laissons-lui le temps de découvrir, enfin, cette frontière dont elle rêve depuis si longtemps d'explorer les jungles. Maintenant qu'une femme a ouvert la voie, regardons agir les hommes de cette aventure. Des explorateurs, spéculatifs et ludiques. Ensuite, nous retrouverons les femmes.

III

LE GRAND CHANTIER
DES EXPLORATEURS DE LA MORT

9

Raymond Moody :
l'intuition du psychiatre philosophe

UN homme parfaitement rond. Tête ronde, gestes ronds, lunettes rondes, sourire rond de Joconde – ajoutez juste quatre millimètres de chaque côté, aux commissures des lèvres, cela suffit à faire passer le sourire de Mona Lisa dans la tranche au-dessus, celle des sourires de renard. Ou de chat. Disons de chat-renard. Gentil sourire, en fait. Mais j'avais toutes les raisons de croire que cet homme avait gagné beaucoup d'argent avec son livre, et je me méfiais de son charme. Sa présence, tout au fond de l'énorme hôpital de briques rouges de Charlottesville (Virginie), avait quelque chose d'irréel. Vieux décor des années cinquante : épais linoléum blanc, chariots élévateurs fraîchement repeints, en blanc aussi, comme des paquebots. Une puissante odeur d'éther.

Toutes les trente secondes, un énorme téléphone noir ancien modèle retentissait d'un couinement strident : quelque part dans l'hôpital quelqu'un piquait une crise, et on appelait l'interne de garde, en l'occurrence Raymond Moody, au secours. Sans jamais se départir de son sourire de chat-renard, il saisissait le combiné en bakélite et disait, avec son accent miaulant du Sud : « *Reeeiimond Moooouudy speeeiiking.* » Le reste du temps, il se balançait *sans-in-ter-rup-tion* dans un rocking-chair. J'étais un peu effaré. Cela faisait une demi-heure que j'essayais de lui poser ma première question. Mais le téléphone sonnait et résonnait, et hop! il disparaissait de son pas à la fois tranquille et rapide – sacrebleu, cet homme était en caoutchouc! Sitôt revenu, il se rasseyait dans son rocking-chair et se remettait à se balancer, avec la régularité d'un métronome, et toujours avec le même sourire. Un vrai psychiatre, en somme.

Je reposai une énième fois ma question : « Que croyez-vous donc prouver, avec vos fameuses visions au bord de la mort?

– Mais rien, cher monsieur, d'ailleurs *elles ne prouvent rien.* Strictement rien! » répondit-il.

J'insistai. Il précisa :

« Je dis simplement aux gens : regardez comme ces faits sont étranges et amusants. Sapristi, c'est qu'il s'en reproduit partout! Ce n'est pas comme si je prétendais avoir isolé je ne sais quel phénomènc paranormal rarissime et hypothétique dans mon laboratoire. Pas du tout : observez autour de vous, faites votre enquête vous-même, les NDE poussent comme des champignons! Que les savants du monde entier s'en emparent, les analysent, réfléchissent un bon coup, ensuite nous pourrons confronter nos interprétations. Voilà tout! »

C'était bien gentil, mais il y avait un hic. Je lui dis :

« Excusez-moi, mais votre livre s'appelle quand même *La Vie après la vie.* Que vous prétendiez, après cela, ne rien vouloir prouver devient difficile à avaler...

– Exact, répondit-il. Je pourrais vous objecter que je n'étais pas très chaud pour ce titre – une idée de l'éditeur. Mais vous pourriez me rétorquer que j'aurais pu refuser, et vous auriez raison. Non, le dérapage s'est produit ailleurs. Comprenez-moi bien : ce livre, publié par une obscure petite maison du Sud, ne devait jamais dépasser un tirage de quelques milliers d'exemplaires. C'était pour moi une façon de provoquer un jeu. Une sorte de *Donjon and Dragon* pour adulte. Je suis très joueur. J'adore m'amuser. Je voulais avant tout piquer la curiosité de mes confrères. Les choquer même. Mais jamais je n'aurais imaginé que nous en vendrions des millions. Jamais. »

Je lus en lui une calme conviction. J'attaquai sous tous les angles possibles. Mais jamais Moody ne se départit de son flegme jovial. Je compris qu'il me glisserait entre les doigts jusqu'au bout et décidai de faire plus ample connaissance. J'allais découvrir que ce docteur en médecine et en philosophie était une sorte d'enfant. Un vrai galopin du Sud, droit sorti d'un roman de Mark Twain.

Du vieux Sud, il a d'abord goûté la douceur de bavarder tard le soir, dans la véranda, avec les voisins. Ou avec les passants. Avec n'importe qui. Porterdale était une toute petite ville textile de Géorgie, en complet déclin depuis la crise des années trente. Trois mille habitants, en pleine cambrousse, à quarante kilomètres d'Atlanta sur la route d'Augusta. Quand Raymond Moody y est né, le 30 juin 1944, dans l'odeur de chèvrefeuille et d'ajoncs brûlés, son père était à l'armée, quelque part en Europe. Rétrospectivement, il se dit aujourd'hui que sa bonne étoile profita de cette absence paternelle pour lui donner une foule de parrains et de marraines. Ces Sudistes paresseux passaient le plus clair de leur temps à bavarder. Petit, Moody raffola immédiatement de ce bavardage. Des contes épiques comme des récits ordinaires. Chaque personne avait sa propre histoire, son propre roman à raconter. Cela émerveillait l'enfant, qui en conçut très jeune une immense sympathie pour ses congénères. Il les trouvait tous fascinants.

A l'école, Raymond Moody fut un élève brillant. Ses premiers penchants se transformèrent tout naturellement en amour de la rédaction, puis de la rhétorique. Il se passionna pour la philosophie et, pendant sept ans, l'étudia à l'université de Virginie. C'est là que, un jour de 1965, il rencontra le docteur George Ritchie. Un psychiatre de Charlottesville, professeur à l'école de médecine de la même université. Un type marrant comme tout, qui avait immédiatement attiré l'attention du jeune homme.

Un jour, Moody apprend une rumeur invraisemblable à propos de ce psychiatre. On raconte que George Ritchie a eu un accident de voiture très grave, il y a plusieurs années de cela, et qu'après avoir été laissé pour mort pendant un moment, le cœur arrêté, au milieu d'un amas de ferrailles, il se serait réveillé gardant le souvenir d'une expérience tout à fait extraordinaire. Une sorte de rêve qu'il aurait plus tard raconté à ses élèves... Un rêve? Mais voit-on tous les quatre matins le récit du rêve d'un prof mettre toute une classe en ébullition? Le prof insistait d'ailleurs avec véhémence : non, son histoire n'était pas un rêve.

Une hallucination alors? Une grande bouffée délirante de son cerveau, rendu malade par... quoi? On ignorait encore les raffinements chimiques de la synapse. On parlait plus globalement de l'*état de choc*. On étudiait énormément le *stress*, dans les universités américaines d'alors. Et Raymond Moody était tout à fait le genre de philosophe américain à essayer d'établir des passerelles entre le *stress* et la psyché. Le *stress* dû à l'accident aurait-il provoqué chez George Ritchie une hallucination digne de celles que cultivent les Indiens Huichols, adorateurs

144

du peyotl sacré? Le psychiatre racontait, en effet, qu'il avait eu l'impression de s'envoler hors de son corps – de son corps sanguinolent et inerte, qu'il aurait tranquillement contemplé, comme s'il s'était agi d'un objet étranger. Ensuite, il aurait eu la sensation de s'éloigner (à bord de quel oiseau?), avec une remarquable sérénité, vers « le soleil très pur de la réalité ultime »... comme disent tous les mythes solaires, qu'ils soient indiens, ou soufis, sikhs ou kabbalistiques. « Un nectar bien concret, disait Ritchie, une extase empirique »... Raymond Moody finit par demander au psychiatre de lui raconter son hallucination lui-même. Ritchie protesta aussitôt : il refusait d'appeler cela une hallucination. Mais en ce cas, comment nommait-il l'expérience qu'il avait eue, alors qu'il agonisait dans la carcasse de sa voiture accidentée?

Ritchie n'ose pas avancer d'explication. En tout cas, l'expérience l'a ébranlé : quinze ans plus tard, explique-t-il à l'étudiant en philosophie Raymond Moody, elle demeure la plus troublante de sa vie. Il raconte qu'une « grande clarté » a embrasé son esprit. Les yeux de Moody s'écarquillent. Mais le vieux psychiatre ne se trouble pas. Apparemment, il a l'habitude. Il tente d'exprimer des choses et des sentiments « totalement ineffables ».

Qu'est-ce qu'une « cité de cristal d'amour »? « Eh bien, dit-il, c'était bel et bien une cité, dont je conserve en mémoire la moindre pierre... de cristal. Mais c'était un cristal, comment dire, doré, d'une transparence inouïe, comme s'il rayonnait de lumière, comme s'il s'agissait d'un cristal de lumière. Et cette lumière était, en fait, de l'amour pur, ça, je puis vous le jurer, car plus vous l'approchiez, plus un sentiment d'amour incommensurable vous envahissait... »

Raymond Moody, grand amateur d'histoires et de récits de toutes sortes, écoute bien sûr avec ravissement. Quelle aventure extraordinaire! En même temps, pour lui qui en a tellement entendu, c'est une histoire de plus, après dix mille autres, et rien d'autre. On ne lui en a jamais rapporté deux pareilles. Certes, celle-là est vraiment très forte. Il l'a écoutée comme un nouvel épisode des *Mille et Une Nuits*. Ou comme une conférence sur la psychosomatique du fou rire – un de ses dadas.

L'idéal, à vrai dire, dans sa façon d'aimer le monde en l'entendant se raconter, serait, pour Moody, de pouvoir remonter dans le temps. Souvent, dans ses rêves éveillés, il remonte jusqu'à Athènes, il s'imagine élève de Socrate, condisciple de Platon. Pas encore coreligionnaire, par les mystères et par Orphée, non, pas encore. En 1965, l'esthétique de la logique pure suffit encore à canaliser tout son désir. Ainsi, le récit du psychiatre Ritchie, par exemple, ne fait-il que glisser sur lui. Du moins le croit-il à l'époque.

Les années passent. Moody devient professeur de philo. Il trouve un poste à l'université de Caroline du Nord. Son premier cours est consacré à Platon. Il essaie de faire comprendre à ses étudiants de quelle façon les mots prennent leur sens, comment Socrate, à travers Platon, utilise la logique pour faire danser la raison pure. Le contenu du discours, le contenu du *Phédon* ou de *Gorgias*, Moody les perçoit comme de simples prétextes au service du plaisir de la spéculation pure.

De lui-même, ou avec des étudiants mous, il pourrait en rester là, comme un prof normal. Mais Moody a la chance d'enseigner à des adolescents extrêmement vifs, qui lui réclament de revenir sur des passages du *Phédon* et de la *République*, trop vite survolés, et concernant les croyances grecques sur l'au-delà.

Socrate et Platon, demandent les élèves, croyaient-ils à une vie après la mort? Moody est étonné. Au fond, ces spéculations lui semblent assez vaseuses... Il s'aperçoit que l'empressement des étudiants vient d'un meneur, qui influence ses camarades. Un jour, en aparté, il demande à ce garçon ce qui motive son acharnement à vouloir discuter de métaphysique et d'extase mystique. Croit-il donc réellement que ce soit là l'objet de la philosophie!

« J'en suis sûr, dit l'étudiant.

– Et pourquoi donc? demande Moody.

– Oh... pour des raisons très personnelles.

– Ne peut-on les connaître? »

Le prof est intrigué. L'étudiant lui raconte alors qu'une soif intarissable d'en savoir davantage sur la mort le tarabuste, depuis que... sa grand-mère a failli mourir, deux ans auparavant. L'agonie de la vieille dame avait duré plusieurs nuits. On la croyait perdue. Une nuit, le garçon avait pensé que sa grand-mère vivait ses derniers instants. Et puis, contre toute attente, elle s'était remise à respirer normalement. Le lendemain, encore tout ému, le jeune homme avait passé la journée avec la vieille femme et elle s'était mise à lui raconter une histoire invraisemblable. Elle disait avoir vécu une expérience absolument bouleversante...

Le récit de cette expérience frappa le garçon à un tel point que toutes ses anciennes préoccupations lui avaient soudain paru de peu d'intérêt.

Une histoire fort semblable à celle qu'a rapportée le docteur George Ritchie. Plusieurs années après, Moody se souvient : Ritchie! Quelle bizarrerie, une histoire très loufoque qui revient deux fois de suite!

Mais Moody n'est pas au bout de ses surprises.

Lors du cours de philosophie suivant, il poursuit sa conversation avec l'étudiant, cette fois en public, devant toute la classe. Et voilà qu'un autre étudiant lève le doigt. Il a une histoire similaire à raconter. Sa sœur a failli mourir, elle aussi, et a ramené une vision du même genre de son coma. Une sorte de vide, disait-elle, de tunnel, avec au bout une lumière dorée plus intense que le soleil, bien qu'infiniment douce aux yeux. Un soleil au contact duquel la jeune femme avait eu la sensation de « se retrouver au paradis », selon les termes de son frère. Cette fois, la curiosité de Moody est piquée à vif. Ses étudiants se sont-ils passé le mot, pour le faire tourner en bourrique ? Il repense encore à Ritchie, évidemment. Quelle vision étrange ramène-t-on décidément des bords de la mort ?

En quelques mois, une quinzaine d'autres cas vont lui être présentés. Par quel hasard ? Eh bien, c'est très simple : Moody se met tout bêtement à raconter l'histoire de ses étudiants et de Ritchie. Or comme il est lui-même, nous l'avons vu, un homme très sociable, et qu'il appartient à différents clubs et associations, il raconte fatalement l'histoire à une foule de gens. Et voilà qu'il constate un phénomène étonnant : chaque fois qu'il en parle devant un groupe un peu important, il y a toujours au moins une personne qui finit par lever la main et par raconter une nouvelle histoire du même acabit, généralement liée à une mort clinique passagère.

Moody n'en revient pas. Pourtant, en grand amateur d'histoires, il se garde bien d'intervenir ou d'interpréter. Il s'aperçoit bientôt, en effet, que plus il demeure silencieux et attentif, plus les personnes qui racontent ces histoires avouent des émotions profondes, intenses, intimes, insensées. Souvent, elles se mettent à sangloter au beau milieu du récit. Quand il s'agit d'un homme, c'est impressionnant.

Au deuxième bonhomme qu'il voit ainsi pleurer d'émotion à s'entendre lui-même raconter son « merveilleux coma », toute honte oubliée, le prof de philo ne sait franchement plus que penser. Il en parle à ses élèves. Excitation générale. Le gentil conte de fées du début devient un dossier mystérieux. Mais que signifie-t-il ?

Les douze ou quinze récits entendus jusque-là présentent tous un premier point commun : ces braves gens affirment avec entêtement qu'il ne s'agissait ni d'un rêve ni d'une hallucination. Pourquoi, se dit Moody, ne pas jouer à les croire ? Mais l'affaire achoppe aussitôt sur un obstacle logique élémentaire : on ne peut pas vivre d'expérience hors de son corps ! Seulement voilà : dans leurs « délires », plusieurs personnes revenues d'une mort clinique passagère racontent qu'elles ont clairement vu ce qui se passait autour de leurs corps supposés morts, et même dans les chambres voisines. Elles affirment cela avec un tel aplomb que c'en est troublant. Le *super-stress* provoqué par l'imminence de la mort aurait-il placé ces gens dans un état de conscience qui permet de voir à travers les murs ?

Très vite, Moody tombe sur l'énigme qui fonde la philosophie : qu'est-ce que la conscience ? Est-ce simplement une bulle à la surface de la matière ? A la surface du cerveau ? Moody n'est pas matérialiste. Derrière le monde des phénomènes, il pense qu'il y a autre chose que le néant. La conscience lui semble trop riche, trop belle, trop puissante, pour être fille de l'inerte. Mais la foi aveugle du charbonnier n'est pas son truc. D'ailleurs, quel être moderne continue-t-elle à rassasier, cette vieille flamme du charbonnier ? Moody veut comprendre. Son amour de la logique demeure son guide suprême. Or « sortir de son corps » non, cela ne lui est jamais arrivé, et il ne voit pas, matériellement, comment cela serait possible.

Pourtant, il est protestant. Il croit donc que l'homme a une âme. Mais on passe alors à un autre ordre de réalité. Un ordre irréconciliable avec celui du monde. Moody s'en tient à l'ancien partage, au Yalta métaphysique : d'un côté le ciel, de l'autre la terre, et malheur aux téméraires qui tenteraient de jeter un pont de l'un à l'autre ! Ils seraient immédiatement frappés de folie. Moody vit encore dans ce monde-là : la fin du monde religieux, que les savants les plus matérialistes prolongent indéfiniment, en toute inconscience, de connivence avec les vieilles Eglises : aux savants la terre, aux curés le ciel.

Moody vit encore dans ce paradigme-là. Mais ses étudiants, un peu moins que lui. L'année suivante (on est en 1970), ça recommence. De nouveau à cause de Platon. Le cours quitte très vite le gentil chemin de la logique pure et de la philosophie totalement mentale, pour aborder les rives sauvages de l'agonie des grand-mères. Car, de nouveau, un élève rapporte en classe le récit d'une de ces expériences fabuleuses. Cette fois, Raymond Moody ne peut faire autrement que de modifier le cours qu'il a prévu de faire. Les Américains, dont nos intellectuels européens se gaussent facilement, ne sont pas sectaires. Essayez d'imaginer ces scènes dans un lycée français, en 1970.

Etudier Platon n'a jamais fait de mal à personne. Raymond Moody et ses élèves font des plongées de plus en plus profondes dans la Grèce antique. Platon appartenait à une tradition mystique souvent oubliée. Ses écrits ne nous disent pas tout de lui – les initiés des rites orphiques étaient, bien entendu, tenus de garder le secret. Pourtant, il en dit assez, pour qui sait lire. Le mythe d'Er, dans le livre X de la *République*, suffit à lui seul pour éclairer certaines choses fondamentales. Platon y raconte l'histoire d'Er, un soldat laissé pour mort sur le champ de bataille. On l'avait ramassé, puis jeté sur le bûcher aux cadavres. Mais voilà qu'à l'instant de mettre le feu au bûcher, les soldats effarés voient Er se relever. Il n'était donc pas mort!

Ce genre de scène se déroule depuis toujours, sur tous les champs de bataille du monde. Les enquêteurs de l'IANDS repéreront des dizaines d'Er parmi les vétérans du Viêt-nam. Pour les Grecs, il n'y avait aucun doute : Er avait voyagé au « pays des Morts » et en était revenu. Platon rapporte le mythe né de ce récit. D'abord, Er a quitté son corps. Libre comme l'air, sa conscience (son âme) s'est rapidement jointe à celles d'autres soldats, tués durant la même bataille. Ensemble, ils se sont retrouvés dans une vallée haute, sur un col. Là, quelque chose a arrêté leur course, et des êtres divins leur sont apparus, n'ignorant rien d'eux ni de leurs vies, de leurs bonheurs et leurs faiblesses. Chaque soldat a alors revu sa vie, et cette vision, en soi, était un jugement. Seul Er ne s'est pas « jugé ». A lui, les êtres divins ont dit de retourner sur terre, et de raconter aux hommes ce qu'il avait vu.

Les ressemblances entre le mythe d'Er et les récits de leurs grand-mères frappent les étudiants de Virginie. Du coup, ils laissent libre cours à leurs imaginations adolescentes. La classe délire. Moody n'a que dix ans de plus qu'eux. Il se contente de regarder les jeunes d'un air amusé : « La vie est drôle, n'est-ce pas, les enfants? »

Il faut dire que Moody a d'autres problèmes. Sa femme est enceinte et lui, au lieu de remercier le sort d'avoir trouvé un bon travail, le voilà qui veut en changer. Au bout de trois ans, le métier de prof de philosophie se met à lui peser. Il se sent devenir froid. Moins tendre avec ceux qui racontent. Maintenant, il analyse, il soupèse, juge... il ne se laisse pas aller à ses émotions. A trop philosopher, il sent que ses défenses intellectuelles vont devenir rigides, qu'il ne pourra plus réellement communiquer avec les autres, comme dans la véranda de Porterdale. La joie de ses élèves ne lui suffit plus. La philosophie est trop mentale. Il lui faut la matière d'une pratique plus physique.

En rentrant de la guerre, son père avait commencé des études de médecine et il était devenu chirurgien. Moody fils décide de faire pareil. Mais pour devenir psychiatre. A vingt-huit ans, il entre à l'école de médecine de l'université d'Augusta, dans sa Géorgie natale. Il y retrouve John, un ancien camarade, lui-même étudiant en psychiatrie. Un garçon très actif, qui dirige une association de jeunes médecins.

Un jour, Raymond raconte à John les récits étranges de ces morts cliniques rattrapées au dernier moment. John bondit : quel sujet d'exposé épatant pour son club de médecins, toujours menacé par l'ennui! Après le boulot, les toubibs veulent se marrer! Raymond n'est pas chaud. Raconter ça à de futurs confrères? Ils vont se moquer de lui et lui coller une étiquette de farfelu. Mais John a toujours eu le chic pour convaincre son ami, qui finit par accepter. La semaine suivante, Raymond fait donc un petit exposé, devant une trentaine de médecins et leurs invités, sur les expériences insolites rapportées des confins de la vie... Moody sait que ces histoires de « voyages hors du corps » et de « lumière d'amour » peuvent paraître totalement cinglées. Il se protège comme il peut, en forçant sur l'humour. Mais rien ne se déroule comme prévu.

A peine a-t-il fini de parler que six ou sept membres du club prennent la parole : ils ont, eux aussi, entendu semblables récits de la bouche de leurs patients. A mesure que la soirée s'écoule, une stupéfaction s'installe dans la salle, et chez les intervenants eux-mêmes, car ils ne s'étaient jamais fait l'aveu les uns aux autres. Le dernier témoignage frappe particulièrement : c'est un médecin qui prétend avoir lui-même connu l'extraordinaire expérience. A la fin de la séance, on communique à Moody plusieurs adresses : qu'il aille donc interroger lui-même quelques-unes des personnes auxquelles la « chose » serait arrivée.

L'histoire de la soirée plaît beaucoup. On se met à la raconter dans Augusta, et à la lire dans les journaux locaux. Du coup, Raymond Moody est invité à venir raconter ses histoires ailleurs, et encore ailleurs. Et chaque fois, son récit en déclenche d'autres, et sa collection grossit à vue d'œil. Il s'interroge de plus en plus. Qu'est-ce donc ? Est-ce une rumeur folle qui gonfle la tête de ces gens ? Mentent-ils ?

Des journalistes traînent aux mêmes soirées que Moody. Des articles paraissent sur les *récits déclencheurs de récits*. Un petit éditeur d'Atlanta lit un de ces articles et, aussitôt, écrit au jeune homme : pourquoi ne pas publier un livre sur ce sujet passionnant ? Moody croit à une plaisanterie. Mais l'autre insiste. Les deux hommes se rencontrent. Moody s'aperçoit que l'éditeur, Iggel de son nom, n'est pas ce qu'il s'était d'abord imaginé : il ne cherche pas uniquement à gagner de l'argent. Il désire sincèrement en savoir davantage. Iggel a longtemps travaillé dans l'édition à New York. Il en a eu marre et s'en est allé monter sa propre maison, dans le Sud, où il est né. Une petite maison spécialisée dans la réimpression de l'ancienne littérature sudiste.

Moody se tâte un moment. Puis la curiosité

l'emporte. Il accepte la proposition : il essaiera de collecter et d'analyser le plus grand nombre possible de ces récits, qu'il décide d'appeler désormais *near death expiriences*, ou NDE, c'est-à-dire « expériences proches de la mort ». A quoi ce curieux phénomène correspond-il?

Il se met donc à la recherche de NDE dans un milieu où elles sont abondantes : le secteur hospitalier. Il en trouve des dizaines, et de première main. L'énigme demeure entière. Médicalement, on ignore, en fait, ce qu'est la mort. L'arrêt des fonctions vitales? La dilatation des pupilles? Le refroidissement général? Mais ça veut dire quoi? Moody entend parler des gens qui ont survécu à des comas tellement profonds que leur électroencéphalogramme est resté plat pendant vingt minutes. Selon les normes officielles, c'est rigoureusement impossible. On aurait eu le temps de les déclarer irrémédiablement morts quatre fois de suite! On les a pourtant ranimés. Ils n'étaient donc pas morts. Mais alors, qu'est-ce que la mort? Et à quoi tient la vie? A mesure qu'il progresse dans ses études de médecine, Moody s'aperçoit qu'en ce domaine les toubibs n'en savent guère plus que les philosophes. Il écrit donc son bouquin sans complexe.

Life after Life paraît quand Moody entre en quatrième année de médecine. Rien de médical. Plutôt un carnet d'ethnologue : des bouts de récits bruts, soutenant une tentative de décrypter le plus ancien des mythes. Moody a réussi à recueillir près de cent cinquante récits circonstanciés de comas, ou de morts cliniques ayant « entraîné des visions ». Et franchement, on dirait du Platon pur. Quelle est, se demande Moody, cette étrange réémergence du vieux mythe central, dans les carcasses des automobiles accidentées, ou sous les poumons d'acier?

Les récits rivalisent de splendeur. Moody les

découpe, les superpose, les compare. Tel un paléontologue, magnifiquement servi par la découverte d'un gisement d'ossements, il reconstruit un animal théorique fabuleux. Un animal géant. Solaire. Invraisemblablement dérangeant pour un esprit moderne. De façon un peu surréaliste, Moody en décrit quinze caractères principaux, que voici :

Premier caractère, qui détermine tout le reste : la totalité des *experiencers* disent que leur vision n'est pas racontable en mots « humains ». Que rien, dans la vie normale, ne peut être comparé à ce qu'ils ont vécu : *l'amour inconditionnel* dont ils parlent tous serait ineffable, déborderait de leurs bouches.

Ineffable. La première fois qu'on le lui dit, Moody croit à un effet de style. La deuxième fois à une coïncidence. La troisième fois à une redondance qui, à la quatrième, lui reste sur l'estomac. La dixième le laisse totalement songeur. A la centième, il y a longtemps qu'il ne se pose plus de question. D'une certaine façon, c'est bel et bien le vieux mythe central qui refait surface. Allez savoir pourquoi! Des volcans qu'on croyait éteints... Ou alors ça y ressemble drôlement. Oui, soudain, des hommes et des femmes se sont mis à réécrire le vieux récit mythique. Sous la dictée de quelle impulsion? Ce récit, que les modernes connaissaient bien, mais toujours chez les autres, chez les archaïques, chez les sauvages. Vu de près, en chair et en os, sur des frères de culture, ça prend un autre visage! Plus d'allusions incompréhensibles. Plus de diables supposés jaillis de la superstition stupide. Quand c'est un agent immobilier d'Augusta ou une informaticienne d'Atlanta qui vous racontent leur rencontre avec la mort, leur voyage au bord d'une rivière d'argent, dans une lumière d'or, au-delà d'une vallée plongée dans le brouillard, avec des mots d'aujourd'hui, et le ton, et l'humour, et la force de conviction que donne la voix cassée de sanglots par l'émotion, cette force intransmissible par l'écrit, alors oui, l'esprit le plus sceptique se laisserait troubler.

Et Raymond Moody de constater à quel point tous les récits eschatologiques des Anciens n'ont jamais été que des allégories, pour faire, faute de mots, partager des expériences « ineffables » à autrui.

Deuxième caractère de la NDE théorique rebâtie par Moody : le mourant, ou le comateux, s'entend déclarer mort. Il n'en revient pas : ça pourrait bien être vrai! Tout lui semble soudain si étrange.

Troisième caractère : une sensation de paix et de calme l'envahit.

Quatrième caractère : un bruit lui vient de l'intérieur, tantôt comme un gong, tantôt comme une crécelle, tantôt agréable, tantôt effrayant.

Cinquième caractère : l'individu se sent sortir de son corps. Il se voit de l'extérieur, voit ses éventuels sauveteurs. Souvent, il tente vainement de les contacter. Parfois, il se retrouve « sans corps du tout », parfois dans l'habit nouveau d'un « corps sans poids », se mouvant comme « hors du temps ». Il flotte, sans odorat ni goût, mais avec une vue télescopique, un « zoom » tout-puissant et auto-moteur : qu'un détail minuscule l'intrigue, dans le décor, et il *zoome avant* de façon automatique et instantanée. Même chose dans l'autre sens. Il a l'impression de pouvoir se déplacer à une vitesse infinie. Son attention lui semble plus vive que jamais, comme débarrassée d'on ne sait quelle brume. Quand il entendra des voix, ce sera par une sorte de « sens de l'ouïe interne ».

Sixième caractère : le moribond se sent aspiré à toute vitesse par un tunnel noir. Une cave. Un puits. Un trou. Un vide. Un abîme. Un égout. Une vallée.

Un cylindre. Une spirale. Chacun a son mot, mais c'est bien de la même obscurité qu'on parle.

Septième caractère : d'autres êtres apparaissent dans le tunnel obscur. Souvent, il s'agit de parents décédés qui attendent le moribond, l'escortent, le guident.

Huitième caractère : au fond du puits, il aperçoit une lumière. Une lumière particulière, d'une brillance de plus en plus forte à mesure qu'il s'en approche. Jusqu'à devenir un soleil hallucinant. Certains rescapés l'appellent *claire lumière de cristal pur,* d'autres *lumière d'or,* ou *miel lumineux,* ou encore, *immense clarté blanche et dorée...*

Tous ceux qui disent l'avoir vue lui reconnaissent plusieurs spécificités :

– d'abord, elle semblait plus puissante que tout ce que l'esprit humain peut concevoir;

– elle ne leur faisait pourtant pas « mal aux yeux »;

– elle donnait l'impression de répandre en eux ce que l'on a coutume d'appeler de l'*amour,* mais avec une intensité, là encore, incommensurable;

– le fait même de baigner dans ses rayons les amenait automatiquement à passer leur propre vie en revue. Alors naissait en eux une immense stupeur, car...

Neuvième caractère : c'était réellement toute leur vie qui remontait soudain à leur conscience. Dans les moindres détails. Rien, dirait plus tard l'ex-moribond, n'y manquait. Un pot de yaourt renversé par terre à trois ans et demi, un baiser furtif à quinze, un sourire à un inconnu, dans la rue, à trente... Absolument chaque instant de sa vie. Et en trois dimensions!

Cette « revue de vie » semble commentée par une voix intérieure... pleine d'humour. Toutes les scènes que l'individu a refoulées, parce qu'il s'y comportait de façon trop laide ou trop en dehors des normes, défilent soudain sans la moindre complaisance. Elles lui font plaisir, ou honte, ou mal. Mais d'une certaine façon, il a l'impression que la « claire lumière » se fend la pêche!

Dixième caractère : soudain, le moribond rencontre une frontière, une limite, quelque chose l'arrête dans sa progression toujours plus profonde vers le centre de la lumière. Parfois, c'est une limite tangible, une rivière, une haie, un brouillard épais. Parfois, juste une impression : il ne progresse plus. Quelque chose lui dit, alors, que son heure n'est pas venue, qu'il va devoir faire demi-tour, regagner son corps physique.

Onzième caractère : le retour. Ce qui, plus tard, lui apparaîtra comme un fieffé coup de chance, sonne tout d'abord comme une cruelle condamnation : retour à la lourdeur, à la limitation, à la souffrance. Il arrive que le moribond revienne avec l'impression qu'il a lui-même décidé de se « réveiller ». Mais le plus souvent, le retour lui semble avoir été imposé. *Snap!* en un éclair, le voilà de nouveau parmi les Terriens, dans son scaphandre. Il est rare qu'il se souvienne des détails de la réintégration.

Douzième caractère : alors commencent les vrais problèmes. Encore à demi groggy, l'ex-moribond n'a qu'une idée en tête : raconter au autres l' « inimaginable voyage ». Quels autres? Peu importe, n'importe qui fera l'affaire : infirmière, médecin, anesthésiste, policier, pompier, épouse, ami, enfin... Seulement, voilà : dès la première tentative, le rescapé comprend sa douleur : Les humains ne veulent rien entendre. « Ce sont des salades! » L'épreuve lui tombe dessus comme un manteau de plomb. Elle peut le déprimer jusqu'aux limites de la folie. Il va s'imaginer que son expérience est unique et se retrouver seul au monde.

Treizième caractère : pourtant, peu à peu, il se remet à vivre. Il s'aperçoit alors que ses centres d'intérêt ont changé. Il apprécie davantage les détails, la couleur de l'herbe, le vol d'un oiseau, il se sent devenir plus subtil, plus tranquille aussi, et plus coopératif. Plus mûr. Il commence à s'interroger très gravement. Sur quelle frontière de l'esprit est-il donc parti se balader? Il se met à lire des essais philosophiques. Des textes religieux. Il fouille les rayons ésotériques des librairies. Il s'intéresse soudain à tel ou tel aspect précis de la science contemporaine... Il arrive aussi qu'il se surprenne à deviner ce que pensent les gens. Son intuition semble s'être affinée. N'aurait-il pas acquis comme un sens de la prémonition? Il devient quelqu'un que l'on consulte. Sa présence calme les autres.

Quatorzième caractère : il n'a plus du tout peur de la mort. Est-il fou? Est-il sage? Il a, en tout cas, la certitude – et dans 100 p. 100 des cas – qu'il n'a fait que vivre une répétition : le jour de sa vraie mort, il retournera dans la lumière. Et contrairement à ce que, souvent, il croyait jusque-là, ce jour-là, quand il mourra pour de bon, il ne s'endormira pas à jamais. Il se réveillera, au contraire. Son destin propre se poursuivra, plus clair.

Le quinzième caractère, enfin, est une sorte d'annexe : chaque fois, écrit Raymond Moody, que la vérification a été possible, le récit du rescapé s'est avéré. Mais que peut-on vérifier? Seul l'épisode du début, la « sortie du corps », se prête à un contrôle. Au moment où l'individu prétend avoir assisté à l'annonce de sa propre mort. Et là, oui, écrit Moody, les détails concordent : il y avait bien, en effet, deux infirmières, dont une très grande Noire, qui assistait le chirurgien sur sa droite, et une plus petite qui était enrhumée ce jour-là...

Life after Life se termine sur une série de questions. Pourquoi n'a-t-on pas entendu parler des NDE jusque-là? S'agit-il d'un rêve? D'une hallucination? Provoquée par quoi? Une pénurie d'oxygène? Quel rapport avec les visions mystiques? Peut-on rapprocher les NDE des expériences d'isolation sensorielle du professeur Lilly? Et si tous ces gens étaient des affabulateurs? Sont-ils vraiment morts un bref instant? Sur ce dernier point, pour Moody, l'affaire est entendue : non, ils n'étaient pas morts, puisqu'ils en sont revenus. Mais alors, même avec le cœur à l'arrêt et le cerveau hors service, quelque chose pourrait vous retenir à la vie? Quoi? L'étudiant Moody doute fort que la médecine puisse, seule, répondre à toutes ces questions.

Il termine sur un aveu : après avoir entendu (de vive voix) tous ces récits, il a l'impression d'avoir vécu l'expérience lui-même. Son attitude est désormais entièrement subjective. Il prétend que, en deux conversations avec des rescapés porteurs de visions, vous êtes cuit. Même s'il ne l'avoue pas, l'esprit le plus froid en sort ébranlé. En d'autres termes, si vous tenez à votre scepticisme, évitez ces gens-là.

On en est à corriger les épreuves, quand un ami téléphone à Moody. Sait-il qu'Elisabeth Kübler-Ross vient donner une conférence à Atlanta? On est en 1975, EKR est au faîte de la gloire. Raymond Moody a, bien sûr, entendu parler d'elle. Mais il ne l'a jamais rencontrée.

« Demande-lui de te faire une préface », suggère l'ami. Moody en parle à son éditeur, qui trouve l'idée excellente. Il envoie immédiatement un jeu d'épreuves du livre à Chicago, où Elisabeth habite encore. Quand elle débarque à Atlanta, quinze jours plus tard, Moody l'attend à l'aéroport. Elle lui dit :

« J'ai trouvé exactement la même chose que vous! »

Le soir même, après sa conférence, elle rédige trois feuillets de préface, où elle dit en substance : « Ce jeune médecin est courageux. Ce qu'il dit est vrai. Pourtant, il va s'en prendre plein la figure, notamment de la part des gens d'Eglise, qui détestent que l'on marche sur leurs plates-bandes, et de la part des scientifiques, qui se sont depuis longtemps arrangés avec les religieux pour partager la réalité en deux. »

Le livre sort en novembre 1975. La presse lui fait un accueil délirant. Il faut tout de suite procéder à un deuxième tirage, puis à un troisième, à un quatrième, à un cinquième... Bentham, un éditeur new-yorkais qui avait d'abord refusé, rachète les droits *in extremis* pour une collection de poche. Le gros succès. Moody est content, bien sûr. Pourtant en même temps, il commence à paniquer. Et si tout cela se retournait finalement en mauvaise plaisanterie? Et si une secte, par exemple, une secte noirâtre s'emparait de son livre et en faisait une bible absurde? A mesure que les chiffres de vente montent et que les traductions commencent à paraître à l'étranger, Moody dort de plus en plus mal. Dans ses cauchemars, il imagine des fous furieux poussant les jeunes gens au suicide : « Mourons, puisque la mort est si belle! »

Il a pourtant bien insisté : pour tous les *rescapés visionnaires* qu'il a interrogés, le suicide est hors de question. La vie a un propos que l'homme n'est pas libre d'interrompre. Pourtant... imaginez que des fous mal intentionnés parviennent à pervertir le message! Du coup, Moody se met à rédiger *illico* un supplément à son livre, qu'il intitule simplement *Reflections on Life after Life*. Il y consacre un plein chapitre au suicide. Les NDE, écrit-il, dégagent une atmosphère totalement opposée à l'idée de suicide. L'aptitude des *experiencers* à profiter de la vie s'est trouvée décuplée par leur expérience.

Moody lui-même n'a pas rencontré beaucoup de NDE provoquées par des suicides ratés. Ce n'est que plus tard qu'on en saura davantage, grâce aux statistiques de l'IANDS, sur ce cas très particulier. Mais le médecin philosophe a du flair : il se doute que les visions des suicidés ratés doivent former une catégorie à part – c'est, en réalité, la *seule* catégorie à part!

Finalement, pas la moindre bavure. La publication de *Life after Life* ne provoque aucun raz de marée suicidaire. Les charlatans semblent se tenir à carreau. Moody retrouve sa sérénité naturelle. Il est sûr des faits qu'il avance : les NDE existent. Un esprit scientifique est forcé de l'admettre. Or c'est passionnant. Comment imaginer qu'aucun savant ne prenne le relais? La réplique va quand même mettre quelques années.

10

Michael Sabom :
la minutieuse enquête
du cardiologue texan

MICHAEL SABOM est l'homme dont les travaux m'ont décidé à écrire ce livre. Il m'a fallu attendre qu'un cardiologue se mêle de l'affaire pour commencer à la prendre au sérieux. Un « vrai » médecin. Un qui triture la chair, pas les fantasmes.

Un Texan au menton lourd. Michael Sabom mesure un mètre quatre-vingt-quinze. Chemise à carreaux, cordon de soie autour du cou en guise de cravate, on verrait bien des éperons à ses bottes. Grand pêcheur de truites en haute montagne. Un battant, tranquillement conservateur. Membre de l'ACA, la branche médicale de l'*Alpha Beta Kapa*, cette association d'anciens élèves typiquement américaine et élitiste, réservée aux meilleurs 10 p. 100 de chaque promotion. Sabom a fait ses études de médecine à Houston, avant de venir se spécialiser en cardiologie à l'université de Gainesville, en Floride. C'est là qu'il est devenu un médecin hors pair. Un crack du cathéter, de la plongée en plein cœur, le long des artères et des veines, avec des fibres optiques, des espions radioactifs et un invraisemblable attirail. La cardiologie est une spécialité extrêmement technologique. Avec une *interface* homme-machine gigantesque, et des professionnels au sang forcément froid. Entre leurs mains, l'être humain fonctionne rigoureusement comme un animal.

On est en 1976. Sabom termine sa spécialité. L'atmosphère *high tech* commence à l'imprégner. Son côté John Wayne en prend un coup. Difficile de rester cow-boy quand on travaille seize heures par jour sous les néons, en combinaison verte, à sonder les entrailles des cardiaques de Floride, l'œil sans cesse braqué sur le computer et les oscillateurs cathodiques. Tout ce qui lui reste du Far West, c'est une petite touche à la Gary Cooper le dimanche, quand il va au temple avec sa femme. Là, on le verrait bien descendre d'une diligence, sa Bible sous le bras. Mais c'est une image trompeuse, le christianisme du *doc'* est fané. Pour lui, le spirituel et le matériel ne communiquent plus entre eux. Les seuls vestiges de leurs rapports consistent en quelques injonctions morales du premier au second – le sens de l'honneur, le devoir de travailler et, surtout, la certitude que les connaissances scientifiques du second écraseront lentement, une à une, les croyances religieuses du premier. Un transfert inexorable dans tous les secteurs de la vie. Sabom le sait bien. Ça le trouble, bien sûr, car il assimile science à technologie. Or la technologie appliquée à l'homme, il connaît : une force glacée. Toute l'affectivité de la religion de ses ancêtres, qui vibrait encore chez les médecins du Far West, a disparu.

Mais *that's it*. Nul n'y peut rien. Michael Sabom est fier, malgré tout, d'appartenir aux meilleurs 10 p. 100 des médecins les plus technologiques du monde.

Un dimanche, au temple, après le culte, une paroissienne prend la parole. Elle annonce la parution du livre de Moody et demande aux gens s'ils désirent qu'elle fasse, un de ces prochains dimanches, un exposé sur le thème de « la vie après la mort ». Sûr que ça intéresse les paroissiens de Gainesville! Ils sont là, comme des lapins hypnotisés par un arbre de Noël. Ça fait un bail qu'on ne raconte plus de belles histoires dans les temples chrétiens. Le pasteur du lieu ne sait sur quel pied danser. Il n'aime pas trop ça, évidemment. Mais il laisse faire la jeune femme.

Elle s'appelle Sarah Kreutziger. C'est une assistante sociale, brune et énergique, qui travaille dans un centre de dialyse, une clinique pour malades des reins. Dominant la foule, elle reconnaît le grand docteur Sabom.

« Et vous, docteur, lui lance-t-elle, qu'en pensez-vous?

– Penser de quoi? demande le toubib.

– Mais de ces visions que les gens auraient eues, alors qu'ils étaient cliniquement morts. »

Tout le monde se tourne vers le jeune médecin. Il se lève, sourcils froncés, et dans un demi-sourire un peu gêné dit, de la voix la plus grave possible : « Je ne vois pas du tout à quoi vous faites allusion, mademoiselle Kreutziger. J'ai déjà participé à des dizaines de réanimations cardiaques, souvent *in extremis*, et je n'ai jamais rien observé de tel sur mes patients. »

Tout le temple murmure. L'assistante sociale rougit. Avant de se rasseoir, et pour clore le débat, Sabom ajoute qu'il s'agit sans doute d'une plaisanterie de journalistes et qu'il faut se méfier de cette engeance comme du choléra. Tout le monde rit très fort.

Mais Sarah Kreutziger ne lâche pas. Elle dit qu'elle fera quand même son exposé et demande carrément à Sabom de l'aider à le préparer : « Sceptique comme vous l'êtes, dit-elle au médecin, personne ne vous soupçonnera de complaisance. »

Sabom tousse un coup. Il n'a pas que ça à faire, bon sang! Mais les paroissiens ont de nouveau les yeux braqués sur lui. Il est coincé. Il accepte, en précisant immédiatement qu'il se considère comme un simple consultant, tout juste d'accord pour rappeler ce que la médecine sait de la mort.

« Oui, qu'est-ce que la mort? » se demandent les paroissiens de Gainesville en rentrant chez eux pour le lunch dominical. Sabom, lui, est bien décidé à régler la corvée en cinq sets. Il consulte ses dictionnaires : « ...*morsure... morve...* Ah, voilà : *mort*! » Il tombe sur une longue définition du professeur Negovskii. Etonnant; un médecin russe, membre du laboratoire de physiologie expérimentale de la réanimation à l'Académie des sciences médicales d'Union soviétique, définit la mort pour les Américains.

Le savant distingue la mort clinique de la mort biologique. La mort clinique, ce sont les grosses machines qui s'arrêtent, la respiration, le cœur, le cerveau. C'est une brisure nette : soit ça marche, soit ça ne marche pas. La mort clinique est réversible, on peut en sortir. Elle n'implique pas automatiquement la mort biologique, qui est l'arrêt du métabolisme des cellules, de toutes les cellules, et surtout des cellules nerveuses. La mort biologique est un processus continu, plus lent que la mort clinique. Mais passé un certain seuil, elle est irréversible. Le cœur ou la respiration peuvent alors bien repartir, dopés artificiellement, il est trop tard. On a passé le seuil biologique. Le cerveau est définitivement hors d'usage. Selon Negovskii, la mort biologique conduit forcément à la mort clinique. Généralement en moins de cinq minutes.

Sabom note tout cela consciencieusement. Il déniche d'autres définitions, mais celle du Russe est la plus complète. C'est peu. Le Texan voit les lacunes. On ne sait pas comment mesurer la « continuité discontinue » de la mort biologique. On ignore à quelle marée obéit ce reflux de la vie hors des cellules. A quoi correspond le seuil d'irréversibilité globale? Jusqu'au fond des cellules, on ne connaît la vie que par ses symptômes. Pas par son être. L'explication de la mort nous échappe du même coup, par symétrie, dans un miroir. Le miroir a beau reculer, d'année en année, au fil des découvertes, il y a toujours un miroir.

Mais bon, cela suffit à Sabom. Il revoit Sarah Kreutziger, qui lui demande de lire le livre de Moody. Sabom sent la colère lui monter au nez. Mais il reste calme. Il saisit le petit ouvrage que lui tend la jeune femme et, en une demi-heure, le parcourt en diagonale. Puis il se tourne vers Sarah et dit :

« C'est de l'escroquerie pure. Un coup de bluff. Ce truc n'obéit à aucun critère scientifique. L'auteur le reconnaît d'ailleurs lui-même dès la première page.

– Mais... les témoignages?

– Ecoutez, ce type dépeint en dix ou quinze caractères le profil d'une expérience totalement spéculative dont on ne sait, en fait, rien. Qui sont ces gens? Comment les a-t-on trouvés? De quoi sont-ils (cliniquement) morts? Pendant combien de temps? Et puis, quelles sont leurs croyances? Quelle confiance accorder à leurs déclarations? C'est vague, bourré de trous... Franchement, nous nous fourvoyons dans une entreprise grotesque. »

Sarah Kreutziger est bien obligée d'admettre que le médecin a raison sur la plupart des points. Mais elle se sert de cette faiblesse pour lui faire admettre autre chose en retour. Ne serait-il pas tout à fait élégant, pour leur exposé au temple, de clore l'affaire en donnant un ou deux exemple de leur cru? Et donc d'aller interroger quelques-uns de leurs propres patients ayant échappé à la mort? Trouver des exemples ne pose aucun problème à Sarah Kreutziger. Au centre de dialyse rénale, les comas profonds sont malheureusement monnaie courante. Quant à Sabom, il exerce en plein quartier général de la réanimation cardiaque. Le toubib fait la grimace. Jusqu'où va l'entraîner cette folle? Mais Mlle Kreutziger insiste tellement... Pour la seconde fois, il succombe à l'ange tentateur.

Chacun se rend au travail, le lendemain matin, avec la même mission insolite : interroger des rescapés de la mort « en douce ». Sans leur annoncer l'intention réelle, comme le faisait Moody. Ce serait trop facile! Sabom consulte ses propres fiches et trouve tout de suite les noms d'une bonne dizaine de rescapés, dont le cœur s'est arrêté de battre et qui seraient morts, sans une intervention rapide de la médecine. Plusieurs de ces gens sont encore hospitalisés. Il se rend à leur chevet et fait semblant de se livrer à un examen de routine : pouls, tension, température, puis quelques questions : « Appétit? Comment vous sentiez-vous avant votre accident cardiaque? Et maintenant? » Puis, du ton le plus neutre possible : « Dernière question : quel souvenir conservez-vous du moment où votre cœur ne battait plus? »

Les deux premiers patients interrogés ne comprennent pas la question. Sabom est obligé de la répéter. Ils ne comprennent toujours pas : « Mais enfin, docteur, comment voulez-vous que je me souvienne de quoi que ce soit? J'étais dans le potard! »

Le troisième patient est une femme d'une quarantaine d'années. Une habitante de la ville de Tampa, qui a failli mourir plusieurs fois d'un arrêt cardiaque. Elle est hospitalisée, cette fois, pour une simple visite de contrôle. Quand le médecin lui pose sa question piège, elle a une réaction bizarre. Elle demande : « Pourquoi cette question? » Sabom dit : « Oh, simplement parce que certaines personnes disent se rappeler quelque chose et que ça nous intéresse... » Elle demande alors : « Vous ne seriez pas psychiatre, par hasard? » Sabom assure qu'il est bien cardiologue, et rien que ça. La dame semble hésiter un instant. Puis elle murmure : « Vous allez me croire folle, docteur, pourtant je vous jure que cette histoire est vraie... »

Sabom n'aurait pas été plus saisi si un cobra venait de lui mordre le mollet.

« D'abord, dit la dame, je n'ai pas compris ce qui m'arrivait. Tout à coup, je me suis retrouvée flottant contre le plafond... »

Et elle lui raconte une très belle *near death experience*. A la fin, elle dit qu'elle a « fusionné avec un soleil d'amour », qu'une telle émotion est « inconnue sur terre » et qu'elle est « devenue l'univers entier, mais sans jamais perdre conscience, au contraire ».

Sabom ouvre des yeux démesurés. Il rêve! Voilà des mois qu'il suit cette malade de près. Elle ne lui avait jamais avoué cette aventure! C'est une femme toute simple. Il la regarde, incrédule : est-il possible qu'elle soit totalement mythomane? Où irait-elle chercher tout ça? Dans la presse populaire? Possible. Sauf qu'il y a son ton, sa voix, les intonations de sa voix. Son regard! Elle a l'air fatiguée, mais si calmement sûre d'elle quand elle raconte son histoire. Elle y croit! Sabom en a la chair de poule. Il remercie la dame et regagne son bureau, en proie à une perplexité sans nom.

Et voilà que Sarah Kreutziger l'appelle : elle aussi vient de tomber sur une NDE exemplaire, dans sa clinique. Sabom se gratte la tête. Il n'a jamais été aussi confus de sa vie. Devient-il fou ? Intellectuellement, il s'en sortirait encore, mais il y a la voix de cette femme, qui revient sans cesse dans son esprit, et ça le trouble abominablement.

Ce soir-là, le Texan rentre chez lui à pied. Après tout, que sait-il de la mort ? En tant que médecin, elle ne représente pour lui qu'un nom, celui du plus grave échec, celui de l'ennemi implacable, qu'il faut combattre à tout prix. Quand il était interne, ça se disait « code 99 » : quelqu'un était en train de mourir aux urgences. Il fallait faire le plus vite possible. C'était aussi un sport. Un sport viril et rude, qu'on avait représenté sous forme d'une grande fresque en fer forgé dans le hall d'entrée de l'hôpital : dans le style néoclassique des années trente, un médecin athlétique au torse nu repoussait de tous ses muscles bandés un squelette griffu et ricanant.

Puis Sabom s'est spécialisé. Il a commencé à se constituer une clientèle. Il s'est attaché à ses patients. Lorsque l'un d'eux meurt, il arrive maintenant qu'il soit vraiment ému. Mais bon, il a bien été obligé de faire avec, de se blinder. En fait, il s'est blindé sans problème. Et voilà que cette Sarah Kreutziger se pointe, avec son bouquin à la noix !

Le dimanche de son exposé, la jeune assistante sociale triomphe. Le médecin ne peut que reconnaître les faits : oui, au troisième *rescapé de la mort* qu'il a interviewé, il est tombé sur un témoignage plus qu'insolite. Non, il n'aurait jamais rien soupçonné de pareil. Et pourtant, oui, il connaissait la malade depuis des mois. Le médecin se contente, à vrai dire, d'opiner du chef quand Sarah Kreutziger le cite. Il demeure sur la réserve, en proie à un furieux malaise. Il se sent très gêné à l'égard des autres paroissiens, qui lui semblent plus disposés que jamais à gober n'importe quoi.

Car, enfin, toute cette histoire ne tient pas debout! La seule idée qu'un phénomène de l'importance de celui que suggère Raymond Moody puisse être passé inaperçu de *tous les médecins du monde moderne* lui paraît hautement farfelue. A tout hasard, l'air de se marrer, il a interrogé quelques vieux chefs de clinique de l'hôpital. Aucun d'eux n'aurait jamais observé la moindre trace significative de quoi que ce soit chez les « rescapés ».

Si seulement la dame qu'il a interrogée n'avait pas eu ce ton! L'authenticité apparente de ce ton l'obsède.

Michael Sabom est un Terrien terrien. Il ne croit que ce qu'il peut voir et toucher. Mais quand il touche, ou quand il est touché, la marque reste. C'est un lourd. Il lui serait strictement impossible désormais de planter là cette affaire et de s'en retourner tranquillement à son business, en tentant de l'oublier. Elle le hanterait! Il lui faut crever l'abcès, l'ouvrir au grand jour et l'arroser d'alcool à 90°. En un mot : enquêter. Pour lui, c'est la seule attitude scientifique correcte. Il *ne peut pas* ne pas chercher une réponse scientifique à l'énigme.

Il va donc voir Sarah Kreutziger et lui propose de mener une enquête sérieuse. La jeune femme saute bien sûr de joie. Ensemble, ils mettent sur pied un plan d'exploration rigoureux. Pas question de demander à la cantonade, comme ce farceur de Raymond Moody : « Mesdames et messieurs, y a-t-il parmi vous des rescapés de la mort qui auraient eu des visions? » Il faut procéder à une sélection *prospective*, c'est-à-dire faire une liste de gens qui ont traversé, à l'hôpital, un épisode de mort clinique dûment mentionné dans les comptes rendus médicaux. Puis extraire de la liste un échantillon aléatoire d'une centaine de personnes et, sans prévenir celles-ci des buts réels de l'enquête, les soumettre à un interrogatoire général comprenant des questions pièges.

L'enquête va durer quatre ans, de 1977 à 1981. Commencée en Floride, elle sera poursuivie en Géorgie en 1978, quand Sabom rejoindra son poste de prof assistant en cardiologie à la Emory Medical School d'Atlanta, l'une des facs de médecine les plus prestigieuses des Etats-Unis.

Ces quatre années vont bouleverser la vie du cardiologue.

Le premier obstacle que Michael Sabom et Sarah Kreutziger rencontrent dans leur enquête réside évidemment dans la définition même de la mort clinique. Comment savoir, par exemple, si les patients dont le cœur s'est arrêté ne présentaient plus aucune activité cérébrale? Seule une électroencéphalographie aurait pu le dire. Or la plupart des réanimations se passent dans une précipitation qui ne laisse nul loisir de coller des électrodes sur le crâne du patient. Quelques cas seulement donneront à Sabom la preuve formelle d'une *mort clinique à 100 p. 100 selon la loi*, c'est-à-dire avec électroencéphalogramme plat.

Comment faire? Les deux enquêteurs s'en tireront de manière pragmatique. Ils considéreront comme valables tous les cas où *l'équipe de réanimation aura jugé la mort du patient établie*. On objectera qu'il s'agit là d'un jugement subjectif, ne fournissant aucune preuve véritablement scientifique. La réponse de Sabom sera simple : ce qu'est la vie au juste, on l'ignore. Le moment précis où elle s'en va nous échappe par la même occasion. Ce moment fera l'objet de mesures toujours plus précises, aujourd'hui avec l'électroencéphalogramme, le célèbre EEG, demain avec Dieu sait quoi. Il n'empêche qu'il existe bien, ce moment final! Il arrive irrémédiablement, et aucun sophiste ne peut indéfiniment couper en deux la distance qui nous sépare de lui. Quand des toubibs tiennent entre leurs mains un quidam qui meurt, et qu'ils s'écrient : « Merde, ça, y est! » ils savent très exactement à quoi cela ressemble, et leur jugement pèse lourd. Nos ancêtres ignoraient l'électroencéphalogramme, et pourtant nul ne leur dénierait rétrospectivement le droit d'avoir étudié et connu l'agonie et la mort...

Comment Sabom, pourtant intégré à un système médical ultramathématisé – c'est-à-dire ennemi des données non chiffrables – a-t-il cette indulgence? Un autre que lui aurait fait de la lacune une raison rêvée de renoncer, en disant : « C'est une enquête statistique impossible. » Mais Sabom comprend immédiatement ce que cet *impossible* signifierait : l'homme moderne renonce donc à s'étudier lui-même jusqu'au bout. Jusqu'au bord du vide. Aurait-il le vertige, ce petit? Quel cow-boy ne se sentirait pas humilié à l'idée d'une telle dégonflade? Il faut aller voir, *compañeros!* Que vos colts critiques soient le plus rapides possible. Et advienne que pourra. De toute façon, au premier témoignage, vous aurez compris : seul un événement considérable peut engendrer une émotion, un ton pareils! Quel événement? Impossible de le savoir sans enquête. Bref, on ne s'en sort pas autrement : il faut aller voir, et comprendre. Si les *vraies* morts cliniques diffèrent des *fausses*, on finira forcément par le découvrir.

Sur un autre critère, en revanche, le cow-boy sera conservateur et intraitable : la santé mentale. Tout rescapé jugé un tant soit peu « bizarre » par les médecins avant l'épisode de la mort clinique, *a fortiori* quiconque aura séjourné en hôpital psychiatrique – sera impitoyablement rayé de sa liste.

En quatre ans, les deux enquêteurs mèneront à terme cent seize interviews complètes de rescapés. Certaines dureront plusieurs heures et s'étaleront sur plusieurs semaines. Quatre-vingt-huit interviews seront finalement retenues pour constituer un panel représentatif de la population américaine : quatre-vingt-huit témoignages de personnes saines d'esprit ayant failli mourir d'un poil. Sabom ne retiendra finalement que soixante-dix-huit cas : dix des morts cliniques ont eu lieu sous anesthésie, cette catégorie faisant l'objet de polémiques compliquées, sans présenter par ailleurs de spécificité statistique.

Sur ces soixante-dix-huit personnes, trente-deux rapporteront une *near death experience*. Ce qui représente une proportion de 43 p. 100.

Sabom ne parviendra à établir aucune corrélation entre la probabilité de la NDE et l'âge, le sexe ou la race des rescapés. Ni leur métier, ni leurs convictions religieuses, ni même la cause spécifique de leur mort clinique ne sembleront avoir joué sur cette probabilité. Par contre, une différence incroyable séparera le groupe des rescapés ayant vécu une NDE, les *experiencers*, de celui des rescapés sans souvenir. Les premiers sembleront avoir perdu à jamais la peur de la mort. Les seconds, non.

Pendant la première année, pourtant, Michael Sabom demeure incrédule. Non que ses découvertes ne le stupéfient pas. Mais il est intimement persuadé de l'existence de « variables cachées ». Ce qui l'excite intellectuellement, c'est sa conviction de voir d'un instant à l'autre jaillir de l'ombre une explication simple, à laquelle on n'avait pas songé. Une explication terrienne. Scientifique. Sa raison de médecin occidental moderne va être mise à rude épreuve. Des histoires complètement folles vont lui tomber dessus.

Prenez le cas n° 39.

Le cas n° 39 était alors G.I. et sa section s'apprêtait à tirer au lance-roquettes dans un nid de mitrailleuses du Viêt-cong. A la seconde où il appuyait sur la détente, le soldat qui portait le lance-roquettes sur l'épaule s'écroula à terre, touché par une balle en pleine tête. La bombe volante partit exploser dans le camp américain. Le n° 39 fut projeté dix mètres en arrière et, aussitôt, une charge de mortier viet lui péta dans la tronche. Il y eut un rapide black-out. Puis le soldat revint à lui et sentit qu'il allait mourir. Il se souvint alors de ce qu'on lui avait raconté : d'abord ce sont les yeux; puis l'ensemble du corps s'anesthésie; enfin, on sombre lentement dans le néant. D'un dernier zeste de lucidité, il se vit attendre le néant.

Et puis, brusquement, des formes sortirent du brouillard. Il vit... quoi? Mais c'était des Viets! Là, à trois ou quatre mètres au-dessous de lui. Les soldats ennemis étaient en train de faire les poches de ses copains morts. Sans se presser, ils enlevaient les alliances, fouillaient les portefeuilles, retiraient leurs chaussures aux cadavres. Le cas n° 39 se sentit extrêmement calme. Il s'en étonna et se demanda quelles seraient ses chances s'il attaquait, seul, ses adversaires par surprise. Ah! ils s'imaginaient tout le monde mort!

Le cas n° 39 aperçut un fusil-mitrailleur. Il s'en approcha. Mais, pour une raison inexplicable, il ne parvint pas à s'en saisir. Il s'aperçut soudain que quelque chose clochait : il avait carrément eu l'impression de passer à travers l'arme! C'est alors qu'il découvrit stupéfait que le type auquel les Viêt-congs étaient en train de retirer ses *rangers*, c'était lui!

Le cas n° 39 ne comprit pas. Il se voyait lui-même, à trois mètres de distance! Comment était-ce possible? Salement amoché, d'ailleurs. Il avait visiblement un bras en moins et les deux jambes bousillées. Quel choc ç'avait dû être! Pourtant, il se sentait bien, calme. « C'est impossible », songea-t-il. Et tout d'un coup une certitude le saisit : « Je suis mort! »

Le cas n° 39 s'aperçut alors qu'ils étaient toute une bande dans son cas. A vrai dire, pressé plus tard par nos enquêteurs de dire comment il pouvait « s'apercevoir de la présence d'autres soldats hors de leurs corps », puisque, d'après lui, ils étaient *sans corps*, le cas n° 39 répondra :

« Eux, je ne les voyais pas, je les sentais. Mais c'était aussi net que lorsque je vous vois, docteur.

— Et vous communiquiez?

— Oui, oui, sans problème.

— Comment?

— Pas la moindre idée. Peut-être par télépathie, j'en sais rien.

— Et vous vous disiez quoi?

— Essentiellement que nous étions bien là où nous étions. On était tous d'accord pour ne pas retourner en bas. »

La « conversation entre soldats morts » fut interrompue par l'arrivée d'hélicoptères américains : les Yankees venaient récupérer leurs morts. Le cas n° 39 vit deux gaillards s'emparer de son « cadavre » par les mains puis le glisser dans un sac en plastique bleu, qu'ils balancèrent sans ménagement dans un hélico. Toujours aussi serein, le cas n° 39 décida de suivre l'hélico à courte distance. Il assista à l'arrivée à la base, vit le camion venu chercher les sacs bleus, puis l'hôpital et la morgue, où l'on sortit son corps du sac pour l'allonger sur une table.

Il faisait presque nuit quand un homme en blouse blanche entra dans la morgue. Il s'approcha du corps nu du cas n° 39 et entreprit de lui taillader l'aine droite pour y glisser une grosse seringue remplie d'un liquide verdâtre : il voulait l'embaumer. A la grande surprise de l'employé croque-mort, un peu de sang se mit à gicler. Ce malheureux était-il toujours vivant ? L'homme partit en trombe à la recherche d'un médecin. Ils revinrent cinq minutes plus tard, avec une autre seringue, pleine d'adrénaline, celle-là, qu'ils enfoncèrent dans le cœur du cas n° 39. Dix secondes plus tard, le cœur se remit à battre et le G.I. se retrouva à l'intérieur de son corps.

Michael Sabom aura plusieurs longues conversations avec le cas n° 39. « Comment, lui demandera-t-il un jour, vous déplaciez-vous d'un point à un autre durant votre expérience ?

— Comme si j'étais moi-même un téléobjectif de caméra, répondra l'ancien soldat. Il suffisait que je désire voir un objet de près, hop ! il était sous mes yeux. Mes yeux... enfin, ce qui en faisait office, s'accommodaient instantanément. Et attention, dans n'importe quelle direction et à n'importe quelle distance ! Pendant que mon corps reposait à la morgue, j'ai même été visiter le parking et la buanderie de l'hôpital militaire où je me trouvais.

— Pourquoi la buanderie ?

— Ça faisait un potin du tonnerre, je voulais voir d'où ça venait. C'était deux vieilles machines à laver. Plus tard, une fois qu'ils m'eurent recousu, j'ai demandé à une infirmière de me décrire cette buanderie : c'était bien celle que j'avais visitée pendant que j'étais dans les vap'. »

Sabom est rapidement amené à distinguer deux grandes catégories de NDE : celles où l'individu dit s'être vu hors de son corps *dans le contexte matériel réel du moment*; et celles où il raconte avoir voyagé *dans un contexte non terrestre*. Sabom baptise les premières NDE *autoscopiques* et les secondes *transcendantales*. Les NDE *transcendantales* le laissent vite désarmé. Que voulez-vous rétorquer à une personne qui prétend avoir discuté avec les anges? Car c'est bien de cela qu'il s'agit. Les *experiencers* de cette catégorie parlent presque tous d'une « lumière extraordinaire », une sorte de « substance d'amour » de nature résolument ineffable, dans laquelle ils se seraient « sentis fondre sans perdre connaissance ». Cette « lumière » abriterait un vrai pays de conte de fées, où l'on pourrait retrouver parents et amis défunts, dans des cités de cristal et des paysages de rêve. Bref, de quoi éventuellement intéresser un psychiatre, mais certainement pas un cardiologue. Non que Sabom ne soit pas personnellement fasciné par tous ces récits bizarres, mais il n'a aucune prise sur eux. Il se contente donc de les répertorier, et concentre tout son tir critique sur les NDE de la première catégorie : les *autoscopiques*.

En fait, la plupart des NDE, même *transcendantales*, présentent au moins un épisode *autoscopique*. Sabom en arrive à la conclusion que cet épisode constitue la clef de tout le phénomène. Peu lui importe, après tout, dans quel « soleil » ces illuminés prétendent avoir dansé à la fin de leur expérience. Ce qui l'intéresse, lui, c'est le début du récit. Le premier maillon. Le plus insensé et le plus inacceptable, car tout dépend de lui, scientifiquement : si un rescapé prétend « être sorti de son corps » et se dit capable de raconter ce qui se passait tout autour alors même que les médecins à son chevet s'acharnaient à le ranimer, il doit forcément y avoir moyen de contrôler – quitte à mener une enquête policière, avec reconstitution, minute par minute, de tout ce qui s'est passé durant cette mort clinique, ou durant ce coma profond! S'il se révèle que la plupart des témoignages présentent, comme Sabom s'y attend, des erreurs patentes, alors on aura la preuve qu'il s'est agi d'une hallucination, ou d'une illusion, ou d'un délire, bref d'un phénomène intéressant, mais relevant exclusivement des désordres de la psyché. Ce qui, pour Sabom, constituerait le point final de son enquête.

Inutile de dire que les expériences comme celles du cas n° 39 (le G.I. qui avait flotté au-dessus du champ de bataille) ne sont pas de celles qui se prêtent le mieux à un contrôle. Certes, l'homme a bien deux jambes artificielles, sa main droite est en acier et une large cicatrice lui court le long de l'aine droite, mais cela ne prouve strictement rien. Quant à reconstituer la scène, au Viêt-nam...

Mais les NDE de guerre, passionnantes à écouter, ne représentent qu'une minorité dans l'échantillon retenu. La plupart des expériences se sont déroulées à des dates récentes, dans des hôpitaux civils, où Sabom peut, à sa guise, jouer les détectives.

Chaque fois qu'une nouvelle NDE se signale dans le témoignage d'un rescapé, Sabom contient mal son impatience : y a-t-il des données vérifiables? Terrain principal des vérifications : l'*Unité de soins intensifs*; lieu mythique du cinéma et des feuilletons télévisés, encombré d'engins vert clair et traversé de tubes à perfusion, avec, dans l'enquête de Michael Sabom, une star incontestée : la machine à défibrillation.

Le cœur « fibrille » quand le rythme de ses battements perd son ordre, s'emmêle les pinceaux et s'interrompt. Pour tenter de le faire repartir, on envoie quelques fortes secousses électriques dans la poitrine du moribond. Ces secousses sont produites par un *défibrillateur*, engin de plus en plus perfectionné avec les années, mais comportant toujours

deux disques munis de poignées, que le réanima-
teur applique sur la peau en deux endroits précis
du torse. Cette machine fait l'objet de pages entières dans le rapport que Sabom publiera en 1982
sous le titre *Souvenirs de mort.*

La première fois qu'un *experiencer* lui racontera
par le menu la procédure de sa propre défibrillation, Sabom recevra un nouveau choc. Car le rapport médical corroborera le récit dans tous les
détails. Il faut dire qu'elle est sacrément pratique,
cette machine. Par définition, on s'en sert essentiellement lorsque le cœur du patient est arrêté. Or son
fonctionnement ne va pas de soi : elle est couverte
de boutons et de cadrans. La force du choc électrique varie à chaque coup. Les *rescapés autoscopiques*
sauraient-ils se rappeler tous les détails ?

Bien sûr, la plupart des témoignages sont en
langue populaire :

« Y avait une machine bleue, toute couverte de
boutons, avec deux espèces de palettes à poignées.
L'infirmière les a prises et les a frottées l'une contre
l'autre.

– A votre avis, pourquoi faisait-elle cela ? demande Kreutziger.

– Bof, y avait une espèce de gélatine là-dessus,
j'avais l'impression qu'elle cherchait à répartir ça
également. Ensuite, elle m'a posé les machins sur la
poitrine...

– Où ça ? demande Sabom.

– Là, indique l'*experiencer* avec le doigt, et ici.
Pendant ce temps, l'interne réglait le cadran de la
machine.

– Pouviez-vous voir ce cadran ?

– Sûr. Il y avait une aiguille fixe et une aiguille
mobile. Mais ensuite, quand ils envoyaient la purée,
ça ne montait pas d'un coup, mettons comme sur
un voltmètre ; ça venait progressivement, et ensuite

ça ne redescendait pas. Je me souviens de m'être fait la remarque que l'aiguille fixe bougeait également à chaque châtaigne qu'ils m'envoyaient. La première fois, l'aiguille mobile est allée jusqu'au tiers de la graduation. Ensuite ils ont recommencé et elle est montée à plus de la moitié. La troisième fois, c'était aux trois quarts.

– Combien de chocs électriques avez-vous reçus?

– Trois.

– Vous êtes sûr?

– Si vous aviez été là vous n'en douteriez pas, docteur! A chaque fois, mon corps faisait un bond d'au moins cinquante centimètres sur la table! Ça ne s'oublie pas. Le plus fort, c'est que je ne ressentais rien. J'étais là, bien au calme. Et pourtant je pouvais voir tous les poils de ma poitrine brûlés.

– D'où observiez-vous cette scène?

– Toujours du coin gauche du plafond. »

Mais les détails les plus troublants seront plus qualitatifs que quantitatifs. Un ouvrier à la retraite (le cas n° 19, hors statistique car anesthésié) décrit avec un réalisme cru à quoi ressemblait son cœur quand les médecins lui ont ouvert la poitrine :

« Le cœur n'a pas l'air comme je croyais. C'est gros, même après que le docteur en a enlevé des petits morceaux. Ça n'a pas la forme qu'on croit. Le mien avait la forme de l'Afrique. La surface était rosâtre et jaune. Je me suis dit que la partie jaune devait être du gras, ou quelque chose comme ça. C'était plutôt... *Beuh!* Il y avait un grand morceau à droite, ou à gauche, qui était plus foncé que le reste... »

Là encore, la longue description de l'individu coïncide avec la reconstitution à laquelle Sabom se livre à partir du rapport médical.

Il y a le cas de la dame (cas n° 70), qui raconte en

détail comment on lui a réparé le dos. Tout concorde. Le cas n° 52 : un jeune homme se rappelle que l'un des internes qui lui donnaient de grands coups de poing dans le thorax pour le ranimer n'avait pas, contrairement aux autres soignants à son chevet, protégé ses chaussures dans des chaussons antiseptiques blancs. On voyait du sang sur le cuir marron. Le jeune homme avait trouvé ça « dégueulasse ».

Lentement, Michael Sabom prend conscience qu'il est lui-même en train de s'embarquer pour un voyage sans retour. Car, une à une, les objections qu'il échafaude s'écroulent sous la poussée presque effrayante des témoignages. Au bout d'un an et demi, il prend peur. Une paranoïa s'allume. N'est-il pas la victime d'une gigantesque supercherie? Se pourrait-il que le docteur Raymond Moody ne soit pas un charlatan? Plusieurs fois il s'imagine avoir enfin compris. Une des pistes le mène, par exemple, à étudier le cas particulier des NDE sous anesthésie.

Les médecins rapportent depuis longtemps des cas d'opérés qu'on a cru inconscients, parce que anesthésiés, et qui, en réalité, étaient bel et bien conscients. Malheureusement pour eux, le profil type de leurs souvenirs n'a rien à voir avec celui des NDE. Ce sont des souvenirs généralement horribles, souvent mêlés de cauchemars confus. L'individu se sent coincé dans son corps, immobilisé, impuissant comme jamais, alors qu'on le charcute. Il en garde couramment une peur accrue de la mort. Il ne voit rien, il entend seulement ce qui se dit autour de lui. Or les NDE, elles, sont surtout visuelles : souvent, les gens disent n'avoir rien *entendu* durant leur NDE *autoscopique*, mais seulement *vu* avec une grande précision.

A la fin de la deuxième année d'enquête, dans un effort désespéré pour comprendre, Sabom finit par échafauder une hypothèse psychologique simple : les NDE *autoscopiques* ne seraient-elles pas le fait d'individus ayant beaucoup fréquenté les hôpitaux ? Se pourrait-il qu'ils aient, inconsciemment, accumulé assez de connaissances médicales pour pouvoir, sans se tromper, décrire une réanimation ? En ce cas, ils *croiraient* se souvenir d'événements, reconstitués après coup à partir de bribes d'informations recueillies auprès du personnel soignant.

L'idée plaît au Texan. Aussitôt, il imagine un test de contrôle : il choisit vingt-cinq grands malades cardiaques, dont plusieurs *near death survivors* (rescapés sans NDE), et leur propose le jeu suivant : ils doivent imaginer qu'ils ont eu un arrêt cardiaque, et raconter leur réanimation. Vingt-trois dissertations sur vingt-cinq comporteront malheureusement au moins une erreur grave. Certains malades s'imaginent, par exemple, qu'un massage cardiaque consiste à prendre le cœur à pleines mains et à le pétrir. D'autres racontent qu'on leur a fait passer de l'électricité dans de longues aiguilles plantées en pleine poitrine. Plusieurs commencent leur récit imaginaire par un long bouche à bouche avec l'interne, bientôt relayé par l'infirmière, penchée sur la table de l'unité de soins intensifs... Une foule d'erreurs, de purs fantasmes ou d'invraisemblances tout à fait patentes, qu'on ne trouve dans aucun récit de NDE. Les trois seules dissertations sans faute sont plus que succintes. Aucune d'elles ne décrit, par exemple, comment l'on se sert d'un défibrillateur.

En d'autres termes, le test de contrôle renforce la spécificité inexplicable de la NDE. Le Texan en a les bras qui tombent. Il cherche d'autres explications. Ne pourrait-on pas dire que la NDE ressemble à un rêve ? Sabom et Kreutziger posent évidemment la question à tous leurs *visionnaires*. Mais c'est chaque fois la même réponse : « Rien à voir. »

« Dans les rêves, dit un vieux mécanicien de Miami, je suis toujours quelqu'un d'autre, tandis que là, c'était moi, et bien moi! Et je voyais tous ces gens, aussi vrai que je vous vois, docteur! »

Il n'empêche : une objection considérable continue de turlupiner Sabom : comment expliquer qu'aucun confrère ne soit au courant? C'est alors que le cardiologue mesure à quel point bon nombre de ces *visionnaires de la mort* n'osent pas raconter leur expérience. En reprenant ses notes, il découvre que, pour la majorité de ses propres cas, il fut la première personne à qui ils se risquèrent à parler, le premier témoin.

Au cas suivant, il s'étonne (il s'agit d'une jeune femme) : « Vous en avez bien dit un mot à votre mari, non?

– Oh non, docteur!

– Mais enfin pourquoi?

– Il m'aurait fait enfermer! »

Et quand il songe à sa propre réaction à la première lecture du livre de Moody, Sabom est bien obligé d'admettre la double réaction, du mari et de la femme. Il y a peu de temps encore, il aurait lui-même conseillé à cette dernière un traitement psychiatrique d'urgence.

Juste avant de quitter la Floride pour Atlanta, Sabom organise une conférence à la faculté de médecine de Gainesville. Il y livre ses premières statistiques et distribue au public, exclusivement composé de membres du personnel soignant, un questionnaire. Il veut savoir s'il est réellement le seul de tout l'hôpital à connaître le phénomène NDE. Sur quatre-vingt-quinze personnes qui répondent aux questionnaires, dix ont déjà remarqué quelque chose. Dix, dont deux médecins. Tout de même! Mais personne n'apporte la moindre lumière sur l'étrange expérience. Les confrères se contentent de poser un grand point d'interrogation. Sabom en sait visiblement plus que quiconque dans la région – ce qui le trouble considérablement. Après deux semaines de réflexion, le Texan décide de franchir le pas : il va publier ses résultats.

Pour un chercheur, médical ou non, publier un rapport sur un sujet aussi scabreux représente un risque énorme. Mais l'affaire est trop grave. Pourquoi? Cela lui semble évident : voilà des gens qui, à l'issue d'une expérience inexplicable, bien qu'assez fréquente dirait-on, se retrouvent avec un goût de vivre décuplé et une remarquable absence d'angoisse face à la mort. Ils se disent transformés, déclarent savoir reconnaître désormais « ce qui est important de ce qui ne l'est pas ». (*Important :* la vie, les détails quotidiens, la disponibilité, l'hospitalité. *Pas important :* le rang, les rôles, le fric, les statuts, les apparences.) Peu importe l'origine du phénomène : Sabom constate que les effets sont réels. Certains *visionnaires* cessent, par exemple, de boire; d'autres vont jusqu'à changer de métier, ou s'engagent dans des tâches bénévoles de secouristes ou d'aides-soignants. Il tombe sur des démarches incroyablement altruistes. (Rien de tel, en revanche, lorsque le *rescapé de la mort* n'a connu aucune expérience particulière pendant son « absence.)

Tous ces faits, se dit le cardiologue, concernent directement le personnel soignant. Pourquoi? C'est clair : il a remarqué qu'une seule situation pouvait faire trébucher les *experiencers* : qu'ils essaient de parler et qu'on ne les écoute pas. Pis, qu'on les soupçonne de dérailler, qu'on leur conseille d'aller se faire soigner. Du coup, beaucoup se murent dans une solitude qu'ils croient irrémédiable. Ils s'imaginent seuls dans leur cas. Leur désir de raconter est pourtant immense. Il faut absolument que ces gens puissent s'ouvrir aux autres. La mission en incombe aux soignants.

Un père de famille sort de sa NDE avec un malaise profond. Il était tellement bien, dans cette « lumière ineffable », qu'il ne voulait plus revenir dans son corps. Une voix intérieure lui a alors rappelé qu'il avait de jeunes enfants et que sa tâche auprès d'eux pouvait, « par chance », continuer. Mais il a résisté et a tenté de demeurer « hors de son corps ». Le retour s'est finalement opéré malgré lui. Depuis, il culpabilise terriblement : à cause de ses enfants, qu'il a le sentiment d'avoir voulu abandonner. Mais toute cette histoire lui semble folle. Il n'ose en parler à personne. Le malaise ne fait qu'empirer. Jusqu'au jour où, par hasard, il se retrouve dans l'échantillon de Sabom et Kreutziger. Le fait d'apprendre qu'il n'est pas seul dans son cas et que des chercheurs s'intéressent, sans ironie, à des expériences comme la sienne, libère brusquement en lui une énorme vitalité. En quelques semaines le bonhomme se débarrasse de son malaise et se découvre une joie de vivre qu'il ne connaissait pas. Il peut enfin profiter de son expérience.

Michael Sabom tombe sur plusieurs cas similaires. Des malaises tenaces disparaissent de la sorte lorsque les *experiencers* sont autorisés à sortir de leur isolement. Le Texan n'en est que plus convaincu de la nécessité d'informer ses confrères. Il se met donc à rédiger son rapport. Il raconte tout ce qu'il sait, le plus rigoureusement possible. Les tableaux statistiques s'accumulent. Avec tous les détails scientifiques possibles. La rédaction dure deux ans et s'achève pendant l'hiver de 1980-1981.

Sabom ne doute pas un instant d'intéresser quelques grandes revues médicales. En particulier celle d'Emory University, à Atlanta, où il est désormais un brillant assistant en cardiologie.

Mais c'est la gifle.

Le papier du cardiologue est refusé partout. Motif : *sujet non scientifique*. Sabom est éberlué. Même à Atlanta! Il va voir le rédacteur en chef :

« Je ne comprends pas, dit-il, citez-moi un seul manquement aux critères de la science!

– Vos critères ne sont pas en cause, répondit le rédac' chef, d'une voix mi-embarrassée, mi-fâchée.

– Et ma méthode ne...

– Il n'y a rien à redire à votre méthode non plus. Ce sont les faits, le sujet lui-même, que nous ne pouvons honnêtement pas répertorier comme relevant de la science.

– Mais...

– N'insistez pas, Sabom, je vous en prie. »

En un instant, Sabom comprend : la décision de ses pairs est irrévocable. Pourquoi? Se serait-il trompé? Son rapport ne comporte pas la moindre envolée délirante ou mystique. Ce n'est vraiment pas son genre. Rien que des témoignages chiffrés et contrôlés. Le lecteur reste entièrement libre de sa conclusion. Sabom se contente d'informer. A la fin de son rapport, il se permet juste de livrer, en vrac, les quelques interprétations qu'il a rencontrées au cours de son enquête.

La plupart de ces interprétations ont émergé après la publication du livre de Moody. A l'époque, Sabom n'en avait eu cure. Il était alors tellement sûr de l'ineptie de la thèse NDE! Qui prendrait la peine de s'attarder à lire les arguments énoncés contre une théorie manifestement bidon? Mais, au fur et à mesure de sa propre enquête, il lui a bien fallu reprendre ces différents argumentaires dans le détail.

Les psychologues Blacher et Kastenbaum, de

l'université du Massachusetts, pensent que les NDE sont des *fantasmes de mort*, dus sans doute au manque d'oxygène du mourant qui s'asphyxie. Les deux profs mettent surtout en garde les médecins contre le battage commercial intempestif de certains « prophètes » par l'intermédiaire des mass media. Le docteur Blacher insiste sur la nécessité pour le médecin de « se montrer particulièrement prudent à l'égard de l'acceptation d'une croyance religieuse comme donnée scientifique ».

Sabom écrit une lettre au docteur Blacher, où il l'encourage à observer une égale prudence envers « l'acceptation de la croyance scientifique comme donnée scientifique ». Blacher répond par un article furieux. Il explique que les NDE font intervenir des patients qui sont, sur le plan psychiatrique, des cas pathologiques. Prétendre autre chose serait faire preuve d'irresponsabilité. Contre le danger d'une telle irresponsabilité, eh bien, oui, le professeur se reconnaît le droit de nourrir une *croyance scientifique*, dont il se dit très fier.

Mais plusieurs autres médecins penchent pour une tout autre explication. La NDE s'expliquerait par un processus semblable à celui observé chez les anesthésiés qui conservent des souvenirs de leur opération. Les sujets des NDE ne seraient pas des délirants; ils auraient effectivement enregistré ce qui se passait autour d'eux pendant qu'ils se trouvaient dans un état de mort clinique apparent. Par une sorte de court-circuit synesthésique, ces souvenirs, d'abord purement auditifs, seraient ensuite devenus visuels dans la mémoire des sujets. Sabom lui-même a été tenté par cette interprétation, avant de trouver que les profils types des deux expériences n'avaient strictement rien à voir.

D'autres médecins trouvent qu'on se complique bien la vie. Les rescapés en question ont rêvé, voilà

tout! Certains rêves vous marquent pour longtemps, on le sait bien. D'autres savants citent des
délires dus aux narcotiques, racontent des histoires
de malades qui voient leur médecin se transformer
en flic et la salle d'opération en commissariat...

Le 19 janvier 1980, le *Lancet,* la revue des médecins britanniques, publie une communication préli-
minaire sur l'action analgésique surpuissante d'un
neurotransmetteur nouvellement découvert : le
bêta-endorphine. Produite artificiellement et injec-
tée dans le liquide cérébro-spinal de quatorze cancéreux souffrant de douleurs atroces, la messagère
synaptique a fait merveille. Les patients n'ont plus
souffert pendant une durée allant de vingt-deux à
soixante-treize heures. L'information est aussitôt
reprise par le docteur Lewis Thomas, président du
Sloan Kettering Cancer Institute de New York : les
expériences rapportées par certains *rescapés de la
mort* sont vraisemblablement provoquées par une
substance du type de la bêta-endorphine. Il conclut
exactement comme Ronald Siegel, mon psychologue de Los Angeles : « Cela confirmerait que l'action de mourir pourrait être, par la nature des
choses, une expérience non douloureuse et – on
peut le concevoir – agréable. »

Mais Sabom se heurte tout de suite à une objection majeure lorsqu'il tente de réduire la NDE à un
schéma biochimique : la « rentrée dans le corps »
des *experiencers* est immédiatement douloureuse,
souvent de façon fulgurante. Quelle serait donc
cette endorphine dont l'action s'évanouirait diaboli-
quement sitôt le sujet ranimé? Quel serait, à l'inverse, cet autre neurotransmetteur dont la durée
d'action serait tellement longue que les sujets en
sentiraient encore des années après l'effet vivi-
fiant?

Il y a plusieurs autres interprétations. Les unes

anatomiques, les autres chimiques ou sociologiques – certains médecins pensent que seuls les accidentés « croyants » auraient des visions. Mais les arguments les plus sérieux sont incontestablement psychologiques.

Le narrateur de la NDE n'est pas un mythomane, disent les psy, c'est quelqu'un qui s'est défendu contre un choc effrayant et inacceptable. A proprement parler *inimaginable*. Comment voulez-vous vous « imaginer mort », puisque à ce moment même, quelque chose en vous demeurera spectateur du cinéma?

La mort, dit Sigmund Freud, la vraie mort, c'est la dissolution absolue de ce spectateur et de sa salle de cinéma. De cela on ne peut donc pas parler. Si les *experiencers* rapportent des souvenirs – ineffables, certes, mais formulables sous forme de symboles, on doit forcément retrouver la place de leur expérience dans les registres des sciences de la psyché, donc de la vie. La mort n'a rien à voir là-dedans.

L'un des psychologues que Michael Sabom remarque le plus s'appelle Russel Noyes. Voilà dix ans qu'il travaille sur la question. Et sa réponse tient en un mot : *dépersonnalisation*.

11

Russel Noyes : l'interminable interrogation du clinicien sceptique

Nous nous retrouvons à l'autre bout du Far West. Au milieu de l'immense plaine centrale des Etats-Unis, à Iowa City, où un psychiatre proteste. Russel Noyes enseigne à l'université. Sa spécialité : les états de choc et l'anxiété. Face au phénomène des NDE, il n'a aucune réponse toute faite. Mais comment, se demande-t-il, peut-on avoir l'outrecuidance de se lancer dans une exploration pareille, sans tenir compte des découvertes de la psychiatrie contemporaine ni de celles de la psychanalyse? Les Moody et autre Sabom ignorent-ils donc que, depuis 1890, notre connaissance de la psyché a fait quelques légers progrès? N'ont-ils jamais entendu parler de l'inconscient, de son langage symbolique, de ses pulsions et de ses arnaques? Ne se doutent-ils pas que, derrière les témoignages de leurs « rescapés de la mort », doivent se cacher quelques jolies chausse-trapes à double sens? Si? Alors, pourquoi perdre ainsi son temps à collecter les délires au premier degré, sans jamais vouloir les interpréter? Comment les interpréter? Ah oui, voilà la question.

A vrai dire, Noyes est un homme sans hargne. Il ne condamne pas les recherches de ses confrères du Sud. Il en regrette simplement le manque de maturité. Que propose-t-il pour faire mûrir le débat? Russel Noyes ne sait pas au juste. Il s'interroge interminablement.

Comment a-t-il été amené lui-même à étudier les NDE? Par un curieux détour. En principe, il soigne les névrosés hyperanxieux. Les *fous d'anxiété* tentent parfois d'échapper à leur calvaire en s'évadant « hors de leur corps ». Ils deviennent indifférents, froids, ils semblent se détacher de tout. Ils parlent d'eux-mêmes comme s'il s'agissait de quelqu'un d'autre et prétendent parfois se « voir de l'extérieur ». Ce « remède » spontané de leur inconscient s'avère, hélas! souvent pire que le mal. De se « voir » ainsi étrangers à eux-mêmes décuple soudain l'anxiété des malades. Leur propre visage est là, immense, rond, monstrueux, à l'extérieur de leur regard! C'est à hurler. Les troubles ne font qu'empirer. Il faut faire appel à des thérapies puissantes pour tenter d'atténuer leur souffrance.

Bien que mal expliqué, ce monstrueux dédoublement porte un nom. C'est la *dépersonnalisation*. Russel Noyes a commencé sa carrière en la combattant. Il la connaît bien. Il en est même devenu l'un des spécialistes. A son cours de psychiatrie, il décortique pour ses étudiants les différents terrains pathologiques où elle est susceptible de se manifester : outre les névroses hyperanxieuses, la personnalité de l'individu tend à se dédoubler de la sorte dans certaines situations de surexcitation émotionnelle ou d'intoxication par les drogues. On peut également la provoquer par l'isolation sensorielle. Mais Russel Noyes ne s'intéresse à ces cas annexes que de loin. C'est un thérapeute. Ce qui compte, pour lui, c'est d'abord de guérir les malades. Cette situation l'a amené à se pencher sur un autre cas, très particulier, de *dépersonnalisation*, celle des accidentés.

Il arrive que les gens qui ont échappé à un accident ou à une catastrophe souffrent de troubles psychiques étonnamment semblables à ceux des névrosés hyperanxieux. Peu importe qu'ils s'en soient sortis avec juste un bras cassé, ou même indemnes : depuis leur accident, ils sont devenus bizarres, ils racontent de drôles de trucs.

Tout allait bien dans leur tête, et puis il y a eu ce triple tonneau en voiture, ou cette avalanche, ou ce déraillement de train, ou l'effondrement de ce plafond, ou encore cette noyade dans un lac gelé. Au dernier millionième de seconde, par un coup de chance époustouflant, ils ont été épargnés. Comme au cinéma. Au flanc du ravin poussait un arbuste, auquel leur blouson s'est accroché. Il y avait un matelas de neige au fond du gouffre. Un sauveteur inattendu a soudain plongé sous la glace. Ou, tout simplement, leur corps a fait preuve d'une élasticité prodigieuse et a su épouser le choc, rebondissant à dix mètres sans casse. Tout n'a duré que le temps d'un éclair. Mais quel éclair! Depuis, ils ne sont plus tout à fait les mêmes. Malades? Bah! c'est difficile à dire. Au début, sonnés, oui. Mais bien remis. Une sorte de calme semble même les avoir envahis. Un calme? Mais, alors, pourquoi les soigne-t-on? Par acquis de conscience. Oui, tout aurait commencé ainsi : l'hôpital avait décidé que le check-up des grands accidentés comprendrait automatiquement une visite du psychiatre. C'est ainsi que Noyes allait être amené à élargir son champ d'action des névrosés aux accidentés.

On est à la fin des années soixante.

« Comment ça va? demande un matin le psy de service à un accidenté en observation. Pas trop énervé aujourd'hui?

– Ça va, docteur, ça va même bien.

– Vous avez été drôlement secoué. *Pfuit!* On m'a dit que votre voiture avait été réduite en miettes.

– Ça, on peut dire que je l'ai échappé belle!

– Rassurez-vous, tout va bien maintenant. Mais ne vous étonnez pas si un contre-choc nerveux se produit. Ça n'aurait rien d'anormal.

– Sous quelle forme, docteur?

– Ça dépend des gens. On vous a déjà administré de quoi vous détendre un bon coup... Mais si quelque chose cloche, n'hésitez pas à me faire appeler.

– Merci, docteur, mais je ne me suis jamais senti aussi bien, vous savez! Ça a été un truc fabuleux, cet accident, je... »

Mais le jeune psychiatre n'a pas le temps. Il est déjà reparti. Quand il revient le lendemain, l'accidenté en observation a toujours le même incroyable tonus. Cette fois, il insiste pour « raconter son accident ». Le médecin finit par s'asseoir et écoute. Du vrai délire! A l'instant où le patient a vu le semi-remorque lui foncer dessus, il prétend « être sorti de son corps » et avoir connu l'expérience la plus fabuleuse de sa vie. Le médecin prend note de l'hallucination et l'oublie aussitôt. Quel intérêt?

Le temps passe. L'interne tombe sur un second cas de *délire post accidentel*. Puis sur un troisième. Coïncidences. Il finit par en parler à son patron, qui lui dit :

« Oui, c'est un phénomène connu. Etat de choc, délire, dépersonnalisation... Tiens, au fait, c'est le dada de Noyes, ça, la dépersonnalisation!

– Noyes? »

Russel Noyes travaille à dix minutes de là, au pavillon psychiatrique. Le jeune psychiatre va le voir et lui raconte les trois délires d'accidentés. Noyes n'est pas surpris. Le phénomène est en effet mentionné par plusieurs éminences. Arlow, par exemple, a montré que les états de choc pouvaient provoquer des hallucinations, voire, c'est vrai, une réelle *dépersonnalisation*. Noyes lui-même n'a jamais étudié le cas spécifique des accidentés. Il a bien assez à faire avec les névrosés anxieux.

Pourtant, le phénomène est étrange : certains accidentés présentent effectivement tous les symptômes de la *dépersonnalisation*. Tous les symptômes, sauf un, et c'est très bizarre, car il est de taille : ils ne sont pas anxieux. Du moins, et très paradoxalement, ne semblent éventuellement sujets à l'anxiété que ceux dont les accidents ont été le moins graves, ceux en particulier qui n'ont pas risqué leur vie. Au contraire, si l'accident a failli le tuer, et s'il a un instant perdu tout espoir d'en réchapper, alors le rescapé a de fortes chances de présenter les apparences de la plus grande sérénité.

Sérénité ? Noyes n'y croit pas une seconde. Dans son esprit, la *dépersonnalisation* est rigoureusement indissociable de l'anxiété. Déformation professionnelle. Intrigué, il finit par étudier quelques cas lui-même. Peu de mois s'écoulent avant qu'il ne soit contraint de reconnaître les faits : les faux sereins, ne trompent pas longtemps la vigilance d'un psychiatre. Or, parmi les accidentés que Noyes a pu observer et interroger, tous ceux qui avaient clairement connu un épisode de *dépersonnalisation* semblent s'en être réellement sortis avec une sorte de « calme » durable et profond.

Russel Noyes doit bientôt admettre qu'un phénomène inattendu vient interférer avec le modèle classique de la *dépersonnalisation*. Il met une équipe d'étudiants au travail. Mission : étudier les effets psychologiques des états de choc. L'information circule. Tous les choqués de la région leur sont signalés. Noyes voit défiler des dizaines de cas. L'étrangeté du phénomène se confirme. Peu à peu, le psychiatre se laisse appâter. Il s'accroche, passe de plus en plus de temps à interroger personnellement des accidentés. Finalement, il lui faut redéfinir son propre terrain de recherche et d'enseignement. Il se retrouve carrément avec une seconde spécialité : il s'agit non plus de soigner des *névrosés anxieux dépersonnalisés* mais d'étudier des *accidentés dépersonnalisés sereins*. Comment expliquer la curieuse tranquillité de ces accidentés? C'est elle qui intrigue le thérapeute d'Iowa City.

Accidentés graves, n'oublions pas. Ils présentent tous un point commun au départ : ils ont cru, dur comme fer, que leur dernière heure était venue. Leur dernière seconde. Le temps d'un catapultage à cent cinquante à l'heure contre un mur de béton. Pendant ce minuscule laps de temps, ils y ont vraiment cru. Mieux : ils ont *su* que c'en était fait d'eux. Dieu du Ciel! Rien ne pouvait plus empêcher leur mort imminente. La corde craque, il y a cent mètres de vide sous vos pieds. Aaaaaaaaaaa!

Vous vous écrasez. *Madre mia*, cette peur!

« Et soudain, docteur, le temps s'est arrêté.

– Comment cela?

– Je ne tombais plus, je volais, j'étais immensément calme. Le paysage s'est illuminé de couleurs. Des images ont commencé à défiler. Je me suis vu à quatre ans, sur une pelouse d'un vert intense, avec mon tricycle rouge vif. Puis je me suis vu à dix ans, avec cette petite fille aux joues ambrées qui m'avait tellement fait tourner la tête. Ah là là, je l'avais oubliée, celle-là! Et puis... »

Certains prétendent que toute leur vie a ainsi défilé sous leurs yeux, dans le moindre détail. Toute une vie pendant le laps de temps ultra-court d'un accident. Le générique de Claude Sautet dans *les Choses de la vie* reposait sur un fait clinique bien réel. Par un étrange réflexe intérieur, le cinéma subjectif se met soudain au ralenti. Cinq secondes deviennent trente ans. L'individu a franchement l'impression de se voir du dehors...

Du dehors? Noyes dresse chaque fois l'oreille. Un dédoublement caractérisé? Pathologie pure.

« Qu'entendez-vous par là, mademoiselle?

– Euh... C'est difficile à expliquer, docteur. Et pourtant, tout était tellement clair! J'ai vu mon corps à distance tournoyer avec la moto. Je savais bien que j'allais mourir. Et pourtant, tout d'un coup, cela m'a été égal. J'étais tellement bien. J'avais l'impression de ne plus faire qu'un avec la nature autour de moi. »

« Dépersonnalisation manifeste », pense Noyes, qui entreprend d'interviewer la jeune accidentée plus à fond. Le plus étonnant, c'est qu'on ait affaire à des cas si extraordinairement purs. Dans les cas de dédoublement provoqués par les crises d'anxiété psychopathologique, la *dépersonnalisation* proprement dite est presque toujours parasitée par des délires cauchemardesques et des hallucinations terrifiantes. Le malade ne présente d'ailleurs souvent que quelques-uns des symptômes. Il devient, par exemple, indifférent, mais sans avoir l'illusion de se dédoubler. Ou bien seule une partie de son corps lui apparaît extérieure à lui-même. Par exemple, son visage ou sa main droite. Avec les accidentés, au contraire, la panoplie semble presque toujours complète. C'est stupéfiant. Le contexte a radicalement changé, et le concept s'est purifié.

Russel Noyes et ses étudiants analysent à fond deux cent cinq récits d'accidents comportant un épisode de *dépersonnalisation*. Ils dénombrent vingt-six variables, qu'ils regroupent en trois facteurs principaux :

Premier facteur, la *dépersonnalisation proprement dite*, qui compte onze variables : ainsi, *le sujet ne ressentait plus d'émotions* (69 p. 100 des cas), ou bien *il sentait sa conscience séparée de son corps* (63 p. 100), ou bien *il y avait une muraille entre lui et le monde* (61 p. 100), ou encore *il avait une perception modifiée du temps* (35 p. 100).

Second facteur, curieusement antagonique du premier, bien que l'accompagnant toujours, une *hypervigilance.* Ce facteur comprend six variables, dans le tableau de Noyes : *les pensées du sujet sont devenues extraordinairement rapides* (69 p. 100 des cas), ou bien *les sons, les couleurs, les formes, toutes les voies sensorielles semblaient brusquement aiguisées et en alerte* (62 p. 100), ou encore *le corps faisait preuve de réflexes moteurs à la rapidité inconcevable* (41 p. 100), etc.

Le troisième facteur est le plus incongru. Russel Noyes le baptise, faute de mieux, « facteur mystique ». Il présente neuf variables. Les sujets ont, par exemple, *l'impression de retrouver un état familier, depuis longtemps oublié* (74 p. 100); *toute leur vie a défilé sous leurs yeux* (69 p. 100); *ils étaient remplis de joie* (68 p. 100); ou encore ils ont gardé *l'impression d'avoir eu une révélation* (62 p. 100).

Les sciences avancent au pas lent des chameaux. Avec ce balancement écœurant, qui donne sans cesse l'impression que l'animal veut repartir en arrière et patine à reculons. Lorsque Russel Noyes cherche des références, il s'aperçoit qu'une demi-douzaine de psychiatres sont en train d'étudier le même phénomène que lui. Mais il découvre surtout que la « métamorphose psychologique de l'accidenté ayant frôlé la mort » a déjà fait l'objet de toute une littérature, il y a plus d'un siècle.

L'ancêtre incontesté s'appelle Albert Heim. C'était un géologue suisse-allemand, alors célèbre pour ses travaux sur la formation des montagnes. Grand alpiniste, évidemment. Un jour, il planta son piolet dans une roche pourrie, qui céda. La chute. Vertigineuse. Et soudain, stupeur : l'extase. Une extase tellement ahurissante qu'Albert Heim voulut à tout prix – il s'en était tiré vivant – en savoir davantage. Homme important chez les montagnards, il put interroger tout le monde et découvrit plusieurs cas de chute semblable à la sienne. Il en fit un recueil, intitulé *Notes sur la mort par chute*, qui devint le « Livre de l'année 1892 » du club alpin suisse.

L'ouvrage du géologue Albert Heim n'est pas devenu un manuel officiel de psychiatrie. Mais quatre-vingts ans plus tard, Russel Noyes le parcourt avec stupéfaction : cet homme-là avait, pour ainsi dire, tout dit! Albert Heim est le doyen des nouveaux explorateurs de la mort. Qu'il soit un montagnard suisse-allemand, tout comme Elisabeth Kübler-Ross, est une coïncidence amusante. Ecoutons le témoignage de l'ancêtre sur son propre accident :

Dès le début de ma chute, je compris que j'allais être projeté dans le vide, j'attendais le choc. Mes doigts crispés ravinaient la neige; je tentais de ralentir ma chute. Bien que le bout de mes doigts ait été en sang, je ne ressentais pas de douleur. Lorsque mon crâne et mon dos vinrent heurter les arêtes du rocher, je reçus clairement les chocs, puis j'entendis un bruit sourd quand je tombai un peu plus bas. Je n'ai ressenti la douleur que plusieurs heures après. Le flot des pensées (...) commença avec la chute. Ce que j'éprouvai en cinq à dix secondes ne pourrait être décrit en dix fois plus de temps. Mes pensées et mes idées étaient parfaitement cohérentes et claires, et absolument pas susceptibles de s'évanouir comme dans un rêve. Tout d'abord, j'envisageai les solutions qui s'offraient à moi et je me dis : le roc sur lequel je ne vais pas tarder à être projeté tombe certainement à pic, puisque je n'ai pas vu le sol à sa base. Mon sort tient au fait qu'il y ait toujours de la neige ou non. S'il en reste, elle se sera accumulée au bas de la paroi pour former un tapis. Dans ce cas, je suis sûr de tomber sur des rocailles, et, à cette vitesse, la mort est inévitable. Si, au terme de ma chute, je ne suis ni mort ni inconscient, je dois immédiatement saisir ma fiole d'alcool et en verser quelques gouttes sur ma langue. Je ne dois pas lâcher mon piolet : il pourra m'être utile.

Je le tenais donc bien serré dans ma main. Je pensai à retirer mes lunettes afin de ne pas être blessé par des éclats de verre, mais j'étais à ce point secoué que je ne parvenais pas à rassembler la force nécessaire pour lever la main. Les pensées et les idées qui me vinrent à l'esprit ensuite concernaient ceux qui me suivaient. Je me dis que, dès que ma chute s'arrêterait, je devrais, gravement blessé ou non, appeler sans tarder mes compagnons pour les prévenir que tout allait bien. Ainsi, mon frère et mes trois amis pourraient se remettre de leurs émotions et entreprendre la difficile descente jusqu'à moi. L'instant d'après, je songeai que je ne pourrais pas donner ma conférence inaugurale à l'université, prévue pour cinq jours plus tard. J'envisageai la façon dont mes proches allaient accueillir la nouvelle de ma mort et les consolai en pensée. Puis toute ma vie se présenta à moi en une succession d'images, comme un spectacle, se déroulant sur une scène, dont j'étais l'acteur principal. Tout était transfiguré par une lumière céleste, beau, sans angoisse et sans douleur. Je me remémorai toutes les expériences tragiques que j'avais pu vivre, sans tristesse. Je ne ressentais ni conflit ni tension : les conflits s'étaient mus en amour. Des pensées élevées et harmonieuses dominaient et unissaient les images individuelles, et, telle une musique majestueuse, un calme divin envahit mon âme. J'étais entouré d'un ciel bleu splendide, parsemé de délicats nuages roses et violets. Je m'y

200

coulais sans douleur et en douceur, et je vis alors que je tombais librement dans les airs et qu'un tapis de neige m'attendait en bas. Les observations, pensées objectives et sentiments subjectifs, se fondaient. Puis j'entendis un bruit sourd, ma chute s'était arrêtée[3].

De quoi s'agit-il donc?

Après des années de recherche, Russel Noyes pense le savoir. Tous ces gens, explique-t-il à ses étudiants, ont en commun d'avoir eu *extrêmement peur*. La plus grande peur qui se puisse imaginer. Ils ont vu la mort fondre sur eux, fulgurante. C'est en cela que les autres accidentés relèvent de la catégorie « bénigne » : ils peuvent bien s'être brisé tous les os, ils n'ont pas franchi un certain *seuil de peur*, et n'ont donc pas vécu d'expérience de *dépersonnalisation*. Or cette dernière, dit Noyes, dévoile à l'évidence un extraordinaire mécanisme intérieur de défense, déclenché par l'inconscient en cas de « détresse limite ». C'est l'ultime réaction face à l'inacceptable : se sentant mortellement menacé, l'organisme se cabre et refuse. Comment fait-il? C'est simple : il prend les devants et mime la mort. Le rusé! L'individu ne peut plus mourir, puisqu'il est déjà mort!

C'est un mensonge très spectaculaire, parce qu'ultrarapide. En une fraction de seconde, le sujet se coupe émotionnellement de la réalité. Cette coupure constitue comme une cuirasse autour de lui. Du coup, il peut consacrer toute son énergie à surmultiplier la vitesse de ses réflexes et l'acuité de ses sens. Le but de la manœuvre est évidemment, comme l'ont montré les neurophysiologistes Roth et Harper, de tout mettre en œuvre pour tenter de sauver l'organisme de l'issue fatale. En d'autres termes, la partie émotionnelle de la conscience s'évanouit pour mieux laisser travailler la partie sensori-motrice. Ainsi un individu tombant du huitième étage d'un immeuble peut-il soudain faire preuve d'une dextérité de gibbon : il freine sa chute en s'agrippant avec une adresse et un sang-froid inouïs au rebord de la façade, touche le sol... et rentre chez lui ventre à terre.

Mais rien n'est simple. Cette surexcitation sensori-motrice tend, en retour, à ramener l'infortuné *imposteur* à une relation objective avec la réalité : il se prétend mort, mais il voit bien, en même temps, tout ce qui se passe autour de lui. Or, le plus souvent, comme dans le cas de la chute en montagne, il n'y a strictement plus rien à faire. La belle énergie rendue disponible par la « coupure émotionnelle » ne peut servir à aucune manœuvre de sauvetage. Va-t-elle ramener l'accidenté à sa terreur de mourir ? Non, l'inconscient en fait aussitôt un autre usage : *il se monte tout un cinéma.* Et quel cinéma! Rétrospective générale de la vie de monsieur, ou de madame, depuis son plus jeune âge! En couleurs et en relief.

Etrange cinéma : tantôt les images défilent dans le sens chronologique, tantôt dans le sens inverse. Mais, dans tous les cas, cette *revue de vie* semble obéir à des lois, dites d'*intégration*, tout à fait curieuses. Ici, Noyes s'appuie sur les travaux du docteur Butler, un psychiatre qui a étudié le phénomène chez les vieillards. Les personnes âgées traversent parfois des états de conscience très particuliers, où elles revoient des pans entiers de leur vie « défiler sous leurs yeux ». Ce qui avait frappé Butler, c'était l'effet bénéfique de ces revues de vie. Les vieux en sortaient généralement rassérénés et tranquillisés. Comme s'ils s'étaient spontanément servis du phénomène pour faire un bilan de leur vie et intégrer des éléments encore disparates en des figures globales plus intelligibles et, donc, plus rassurantes. Noyes retrouve exactement le même processus chez les rescapés d'accidents graves qui ont eu une revue de vie : ils prétendent que celle-ci les a aidés non seulement à faire un bilan de leurs expériences passées, mais aussi à retrouver un sens des valeurs, une hiérarchie de l'importance des choses, un ordre.

Comment tout cela fonctionne-t-il? La première réponse qui vient à l'esprit de Noyes relève du bon sens élémentaire : c'est quand on a failli perdre la vie qu'on en goûte le plus la saveur et le prix. Que cela s'accompagne d'une importante remise en ordre des motivations de l'individu semble tout à fait concevable. Mais ce mécanisme sophistiqué est-il déclenché directement par le fait, « neutre », de frôler la mort, ou bien n'est-il que le résultat de l'expérience de *dépersonnalisation*? Sur ce point, les statistiques de Noyes semblent ne laisser aucun doute : quelques-unes des transformations psychologiques les plus spectaculaires ont lieu chez des individus *qui ont cru qu'ils allaient mourir, alors qu'objectivement ils ne risquaient rien*. A l'inverse, les personnes qui ont failli y rester, mais qui n'ont pas saisi ce qui se passait, ou qui ignoraient tout (un promeneur distrait qu'un camion manque écraser de peu) ne se souviennent de rien et demeurent inchangées. L'élément dynamique du phénomène est donc bien la peur, plus exactement la *terreur* de mourir. Logique.

Les choses pourraient en rester là. Bien qu'assez brumeux encore, le phénomène semble à peu près cerné, et Russel Noyes publie plusieurs articles dans les revues de psychiatrie américaines. Seulement voilà : à force d'interroger des rescapés d'accidents graves, notre psychiatre finit immanquablement un jour par tomber sur quelqu'un qui lui dit :

« Je n'ai pas *failli* mourir, docteur. *J'étais réellement mort!* » Evidemment, Noyes n'en croit rien. Mais l'autre s'entête comme une mule. Le chercheur en parle à ses étudiants et le processus déjà décrit chez Moody se met en branle : deux étudiants déclarent qu'ils ont, eux aussi, rencontré des cas semblables. De fil en aiguille, Noyes et son équipe découvrent tout bonnement la *near death experience*. Pour eux, il s'agit tout de suite d'un cas particulier de *dépersonnalisation.*

Quelle différence avec les autres cas? Les sujets de cette catégorie ont *physiologiquement* failli mourir, et pas seulement *psychologiquement.* La plupart étaient gravement malades. Les médecins qui les soignaient les ont effectivement crus morts, ou sur le point de mourir à la seconde (arrêt cardiaque, coma, etc.). C'est à ce moment précis que les vingt-neufs sujets recensés par Noyes situent, sans exception, leur épisode de *dépersonnalisation.*

Etonnant dérapage : on avait quitté le contexte de l'hyperanxiété névrotique pour celui de l'accident, maintenant on quitte la peur de l'accidenté pour le coma. Mais le concept reste toujours le même! Poussé aux limites de l'intolérable, l'inconscient (qui, selon Freud, ne peut que résolument ignorer la mort) construit une imposture : l'individu se croit déjà mort. Pourtant il y a toujours, au fond de lui, une voix qui dit « Je ». Le voilà donc rassuré : rien ne peut plus lui arriver. Il s'autorise alors à déplier, au gré de ses fantasmes, tout un théâtre d'outre-tombe...

Pourtant, l'arrivée de la NDE (avant la lettre) dans son champ d'étude pose une nouvelle énigme au docteur Noyes. Bien sûr, il y a d'abord cette histoire bizarre de « souvenirs » ramenés du fond d'une mort clinique, mais ça, il n'en fait pas une maladie – pour une raison simple : il n'y croit pas.

Non, le problème, c'est l'absence de la peur. Pas d'accident à cent cinquante à l'heure, pas d'effondrement, pas de chute en montagne, pas de mort fulgurante qui se précipite sur vous : l'individu est d'abord tombé dans les pommes, ou bien il dormait paisiblement, sous anesthésie, on lui a ouvert le ventre et il dit avoir connu seulement à ce moment-là un épisode de *dépersonnalisation*. Comment serait-ce possible? Tout le modèle serait-il de nouveau à revoir?

Noyes se triture les méninges. On est en 1975. Et voici que paraît le livre de Moody. Noyes le lit. Il est, évidemment, frappé par les cas cités. Mais, aussitôt, il s'inquiète. Quel manque de sérieux! Quelle canaille! Ou quel naïf? Cette affaire devient franchement scabreuse. La plupart des confrères ne sont même pas au courant que déjà on s'avise de servir un plat sensationnaliste au grand public! La suite des événements va pousser Noyes à faire machine arrière. Il retire tous ses cas de NDE du corps central de ses statistiques. Non par lâcheté, mais par élémentaire prudence. La matière est suffisamment trouble comme ça. Inutile de se disperser. Après tout, c'est vrai, son sujet concerne la peur de mourir, pas la mort clinique ou le coma.

Et puis, les faits légitiment son pas en arrière. Figurez-vous que la *dépersonnalisation* des *experiencers* est totalement atypique : on y note une hypertrophie du « troisième facteur »; l'aspect « mystique » a clairement pris le dessus sur le reste. La surintensification de la vigilance et l'indifférence émotionnelle, bien que toujours présentes, passent à l'arrière-plan. Le profil type de la *dépersonnalisation* se retrouve cul par-dessus tête. Noyes estime donc doublement prudent d'extraire les données perturbatrices de son tableau. *Exit la NDE*.

Mais le psychiatre d'Iowa City n'est pas sorti

d'affaire pour autant. C'est un honnête homme. Le voilà qui s'interroge interminablement sur le sens du phénomène que les circonstances l'ont amené à étudier. Que l'inconscient soit capable de beaucoup de choses au moment du choc, rien de bien surprenant. Mais comment expliquer la transformation psychologique radicale des personnes ayant connu la *terreur de la mort*? On assiste parfois à de véritables métamorphoses, et qui peuvent être durables. Cela lui semble, au fond, incompréhensible. Il finit par se consacrer essentiellement à l'étude de ce phénomène. Il interroge deux cent quinze *experiencers* sur leur transformation, puis publie les résultats, en 1980, dans la revue *Psychiatry*.

L'aspect principal de cette transformation est une diminution considérable de la peur de mourir. 41 p. 100 des personnes interrogées disent même ne plus avoir peur du tout.

« La mort, dit une lycéenne, est devenue pour moi une possibilité très honnête *(sic)*. Désormais, dans tout un tas de situations, par exemple en voiture, ou quand je suis malade, l'éventualité de la mort m'est sans cesse présente. Mais cela ne m'effraie plus. Au contraire.

– Que voulez-vous dire? demande Noyes.

– La mort fait maintenant partie de ma vie comme la naissance, la souffrance, l'amour... »

« Depuis mon accident, explique un alpiniste, je n'ai plus peur de mourir, et du coup, curieusement, je n'ai plus peur de vivre non plus.

– De vivre?

– D'approcher les gens, d'être amical, tout ça. Ça m'a rendu capable d'oser faire ce qui m'attirait mais dont j'avais la trouille. »

Une petite minorité se sent, en conséquence, « invulnérable ». Mais la plupart mentionnent surtout un doublet paradoxal : c'est quand ils ont cessé de lutter contre la mort, au moment précis où ils ont renoncé à la vie, que l'épisode de *dépersonnalisation* a vraiment démarré de façon extatique, et que la peur de mourir les a quittés. Depuis, leur attitude face au risque a totalement changé : ils aiment en prendre, physiquement, émotionnellement, dans tous les sens du mot, puisque, disent-ils, « ils ne cherchent plus à contrôler, ni à planifier quoi que ce soit ».

« Ma confrontation avec la mort, dit une femme de l'Iowa, m'a révélé la vanité rabougrissante de toute prétention au contrôle. Je me suis mise à vivre au jour le jour, humblement, et tout a changé. Parfois, j'ai l'impression d'être parcourue par un torrent d'énergie. »

« J'étais du genre très craintive, dit une autre femme, je n'aurais jamais pu regarder dans le vide, ni même m'approcher du bord d'une rivière, et je me rongeais d'angoisse pour mes enfants. Après mon accident, tout a changé. J'avais toujours cru que la résignation était synonyme de tristesse. J'ai compris qu'elle pouvait aussi apporter la paix. »

« J'ai réalisé, explique une troisième, qu'il fallait se donner à la vie, littéralement : se livrer. Et le plus fou, c'est que cela m'a illuminée au moment même où, renonçant à lutter davantage, je me suis donnée à la mort. »

La peur de mourir et la peur de vivre seraient une seule et même chose? En tout état de cause, l'adoption d'une attitude de *non-contrôle* revêt une importance particulière. Noyes note que les rares cas de rescapés sortis totalement anxieux de leur accident reconnaissent n'avoir, à aucun moment, cessé de lutter de toutes leurs forces pour conserver le contrôle, en dépit des aspects fantastiques – et en ce cas effrayants – de leur expérience de *dépersonnalisation*.

Contrairement à beaucoup de psychiatres américains, on l'a compris, Russel Noyes n'est pas exclusivement comportementaliste. Au moment de rédiger sa nouvelle communication, il se reprocherait peut-être même de ne pas l'être assez. Son matériel consiste en récits-confessions et en tests psychologiques. Il n'a pas eu les moyens de vérifier, auprès des parents ou des amis et collègues, la véracité des dires de ses rescapés. C'eût été une enquête intéressante. Ces derniers ont-ils réellement changé? Dans quelques rares cas, le psychiatre connaissait la personne avant son accident – et là, en effet, il a noté quelques changements appréciables. Mais il faudrait dix fois plus de recoupements pour pouvoir convaincre un béhavioriste pur-sang.

Au fond, Noyes est assez « européen ». Il croit à l'inconscient, force obscure et intelligente, et les mots des patients, leurs récits sont en tête de ses paramètres quand il s'agit d'estimer leur univers intérieur. Or le discours des rescapés laisse Noyes fondamentalement embarrassé. Comment peut-on prétendre « ne plus avoir peur de mourir »? Est-il mensonge plus criant? A quoi joue l'inconscient dans cette histoire-là?

Sur le coup, au moment de l'accident, on comprend sans peine. Un mécanisme de secours très simple se met en action. Une seule chance d'échapper à la mort : redevenir un animal, un chat, un singe hyperinstinctif et élastique. Mais pour cela, il faut court-circuiter le Moi conscient, l'ego, l'humain qui va tout gâcher avec sa lucidité déprimante et défaitiste – il sait que la mort ne peut plus le rater, il a peur, il tremble... Mais l'inconscient est rusé : cette peur va lui servir de détonateur; elle fait disjoncter le Moi conscient; celui-ci perd le contrôle du corps et...

Jusqu'ici, Noyes n'a pas trop de problèmes. C'est

l'étape suivante qui fiche tout par terre. Admettons que le mécanisme de secours ait fonctionné. L'accidenté s'en tire par miracle. Sa partie animale a bien joué. Logiquement, le Moi conscient devrait alors revenir prendre les gouvernes, comme quand vous vous réveillez. Il se frotterait les yeux, s'étonnerait : « Hein? Quoi? Mais que s'est-il passé? » L'individu prendrait alors soudain conscience... Il se rapellerait l'accident. Puis il y aurait comme un blanc dans sa mémoire. On pourrait imaginer des tas de scénarios pour la suite. Dans le plus caricatural – « Sauvé? Aaaah! » – le rescapé s'évanouit finalement d'émotion.

Mais le scénario réel est bien différent. Le « disjonctage » du Moi conscient n'efface pas celui-ci de la scène. Le détonateur (la terreur) provoque plutôt un coup double fort étrange : pendant que le corps redevient animal, le Moi conscient, lui, se paie une expérience fabuleuse, apparemment gratuite. Quel rapport entre le contexte urgent, physiquement menaçant, de l'accident et, par exemple, la revue de vie? Un « mécanisme d'intégration », comme dit Butler? Mais dans quel but? Car enfin, que l'individu meure ou pas à la fin de sa chute, on ne voit vraiment pas ce qui viendrait justifier que l'on « intègre » quoi que ce soit en de pareilles circonstances. Quelle est cette ruse de l'inconscient?

« Réponse évidente, souffle la psychanalyse à l'oreille de Russel Noyes, il s'agit là d'une régression infantile typique : menacé de mort, l'individu cherche à retrouver la situation primitive, la seule qu'il connaisse en dehors de la vie " normale " c'est-à-dire le ventre de sa mère! »

L'expérience subjective de la *dépersonnalisation* serait donc comme un rêve utérin. Mais comment ce *rêve régressif* peut-il avoir une telle influence et provoquer une transformation si durable de la mentalité du rescapé?

Noyes n'a pas de réponse. Mais il se dit que l'inconscient est décidément un drôle de loustic. Parvenir à faire croire aux gens qu'ils n'ont plus peur de la mort! Allons donc! En réalité, c'est impossible. Mourir, pense le psychiatre, est forcément scandaleux et inacceptable. Il en revient toujours à l'idée de Freud : l'inconscient demeure *ad vitam* infantile vis-à-vis de la mort. Des preuves? Il y en a des milliers. L'inconscient croit que les amis et parents décédés ne sont que provisoirement absents. L'inconscient, selon Freud, c'est que, dans nos rêves, les défunts viennent nous parler comme s'ils étaient encore en vie. Bref, l'inconscient ne peut concevoir la mort. Il l'ignore.

Mais alors, comment se fait-il qu'il soit effrayé par la chute ou par l'accident au point d'organiser tout le cinéma de la *dépersonnalisation*? Le psychiatre d'Iowa City est terriblement perplexe. Il se dit que les ressorts ultimes de l'humain nous échapperont toujours. Qui gruge qui dans cette histoire? Qui sait, et qui ignore, que nous sommes des paquets de viande et d'os, remplis d'excréments et voués à pourrir, bouffés par les vers? Enfants, notre tragédie nous est incompréhensible. Le cœur de notre identité se constitue en niant la mort : le « projet œdipal », comme disent certains psychanalystes, est d'être immortel, et le petit homme y croit dur comme sa mère. Ensuite vient l'angoisse, les limites, les insupportables limites – ce que les psychanalystes appellent la « castration ». Immortel? Pas du tout, promis aux asticots! Et nul ne sait d'où nous venons, ni à quoi rime tout ce cirque symbolique qui nous différencie des animaux.

Celui qui s'en tient là devient fou. Pour grandir et devenir un adulte normal, le petit homme va se mettre à mentir. Nous mentons tous en permanence. Nos traits de caractère, disait le psychanalyste Sandor Ferenczi, sont des structures névrotiques en soi. Des coquilles de mensonge pur. Les « normaux » ? Des menteurs forcenés. « Peur de la mort, moi ? Pas du tout, mais quel intérêt ? Je suis cadre chez IBM, ma femme enseigne le tennis, nous avons deux enfants, et, l'été prochain, nous irons en vacances au Mexique. » Heureux ? Tant mieux pour eux, se dit le psychiatre, mais au prix de quelle formidable imposture ? Nous nous rongeons de souci pour des riens, et la destination finale du voyage nous laisserait indifférents ? Mensonge, mensonge, mensonge.

Et les *rescapés de la mort*, si sereins ? Des menteurs aussi, forcément ! Mais cette fois, la rouerie de l'inconscient dépasse vraiment les bornes : car les rescapés ne prétendent pas, eux, que la mort les laisse « indifférents ». Au contraire, ils affirment qu'ils y pensent sans arrêt ! Ce serait même là le secret de leur sérénité : ils auraient compris comment « s'abandonner à la mort ». De cette reddition aurait jailli une joie renouvelée de vivre. Par quel stratagème inconcevable ?

Russel Noyes lit *The Denial of Death* (« le Refus de la mort »), du philosophe Ernest Becker, qui obtint le prix Pulitzer catérogie « non-fiction », en 1973. On y retrouve le schéma de Frederick Perls, selon qui la structure névrotique de tout individu « normal » serait constituée de quatre couches de mensonges successives emboîtées comme des poupées russes : première couche, les milliers de rôles que nous jouons tous les jours ; deuxième couche, les statuts plus réguliers, les *traits de caractère* dans lesquels nous nous figeons peu à peu, avec le concours des autres ; troisième couche, le réflexe fondamental de fuite devant l'insupportable impression de « vide », au fond de nous; enfin, quatrième couche, nœud de tout l'édifice, au centre du vide, le mensonge suprême, l'« oubli » de la mort.

« Beaucoup de gens, dit Perls, s'en tiennent aux deux premières couches. Ils se tranquillisent avec le trivial et ne descendent jamais plus bas, mourant finalement sans s'être douté une seule fois de la nature essentiellement mensongère de toute leur existence. Une vie intérieure réellement mûre et lucide consiste à faire craquer une à une les quatre couches du mensonge. Mais gare à celui qui ose dépecer la quatrième couche! Il se trouvera confronté à l'horrible dilemme de vivre dans l'angoisse permanente de la mort, ou de replonger pour de bon dans l'oubli et le mensonge. »

Noyes se gratte longuement la tête. Y a-t-il une issue? Dans son livre, Ernest Becker n'en voit qu'une, celle de Kierkegaard : la foi. Qu'est-ce à dire? Raisonnement simple : puisque ton ego est un imposteur, mais que sans lui ta vie n'est pas possible, il te faut le tuer, donc « mourir », puis renaître dans une dimension qui transcende ta vie. Mais la solution de l'existentialiste danois semble tout sauf évidente au psychiatre d'Iowa City. Qu'est-ce qu'une « dimension qui transcende la vie »? Un médecin a-t-il d'ailleurs la moindre compétence pour en dire quoi que ce soit?

Le trouble du psychiatre s'est accru d'un cran. Il se souvient en effet que la plupart des *accidentés dépersonnalisés sereins* qu'il a interrogés ont eu cette même phrase : « J'ai eu l'impression de mourir, docteur, puis de renaître. » De mourir et de renaître? Il avait déjà entendu ces mots-là mille fois. Mais comme une allégorie un peu sotte. Il n'y avait pas prêté attention. Nous mourons tous les soirs, n'est-ce pas, et nous renaissons tous les matins. Mais les rescapés avaient un ton spécial pour dire cela. « Le ton ». *Once again*. Communication et métacommunication.

Imaginons que la piste soit plus sérieuse qu'il n'y paraît de prime abord : en ce cas, qu'est-ce qui serait *mort* chez ces rescapés ? Et qu'est-ce qui serait *rené* ?

La plus belle réponse allait arriver de Tchécoslovaquie.

12

Stanislas Grof :
la plongée abyssale du psychiatre chaman

L'AFFAIRE commence à Prague, en 1955, à l'Institut psychiatrique, que dirige le docteur Lubomir Hanzlicek, sous le haut contrôle du docteur Roubicek. La Tchécoslovaquie vit alors sous la botte russe depuis neuf ans. Les plus indépendants des jeunes psychiatres de Prague se disent freudiens. En douce. C'est interdit. Les staliniens détestent Freud. Du coup, les rebelles praguois s'accrochent aux idées viennoises. Comme si elles pouvaient leur servir de catacombes contre les chars des nouveaux tsars.

Mais ces jeunes psy sont peu armés. Leur connaissance de la psychanalyse est souvent sommaire. Tous les livres (de Freud à Reich) sont interdits. Dans la pratique, ils se trouvent bien obligés de servir le formidable déploiement de la chimie dans les asiles de leur pays. Les hôpitaux psychiatriques servent à des expérimentations massives de médicaments très puissants. L'affaire « psychédélique » s'inscrit dans le cadre de cette intrusion brutale de la chimie. Sublime ironie du sort...

Parmi les centaines de produits inconnus que les psychiatres tchécoslovaques doivent tester sur leurs patients, il y a une petite famille qui les fascine assez : les hallucinogènes, en particulier le déjà célèbre LSD 25, ingurgité accidentellement par

Albert Hofmann dans les laboratoires Sandoz de Bâle en 1943; aussitôt mythifié par les écrivains allumés de l'époque, de Jünger à Huxley – puis légitimé auprès des chamans d'Amérique latine par les anthropologues Valentina Pavlovna et son mari Gordon Wasson – amis de la grande prêtresse Maria Sabina –, le LSD avait vite atterri dans les labos des militaires, provoquant leur enthousiasme : les zombies en kaki s'étaient aussitôt mis à concevoir de monstrueuses hallucinations collectives dans les rangs ennemis. « Le LSD, disaient les militaires, rend fou. »

C'est précisément pour cette raison qu'il intéressait également les psychiatres. Mieux que n'importe quelle observation clinique, le LSD pouvait, se disait-on, permettre de « visiter la folie », en courtes sessions. Pour un psychothérapeute, pouvoir « visiter » la schizophrénie ou la paranoïa, sans séquelles, c'était inespéré. Après tout, personne ne comprenait grand-chose à ces maux épouvantables, Freud pas plus que les autres. On pouvait enfin escompter une amélioration effective des traitements.

Les choses commencèrent très crûment : on donna d'abord du LSD à des cobayes humains et on prit des notes. Deux cents microgrammes d'acide, et hop! huit heures de paranoïa démentielle. Ou de déchaînement sadomasochiste bestial. Ou d'extase mystique euphorique. Bref, toutes les grandes maladies. Mais exprimées avec une ampleur! De mémoire de psychiatre on n'avait assisté à des délires aussi clairement manifestés. Les malades s'identifiaient soudain à Napoléon, ou à Hitler, ou à Staline. Il y en avait des tas qui se prenaient pour le Christ. Dans des scénarios que l'on eût crus écrits par Kafka. « Ou bien tous les Tchèques sont-ils naturellement comme ça? » se demandaient anxieusement les toubibs de l'Institut psychiatrique devant les labyrinthes invisibles où semblaient se débattre les malades sous LSD, leurs hallucinations s'articulaient les unes aux autres en des enchaînements étranges. On aurait presque dit des itinéraires.

Les psychiatres braquèrent tous leurs projecteurs sur ces « voyages dans la folie ». Certains qui avaient survécu aux camps de concentration se mirent à revivre des pans entiers de leur calvaire. Ils semblaient tout revivre, physiquement, dans les moindres détails. Quelques-uns décrivaient des massacres inimaginables. Mais c'était souvent de purs fantasmes. L'occupant russe surgissait à tous les coins de lit, parfois en guerrier mongol, parfois en cavalier cosaque, parfois en tankiste tartare. On vit des jeunes gens décrire des scènes de la révolution de 1917. De façon généralement apocalyptique : ils se retrouvaient sous des monceaux de cadavres, ou brûlés vifs, sous des bombardements, découpés en morceaux... Dans certains cas, les hallucinations prenaient un tour sexuel dément. Les psy devaient redoubler de ruse pour ne pas se faire agresser.

Mais une seule ruse s'avéra vraiment efficace : que les médecins goûtent eux-mêmes au LSD 25. En moins de deux, le produit diabolique abattit sa besogne. Les médecins commencèrent à « visiter la folie ».

La première chose qui les frappa fut la netteté inouïe des scènes fantasmées. Leur « substance » semblait plus réelle que le réel lui-même. Comme si on leur avait lavé les voies sensorielles et émotionnelles. La nature des extases les intrigua plus que tout. Vus du dehors, les « ravissements » des malades, lorsque ceux-ci se calmaient enfin, avaient jusque-là moins attiré l'attention des thérapeutes que les sommets de l'angoisse. La théorie officielle rangeait les états de grande euphorie dans le tiroir des régressions infantiles et des béatitudes utérines. Vécu de l'intérieur, le ravissement leur explosa brutalement à la figure : ils n'avaient jamais rien goûté d'aussi bon. Beaucoup en restèrent sonnés un long moment.

Nous sommes en 1956. Un an après le début du « travail psychédélique », Stanislas Grof, jeune interne en psychiatrie, entre à l'institut du docteur Hanzlicek. Il s'intègre aussitôt à une équipe de recherche sur les hallucinogènes, sous les ordres du docteur Milos Vojtechovsky. L'équipe est interdisciplinaire. Les psychiatres y côtoient des cardiologues, des neurologues, etc. Stanislas Grof se passionne d'emblée. C'est un ours brun aux yeux intimidants de fixité – par timidité, sans doute. Un grand visage carré qu'éclaire une minuscule virgule d'ironie à la commissure des lèvres.

Pour participer au « travail psychédélique », Grof doit prendre cinq *trips* lui-même. C'est dans le règlement.

Pour une mince élite de blouses blanches tchécoslovaques, l'expérience LSD devient un *must* professionnel. Une « unité de valeur » indispensable au diplôme. Travailler dans ce secteur signifie y être passé soi-même. Du coup, la méthode s'améliore. On découvre qu'il faut toujours deux « accompagnateurs », si possible un homme et une femme. Le patient (qu'il s'agisse d'un malade, d'un médecin ou d'un volontaire étudiant) est allongé sur un matelas au sol, les yeux bandés, des écouteurs sur les oreilles : l'essentiel de son expérience se déroulera dans cette situation, en musique et dans l'obscurité.

Une explosion. Tout s'illumine de l'intérieur. Ses yeux sont bandés, et pourtant il a l'impression de *voir* pour la première fois de sa vie. Des images familières défilent dans son esprit avec une netteté inconcevable. Comme s'il les voyait pour la première fois. Tout devient vivant, y compris les pierres. Tout prend un sens. Il voit une forêt. Chaque arbre lui parle. Chaque feuille se cambre mystérieusement. Une clairière. Un immeuble blanc. Il le connaît! La ville blanche! En un éclair, dix images se télescopent. Une scène de son enfance. Un grand visage de femme aux pommettes saillantes. Juste Ciel! Voilà donc pourquoi il est si amoureux de Sanafraj, fatalité brune du Danube. Par elle, il règle ses comptes avec toutes les femmes de Bratislava! Et il se revoit, enfant, devant une femme aux yeux verts... Sanafraj! Maintenant, il crève de chaud. Il se dépoitraille. Dieu, qu'il se sent bien! Il se roule par terre dans une prairie des montagnes du Sud. Il s'oublie de plaisir. Il devient un ours des Carpates. Mais ours à un point! Jamais il ne s'est senti humain avec une intensité équivalente. Il est un animal. Ego disparu. *Viipsshhhh!* Volatilisé. Plus de nom. Plus de séparation. Tout simplement un animal palpitant dans la prairie. Un bout d'immense jouissance, en relation drue, érotique, avec la nature autour de lui, sous lui, contre son ventre couché sur la terre humide, narines en alerte dans les mousses grasses.

Et puis brusquement, dans un retour de la conscience sur elle-même, il retrouve son nom. Une voix se met à crier en lui : « Bienvenue à toi, le Rusé! Toi qui marques toujours le premier pas, la première chute. Toi à qui un jour, dans un exploit enfantin – " Regarde, mais regarde ce que je sais faire! " – m'accrocha le regard de maman. Bienvenue image! Bienvenue ego! » Le patient commence à analyser ce qui se passe. Sa première réflexion est mystique : la cloison entre profane et sacré a volé en éclats. Tout *vit* de l'intérieur. Même les pierres. Pour la première fois, il comprend jusqu'au fond de lui-même ce que « sacré » veut dire. Tout est devenu sacré. Mais son esprit s'échauffe à l'excès. Il ne contrôle pas la voix intérieure qui le harcèle maintenant de questions. Bientôt, il bascule dans un Niagara de devinettes de plus en plus complexes. Si complexes qu'il n'entend même plus dans quelle langue elles lui sont posées. La réalité devient un énorme fleuve d'acier en fusion. Une colossale énigme. Infiniment incompréhensible. Il veut s'incliner, renoncer. Il hurle : « Pouce! » Mais rien à faire. Il y a urgence. Il lui *faut* absolument comprendre. Le fleuve devient un océan, l'acier du plomb. Il sent les os de son crâne s'amincir, s'amincir jusqu'à la transparence. Les voilà fragiles comme ceux d'un oisillon. Est-ce avec cela qu'il compte traverser la muraille incandescente? Une force l'y pousse pourtant... Avec une cruauté aveugle, elle l'écrabouille contre le sol. Il n'est plus qu'un chewing-gum dans la rainure d'une semelle de chaussure. C'est abominable. Il souffre le martyre. Il étouffe. Il croit mourir. Il n'a jamais connu pareille extase, ni pareil cauchemar. Cela a duré dix heures en tout.

Un des condisciples de Grof lui racontera, qu'il a souhaité, lui, au contraire, pouvoir mourir. Mais en vain. Sous LSD, il s'imaginait devenant n'importe quoi : un tabouret, un pot de chambre, une verrue sur le menton de son « accompagnatrice ». Il avait la certitude que jamais la lumière au fond de sa conscience ne s'éteindrait. Paradoxalement, cette idée d'immortalité lui fut atroce : il se dissolvait, mais sans le repos infini du néant. Il lui fallait assister éternellement à sa propre dissolution. Brusquement, il avait regretté, ô combien! ce déguisement de simulacres et de frustrations que l'acide avait fait sauter. Car ce déguisement, c'était lui. Et maintenant, il était bien barré! Car ce qui lui arrivait portait un nom : on pouvait dire maboul, ou braque, ou barjot, ou cinglé...

Le LSD 25 agit de façon non spécifique : il peut provoquer n'importe quelle « folie », au sens très large. Sous son emprise, les malades, ou les médecins, « visitent » aussi bien des états de destructuration de l'identité que des hypertrophies paranoïaques de celle-ci. Avec des *emprunts* des plus étranges : certains « cobayes » se mettent à revivre des scènes mythologiques entières. L'un d'eux se voit chassé de l'Eden par un ange. Un autre retrouve tous les détails d'un rituel toltèque dédié à Quetzalcoatl, le dieu-aigle-serpent. Des pans entiers de mythologie hindoue...

Mais au début, les psychiatres ne notent pas ces « détails ». Que voulez-vous? Ils essaient d'y comprendre quelque chose. Certains hallucinés racontent qu'ils ont été « un caillou dans le désert pendant cent mille ans! » Tous les comptes rendus fourmillent de détails étonnants. Ce qu'on ne parvient pas à dire avec des mots, on tente de l'exprimer par des dessins ou des peintures. La méthode s'étend à tout le secteur. Les malades se mettent tous à peindre leurs « voyages » sous acide. Les psychiatres se retrouvent avec d'étranges barbouillages dans leurs tiroirs.

Devant le fatras surréaliste des centaines de rapports psychédéliques qui s'accumulent, l'équipe du docteur Vojtechovsky rend grâce (très officieusement) au vieux Sigmund Freud. Sa grille est en effet la seule qui permette de commencer à y comprendre quelque chose, dans cet effroyable méli-mélo. Les hallucinés souffrant de névroses – c'est-à-dire la plupart – retrouvent comme prévu les scènes traumatisantes de leur enfance. C'est fantastique. La démonstration est d'une netteté peu croyable. Les psy tchécoslovaques retrouvent tout. Exprimé de manière extraordinairement imagée; le sentiment de toute-puissance du nouveau-né, son désir pour sa mère, la trahison de celle-ci s'en allant avec le père, la peur dite de la « castration », l'étrangeté « anale » du corps, toutes les terreurs de l'enfance, le refoulement d'énergies libidinales apparemment colossales. Surtout, ils constatent que le fait de rappeler à la conscience la scène « primitive » d'un traumatisme défait bel et bien le nœud de la névrose et libère un flux vital accru.

Exemple de Peter, le garçon qui se retrouvait sans cesse dans des situations hypermasochistes et ne comprenait pas pourquoi. Le malheureux passait sa vie à rechercher des sadiques et se livrait à eux corps et âme. Au dernier moment, il tentait générale-ment de fuir, mais trop tard. Il faillit y laisser sa peau plusieurs fois. A trente-sept ans, Peter avait déjà fait l'objet de plusieurs psychothérapies et d'une pharmacothérapie, mais en vain. Le LSD, en revanche, fit remonter à la surface toutes les aven-tures masochistes qu'il avait vécues. Après plusieurs séances, il se rappela, en détail, la façon dont ses parents le battaient quand il était enfant. La scène « primordiale » fit irruption au cours d'une séance extrêmement violente : Peter se revit, tout petit battu par sa mère, puis enfermé dans la cave, tandis que le reste de la famille festoyait. Ce souvenir le bouleversa et allait marquer le début d'une guéri-son spectaculaire.

Exemple de Renata, totalement hystérique et fri-gide, jusqu'au jour où la thérapie psychédélique lui rappelle cette soirée où, à huit ans, dans la salle de bain familiale, son beau-père l'a obligée à une fellation. Affolé, le type l'a ensuite battue en lui faisant jurer de ne rien répéter. Les dessins de

Renata sont frappants. Inconsciemment, elle représente son beau-père sous la forme d'une tour moyen-âgeuse. Au fur et à mesure de la thérapie, la tour s'écroule. A la fin, la scène « primordiale » ayant réémergé à sa conscience, Renata dessine carrément le plan de la salle de bain maudite.

Ce qui étonne le plus les psychiatres tchécoslovaques, c'est à quel point les scènes « primordiales » des traumatismes sont non seulement rappelées à la conscience, mais intégralement revécues, y compris sur le plan physiologique. Un sujet se retrouve réellement, comme à huit ans, en train de se faire tabasser par son père. Il chiale. Il est tout rouge. Son cœur bat à cent vingt. Des douleurs lui mordent effectivement le corps à des endroits précis. Gonflements. Boursouflures. Des stigmates psychosomatiques intenses. Les psychiatres de Prague pensent à Wilhelm Reich et à son idée de *cuirasse* musculaire, dans laquelle se seraient inscrits tous nos traumatismes.

Mais voici que l'individu plonge tout d'un coup dans une crise de démence aiguë. S'étant souvenu de la scène traumatisante de son enfance, le voici qui se roule par terre. Il semble la proie des démons. Il s'agite dans tous les sens. Il crie : « Débranchez-moi! Disjonctez-moi! » Puis une violente érection le prend. Il se rue sur l'assistance, qui a un mal de chien à le calmer. Il retombe par terre. Il se tient en fœtus. Il donne l'impression d'être écrasé de toutes parts, comme habité par un mouvement de reptation formidablement lent et puissant. Il finit par éjaculer en poussant des couinements suraigus, le visage tordu, extatique.

Que se passe-t-il? Plus tard, ayant atteint un état de paix intérieure totalement nouveau pour lui, il dessinera naïvement un enfant pressé dans une machine à hacher la viande : c'est la vision qu'il a eue au paroxysme de sa crise de « démence ». Et les psychiatres tchécoslovaques se regarderont en se grattant la tête. Car la seule conclusion qu'ils puissent tirer de cette expérience est la suivante : cet homme a revécu sa naissance. Or cela ne colle avec aucune des orthodoxies alors en cours.

Pour l'orthodoxie mécaniste des psychiatres marxistes, le cerveau du fœtus en train de naître n'est pas assez mûr, neurologiquement, pour pouvoir enregistrer le moindre souvenir. Cela clôt, paraît-il, le débat. Quant aux freudiens, ils excluent également toute possibilité de « se souvenir » de sa naissance. Freud admettait bien sûr que la naissance fût un événement considérable dans la genèse inconsciente de la psyché; c'était même la première expérience de l'anxiété, *la* rupture majeure sur laquelle l'individu essaierait ensuite toute sa vie de revenir. Retourner dans le ventre de sa mère! Mais cela faisait partie des fondements pulsionnels inexprimables. Pour Freud, l'aventure sur laquelle l'homme avait prise ne commençait qu'après la naissance. De tout ce qui précédait sa première goulée d'air autonome, rien ne remonterait jamais à la conscience de l'individu. On ne pouvait travailler que sur des biographies.

Or voilà que certains hallucinés de Prague semblent revivre leur naissance, remontant apparemment bien avant leur *bio*. Du coup, nos psychiatres pensent à Otto Rank, l'un des tout premiers disciples de Freud, qui tenta de recentrer la théorie psychanalytique autour du traumatisme de la naissance. Rank considérait tous les souvenirs infantiles comme des « souvenirs écrans », masquant le plus pénible de tous les souvenirs : celui de la naissance. Il insistait sur le fait que la guérison est souvent décrite par les patients eux-mêmes comme une « seconde naissance ».

Le raisonnement de Rank était simple : l'attirance sexuelle de l'enfant pour sa mère est une tricherie, une tentative de métamorphoser l'objet du souvenir le plus atroce (le sexe de la mère) en quelque chose d'attirant, de jouissif. Traverser une « seconde naissance » signifierait donc dépasser ce mensonge névrotique de base.

Au départ, à vrai dire, l'idée était de Freud lui-même. Mais Rank s'acharna à tout réinterpréter au travers de cette grille spécifique : l'Œdipe, le désir sexuel, la névrose, la psychose, l'amour platonique, l'art, la civilisation, tout pouvait s'interpréter en fonction directe du traumatisme de la naissance. Vision hallucinante de milliards de somnambules à la recherche frénétique et exclusive, bien que déguisée, du plus court chemin vers le ventre de la mamma! Vision séduisante, à vrai dire, mais caricaturale.

Otto Rank manquait de données. Il se doutait bien que la naissance elle-même ne constituait pas un bloc et qu'elle devait comporter des phases; mais lesquelles? Freud lui rappelait sans cesse qu'on ignorait tout de l'état psychique du fœtus et que les conditions biologiques de sa dépendance devaient être déterminantes. Mais Rank s'accrocha. Au point qu'il dut quitter les rangs freudiens pour n'avoir pas voulu renoncer à sa théorie. Trente ans plus tard, les psychiatres de Prague se retrouvent poussés sur la même route que lui.

Sitôt que l'équipe du docteur Vojtechovsky analyse les séances psychédéliques sous l'angle « rankien », un tout nouveau puzzle se révèle, au fond de l'inconscient. Le souvenir de la naissance ressemblerait à un château englouti. Une structure complexe et clairement différenciée.

Particulièrement intéressé par cet aspect du « travail psychédélique », Stanislas Grof va mettre dix ans à découvrir et à énoncer la théorie des *matrices périnatales*. Quel rapport avec la mort? Patience, nous y arrivons.

La naissance, dit Grof, s'effectue en quatre temps. Les matrices périnatales sont quatre tambours formidables, sur lesquels toutes les chaînes de nœuds psychiques futurs viendraient ensuite s'ancrer, en quatre tresses tendues et résonnantes.

1) D'abord tu étais bien, immensément bien. Le souvenir océanique de l'intérieur du ventre de ta mamma a signé tes plus anciennes impressions. Elle et toi, vous ne faisiez qu'un, et tu as goûté sensuellement et émotionnellement à l'idée de l'Un. Plus tard, toutes tes grandes euphories, extases, sérénités, impressions de fusion avec un autre être, ou avec la nature, feront résonner en toi cette « signature »-là. Grof l'appelle la *matrice périnatale fondamentale n° 1*. La « résonance » en question peut d'ailleurs s'amplifier jusqu'à la folie, chez les individus à l'ego mal établi. Ou jusqu'à l'extase chez les artistes...

2) Mais un jour, brusquement, tu as basculé en enfer. Cela faisait un certain temps que tu te trouvais un peu à l'étroit. Et soudain, l'utérus de ta mamma s'est mis à se contracter de toutes parts. Le col n'étant pas encore ouvert, la situation t'a semblé sans issue. Vu le temps dans lequel tu vivais alors, cet enfer a duré éternellement. C'est la deuxième signature, le deuxième marquage (au fer rouge, celui-ci) de la psyché. Les hallucinés que Grof assiste dans leurs voyages sous LSD revivent, psychologiquement et physiquement, des situations de grande souffrance, absurdes *ad vitam*. Dans leurs délires, ils décrivent des pieuvres géantes, des forces monstrueuses qui les ligotent, des extraterrestres qui les contrôlent à distance.

Explication : à ce second marquage serait ensuite

venu s'ancrer tout un enchaînement de traumatismes biographiques; toutes les situations *traumatisantes parce que sans issue*, que l'individu a traver-
sées, surtout enfant, ont fait résonner au fond de lui
cette *matrice périnatale fondamentale n° 2*. Ce n'est
qu'en revivant cette phase de sa naissance qu'il
pourra, dit Grof, définitivement se délivrer de ces
traumatismes. Grof est persuadé que les grands
penseurs et artistes de l'« absurde » ont conservé
un nœud tragique à ce niveau précis de leur inconscient.

3) Puis le col de l'utérus s'est lentement ouvert.
« Une pièce de 10 sous », disaient les sages-femmes.
« Courage, ma petite dame, je vois une pièce de
5 francs, ça ne sera plus long maintenant. » Au
centre des chairs violacées, distendues à craquer, le
minuscule cercle d'une tonsure est apparu. Tensions extrêmes, pressions affolantes. De l'enfer
absurde, l'enfant bascule dans quelque chose d'infiniment plus violent encore. Mais, au moins, ça
prend une direction. Lentement, il se retrouve
aspiré dans un tunnel, abominablement comprimé
au fond du sexe de sa mère.

Quel déchaînement, quand les hallucinés revivent
ce passage! Ils se retrouvent dans des scènes or-
giaques, bestiales, scatologiques, sadomasochistes
jusqu'à l'inconvenable. Jouissance et souffrance extrêmes inextricablement emmêlées. Visions de révolutions, de massacres à la Barbe-Bleue. Ils se retrouvent nageant parmi les immondices et les cadavres
putréfiés. Comme si tous les refoulements qui, dans
la vie, les ont ensuite amenés à se conduire de façon
sado, ou maso, ou scato, etc., formaient à leur tour
une vaste chaîne, venant s'ancrer au tout premier
souvenir de cette sorte : *la matrice périnatale fondamentale n° 3*. Juste avant de connaître ton premier
souffle, tu fus écrabouillé dans un sexe de femme,

coincé entre une vessie et un rectum. Là encore, Grof prétend que seul le fait de revivre cet épisode de la naissance permet la libération effective des nœuds psychiques correspondants. Et les penseurs ou artistes qui aiment mêler la violence, le sexe, le sang, etc. auraient tous une matrice périnatale fondamentale nº 3 hyperchargée.

Grof pressent l'importance capitale de cette troisième matrice. Elle semble comme trouée d'un vide en son centre, où l'ego disparaît. *C'est toujours en traversant la matrice périnatale fondamentale nº 3 que les gens se sentent mourir.* Le moment où ils repassent par le vagin de leur mère... Souvent, le passage se termine par la vision d'un feu gigantesque qui ravage tout. Nous y reviendrons. Cet épisode est capital.

4) Enfin, après l'enfer et la violence apocalyptique, tu as été chassé hors de ta terrible mamma adorée. Le plus grand regret de ta vie fut aussi ton plus grand soulagement – essaie de te débrouiller avec ça ensuite! Ta première gorgée d'air a coïncidé avec ta première affolante impression d'étouffer. Mais, enfin, tu étais libre. Et tu as fondu dans le soleil d'une jouissance presque pure. « Presque »... Premier rappel de l'ancienne fusion océanique, la *matrice périnatale fondamentale nº 4* a le bonheur humble. Quand ils la revivent sous LSD, les patients de Prague ont des visions de paysages immensément calmes et lumineux, de cieux remplis d'or, de plumes de paon recouvrant les collines. Ils se retrouvent dans des situations de grande solidarité humaine. Ils aiment le monde entier et veulent le prouver, sur-le-champ, au maximum de gens. Ils connaissent la béatitude de ceux qui ont bien fait l'amour. Parfois, leur extase est brutalement interrompue par une violente douleur au nombril – au point que les médecins de Prague se demandent si

le fait de couper le cordon ombilical est aussi indolore qu'on le prétend généralement.

En réalité, ce « château fort » périnatal n'émerge que lentement du brouillard, et en désordre. La succession que nous venons de décrire est un schéma théorique reconstitué après coup. Le temps a passé. Des centaines, puis des milliers de comptes rendus de séances LSD se sont accumulés sur les bureaux des psychiatres tchécoslovaques. Grof s'affirme comme le plus rapide d'entre eux. Bien avant de mettre sa cartographie théorique au clair, il constate des résultats thérapeutiques indéniables sur certains patients. Bien des mystères se dissipent. Souvent, un conflit psychologique grave semblait trouver sa solution dans le rappel d'une scène traumatisante de la petite enfance. « A la Hitchcock » (vous rappelez-vous *Pas de printemps pour Marly?*) Mais que ce soit dans l'histoire de Peter, le masochiste, ou dans celle de Renata, l'hystérique, le désamorçage était d'abord demeuré insatisfaisant et la vitalité des patients basse. Jusqu'au jour où les barrières craquèrent, révélant les véritables scènes primordiales. Le rappel à la conscience de la scène où sa mère le bat ne fut important pour Peter que parce qu'il le rapprochait de sa *matrice périnatale nᵒ 3*. De fait, le garçon ne fut définitivement guéri qu'après avoir revécu cet épisode de sa naissance.

Nous sommes en 1965. Grof commence à discerner les grandes lignes de ce que nous venons de décrire sommairement. Devenu principal assistant du « programme psychédélique » tchécoslovaque, il est invité à Amityville (Long Island), aux Etats-Unis, pour une conférence internationale sur les thérapies à base d'hallucinogènes. Premier voyage aux States, Grof est impressionné par l'ampleur de la vague psychédélique chez les thérapeutes américains. Pourtant, aucune théorie sérieuse n'émerge. Lui-même n'est pas encore assez sûr de lui pour oser avancer ses *matrices périnatales*, qu'il commence à discerner. Mais sitôt rentré à Prague, il se remet au travail tel un forcené. La relative faiblesse théorique de ses confrères américains lui a donné des ailes.

Il dispose maintenant d'une montagne de rapports d'expériences minutieusement relevés. Les statistiques transforment ses hypothèses en armées blindées. Qu'un seul patient se plaigne de douleur au nombril après avoir présenté tous les symptômes du nouveau-né, pure coïncidence. Quand ils sont quarante, c'est différent.

Grof reste impressionné par les moyens colossaux des chercheurs américains, par leur fougue et par leur liberté d'esprit. Quand le docteur Joel Elkes, du service de psychiatrie et de sciences du comportement de l'université John-Hopkins de Baltimore lui demande s'il est d'accord pour venir passer un an chez eux, à leurs frais, il saute en l'air de joie. Il va mettre deux ans à obtenir une seconde autorisation de sortie. On est en 1967. De nouveau l'Amérique.

Hélas! quand il débarque, tout a changé. Le temps d'un éclair, le paysage social entier a basculé : le LSD s'est échappé des labos! Il a commencé une grande danse sauvage dans tous les Etats-Unis, et bien au-delà, dans tout l'Occident. Le Tchèque n'en revient pas : le LSD 25 incendie la plaine américaine. Dans l'empire des Soviets, ce serait impensable.

L'affaire devient l'un des plus grands scandales psy de l'histoire. Des millions de gamins se paient des transes à cent mille volts et sans mode d'emploi! Après les savants entrent en scène les apprentis sorciers de la seconde catégorie : les journalistes. Les médias font un tintamarre hallucinant. Hallus contre hallus, c'est la guerre. Chaotique, somnambulique. Les savants, fort inquiets, se retirent sur la pointe des pieds, laissant derrière eux quelques zélotes isolés, du genre de Timothy Leary, rapidement discrédités malgré tout leur génie. La démocratisation fiévreuse de l'acide lysergique diéthylamide 25 en a tué l'étude. Stanislas Grof médite sur les paradoxes écologiques des sociétés humaines.

Il commence à peine à se faire à l'accent américain qu'éclate le « printemps de Prague », vite balayé par les chars soviétiques. Grof ne rentre pas chez lui. Il va devenir américain. Par chance, son travail avec le LSD va pouvoir se poursuivre, à Baltimore. Au Spring Grove Hospital. Dans l'une des dernières poches d'expériences psychédéliques américaines. Une incroyable mission : il s'agit de donner du LSD à des cancéreux condamnés.

Grof y avait déjà pensé à Prague. Soignant des cancéreux très angoissés, il s'était demandé ce qui se passerait si l'on « réveillait » leur MPF (matrice périnatale fondamentale) nº 3, celle qui est trouée d'un vide où l'individu croit mourir. Sa proposition avait été rejetée par les autorités psychiatriques tchécoslovaques, mais Grof demeurait persuadé de l'existence d'une piste très riche du côté des mourants. Et voilà que les Américains lui proposent de tenter l'expérience chez eux! A vrai dire, ils n'ont pas attentu Grof pour administrer du LSD aux mourants.

Le premier à avoir publiquement énoncé l'idée, c'est Aldous Huxley. Quand Lakshmi, l'héroïne de son roman *Ile*, meurt, complètement transfigurée, elle est sous acide, pardon sous *moksha*, mais c'est la même chose. Ce récit fictif est la réplique d'une mort véritable, celle de Maria, la première femme de Huxley, en 1955. « Mon expérience personnelle avec Maria, écrira-t-il plus tard à son ami le psychiatre Humphrey Osmond, m'a montré à quel point les vivants peuvent faciliter le " passage " des mourants, jusqu'à quel point ils peuvent contribuer à élever cette expérience purement physiologique de l'existence humaine vers un niveau de conscience, voire de spiritualité. » Huxley y croira jusqu'au bout. En 1963, quand à son tour il se sentira mourir, il demandera à sa seconde femme, Laura, de lui injecter une dose de cent microgrammes de LSD. Aldous rendra l'âme dans un état d'hyperlucidité et de détachement que Laura racontera, plus tard, dans son livre *This Timeless Moment*.

Quand Grof débarque à Baltimore, les psychiatres du Spring Grove Hospital n'en sont pas encore tout à fait là : ils donnent du LSD non pas aux agonisants à l'article de la mort, mais à des cancéreux très mal en point, sur qui aucun traitement n'a plus d'effet.

Au départ, l'idée est venue de Chicago, où le docteur Eric Kast cherchait à soulager la souffrance physique de ses malades. La douleur obéit à des lois bizarres. On peut la combattre en l'oubliant, ou au contraire en s'y engouffrant entièrement. Question de vigilance, d'attention. Justement, le LSD a tendance à transformer l'attention en un rayon laser... Kast a vite été amené à constater que l'acide non seulement atténuait sensiblement les douleurs des cancéreux, mais transformait radicalement leur attitude face à la mort. Loin de s'atténuer, on l'a vu, les conflits psychologiques non réglés s'exacerbent dans la psyché du moribond. La thérapie de choc du *trip LSD* semblait aider à la résolution rapide de ces conflits, illuminant les derniers jours de l'individu, ou les derniers mois, voire les dernières années – car il y a toujours des rémissions surprises, et la libération des vieux nœuds d'angoisse peut vous donner un tonus ahurissant.

En tant que professeurs à l'école de médecine de Chicago, Kast et son collègue Collins proposèrent très sérieusement au département américain de la Santé une expérimentation à grande échelle de leur idée. Les autorités firent la sourde oreille. Mais de Chicago, l'idée rebondit à Los Angeles, où le psychiatre Sydney Cohen la mit à son tour en pratique. Il parvint aux mêmes résultats que Kast. L'idée fut alors reprise par Sydney Wolf, psychologue au Spring Grove Hospital de Baltimore. Wolf cherchait, à vrai dire, surtout à désintoxiquer les alcooliques, mais le cancer foudroyant de l'une de ses collaboratrices allait le dévier de sa route : la jeune femme réclama en effet du LSD. Ses derniers jours en furent métamorphosés. Wolf prit donc le relais, avant de le passer à Walter Pahnke, appartenant au même hôpital.

Pahnke est médecin et docteur en religions comparées. Le héros huxleyen parfait. Il meurt malheureusement avant d'avoir abouti, lors d'une plongée sous-marine, en 1971. C'est Stanislas Grof qui va lui succéder. Le Tchèque vient d'épouser Joan Halifax; cette ravissante Américaine est à la fois psychothérapeute, anthropologue et grande amie des chamans indiens. Pendant cinq ans, le couple Grof-Halifax va faire des étincelles – avant de se séparer dans la fureur.

Les cancéreux, tous volontaires, viennent pour la plupart du Sinai Hospital de Baltimore. Grof et Halifax les soumettent à une sélection sévère : il faut être très malade, mais pas tout à fait au bout du rouleau (trois mois d'espérance de vie au minimum), extrêmement déprimé, mais sain d'esprit, et ne présenter aucune métastase au cerveau. Moyennant quoi, les malades retenus sont inscrits sur une liste dans laquelle on tire quelques noms au sort – les uns pour subir la thérapie proprement dite, les autres pour constituer des groupes de contrôle, testés sans LSD. En 1974, au plus fort de l'expérience, Grof et Halifax traiteront ainsi une centaine de cancéreux dans l'année.

Comment la thérapie se déroule-t-elle ?

Les deux psychothérapeutes ont d'abord une série d'entretiens avec le malade – en famille, puis en tête à tête, dans la mesure du possible à son domicile. Cela prend de deux à trois semaines. Entretiens non directifs. Stan Grof et Joan doivent devenir intimes avec le malade. Il faut à la fois vérifier qu'il n'y a pas de contre-indication majeure et préparer la personne à un choc formidable. Qu'elle n'aille surtout pas croire que le LSD va la guérir de son cancer ! Les facteurs psychogènes sont certes cruciaux dans l'origine de la plupart des cancers, et une bonne psychothérapie peut avoir une influence sur la maladie elle-même, mais le but visé ici est autre : il s'agit d'aider le malade à sortir de la profonde dépression dans laquelle le cancer l'a jeté et, quelle que doive être l'issue de la maladie, à retrouver une certaine sérénité.

Grof n'aborde jamais le pronostic de front. Ce serait illégitime et d'autant plus déplacé que de nombreux patients ignorent au juste leur état réel : s'ils réclament une psychothérapie psychédélique, c'est d'abord pour lutter contre l'angoisse et la dépression. Le LSD ? Ils en ont évidemment déjà entendu parler. Certains en ont peur. Grof leur explique son point de vue : les *trips* sauvages, pris n'importe comment, sans guide expérimenté, sont, selon lui, inefficaces, voire dangereux. On n'aurait pas idée, dit-il, de laisser opérer un malade à cœur ouvert par des amateurs, avec des outils de bricolage, sur la place du marché. On n'éventre pas davantage les profondeurs de l'inconscient sans guide ni précautions. Les intrusions involontaires parasitent tout. L'expérience s'empêtre au niveau assez superficiel des jeux de rôles. Selon Grof, donc, la plupart des expériences psychédéliques sauvages n'auraient finalement servi à rien.

Le jour J arrive. La veille au soir, Stan Grof et Joan Halifax ont encore dîné avec le patient et sa famille. Maintenant on demande au cancéreux de s'allonger et on lui injecte entre cent et cinq cents microgrammes de LSD. L'acide est parfois remplacé par un autre psychotrope, le dipropyltrytamine, *alias* DPT, aux effets sensiblement similaires. En attendant que le produit commence à agir, Joan feuillette avec le patient des albums de photos personnels. Puis l'acide « monte ». Le patient s'allonge. On lui met le bandeau sur les yeux, les écouteurs sur les oreilles. La musique (généralement classique) débute. C'est parti.

Chaque voyage est particulier, y compris chez un même malade – à qui Grof fait subir jusqu'à cinq séances LSD (à Prague, le nombre des séances pouvait s'élever jusqu'à dix, parfois quinze, et les expériences atteignaient du coup une limpidité extrême). Mais une constante se dégage : la psychothérapie la plus radicale semble exiger que l'on « vive sa mort ».

Grof voit enfin se confirmer, sur des dizaines de cas, l'hypothèse formulée avant qu'il ne quitte Prague : cette expérience fantastique se déroule bel et bien chaque fois dans le même contexte : en pleine remontée de la MPF n° 3. En d'autres termes, *c'est au moment où l'individu revit la partie la plus violente de sa propre naissance, qu'il se croit en train de mourir.*

Vous êtes là, couché en fœtus, le corps tout secoué de spasmes très douloureux, et soudain l'idée s'impose à vous : *Tu vas mourir!* Vous vous rebiffez des quatre fers : *Noooon!* Une partie de vous argumente furieusement : « Tout cela n'est qu'un jeu! », « C'est cette foutue drogue qui me fait croire des conneries! » « Je *crois* que je suis en train de mourir, mais je sais bien que c'est symbolique, comme ils disent, ces enfoirés! » Symbolique? Tu as dit symbolique? Et soudain elle est là, immense, grimaçante, couverte de son épaisse chasuble de plumes de soie noire empoisonnées : « Symbolique mon cul! » dit la camarde, tu *vas* crever mon gaillard! » Alors, c'est l'horreur. Vous criez. Vous suppliez. Vous étouffez. Vous rapetissez. Vous éclatez. Vous perdez votre nom. Vous mourez.

Dans bien des cas, les cancéreux ne découvrent la dure vérité qu'au cours de cette « mort symbolique ». Jusque-là, ni leurs médecins ni leurs familles n'avaient osé leur avouer leur état. Brusquement, ils comprennent tout. Et la séance devient hurlante de vérité. Sous LSD, les cancéreux donnent réellement (et se donnent) l'impression de mourir.

Mais ce n'est que la première phase. Car, ensuite, ils « renaissent ». Le fait de revivre l'épisode de la troisième matrice périnatale fait résonner la quatrième tout de suite après. Les malades terminent généralement la séance béats. Leurs derniers jours s'avèrent alors souvent les plus clairs de leur vie. Avec les rebondissements qu'on imagine sur le moral des familles.

Il faudrait raconter des dizaines d'exemples par le menu. Mais chacun d'eux remplirait un roman. Plus tard, Stan Grof et Joan Halifax en rapporteront quelques-uns dans un petit ouvrage très dense, *La Rencontre de l'homme avec la mort*.

Exemple de Suzanne, une jeune femme de trente-deux ans, qu'un cancer de l'utérus est en train de tuer. Elle a des métastases jusque dans la colonne vertébrale et souffre de douleurs atroces. Pour la soulager, les médecins lui ont proposé une cordotomie, mais ça la priverait à jamais de l'usage de ses jambes et elle ne peut s'y résoudre. L'idée du suicide la hante. Quand elle entend parler du programme LSD du Spring Grove, elle se rue sur l'occasion. Suzanne raconte sa vie à Stan Grof et Joan Halifax. Une enfance très dure. Mère pute. Gamine abandonnée à elle-même, puis enfermée dans un pensionnat. Cauchemars. A vingt ans, un mariage survolté – trois enfants coup sur coup – vite décevant, puis même terrorisant. Divorce. Suzanne se retrouve en hôpital psychiatrique. Les trois enfants sont confiés au père. Finalement, elle se retrouve en ménage avec un artiste peintre misérable et, *crac*! le cancer.

Pendant la séance de thérapie psychédélique, Suzanne va monstrueusement mal. Elle est prise de nausées et passe une éternité à se « frayer un passage à travers une matière noire, triangulaire et spongieuse ». La séance se termine dans une relative euphorie et les douleurs disparaissent. Mais pour quelques jours seulement. Puis tout repart comme avant. Grof et Halifax décident alors de lui faire subir une seconde séance psychédélique.

Cette fois, l'expérience se révèle beaucoup plus riche. Suzanne s'imagine être enceinte. Elle devient à la fois la mère et le fœtus. Elle se retrouve dans une mare de sang et se voit mourir. Puis elle *devient* ses trois enfants. Balançant entre le désir de se retrouver seule et la rage de fusionner avec le monde, elle *devient* même, à un moment, « toute l'humanité souffrante », avant de connaître une série de séquences flashes où elle se retrouve successivement dans la peau d'une jeune Africaine de la savane, tuée d'une lance, puis d'un oiseau dans l'Angleterre médiévale, tué d'une flèche, et enfin « la mère de tous les soldats morts à la guerre depuis le commencement des temps ». Arrivée là, son expérience devient cosmique. Perdant toute notion de limite, Suzanne « se fond dans une lumière d'amour absolu », avant de ressentir l'impression étrange d'une renaissance. Elle retrouve enfin plusieurs souvenirs de sa toute petite enfance et se comporte comme un nourrisson dans un berceau.

La redescente s'achève, Suzanne est transfigurée. Une vague d'affection pour son ami, le peintre misérable, l'envahit. On fait venir ce dernier. Grande scène d'amour.

Les douleurs de Suzanne persistent malheureusement. Mais sa vie change totalement. Elle a maintenant un tel tonus qu'elle reprend ses études de psychologie, abandonnées depuis douze ans. Et elle accepte même la cordotomie tant redoutée. La chance lui sourit : le chirurgien s'y prend tellement bien qu'elle n'a presque plus mal et conserve pourtant l'usage de ses jambes. Pendant quelques mois, la tumeur qui lui rongeait tout l'abdomen se résorbe lentement. Les médecins sont fort surpris. C'est un cas rare. Suzanne passe des heures à lire des ouvrages sur le bouddhisme et sur les mystiques chrétiens. Depuis son expérience psychédélique, une soif spirituelle s'est éveillée en elle. Elle dit ne plus craindre la mort et croit désormais à la réincarnation. Sa relation avec le peintre devient extrêmement riche et tendre.

Un an de répit. Puis les douleurs reviennent tout d'un coup. En quelques semaines le corps de Suzanne se putréfie. Dégradation totale. Mais elle reste lucide jusqu'au bout et un sourire inconcevable surnage au-dessus de son insupportable souffrance.

Exemple de Ted, un grand Noir de trente-six ans, atteint d'un cancer du côlon. La douleur le rend colérique avec ses enfants et il est en guerre permanente avec Lilly, sa femme. C'est elle qui prend contact avec le Spring Grove Hospital. Depuis six ans, Lilly connaît le diagnostic désespéré de son mari, mais elle n'a jamais osé lui en parler. Six ans! Les médecins se sont légèrement trompés : ils ne donnaient à Ted guère plus de quelques semaines à vivre. Le bonhomme s'est révélé plus coriace que prévu. Mais enfin, son état se dégrade tout de même, irrémédiablement, et ses relations avec sa femme aussi. Lilly a des amants. Et Ted, malgré sa faiblesse, met une voisine enceinte. Lilly aussi attend un enfant d'un autre. Double avortement. Dispute. Ça s'envenime salement.

Maintenant, Ted raconte sa vie à Stanislas et à Joan, venus l'interviewer. Il a eu une enfance très dure, lui aussi. Orphelin de père et de mère à cinq ans, recueilli par un oncle cruel, il devient voyou et s'engage comme G.I. au Viêt-nam, où il explose littéralement de violence, avant de rentrer aux Etats-Unis avec la ferme intention de mener une bringue ininterrompue – ce à quoi il s'applique... Jusqu'à ce que le cancer le terrasse.

Sous LSD, Ted voit des champs de bataille. Des milliers de soldats meurent et ressuscitent en un gigantesque opéra macabre. Ted refuse de rester allongé et de garder le bandeau sur les yeux. Il devient extrêmement parano. Stan Grof se transforme tour à tour en son méchant oncle, puis en diable et en agent secret, chargé de le faire parler sur les tueries aveugles auxquelles il a participé au Viêt-nam. Ted ne décroche pas de cette tonalité paranoïaque. Il termine la séance abominablement déprimé. L'expérience semble ratée. Le lendemain, Ted va mal. Grof et Halifax s'alarment. Et voici qu'au troisième jour, Ted bascule dans une profonde euphorie : plus une trace de douleur! Il revit. C'est peu croyable. L'effet dure une semaine, deux, Ted décide de « retravailler ».

Cinq mois passent. Un vrai miracle. Et brusquement le mal et les douleurs reviennent. Ted retombe dans sa terrible dépression. Il mesure qu'en fait rien ne s'est arrangé entre sa femme et lui. Il ne quitte plus le lit, le moral à zéro. Lilly rappelle l'hôpital. Stan et Joan reviennent. Ils mènent une seconde série d'entretiens avec le malade et sa femme. Celle-ci accepte enfin de parler. Elle crache l'affreux secret qu'elle porte depuis plus de six ans : Ted est condamné, les médecins l'ont dit. Le type tombe des nues :

« Hein? Tu le savais? Et moi qui n'osais pas t'en parler!

– Quoi? s'écrie Lilly, tu veux dire que toi-même...

– Mais, bien sûr, dit Ted, que je le savais! Je ne disais rien parce que... »

Une quinte de toux l'interrompt. Mais ils ont tout compris, ça se lit dans ses yeux ébahis : il pensait que Lilly le quitterait si elle le savait fichu. « Qui voudrait vivre avec un tel homme? » Elle savait et elle est restée? Enorme soulagement de part et d'autre.

Mais de gros nuages subsistent. Ted ne peut plus faire l'amour. Il est définitivement impuissant. De honte, il repousse Lilly quand elle s'approche de lui. Joan suggère d'autres contacts physiques que l'accouplement. Le manque d'imagination des déprimés est terrifiant. Il y a aussi les gosses. Ted veut leur laisser l'image d'un père fort. Du coup, il les engueule sans arrêt et se montre cassant. Stan lui demande s'il ne les impressionnerait pas davantage en leur avouant, au contraire, sa faiblesse, avec bravoure. Ted médite ces conseils et, finalement, accepte une seconde expérience LSD.

Cette fois, il garde le bandeau et les écouteurs. Ça décolle sec. Il se voit aussitôt traverser une rivière et débarquer dans un autre monde. Il visite un abattoir géant, où l'on égorge des centaines de porcs hurlants. Ted descend au tréfonds de ses propres cellules cancéreuses, avant de partir verticalement dans une séquence complètement mystique. Il vole dans une lumière divine, traverse des palais de diamants...

Il ressort de la séance transformé. Lilly ne le reconnaît plus. Il devient un conjoint parfait, attentif, patient, drôle. A son tour, il se met à dévorer des ouvrages sur le bouddhisme et l'hindouisme. Immobilisé, il enregistre des cassettes pour ses enfants, où il raconte son aventure. On doit lui retirer un rein. Sa dégradation physique s'accélère. Pourtant sa sérénité s'accroît. Lilly s'en frotte les yeux de stupeur : ce n'est plus le même homme. Leur vie s'en trouve bouleversée.

Une nuit, l'état de Ted empire brutalement. Le cancer lui ronge son second rein. Hospitalisé d'urgence, il insiste pour voir Stan et Joan sur-le-champ. Lilly les appelle. Mais lorsque ceux-ci arrivent à son chevet, Ted est dans le coma. Personne n'en doute : le malheureux vit ses derniers instants. Lilly pleure dans un coin. Stan va lui tenir la main, pendant que Joan s'assied sur le rebord du lit de Ted et commence à lui lire sa propre version abrégée du *Livre tibétain des morts*. « Ne crains pas, dit-elle au moribond, la Claire Lumière. Fonds-toi en elle, et ne sois pas effrayé par sa splendeur... » Soudain, deux aides-soignants déboulent dans la pièce. Ils flanquent Ted sur un lit roulant et l'embarquent sans piper mot en direction du bloc opératoire. Stupeur des psychothérapeutes. C'est une décision de dernière minute.

Ted s'en sort une fois de plus. Stan et Joan assistent à son réveil. Ce qu'il leur raconte les laissent pantois.

« Vous avez changé de robe? » dit-il d'abord à Joan.

En effet, mais... elle ne comprend pas. Ted explique alors que, pendant tout son coma, il n'a cessé de voir et d'entendre ce qui se passait à son chevet. En même temps, il avait l'impression de flotter dans les ténèbres. Comment est-ce possible? Ted précise que les conseils de Joan lui ont été très utiles, et qu'il s'est effectivement dirigé « vers une lumière très brillante », apparue dans l'obscurité. Plus il s'approchait de cette lumière, dit-il, plus il se sentait calme et bien. « Bien, au-delà des mots. » Comme s'il retrouvait des émotions familières très anciennes, et depuis longtemps oubliées.

Durant l'intervention chirurgicale, le cœur de Ted a cessé de battre à deux reprises. Cela n'a pas interrompu, dit-il, son expérience de « fusion dans la lumière », mais l'a doublée d'une sorte de film où il a revu de grands bouts de sa vie. Il a revécu, en particulier, tous les moments où il avait tué ou frappé des gens. « Ce que j'ai éprouvé alors, explique-t-il à Grof, est incroyable : j'avais l'impression de ressentir... comment dire,... de ressentir *la scène en entier*! Je me rappelais ce que j'avais éprouvé à l'époque, et en même temps je ressentais tout ce qu'avaient ressenti mes victimes! »

Une NDE. Stan Grof ne connaît pas encore le terme, mais il a déjà entendu parler des visions que certains rescapés ramènent parfois, après une période de mort clinique.

« Mais cette expérience, demande Joan Halifax,

très intriguée, ressemblait-elle un tant soit peu à celles provoquées par le LSD?

– Exactement! répond Ted, ça y ressemblait même beaucoup. Si vous saviez comme j'étais heureux, rétrospectivement, d'avoir bénéficié de vos séances psychédéliques. Sans elles, j'aurais eu tellement peur de ce qui m'arrivait! Mais là, non. Je connaissais. Je n'étais plus effrayé... »

Qu'est-ce à dire?

A ce point de mon enquête, il me faut absolument faire le point sur une question précise : celle par quoi tout a commencé pour moi.

Après avoir lu, puis rencontré à plusieurs reprises Stanislas Grof, je dois bien avouer qu'une sensation curieuse s'est éveillée en moi. Ainsi, finalement, ce brave docteur Ronald Siegel, le psychologue du début de mon premier reportage (« *Vive l'overdose finale!* » p. 25), avait-il raison?

Rappelez-vous : « Leurs fameuses NDE, grognait-il, je connais ça par cœur. C'est exactement ce qu'on obtient sous l'effet des drogues hallucinogènes! » Par analogie, Siegel en avait logiquement conclu qu'il devait y avoir, à la base de toute cette expérience sur les rives de la mort, un jeu précis des neuromédiateurs synaptiques, à l'intérieur du système nerveux. Grâce à la libération brutale de ces « drogues » hyperpuissantes qui imbibent notre système nerveux, nous vivrions tous, au dernier moment, une formidable *overdose* endogène! » L'hypothèse de Siegel nous avait terriblement séduits. Sans elle, je n'aurais jamais mis les pieds dans cette aventure, ni dans ce livre...

Siegel ne se trompait donc pas. Ne serait-ce que pour une raison : tous les « voyages d'intérieur » décrits depuis le début de ce livre font intervenir d'intenses émotions. Or, si l'on en croit les derniers travaux de synthèse, les neuromédiateurs sont les messagers de *toutes* nos humeurs, les « jus » de *toutes* nos émotions. Il semble donc inévitable que des émotions aussi fortes que celles provoquées par la NDE soient matériellement supportées par un jeu très important desdits neuromédiateurs.

Le problème, c'est que Ronald Siegel, en adepte d'un réductionnisme assez forcené, s'arrêtait là. Il réduisait l'expérience entière à sa (vraisemblable) chimie synaptique. Et tout était dit. Résultat : il passait à côté de la réémergence, dans la pensée moderne, d'un champ psychologique essentiel, celui de l'agonie et des derniers instants. Pis, la tournure générale des événements accompagnant cette réémergence l'effrayait à ce point qu'il disait y voir un retour à l'obscurantisme. Du coup, il en perdait, lui, toute rationalité, allant jusqu'à évoquer des expériences qu'il n'avait jamais faites (nul ne sait encore si la fameuse *overdose* a réellement lieu) et à traiter une femme comme Elisabeth Kübler-Ross de malade mentale et de traînée.

Immanquablement, sa peur et son fanatisme s'étaient retournés contre lui : son manque de connaissance du matériau NDE était tel que j'avais été contraint, pour rédiger mon article, d'aller fouiner ailleurs. Toute la suite de mon enquête en avait découlé, de Sabom à Ring et de Ring à Grof. Avec ce dernier et ses travaux psychédéliques, la boucle était enfin bouclée. Maintenant, même l'hypothèse neurochimique de Siegel pouvait s'intégrer au vaste mouvement de redécouverte « par l'intérieur » de la mort et de l'agonie, qui se déroulait sous mes yeux en Extrême-Occident.

Selon Grof, tout se passait donc comme si, au moment de mourir, l'individu revivait sa naissance. Et cette expérience pouvait apparemment *se mimer* bien avant la mort physique réelle, sous forme d'une expérience symbolique, au cours de laquelle le sujet devait d'abord « vivre sa mort ». Par ses travaux au Spring Grove Hospital, Grof démontrait que, pour vraiment dépasser leurs névroses (accentuées par la maladie mortelle qui les frappait) et atteindre une forme de sérénité, les cancéreux devaient en quelque sorte « retraverser le vagin de leur mère », réveiller leur troisième matrice périnatale.

Cette traversée symbolique s'effectue avec une intensité et une clarté variables, mais le mécanisme ne semble laisser aucun doute. La troisième matrice une fois dissoute – c'est-à-dire l'épisode de la naissance correspondant une fois revécu –, le sujet trouve automatiquement les mêmes mots pour décrire ce qui lui est arrivé. Il prétend être allé « au-delà de lui-même », dans un « monde merveilleux », fondamentalement « ineffable », où l'image de son Moi s'est dissoute, tandis que sa conscience vigilante s'intensifiait. Depuis, il dit savoir que « la mort n'est qu'un passage » et qu'elle ne lui fait plus peur.

Stanislas Grof vient de redécouvrir, au travers de sa pratique psychothérapeutique « moderne », un très ancien secret. Peut-être le plus ancien secret. Et l'anthropologue Joan Halifax, son épouse, spécialiste des pratiques chamaniques, est là pour l'obliger à regarder la chose en face : depuis la nuit des temps, les hommes ont su qu'on pouvait tirer un immense bénéfice à « vivre sa mort », (ou à « connaître la petite mort »), puis à renaître symboliquement. Toutes les grandes techniques d'initiation reposent là-dessus. Que ce soit dans les rituels aborigènes ou indiens, chamaniques ou vaudou, orphiques ou druidiques, vous ne pouvez prétendre accéder à la connaissance essentielle des êtres et des choses sans avoir traversé le miroir terrifiant de votre propre mort. Peu importe la technique. Les prêtres vaudous font ingurgiter au postulant une drogue puissante qui va le jeter dans un coma de plusieurs jours – au point de le tuer parfois pour de bon (c'est la vie!). On dit que les Grecs des rituels orphiques étaient passés maîtres dans l'art très égyptien d'effrayer les jeunes gens de telle façon que ceux-ci *voient* réellement la mort se précipiter sur eux.

Les grandes initiations ésotériques disparaissent peu à peu. Mais leur sagesse centrale est impérissable. Les films d'horreur et les sports dangereux représentent une tentative somnambulique de nos contemporains pour se trouver des substituts. On voit des alpinistes prendre goût à la *chute contrôlée* : ils se jettent du haut d'un pont – par exemple le Golden Gate de San Francisco ou tel grand pont alpin – après s'être attachés au bout d'une longue corde fixée au parapet. (N'essayez pas si vous n'êtes pas un alpiniste chevronné, vous vous rompriez la colonne!) Ils n'ont pas lu Albert Heim, ne savent généralement rien de la NDE et ignorent tout des rituels anciens. Quand on les interroge, ils disent que la sensation de chute les fait « jouir de peur ». Et au fond de cette jouissance, ils découvrent une autre manière d'appréhender la réalité, une manière qui transcende le monde. Etranges pionniers, à la recherche d'une solution au problème crucial : comment les modernes peuvent-ils renégocier avec l'ancien savoir, l'ancien secret, l'ancien passage à travers le miroir de la métamorphose?

Les psychothérapeutes ont commencé à déblayer le chemin et à balbutier des réponses. Partielles mais carrées. Grossières mais indispensables. Ambitieuses mais pleutres. Intelligentes mais infantiles. Que faire de l'angoisse de la mort, tapie au centre des nœuds de la psyché? Stanislas Grof sait, malgré tout son enthousiasme, que l'affaire est complexe. Si le génial Freud s'y est cassé les dents, c'est qu'il y a un piège.

Non, Freud n'a jamais tiré la question au clair. Elle lui pendit à la redingote jusqu'à la fin de sa vie. Pour lui, nous étions, très logiquement, le théâtre d'un conflit permanent entre Thanatos – *alias* la pulsion de mort, que les physiciens appelleraient plus volontiers l'entropie, loi de l'inerte – et Eros – c'est-à-dire loi de la vie, ou encore, pour les physiciens, néguentropie ou force informationnelle. Dans la nature, la manifestation de cette dualité est évidente : l'entropie est cette tendance qu'a l'univers à vouloir se pulvériser lui-même en un tout indifférencié et froid, à se *stabiliser à la baisse*, dans des équilibres énergétiques de plus en plus faibles. La force informationnelle, au contraire, différencie l'inerte, lui donne une structure, un sens : c'est la force qui engendre les atomes, les molécules, les cristaux, les plantes... tous les systèmes « auto-organisés ».

Comment se traduit la dualité dans l'homme? Côté « informationnel », on voit bien : c'est la logique, le langage, l'action. Et côté « entropique »? Etant fait de matière, raisonnait Freud, l'homme a forcément, profondément enfouie en lui, la nostalgie de l'entropie, de cet état qui tend à se *stabiliser à la baisse*. Mais encore? Eh bien, poursuivait-il, ne pouvant consciemment assumer cette « nostalgie », ce désir de mourir – ah, le grand repos, enfin! – le Moi de l'individu le refoulait, et celui-ci resurgissait masqué, sous forme d'agressivité. Le désir de tuer : voilà sous quel biais on pouvait appréhender la fameuse « pulsion de mort ». Mais à part ça? Où se rencontrent donc Eros et Thanatos? En quel *point*?

Freud le savait, dit-on, fort bien : la pulsion de

mort constitue le front inachevé de sa théorie, la brèche par où elle pèche. Non que le maître n'ait pas eu le temps d'y réfléchir à sa guise : il en eut tout le loisir pendant un bon quart de siècle. Qu'est-ce qui empêchait donc son génie de s'aventurer de ce côté-là? La peur de sa propre mort? Beaucoup l'ont dit, et il y a des tas d'anecdotes à ce sujet (Freud s'évanouissant alors qu'on évoque la mort du pharaon, etc.). Mais c'est faire peu de cas de son talent d'auto-analyste. Non, il doit y avoir autre chose, une raison plus considérable, mais bien camouflée. Une raison que, peut-être, la pratique clinique avec les mourants peut révéler...

Car tout de même, c'est curieux : tous ces géants de la psychanalyse parlaient de la mort à qui mieux mieux, mais pas un seul n'eut l'idée qu'accompagner les mourants jusqu'au bout fût l'une des grandes missions des thérapeutes de la psyché.

Pas un!

Quelle étrange lacune, en vérité. Et pourtant, ils n'étaient habituellement pas du genre à se réfugier dans la théorie pure. Seulement, voilà : accompagner les mourants, en médecin philosophe, cela vous plonge droit dans les eaux de la spiritualité, et Freud avait, je crois, une sainte horreur de ça. Une véritable allergie. La psychanalyse a gardé la trace traumatique de cette allergie. Elle en est restée longtemps bancale.

Question pratique, hospitalière, humaine. On entre ici dans une zone où le mental seul – même génial – ne peut plus servir de guide. *Territoire interdit aux mentaux non accompagnés*. Car c'est de l'humain entier qu'il s'agit. *Accompagnés* par qui? Par leur cœur. La compréhension intellectuelle du problème viendra de surcroît : qu'est-ce qui *meurt*, et qu'est-ce qui *renaît* dans la psyché de l'initié? Pourquoi, alors qu'ils se trouvent au bord du tourbillon entropique qui bientôt va les réduire en poudre, les mourants reçoivent-ils spontanément du tréfonds d'eux-mêmes ces invraisemblables décharges d'« informations » que constituent les NDE? Est-ce leur inconscient qui solde ses stocks? Est-ce leur « cuirasse psycho-musculaire » qui se libère enfin? Mais on pourrait imaginer au contraire que, au fur et à mesure de sa dégradation physique, l'individu sombre parallèlement dans une mélasse psychique – ce serait là une charité élémentaire de son inconscient, pour lui éviter une déprime inutile.

Mais pas du tout. Dans ses rouages secrets, la psyché nous réserve le plus grand des paradoxes pour le dernier quart d'heure. Pourquoi?

On est en 1976. Le Spring Grove Hospital de Baltimore tombe à son tour sous le coup de l'interdiction fédérale concernant le LSD. Un cycle s'achève dans la carrière de Stanislas Grof. Voilà neuf ans qu'il vit aux Etats-Unis. Entre-temps, toute sa vision du monde a changé. La bête étrange que certains nomment *changement de paradigme* est entrée dans sa vie. Ce changement hallucinant qu'introduisirent dans notre vision du monde les savants du début de ce siècle, et qui porte en lui le germe d'une mutation peut-être plus folle que la Renaissance du XVIe siècle. Ce changement va aider Grof et les *psychologues transpersonnalistes* à étayer une nouvelle et étrange cartographie de l'inconscient.

13

Naissance
d'une psychologie transpersonnelle

EN tant que psychologue, Kenneth Ring avait longtemps souffert de l'atomisation molle des sciences
humaines. Seule la psychanalyse reliait les choses
entre elles, et encore. Même les fameux stades de
développement de la psyché chez l'enfant avaient
quelque chose d'insatisfaisant dans leur isolement.
Rien, il n'y avait rien de globalement significatif
dans ces histoires. « Psychologie » était, dans l'esprit du jeune Ring, le nom d'une place encore
inoccupée, tout juste bonne à être squattée. Dans
le genre squatter, il était d'ailleurs très bon. Lui
aussi membre du sanhédrin des cracks, *Alpha Beta
Kapa*, l'association des universitaires de choc. Mais
il s'emmerdait ferme.

Originaire d'une famille juive américaine assez
typique : allemande trois générations plus tôt, libérale, universitaire, agnostique (le dernier croyant de
la tribu avait été le grand-père), Ken Ring grandit
en Californie, enfance joyeuse, active, peinarde. Il
commença ses études à Berkeley et les termina
dans le Minnesota. Sa première publication sérieuse de psychosociologue porta sur *l'hôpital
psychiatrique comme dernier recours*. Sujet passionnant, mais qui ne l'avait mené nulle part. Décidé à

se consacrer à la recherche, Ken Ring ne voyait pas dans quelle grande perspective se lancer.

Pendant l'été de 1970, il prend pour la première fois du LSD. Il a trente-cinq ans. Il est professeur de psychosociologie à l'université du Connecticut, en pleine forêt de la Nouvelle-Angleterre. L'affaire se déroule dans la nature, au bord d'une rivière. Et l'ami qui l'accompagne est *le* bon guide.

En fait, Ring n'a pas du tout l'impression de « décoller ». Il n'a jamais eu les pieds aussi rivés au sol. Il est là, présent. D'abord il *voit*. Sa vue n'a jamais été aussi nette, comme lavée de la pellicule laiteuse qu'on appelle l'habitude et qui tue tout : les couleurs, le relief, le désir. Tout lui semble neuf, dépaysant, désirable. Par exemple, il *voit*, comme jamais encore, les arbres littéralement pousser hors du sol. Curieusement, d'envisager aussitôt les mécanismes métaboliques de leurs tissus – les formules biochimiques de leurs cellules et de leurs sécrétions – ne rompt pas le charme. Au contraire. Tout se tient. Rien n'est dégradant. Ken réalise à quel point la science occidentale cache encore son jeu. Dans la spirale du tronc d'un chêne, il visualise par homothétie de l'ADN. Inimaginables merveilles! Tout s'éclaire de l'intérieur et se relie à lui.

« Psychose! » siffle soudain une voix dans sa tête. « Crise de fusion psychotique avec le décor. Le sujet perd tout contact avec ses propres limites. Il nourrit le fantasme manifeste d'un retour dans le sein maternel... » Mais la voix est interrompue par un éclat de rire : où y a-t-il pathologie, l'ami, à *sentir* qu'une plante vit, que toi aussi tu vis, et qu'il y a donc un lien fort entre vous? N'est-ce pas *de ne pas sentir* ce lien qui serait pathologique?

Ce qui le frappe le plus, c'est l'apparition en lui d'une sensation absolument nouvelle. Très forte. Une sensation? Une émotion plutôt, s'ouvrant aussitôt sur une lucidité... Comment nommer le faisceau qui s'est allumé en lui et brûle maintenant de l'intérieur comme une lampe tempête?

La conscience!

Ça vient d'un coup. Mais oui : la conscience! C'est le mot. La conscience d'un flux, d'un mouvement, d'une relation intense entre le monde et lui l'envahit. A cet instant précis, le mot *conscience* s'impose comme une montagne et fait trembler toute la forêt alentour. « Qu'est-ce que la conscience? » se demande Kenneth Ring. Sa formation universitaire lui a finalement beaucoup plus appris sur l'inconscient que sur le conscient. De songer à la façon dont ses maîtres lui ont appris à éluder la question remplit Ring de stupeur et de pitié. Il se découvre pour lui-même une « pitié » très singulière : quand il la regarde en face, elle n'a pas la boursouflure entêtante et honteuse de la complaisance. Il voit trop clairement ses limites – puisque ce sont justement ces limites qu'il est en train d'observer. Mais prises dans le rayon qui les relie à tout, ces limites ne l'agressent en rien. Les choses *sont*. Il est à sa place parmi elles. Curieusement, de se retrouver « à sa place », epsilon minuscule dans l'immense nature, agrandit quelque chose en lui. C'est physique, il sent sa poitrine s'élargir. L'eau de ses muscles se met à couler. Plus il se sent vermisseau dans la forêt, plus sa conscience semble s'élargir!

Chacun de ses gestes, chacun de ses regards se met à prendre un sens. Ouh là! Ça devient fou! Il éprouve un énorme désir de se laver. Il court à la rivière et s'y ébroue avec délectation. Il a de l'eau jusqu'au torse. Soudain, il prend conscience qu'il ne se lave pas seulement le corps. Il y a autre chose en lui, qui transpire et se met à respirer quand il s'envoie de grandes giclées de flotte sur la figure et les épaules. Brusquement, il comprend la nature

symbolique de l'eau. L'eau, notre élément constitu-
tif essentiel. L'eau lui parle. Elle et lui ont une
relation fulgurante. Au sens le plus matériel : elle
est lui, il est elle. L'eau, par quoi les Anciens
baptisaient. Etait-ce donc cela? L'univers entier lui
parle. C'est trop beau. Ken se met à pleurer. Il
s'incline.

Et pourtant, il ne perd pas pied. Il hurle à pleins
poumons. Son corps exulte. Le monde entier
devient une musique. Jusque-là, il ne s'était jamais
embarrassé de spiritualité. Et voilà qu'il danse
jusqu'à la nuit.

Atterrissage *soft*, au bout d'une dizaine d'heures.
Mais après ça, son boulot à la fac lui semble
franchement misérable. Non que l'étude des *inci-
dences indirectes de l'alcoolisme sur les échecs scolai-
res* ne soient pas intéressante en soi. Mais les
critères définissant « l'homme et ses besoins » sont
d'un médiocre! Et les motivations des chercheurs
d'une superficialité! « Normal, pense-t-il, tout se
tient, en effet. »

Il doit bientôt s'avouer son incapacité à poursuivre dans cette voie fade. Le voici en quête d'une
solution professionnelle. Il aimerait se consacrer à
son nouveau casse-tête : qu'est-ce que la conscience? Quelle est la nature du rayon qui dit « Je »?
Ce rayon dont l'intensité en temps ordinaire est si
faible – comparée à ce qu'il a connu dans son extase
– qu'on en perd la saveur d'être au monde.

La nature « ontologique » de la conscience? Pour
les psychanalystes, c'est, par définition, une fausse
piste. « Dans la mesure, écrit Freud, où nous voulons nous frayer la voie vers une conception méta-
psychologique de la vie psychique, nous devons
apprendre à nous émanciper de l'importance attri-
buée au symptôme *être conscient.* »

Au symptôme. Le maître n'y allait pas par quatre chemins! Alors, où chercher?

Durant des heures, Ring revient sur son expérience et tente de définir ce qui s'est passé lorsque le mot *conscience* s'est imposé à lui. A force d'y revenir, il aboutit à la conviction qu'à ce moment-là toute sa subjectivité se trouvait concentrée en un point. Un point de quoi? Un point de son cerveau? Oui et non. C'est étrange, mais il lui semble que c'était plus bas. Comme au centre de gravité de son corps. Sa sensation d'exister partait du milieu. Et c'est d'ailleurs pour cela qu'il se sentait si bien. Mais que pouvait être ce « point » en son centre?

Ken Ring reprend du LSD plusieurs fois. Chaque expérience est différente. Dans certaines, il souffre affreusement. Seul. Ecrasé. D'autres lui font découvrir des possibilités de complicités insoupçonnées dans sa relation aux autres. Chaque fois, la nécessité de rendre compte de la nature spécifique de la conscience lui paraît plus urgente. Quel est ce « point qui dit Moi »? Mais notre ami n'est qu'au début du chemin. Paradoxalement, c'est de descendre plus profond encore dans l'inconscient qui va commencer de lui apporter une réponse.

Nous sommes en 1972, quand un copain de Boston l'entraîne à Harvard, à une conférence de l'Association de psychologie transpersonnelle. L'orateur principal est une armoire à glace. Il s'appelle Stanislas Grof et parle avec un fort accent slave.

En une heure d'exposé, Ring est conquis : le type travaille exactement sur la brèche qui l'obsède. Non qu'il définisse plus précisément la conscience elle-même, mais sa « cartographie de l'inconscient » répond à une foule de questions adjacentes soulevées par l'expérience psychédélique.

Grof distingue quatre niveaux dans l'expérience.

A la surface de cette psyché, dont ils prennent soudain *conscience*, les hallucinés parlent de visions géométriques, abstraites et esthétiques, de déformations, de couleurs irréelles, de brillances, de formes kaléidoscopiques – tout ce que le grand public a, au fond, retenu des « drogues psychédéliques ». Malheureusement, cela ne présente pas le moindre intérêt. Selon Grof, en tout cas, ce ne sont là que des déformations du décodage sensoriel, rien de plus. Qu'y a-t-il sous cette surface illusoire?

Les plongées les moins profondes révèlent le souvenir d'événements biographiques précis, survenus depuis la naissance. « A la Freud ». Ces souvenirs sons liés les uns aux autres par paquets, par chaînes, que Grof appelle des COEX (constellations spécifiques de souvenirs formés d'expériences et de fantasmes condensés). Traces d'expériences heureuses ou traumatiques, liées entre elles pour le meilleur et pour le pire : quand tu as mal à l'une, tu as mal à toutes, mais quand tu te débarrasses d'une COEX, c'est le poulpe entier qui fout le camp.

Plus profondes encore viennent les fameuses *matrices périnatales*. Quatre tambours, sur lesquels les chaînes COEX seraient ancrées, comme les cordes d'un gigantesque sitar invisible. Le but de toute psychothérapie consiste à défaire ces cordes, qui entravent le flux vital, à défaire ces ancrages. Pour cela, un seul moyen : il faut revivre le moment où les matrices périnatales se sont constituées, c'est-à-dire la naissance. L'individu traverse une expérience des plus fortes qui soient : il « vit sa mort » et « renaît ».

Le plus surprenant, dans le matériau psychologique dont Grof se sert pour tracer sa cartographie, ce sont les détails. Les hallucinés mentionnent souvent à leur insu des tas de renseignements : sur leur position dans l'utérus, sur la qualité du liquide amniotique, sur les rythmes, les saccades, les engorgements, les sécrétions. Il n'est pas rare qu'un individu découvre sous LSD qu'il a failli être étranglé par le cordon ombilical – ce qui, lorsque la vérification est possible, se révèle exact.

Mais peut-on réellement se souvenir de l'intérieur du ventre de sa mère? Avec l'histoire du cordon ombilical, il y a une objection facile : on a pu en parler dans la famille. « Saviez-vous que Max a failli mourir, quand il est né, étranglé par son cordon? » Max avait entendu cette phrase, puis oublié. Mais les souvenirs plus profonds? Le souvenir de la poche des eaux qui craqua plusieurs heures trop tôt? Pas le genre de chose dont on parle à la maison. Le souvenir du cœur maternel qui faillit lâcher en pleine phase trois? Et cela n'est encore rien, car les « souvenirs » qui remontent à la conscience semblent provenir de bien plus loin encore. Sur les quelque cinq mille comptes rendus de *trips* dont il dispose, le docteur Grof rapporte des exemples inimaginables.

Souvenir d'une surboum que ta mère donna en février 1947, alors qu'elle était enceinte de toi de sept mois. Souvenir du choc de la mort de son père, quand elle était enceinte de toi de trois mois. Grof lit les extraits de plusieurs comptes rendus psychédéliques. Jamais vu de poèmes pareils! Plus question de théorie – les conventions anciennes bloquent désormais l'évolution, d'une voix monocorde et provocante, Grof lit sa liste. Souvenir d'avoir été, une éternité avant la constitution de l'ego, spermatozoïde, ovule. Souvenir d'avoir été quelqu'un d'autre (souvenirs tibétains d'une boulangère de Prague). Ou toute une tribu. Une tribu précise, jusquelà inconnue pour toi, mais qui, vérification faite, a effectivement existé. Avec un luxe de détails sur les mœurs, les rituels, les arts de cette tribu. Souvenir d'avoir été un animal. Une plante. Une forêt. Souvenir lumineux d'avoir été une cellule végétale – avec des impressions troublantes de pertinence sur la fonction chlorophyllienne, les rythmes des chloroplastes ou des mitochondries. Souvenir d'avoir été rivière, falaise, montagne. Feu. Astre. Souvenir d'avoir été l'univers entier.

Un murmure houleux hérisse le fond de la salle. Ring est effaré. « De qui se moque-t-on ? » crie quelqu'un. Plusieurs personnes sifflent. Les premiers rangs se mettent à applaudir.

Ouh là ! Deux doigts d'explication immédiate, docteur, ou la moitié de l'assistance fiche le camp. Et d'abord, une question : sont-ce réellement des « souvenirs » ?

Non, dit Grof.

Ah ? Alors quoi ? Des figures symboliques ?

On peut dire cela. Mais les modernes, enivrés d'analyse, savent-ils encore ce qu'est un symbole ? Un symbole se comprend avec l'être entier. Seul, le mental est immédiatement submergé, noyé. Et pourtant tel est notre étrange destin : notre mental doit apposer son sceau sur tout. Mais le réel est plein de ruses. Celle tendue aux scientifiques modernes dépasse la fiction la plus insoumise.

Devant la marée des « visions » de toutes sortes, les gardiens de l'orthodoxie lèvent les bras au ciel : « Fantasmes ! » Et pour certains, tout est dit – pour les moins curieux, sans doute, les plus craintifs. « En dernier recours, disent-ils, tout doit bien s'expliquer par l'inerte. » Mais savent-ils pourquoi ils ont raison ? Savent-ils que le supposé inerte ultime est intelligent ? Ou alors, comment expliquer l'émergence, depuis le fond de l'inconscient, de « symboles » immédiatement décodables en termes de connaissances complexes, que le sujet n'a manifestement pas pu acquérir durant sa vie ? Boum !

Débarquement des archétypes jungiens. Certains diront qu'une mémoire *phylogénétique* s'est ouverte dans l'individu en transe – puisque l'embryon que nous avons été, dans le ventre de notre mère, a répété en neuf mois l'histoire de la vie depuis le commencement. En un sens, vous avez successivement été amibe, hydre, poisson, crocodile... Les fameux « souvenirs » viendraient-ils de là?

Mais comment expliquer les souvenirs végétaux, ou minéraux, ou ethniques? Faut-il parler d'inconscient collectif?

Grof, tout en reconnaissant un attachement récent – mais criant – à Karl Gustav Jung, préfère s'en sortir autrement. Par la brèche béante que la physique a ouverte, voilà déjà un bon demi-siècle, dans l'ancienne vision du monde.

« La révolution de la mécanique quantique, s'écrie Grof à la tribune, ne signifie rien pour 99 p. 100 des psychologues et des psychiatres. C'est tout à fait déplorable. »

Car, explique-t-il, c'est une bombe à retardement autrement plus folle que la bombe H. Quand on descend tout au fond de la matière, et qu'on essaie de comprendre de quoi les atomes sont faits, on aboutit à des phénomènes de champ tout à fait bizarres : des particules physiquement distinctes se comportent soudain comme si elles étaient une seule et même chose. Ou bien deux faces d'une même chose. Nous reviendrons là-dessus au chapitre suivant. Grof estime que le bouleversement correspondant à la révolution quantique en physique a commencé à frapper aussi les sciences de la psyché. Avec son incertitude centrale : on ne peut jamais saisir *à la fois* un processus et ses états; et sa troublante intuition : à un certain niveau, ne dirait-on pas que deux entités séparées se comportent comme si elles n'étaient qu'une? Certes, rien ne permet de dire que cette unité se situe dans le plan actuel du monde physique. Mais quand bien même elle se situerait dans un plan *virtuel* ou potentiel, elle n'en demeurerait pas moins *réelle* : au moins aussi *réelle*, en tout cas, que les soubassements subatomiques de la matière, impliqués par la mécanique quantique (nous y reviendrons).

La mutation qu'une telle vision provoque dans la pensée est vertigineuse. Le trou perforé dans la carapace du monde de la Renaissance par les physiciens, ce trou infiniment ténu au début du siècle, est devenu un large portail : une lumière nouvelle éclaire tout le réel, de la matière à la psyché. Ainsi, les étranges « souvenirs » stimulés par les psychotropes (et par toutes sortes d'autres techniques de transe et de « voyage intérieur » moins agressives, nous le verrons) seraient, en fait, des accès à une *information* particulière. Ou plutôt à un autre « ordre » de réalité. Un ordre qui échapperait, en l'englobant, au temps cartésien-newtonien. C'est-à-dire au temps trivial, tel que nous le concevons dans la vie ordinaire : temps du bon sens découpé en petits segments, fort commode pour vivre en société et agir sur la matière, mais qui devient relatif et illusoire dès qu'on prend du recul et qu'on se représente le réel comme un continuum, un écoulement perpétuel.

Qu'est-ce que tout cela veut dire ? Sur le coup, Ken Ring ne saisit pas bien. Il prend des notes et met des poings d'interrogation à toutes les lignes.

« Toute la pensée psychologique, poursuit Grof à la tribune, s'est édifiée à l'intérieur du temps ancien et mécaniste, que nous avons hérité des Grecs. Une nouvelle conception du temps émerge aujourd'hui des sciences physiques. »

Qui de nous ignore qu'en regardant la voûte céleste constellée d'étoiles, la nuit, nous contemplons à la fois de l'espace et du temps? Certaines étoiles brillent encore, et pourtant, elles n'existent plus depuis des millions d'années. Qu'est-ce que le temps? Les scientifiques ont longtemps ignoré la question. Freud (comme d'ailleurs Einstein ou Marx) vécut un pied dans l'ancien *temps*, un pied dans le *temps* nouveau. Il découvrit l'inconscient (temps éminemment nouveau), mais prétendit qu'on parviendrait forcément un jour à en expliquer tous les ressorts en termes de combinaisons moléculaires mécaniques (temps ancien). Le père fondateur des sciences modernes de la psyché fut grand d'avoir découvert l'escalier en colimaçon menant aux caves de l'ego. Mais parvenu à une certaine profondeur, il mit un barrage en travers de l'escalier, décrétant qu'on ne pouvait descendre plus bas sans basculer dans la folie et sans quitter la science.

Grof prétend, lui, que le nouveau paradigme, inauguré – dans leur langage spécifique – par les physiciens, offre certainement les moyens de pousser cette investigation plus profond, jusqu'à cette zone, familière à toutes les traditions spiritualistes, où la conscience dépasse l'ego et devient transpersonnelle.

Quelle est cette zone? La découvrir, explique l'orateur, est la mission que s'assigne la nouvelle Association de psychologie transpersonnelle, fondée en 1969, sous l'influence du psychologue Abraham Maslow et regroupant, pour l'essentiel, des thérapeutes. Leur but n'est pas la recherche pure, mais le travail clinique. Sur ce plan, estime Grof, l'entreprise a déjà un joli palmarès. La psychanalyse les avait tous séduits par son audace conceptuelle; mais déçus par la faiblesse de ses effets thérapeutiques. Une nouvelle voie s'ouvre...

Ring rentre chez lui fort troublé. Il ne se sent plus seul. Il se met à dévorer toute la littérature « trans-personnelle » qui lui tombe sous la main. Ça y est, il le sait : sa vie va se jouer là. Mais comment entrer dans la danse?

Un an passe. Puis deux.

Ring s'interroge sans relâche. Sur quel front précis se battre? Sur quel théâtre d'opérations? La perspective dégagée par Grof lui semble des plus prometteuses, mais comment la mettre à l'épreuve des faits? Sur quelle matière concrète un psychosociologue peut-il la tester? Pas évident. Etudier les états dit « mystiques »? Bah! Il sent d'avance toutes les embûches et l'odeur d'eau stagnante. Où trouver des cas nets? Et puis, c'est un marécage déjà encombré de tant ce caïmans. Ça ne le tente guère.

Ken va mettre quatre ans à trouver.

On est à l'été de 1976. Il fait une chaleur à crever. Allongé sur un transat dans l'arrière-cour de sa maison dans les bois, à deux pas du campus de Storrs, Ring fait le lézard. Il feuillette d'un œil distrait une pile de bouquins prêtés par un ami. Livres d'été. Parmi eux, le petit ouvrage de Raymond Moody, *Life after Life*, Ring lit d'abord sans prêter garde. Puis il sursaute. Bon Dieu, mais voilà qui pourrait devenir un terrain de recherche fabuleux! Quel terrain? Ne vous trompez pas, ce n'est pas la mort qui l'intéresse d'abord, mais d'emblée le fait inespéré qu'on ait mis la main sur un *état de conscience* apparemment répandu bien que totalement absent des annales psychologiques, et propre à tester les assertions de ce Stanislas Grof. Un état de conscience répandu mais encore inconnu? C'est trop beau. Ken n'ose y croire. Les « visions » de ces *rescapés de la mort* n'ont-elles pas un rapport avec les mystérieux « souvenirs » des hallucinés de Grof? Ring se met aussitôt au travail. En trois mois, l'affaire est sur les rails. Avec quelques étudiants de l'université du Connecticut, il entame la longue enquête décrite au début du livre (« *Découverte de l'étrange vaisseau amiral de Ken Ring* », p. 43).

A son tour, notre psychosociologue se retrouve assis par terre de stupeur. On a beau être prévenu, au moment où les premiers entretiens commencent...

Ken n'a pas la méticulosité quasi policière de Michael Sabom dans la vérification des récits de rescapés. Il ne s'en entoure pas moins d'une double barrière de sécurité : d'une part, comme le cardiologue d'Atlanta, il recherche ses cas par l'amont, c'est-à-dire sans prévenir les interviewés de la nature de son enquête, guidé vers eux par les seuls comptes rendus médicaux; d'autre part, les rescapés porteurs d'une NDE sont toujours entendus par plusieurs enquêteurs à la fois.

En trois ans d'enquête – de 1977 à 1979 – nettoyant le schéma de Moody et musclant celui de Sabom, Ring met en lumière les cinq stades du profil type de la NDE. Rappelons-les brièvement. Premier stade : *la sortie de corps dans l'obscurité* (60 p. 100 des rescapés interviewés) : paix, sérénité, bien-être, légèreté. Deuxième stade : *la sortie hors du corps en autoscopie* (37 p. 100 des rescapés) : première expérience « désincarnée », première *chaleur froide*, jolis souvenirs de salle d'opération. Troisième stade : *l'entrée dans l'obscurité* (23 p. 100 des rescapés, dont 9 p. 100 évoquent un tunnel gigantesque, ou une spirale très obscure) : étonnement de n'avoir pas peur, impression de grande vitesse. Quatrième stade : *la vision de la lumière* (16 p. 100 : point de rien, étoile à l'infini, devenant chaleur, couleur, paix grandissante à mesure qu'elle envahit tout. Cinquième stade : *l'entrée dans la lumière* (10 p. 100) : une lumière d'or, jaillissant d'un « cristal d'amour »...

Certaines variables jalonnent en outre le parcours entier de la NDE, de façon aléatoire. Douze rescapés seulement (sur cent cinquante-six) ramènent le souvenir d'avoir revu toute leur vie défiler en un instant. Une vingtaine disent avoir « parlé à quelqu'un ». Sans le voir. Mais huit l'ont vu : c'était le plus souvent un parent décédé – qui les a chaleureusement accueillis, avant de vivement leur conseiller de rebrousser chemin, « l'heure n'étant pas encore venue ». Seize ont eu l'impression d'avoir décidé de revenir. Cinq, au contraire, d'avoir dû obéir.

Bien sûr, Ring passe ses données au crible, pour essayer de trouver des corrélations. Est-on plus enclin à vivre une NDE lorsqu'on est croyant? Ou quand on est vieux? Ou quand on a déjà entendu parler de la NDE avant? Le type de trépas a-t-il une importance? Ou le niveau culturel? Ou le sexe? Mais, tout comme Moody et Sabom avant lui, Ring ne trouve pas grand-chose. Les corrélations mises à jour sont assez minces. Ainsi la probabilité d'une NDE semble-t-elle plus forte si vous êtes victime d'une maladie (56 p. 100), que si vous manquez de succomber à un accident (42 p. 100). Cela se vérifie surtout pour les femmes. Les hommes ont presque autant d'expériences dans l'un et dans l'autre cas. Quant à la biographie du sujet, son milieu d'origine, ses croyances religieuses, son niveau socioculturel, son âge, rien de tout cela ne semble avoir d'influence, statistiquement significative, sur la NDE.

Une seule corrélation saute au nez de Ring : les suicidés. Ils forment bien, comme l'avait déjà remarqué Moody, une catégorie à part. D'abord, les rescapés d'une tentative de suicide ont moins tendance que les autres rescapés à se souvenir de quoi que ce soit. Un tiers seulement des tentatives de suicide (TS) rapportent en effet le récit d'une NDE. *Et celle-ci ne dépasse jamais le premier stade.* Les *experiencers* revenus d'une TS racontent généralement qu'ils se sont « sentis flotter dans un agréable brouillard ». Plusieurs mentionnent une voix de femme. Tous disent avoir « compris la vanité de leur tentative » : l'eussent-ils réussie que rien n'aurait été réglé, « de l'autre côté ».

D'une manière générale, ce qui frappe particulièrement notre savant, c'est la calme précision, l'aplomb carré des *experiencers*. Leurs récits et leur ton témoignent d'une pensée rationnelle, claire, aiguisée, logique, détachée. Les *voyages* de Ken sous LSD étaient eux-mêmes étonnamment clairs – ils lui sont au début une référence précieuse. Grâce à eux, il « sent » vaguement de quoi ces gens veulent parler. Mais très vaguement. Jamais il n'aurait osé user de ses « découvertes psychédéliques » pour affirmer avec la calme humilité des *experiencers* : « J'ai vu le réel se démasquer. C'est une lumière d'amour inconditionnel et de connaissance universelle. D'y baigner m'a fait retrouver *chez moi.* » Faut-il qu'ils aient été frappés par une émotion exceptionnellement puissante! Mais plus leur expérience fut intense, moins, semble-t-il, ces témoins cherchent à en parler. Si la chance vous met sur leur chemin et que vous leur posez la question, alors ils vous raconteront. Autrement, non. Ils ont tendance à demeurer silencieux. Parfois, ils se mettent à pleurer surtout au moment d'évoquer la fameuse lumière...

Ring en est au milieu de son enquête, quand il apprend l'existence de John Audette. Un bien curieux personnage. Sociologue d'idéologie marxiste, exerçant à Peoria, à l'université de l'Illinois, Audette a commencé à étudier le phénomène des NDE avec le recul extrême d'un ethnologue du siècle dernier qui se serait penché sur les rituels magiques chez les sauvages de Bornéo. Le malheureux s'est vite laissé piéger. Il s'attendait, en effet à retrouver certaines données sociales évidentes, connues de tous les sociologues du paranormal : les « maisons hantées », par exemple, sont généralement habitées par des familles à profil caractéristique – milieu culturel très bas (*Lumpenproletariat*), avec souvent, au centre du dispositif « magique », un personnage faible, un handicapé mental, parfois même un psychotique, qui catalyse en lui (et ramasse sur la tronche) les tensions affectives de toute la famille. Suivant quel processus? Cela reste à déterminer; mais on dispose au moins d'un terrain social aux contours nets.

Or dans le cas des NDE, rien de tel. Bien que travaillant sur un échantillon trop mince encore, John Audette a tout de suite été étonné par la variété sociale de ses cas. Pêle-mêle riches et pauvres, ouvriers et patrons, analphabètes et docteurs en philosophie. Tellement étonné qu'il a décidé de créer une organisation pluridisciplinaire, à seule fin d'élucider l'énigme. Il a baptisé cela ANDS : *Association for Near Death Studies*. Les statuts sont à peine déposés (but non lucratif et éthique scientifique) que Ring se signale. Audette est ravi : voilà un premier membre. Un membre très actif, qui va rapidement prendre la direction en main. Au point que l'ANDS transfère bientôt son siège de l'université d'Illinois vers celle du Connecticut. Le sociologue « marxiste » n'y voit rien à redire.

Ensemble, Ring et Audette contactent Moody. Celui-ci accepte aussitôt d'adhérer à l'ANDS. Le Sudiste n'attendait que ça : que des scientifiques venus d'horizons différents s'attellent sérieusement à l'étude de la NDE, et voilà ses propres recherches mises hors de cause. En quelques mois, les trois hommes montent une véritable organisation. Des milliers de lettres sont envoyées aux psychiatres, psychologues et sociologues américains : ont-ils déjà eu affaire à des NDE? Sont-ils intéressés par une éventuelle recherche sur la question? Les réponses vont rapidement dépasser les espérances des trois compères. Des centaines de savants – essentiellement des psy et des philosophes, quelques médecins – vont répondre positivement à l'ANDS. Plusieurs d'entre eux annoncent qu'ils sont déjà à la tâche, tout seuls dans leur coin. Ainsi Noyes, le psychiatre d'Iowa City, ainsi Sabom, le cardiologue texan, ou Fred Schoonmaker, cardiologue également, exerçant à Denver, dans le Colorado. Ainsi Karl Osis, président de la très ancienne et vénérable Société de parapsychologie de New York.

Fondée à la fin du siècle dernier (à Londres, puis à New York), la Société de parapsychologie a longtemps constitué le fer de lance le plus audacieux de la recherche aux confins de l'inconnu. Thèmes de recherche favoris : la télépathie, la télékinésie, la clairvoyance, etc. Bien sûr, la communauté scientifique s'est beaucoup moquée d'eux. Mais ils ont tenu bon sous les quolibets et les crachats. Au point de finir par acquérir, au bout de plusieurs décennies, une sorte d'honorabilité semi-officielle. Il faut voir le vieil immeuble de la société à New York! Dans un quartier grand luxe, près de Central Park, on croirait débarquer au siège d'une académie archiconventionnelle, parrainée à la fois par Oxford, la Sorbonne et Heidelberg. Bibliothèque splendide, où travaillent, dans un silence ouaté, quelques vieux chercheurs binoclards.

Cette honorabilité – malgré le tollé que suscite

encore leur seul nom – les parapsychologues l'ont acquise d'une manière simple : le travail. Travail expérimental et rien d'autre. Pas de thèses délirantes, pas de grandes échappées fumeuses. De l'empirisme. Des faits bruts. Mais ce sérieux et cette réserve obligés ont eu leur revers : les parapsychologues se sont interdit la moindre synthèse. Aujourd'hui, les voilà paradoxalement rattrapés par la physique elle-même et par des chercheurs tout à fait officiels – qu'ils regardent arriver avec, il faut bien le dire, un petit sourire narquois : « Ah, vous voilà! Vous en avez mis du temps. » Et l'on voit cette chose tout à fait amusante et étrange : de vieux parapsychologues conseiller la patience et la prudence à de jeunes scientifiques officiels, piaffant d'excitation devant le magnifique terrain d'étude qu'ils viennent de découvrir : la mort et les états de conscience des agonisants. « Attention, jeunes gens, disent les vieux scandaleux, ne s'y frotte pas qui veut. Nous avons essayé avant vous... »

Ainsi, le docteur Karl Osis. Un grand héron chenu plein d'amour, qui parle l'anglais avec l'accent roulant de sa Lituanie natale. C'est lui qui va faire prendre conscience à Ring de la nécessité d'ouvrir rapidement son nouveau champ de recherche à d'autres cultures et à d'autres continents. Les Américains ont si facilement tendance à s'imaginer seuls au monde.

Osis lui-même a déjà montré la voie. Avec son compère Gustav Haraldson, un psychologue islandais, ils sont allés passer quelques mois en Inde, pour tenter de savoir si les habitants d'une société radicalement différente de l'Amérique avaient les mêmes visions aux abords de la mort. Les résultats de leur enquête seront publiés en 1981, dans un ouvrage intitulé *A l'heure de notre mort*. Mais les fondateurs de l'ANDS en ont connaissance dès 1978.

Stupéfiant : les rescapés de la mort semblent traverser très exactement la même expérience, quelle que soit leur origine culturelle.

Comment Osis et Haraldson s'y sont-ils pris, en Inde? Pas directement, dans la plupart des cas, et pour une raison simple : ils ne parlent ni l'hindi, ni l'urdu, ni aucun des dialectes du sous-continent. Aussi ont-ils dû passer par des médecins et des infirmières, et leur demander de rapporter les récits que leur auraient fait d'éventuels *experiencers*. Méthode imparfaite, à l'évidence. Mais s'il vous est déjà arrivé de travailler ou, simplement, de discuter avec des médecins ou des savants indiens, vous aurez sans doute remarqué quel souci extrême – parfois exagéré – ces gens attachent à être pris pour des esprits rationnels et modernes. Osis et Haralson couraient, je pense, peu de risques d'être purement et simplement manipulés par des affabulateurs ou par des superstitieux. Leur enquête ne fait néanmoins qu'indiquer la marche à suivre.

Ring et Audette en sont vite persuadés : il faudrait multiplier les enquêtes un peu partout dans le monde. Du coup, ils rajoutent bientôt le *i* au sigle de leur association qui devient *IANDS*, International Association for Near Death Studies. Malheureusement le *i* en question va rester longtemps lettre morte, et les voyages d'Audette, notamment en Europe, ne rapporteront d'abord que des résultats chétifs; un chercheur en Allemagne, une chercheuse en Finlande... Rien de comparable au mouvement en train de naître aux Etats-Unis. Pourquoi?

La raison semble claire : ce mouvement, que les Américains appellent aujourd'hui le *death and dying movement*, (mouvement de la mort et de l'agonie, ou, moins élégamment, de la mort et du mourir), n'a pas débuté par la curiosité d'universitaires audacieux, mais bien par la sollicitude et l'inquiétude de soignant(e)s compatissant(e)s. Ce n'est pas Moody qui a ouvert la voie, mais Kübler-Ross. Une femme, pas un homme, nous reviendrons plus longuement sur cette distinction par la suite (*voir p. 374*). Il faut que l'Europe connaisse ses propres Kübler-Ross, avant que l'IANDS puisse y faire des émules. En France, le processus se mettra clairement en marche à partir de 1983-1984.

Mais revenons à Kenneth Ring. A mesure que les résultats de sa propre enquête s'accumulent, et que se confirme la folle information sur les états psychologiques des moribonds, Ring se creuse la cervelle pour savoir comment interpréter les données. La première énigme à résoudre est, bien sûr, toujours la même : comment est-il possible d'envisager une seule seconde que la conscience d'un individu puisse se passer de son corps? Contrairement à Michael Sabom, qui, on s'en souvient, concentre tout son tir sur la première phase de la NDE, baptisée par lui *autoscopique*, Ring, lui, va directement passer à la cinquième phase. Rechercher la clef de l'énigme dans le récit des rescapés revenus des « voyages » les plus profonds. Et faire de fabuleuses rencontres.

Rencontre avec Jo Geracci, le gros policier de Hartford, « foudroyé d'amour » par crise cardiaque. Jo a mis plus de cinq ans à se remettre de son expérience et à redescendre sur terre tout à fait. Les comportements humains lui paraissaient désormais si mesquins – y compris et surtout quand il était question d'amour... Aujourd'hui, il reste encore parfois des heures à regarder tomber la pluie en silence, avec ravissement. Jo est certainement devenu le flic le plus sympa du Connecticut.

Rencontre avec Helen Nelson, qui resta quarante-huit heures dans le coma toute seule dans sa maison, avant que l'aîné de ses fils n'ait l'idée de venir défoncer sa porte. Helen aussi a connu le cinquième stade. Et son esprit s'est ouvert. Mais son mari n'a pas admis le changement. Ils ont dû divorcer – « Sans haine, dit-elle, nous sommes restés amis ».

Rencontre avec Tom Sawyer. Ce n'est pas une plaisanterie. Un *vrai* Tom Sawyer, qui habite à Rochester, dans l'Etat de New York, au bord du lac Ontario. Un blond de trente ans, beau gosse trapu, père de deux enfants. Il est mécano et son atelier est juste à côté de sa maison. Un après-midi, il est en train de trafiquer dans le cambouis sous son pick-up, quand soudain le cric lâche et *wroaaf!* l'engin s'écrase sur son ventre. Trois tonnes.

Tom Sawyer pousse un râle affreux. Un de ses fils, qui joue dans le jardin, l'entend et se précipite. Affolement : papa écrabouillé sous le camion! En larmes, le gosse se rue chez les voisins. Les secours vont mettre dix minutes à venir.

Dix très difficiles minutes pour Tom. Car il ne s'évanouit pas. Une barre brûlante lui broie le thorax et l'abdomen. Il a l'esprit écartelé entre un voile rouge et un voile noir. Une douleur fulgurante, et, par vagues, l'asphyxie qui le gagne. Enfin, les pompiers arrivent. Ils flanquent un grappin sous le châssis du petit camion et mettent leur treuil en marche. A la seconde même où ils dégagent les trois tonnes d'acier de la poitrine de Tom, celui-ci s'évanouit. On le roule sur un brancard. Il meurt. Enfin presque : dans l'ambulance qui l'emporte à toute vitesse vers l'hôpital, Tom Sawyer cesse de respirer. Puis son cœur s'arrête de battre.

« C'est fini, dit un pompier, pauvre gars, il est en bouillie. » Mais on ne sait jamais, et ils s'acharnent à essayer de le ranimer. Le cœur de Tom Sawyer ne repartira qu'une fois dans la cour de l'hôpital, vingt minutes plus tard. Les vingt minutes les plus folles de sa vie. Du dehors, il n'avait pas bonne mine. Mais du dedans!

Six ans après, solidement campé sur ses jambes, il raconte, la voix régulièrement cassée par un sanglot qu'il s'efforce de ravaler, comme un enfant. Mais un sanglot joyeux. De cette espèce de sanglots qui vous viennent en retrouvant une personne chère, trop longtemps absente. Ou en faisant l'amour. Chez Tom Sawyer, c'est devenu permanent. Depuis son accident. Parce qu'à la seconde où les pompiers l'ont dégagé de sous son pick-up, il s'est brusquement senti bien.

D'un calme qu'il n'avait jamais goûté auparavant. D'une légèreté absolue. Le poids de son corps semblait s'en être allé avec le camion. Plus léger que l'air, il se sentait à présent flotter sur un matelas de... de quoi? De rien, un matelas de rien, immensément reposant. Un état de parfaite béatitude. Comme s'il n'était plus qu'un sourire, flottant dans le vide. Et puis, tout d'un coup, Tom s'est vu.

Là, sur le sol de son atelier, entouré de tous les pompiers. Du sang coulait de sa bouche et se mêlait au cambouis. Il a vu toute la scène, l'ambulance rouge qui reculait dans l'allée, le brancard qu'on en extirpait à la hâte. Il a vu aussi ses enfants, pauvres chats soudain précipités dans un cauchemar et que retenaient les voisins blêmes. Tom a vu tous ces gens, un à un, en détail, devant chez lui, sur le trottoir. Comme une caméra invisible, il voyait tout. D'où? Au début, d'un point situé à trois mètres environ du sol. Puis à quatre mètres, cinq, dix, cent... Puis il a encore vu – de tout près, cette fois – son corps inerte emporté à toute vitesse sur l'autoroute. Et les images ont cessé. Tom s'est senti aspiré vers un gouffre sombre. Une obscurité inexorable l'a attiré à elle. Mais il a continué à se sentir infiniment calme et bien. Si calme. Etrange : cette obscurité était déjà d'une épaisseur inconnue des hommes, et pourtant, plus il avançait, plus elle s'épaississait encore. Il pensa qu'il faudrait se souvenir de ce paradoxe.

Comment faisait-il pour « avancer »? Il ne se posait pas la question. Il se laissait aller, tout simplement. Quelque chose l'attirait de plus en plus fort. Il flottait toujours, mais dès lors à une vitesse complètement folle. Il se dit qu'à cette vitesse il allait rejoindre les étoiles. Il le sentait. Vous l'auriez senti comme lui. N'êtes-vous jamais allé très vite, en moto par exemple, ou en avion, juste au moment de l'atterrissage? La même sensation, multipliée par mille, puis par dix mille, cent mille... bien que ressentie sans vertige. Tom Sawyer finit par se demander s'il était toujours en vie. Il conclut que non. « Je dois être mort », se dit-il. Alors commença à poindre la lumière.

D'abord comme une étoile, un point à l'horizon. Puis comme un soleil. Un soleil énorme, un gigantesque soleil dont la clarté faramineuse ne le gênait pourtant pas. Au contraire, c'était un plaisir de le regarder. Plus il approchait de cette lumière blanc et or, plus il avait la sensation d'en reconnaître la nature. Comme si un très très vieux souvenir caché au tréfonds de sa mémoire s'éveillait, embrasant peu à peu tout le champ de sa conscience. C'était proprement délicieux, car... c'était un souvenir d'amour. D'ailleurs – était-ce possible? – cette lumière étrange elle-même semblait exclusivement composée d'amour. La substance « amour pur », voilà maintenant tout ce qu'il percevait du monde. Et pourtant, il n'était pas ivre. Il avait même l'impression de n'avoir jamais été aussi attentif et concentré de sa vie. *Vie*? N'était-il pas mort?

Plus il approchait de la lumière, plus le phénomène se renforçait, et, quand, finalement, il la pénétra, ce fut une extase indescriptible – car alors son attention et son émotion s'intensifièrent, dit-il, « des milliers de fois ». Et tandis qu'une infinité de paysages féeriques se déployaient devant lui, il se rendit compte qu'il *était* ces paysages, qu'il *était* cet épicéa géant, qu'il *était* le vent, qu'il *était* cette rivière d'argent et chacun des poissons qui y frétillaient. Alors, mais alors seulement, sa vie entière lui revint en mémoire. Phénomène extrêmement bizarre, il eut l'impression de tout se rappeler en même temps, et aucun détail ne manquait. Aucun détail.

Tom Sawyer, quand il raconte cela, pleure toutes les trois ou quatre phrases. « Mais l'essentiel, dit-il dans un sourire embarrassé, est impossible à dire avec des mots.

– Pourquoi donc? demande un jeune journaliste de la télévision de Rochester.

– Parce que c'est quelque chose que nous ne connaissons pas, d'ordinaire, dans la vie.

– Mais vous parliez d'amour, rétorque l'autre, ça, on connaît!

– Voyez-vous, dit Tom, je suis amoureux de ma femme et j'ai deux gosses que j'adore. Eh bien, tout cet amour pris au maximum de son intensité, et même si j'y ajoute tout l'amour que j'ai éprouvé dans ma vie, cela ne constitue pas un pourcentage chiffrable de l'amour que j'ai ressenti en présence de la lumière. Un amour total, infini. »

Tom Sawyer ne sera plus jamais le même.

Il y a un aspect très bizarre dans son changement : brusquement, il s'est mis à se passionner pour les sciences physiques, et plus particulièrement pour la mécanique quantique. Il dit que ça lui est revenu par bribes, la nuit, dans ses rêves : le petit mécano de Rochester s'est mis à « se souvenir » de Max Planck et de Niels Bohr, des types dont il ne soupçonnait pas l'existence jusque-là. Mais il trouve cela normal : il prétend qu'en présence de la lumière, il « savait tout ». Car, d'une certaine façon, il était tout.

« Sans perdre conscience? a demandé le journaliste de la télé.

– Au contraire, a répondu Tom, au contraire. »

Puis il s'est tu, la voix brisée par l'émotion.

Après quelques récits de cette eau, Ken Ring n'a plus qu'une idée en tête : consacrer toute sa force de recherche au cinquième stade. Quelle folie gouverne cet étrange continent? S'arrête-t-on aux Antilles, quand on est en train de découvrir l'Amérique? Il en a les cheveux qui se dressent sur la tête. Il lui faudra pourtant commencer par rédiger un livre général sur la NDE – *Life at Death*, « la Vie à l'instant de la mort » – avant d'oser braquer tous les projecteurs sur le moment culminant, la phase clef, selon lui : l'entrée de la conscience dans cette invraisemblable « lumière » intérieure.

La plupart des rescapés qui l'ont vue, et tous ceux qui l'ont pénétrée (une quinzaine de personnes dans l'échantillon de Ring), la caractérisent par trois mots : *ineffable*, d'abord, le mot antimot, puis, comme il faut bien jouer le jeu du « réel » c'est-à-dire, justement, des mots : *amour* et *connaissance*. Ce dernier terme intrigue particulièrement Ring. Quelle connaissance? Tom Sawyer dit qu'il a ramené de son expérience des bribes de notions sur la physique des quanta. Comment est-ce possible? Il n'a pas son bac et prétend n'avoir jamais entendu parler de physique pré- ou post-einsteinienne avant son accident...

Que dites-vous? Que la physique d'avant-garde a bon dos et qu'on la met volontiers à toutes les sauces aujourd'hui? Pas faux. Mais que voulez-vous, une découverte capitale est une découverte capitale. Pour Tom lui-même, les choses se sont passées très simplement.

Après l'accident, et durant toute sa convalescence, un mot a tourné dans sa tête comme un cri d'oiseau moqueur, absurde et lancinant : *quanta, quanta, quanta...* Parallèlement, une soif d'en savoir plus sur la « réalité matérielle du monde » grandissait en lui de façon irrépressible. Quand il fut rétabli, sa première sortie le mena droit dans une librairie universitaire. Sa femme n'en revenait pas. Très impressionné lui-même, il n'osa rien demander aux vendeurs et fit mine d'errer, le long des rayonnages, complètement noyé dans cet océan de savoir.

Finalement, rassemblant son courage, Tom aborda un client à la mine paisible et lui demanda, à voix presque basse : « Excusez-moi, monsieur, est-ce que le mot *quanta* vous dit quelque chose?

– Je vous demande pardon?

– Euh, c'est pour un jeu et... je dois trouver un livre sur... enfin, *quanta*, c'est quoi?

– *Quanta*, répondit l'autre, voyons, *quantum, quantique...* mais oui, attendez, c'est de la physique, de la physique des particules ou quelque chose comme ça. Vous devriez chercher plutôt de ce côté-ci. »

Et l'inconnu lui indiqua le bon rayon.

L'histoire paraît énorme. Mais tiquerait-on à l'idée qu'un petit artisan du XVIᵉ ou du XVIIᵉ siècle ait pu soudain se passionner, tout seul dans son coin, pour les lois de la mécanique des masses et se soit démené pour tout savoir sur Léonard de Vinci? Multiplions ça par la démocratie, le compte y est. Quand Tom Sawyer, ébloui, ouvrit la première page du *Traité élémentaire de mécanique quantique*, dont il venait de s'emparer, le choc fut très rude. Ecrit en arabe ou en chinois, c'eût été la même chose : strictement incompréhensible. Mais il s'accrocha. Passant outre à ses complexes, Tom Sawyer alla se renseigner au collège. En vain. Il insista. On le renvoya à un institut d'électronique, puis, de là, encore ailleurs. A la fin, il découvrit un cours d'initiation pour autodidactes. Six ans plus tard, il s'apprête à passer l'équivalent d'une licence en physique. Et sa conviction n'a pas faibli d'un pouce : à l'université, il prétend n'avoir fait que retrouver, bribe par bribe, un savoir auquel il aurait eu globalement accès en pénétrant dans la « lumière ».

Quelle est cette plaisanterie? se demande Ring, qui, bien sûr, repense aux « souvenirs » des patients de Grof. Souvenir d'« avoir été une plante », une « cellule végétale », un « chloroplaste »...

Tous les rescapés revenus de la cinquième phase racontent la même chose : « Au moment de quitter la lumière, une voix m'a dit : " *Tu vas tout oublier* ". J'ai répondu : " *Mais non, pourquoi? Je vais au « contraire tout raconter à mes amis* ". Mais la voix a insisté : " *Non, tu ne le pourrais pas. Tu vas oublier* ". Plus tard, j'ai dû me rendre à l'évidence : j'avais oublié l'essentiel.

– Mais comment le savez-vous, demande l'enquêteur, puisque, précisément, vous l'avez oublié?

– La joie demeure. Mais je sais que j'ai oublié ce qui l'a provoquée. »

L'oubli forcé?

Le Léthé!

La source d'oubli à laquelle les Grecs en visite au pays des Morts devaient venir s'abreuver avant de retourner chez les hommes. Le fleuve qui efface la mémoire. Un paysage grec surgit soudain dans la banlieue de Rochester. Et ces mots archi-anciens, gravés sur une pierre découverte, au début du siècle, dans une tombe de rite orphique, en Grèce :

Tu trouveras près de la demeure des Morts, à gauche, une source.

Près d'elle, tout blanc, se dresse un cyprès.

Cette source-là, n'y va pas, n'en approche pas.

Tu en trouveras une autre qui sort du lac de la Mémoire, eau froide qui jaillit. Des gardes se tiennent devant.

Dis-leur : je suis la fille de la Terre et du Ciel étoilé, mais j'ai mon origine au Ciel. Cela, vous le savez vous-mêmes.

La soif me consume et me tue. Ah! donnez vite l'eau froide qui jaillit du lac de la Mémoire. Et ils te permettront de boire à la source divine, et alors parmi tous les héros, tu régneras [4].

Le lac de la Mémoire? Kenneth Ring va découvrir la civilisation des mystères égyptiens et grecs. Elle le fascinera. Mais sans fournir de matériau consistant à sa quête encore maladroite : en termes scientifiques, comment pourrait-on « se souvenir » d'un fait ou d'un état qu'on n'aurait, de son vivant, jamais connus? D'ailleurs, qu'est-ce que la mémoire? Lorsque Ken était étudiant, les réponses à cette question lui avaient toujours paru vagues. Comment se souvient-on? On n'en savait rien. A-t-on fait des progrès depuis? se demande le chercheur de l'IANDS. Il repense aux affirmations de Grof : les découvertes des physiciens du XXe siècle fourniraient une base théorique solide aux intuitions de la psychologie transpersonnelle. Comment cela?

Voilà Ring qui s'enfonce bravement dans la jungle où se rejoignent – par quels chemins insensés? – la neurologie, la psychologie, la physique... Sans se douter que cette jungle porte un nom : la philosophie, et qu'il n'en connaît pas les pièges. C'est un jeune savant américain. Un de ces types que je n'ai, du coup, avouons-le, pas trop de mal à suivre.

Ring va m'entraîner dans la jungle avec lui. Empruntant d'abord la piste neurologique, il découvre le modèle holographique de Pribram et connaît une nouvelle euphorie. Mais Bergson surgit. Le modèle doit avouer sa témérité. Le sphynx de la mémoire est plus fort que lui. Et les hologrammes s'évanouissent. Les Britanniques Bohm et Sheldrake arrivent alors à la rescousse de notre malheureux ami, qu'ils vont conduire aux confins stupéfiants de la science d'avant-garde d'aujourd'hui.

Pendant un très long chapitre, nous allons nous éloigner des agonisants. C'est qu'ils ont fini par nous poser une série de questions lancinantes : qu'est-ce que la mémoire? Qu'est-ce que le réel? Qu'est-ce que la vie? Nos têtes seules ne peuvent sans doute trouver de réponses à ces questions qui touchent notre être entier. Et pourtant...

Ecoutons les savants. A moins que vous ne soyez totalement allergiques à la neurologie, à la génétique et à la physique théorique – auquel cas, sautez le prochain chapitre et passez directement au suivant. De l'autre côté du miroir.

14

La grande inversion,
tout au bout de la science

KEN RING a donc commencé par chercher à savoir ce qu'était la conscience. Et le voilà aux prises avec une énigme simple : comment fonctionne la mémoire? La conscience *est-elle* la mémoire? Sans doute pas! Elle est même peut-être l'inverse! Mais qu'importe : s'il veut poursuivre son voyage sur les rives étranges de la mort, Ring se sent maintenant contraint de résoudre l'énigme : *psycho-charnellement*, comment fonctionne la mémoire? En quelques jours, à la bibliothèque du campus, il fait le tour de l'état des recherches sur la question.

Primo, la mémoire est toujours censée avoir son siège dans le cerveau. *Secundo*, le cerveau humain s'avère sans conteste l'organisation la plus complexe que nous connaissions dans l'univers. Il y aurait de quoi être fier (de porter pareil engin entre les deux oreilles), sauf que, *tertio*, nous ignorons encore pour une bonne part comment il fonctionne, ce qui, brusquement, transforme notre bel orgueil en niaiserie.

Les hommes ont toujours essayé de comparer leur cerveau à la technologie la plus sophistiquée de leur époque. Les Romains auraient eu tendance à le représenter comme un système d'égouts très compliqué (mais ils s'intéressaient au cœur davantage qu'à la cervelle). A la fin du XIXᵉ siècle, on pensait que le cerveau fonctionnait comme un central téléphonique. A partir de la Seconde Guerre mondiale, on s'est dit qu'il ressemblait plutôt à un ordinateur. Depuis les années soixante-dix, les savants penchent pour une machine biochimique. En réalité, ce petit jeu n'est pas près de s'arrêter et l'on comparera le cerveau à bien d'autres machines encore – Ken Ring va bientôt s'en rendre compte. Comme si nos productions cérébrales (les machines) devaient toujours servir de miroir à notre propre fonctionnement interne, dans une fuite en avant sans fin – notre cerveau pourra-t-il jamais concevoir quoi que ce soit d'aussi complexe que lui-même?

La mémoire est au centre du mystère. A elle aussi, les hommes ont donné des modèles variables, en référence à la technologie la plus en pointe du moment. Au temps de l'invention des centraux téléphoniques, on s'imaginait nos souvenirs stockés sous forme de cartes biomécanographiques. Quand viennent les micro-ordinateurs, on se dit tout naturellement que la mémoire doit fonctionner à l'aide de quelques *biologiciels* génialement intégrés à la matière grise. A vrai dire, les cris les plus enthousiastes seraient plutôt le fait des informaticiens, qui voient ça de loin. Les neuropsychologues, eux, sont de plus en plus modestes. Ils ont vu tant de modèles de la mémoire s'écrouler qu'ils ont fini par se méfier des grandes comparaisons.

Au départ, tous les modèles modernes de la mémoire sont localistes : on veut à tout prix localiser les souvenirs quelque part dans le système nerveux. Mais de Penfield (1940) – qui croyait avoir découvert le « centre de la mémoire » dans l'hippocampe du système limbique – à Ungar (1970) – qui pensait avoir isolé des « molécules de souvenir » –

les localistes se sont cassé le nez les uns après les autres. La plupart de leurs recherches ont souligné de très anciennes évidences : ainsi l'émotion joue-t-elle un rôle clef dans l'enregistrement et la lecture de nos souvenirs. On le savait déjà du temps des Grecs, mais chaque nouvelle recherche le confirme d'une façon plus détaillée. Le « centre de la mémoire » de Penfield? Il joue un rôle capital dans notre équilibre émotionnel. Quant à la « molécule de souvenir » d'Ungar, c'est un neurotransmetteur, une hormone, de l'émotion. Fort intéressant. Mais le mystère reste entier.

Pourtant, la connaissance globale du cerveau progresse de façon prodigieuse. On localise de plus en plus de fonctions : aire visuelle, aire du langage, aire de l'analyse, aire de l'imagination, aire de l'organisation... La tentation demeure donc immense de chercher « où se trouvent » nos souvenirs. Mais rien à faire. Tout se passe comme si la mémoire était à la fois partout et nulle part. Prenez les grands blessés à qui on a dû retirer des lobes entiers du cerveau : la plupart ont conservé toute leur mémoire. Vous priverait-on de la moitié de votre système nerveux, vous n'en oublieriez pas la moitié de vos souvenirs pour autant.

Les chercheurs deviennent vraiment modestes. En fouillant la documentation du campus de Storrs, Ken Ring tombe sur des déclarations extrêmement pessimistes : « Nous ne comprendrons pas la mémoire avant des siècles! » affirment certains savants. Plusieurs écoles s'engagent dans des explorations partielles. Des Canadiens explorent le nez – l'odorat est le plus anarchique de nos sens, celui, aussi, qui ramène les souvenirs les plus enfouis. Des Français explorent le sommeil et le rêve – on ne mémorise jamais aussi bien qu'en faisant une sieste immédiatement après l'apprentissage. Plusieurs équipes travaillent sur la mémoire à court terme – vous lisez un numéro dans l'annuaire et en conservez le souvenir un bref instant. D'autres, au contraire, tentent de comprendre de quelle façon nos souvenirs s'attachent les uns aux autres sous forme de grappes... Mais ces éléments épars ne s'ordonnent pas en puzzle reconstitué. A moins d'opter pour le psychologique pur, et d'abandonner la cervelle...

Lentement, les neurologues les plus matérialistes acceptent l'idée que la mémoire ne relève peut-être pas de l'ordre des *choses* mais de celui des *flux*, des *syntaxes*. Mais l'interrogation les poursuit : où s'inscrivent ces syntaxes? Ils commencent à se représenter ces flux sous forme d'un inextricable réseau de milliards de pistes, dans la jungle des cellules nerveuses, chaque piste étant marquée tout du long par des sécrétions chimiques spécifiques. La vision se corse légèrement lorsque des neuropsychologues (Jacques Paillard, de Marseille, notamment) introduisent dans ce réseau neuronique la notion d'oscillateurs et de rythmes. Mais on en reste aux balbutiements, et notre ami Ken Ring désespère de trouver la moindre lumière éclairant son propos. Comment pourrait-on se souvenir d'expériences antérieures à sa naissance? Ou bien vécues par d'autres? Pas la moindre parcelle de début d'explication.

Et puis, un beau jour, Ring tombe sur les travaux de Karl Pribram. Un neuropsychologue d'origine tchèque, qui travaille à l'université Stanford. Ce que dit ce savant est simple. Fermez les yeux. Pensez au visage de votre mère. Vous le voyez? Eh bien, ce serait là une forme très particulière d'hologramme.

L'hologramme est une invention mathématique considérable. Son auteur, Denis Gabor, un Britannique d'origine hongroise qui travaillait, vers 1946-1947, à perfectionner le radar, puis le microscope électronique, ne se doutait pas qu'il venait de pondre une véritable bombe conceptuelle. Nous en connaissons surtout l'application optique : grâce au laser (mis au point en 1962), l'holographie permet de produire des photos en relief. Quel rapport avec la mémoire ? Eh bien, dans un hologramme, tout comme dans le cerveau, l'information est uniformément répartie, à la fois partout et nulle part. Si vous cassez en morceaux le film plastique sur lequel vous venez d'enregistrer un hologramme, vous verrez, dans chaque morceau, l'image entière de cet hologramme. La *fenêtre d'accès* à l'image sera devenue plus petite, mais l'image, derrière la fenêtre, elle, sera toujours là, entière. Un phénomène fascinant.

Très schématiquement, le procédé se présente comme suit : si vous prenez une onde quelconque, même très compliquée, avec des creux et des bosses en montagnes russes, du fait qu'elle se répète régulièrement identique à elle-même, vous pourrez toujours la décomposer en une somme de sinusoïdes simples. C'est la vieille loi du mathématicien français Fourier. Gabor a compris que, s'il pouvait enregistrer une figure d'interférences, mettant du même coup « en conserve » toutes les ondes qui la composent, une simple application du théorème de Fourier lui permettrait ensuite de restituer ces ondes à partir d'une seule onde de référence.

Ainsi, prenez une lumière « cohérente », c'est-à-dire un laser, dont les ondes sont en phase (sinon, ça serait incontrôlable et illisible), et faites-en jaillir deux rayons. Faites ricocher le premier rayon sur un objet, disons une statue, et faites-le se recouper avec le second rayon, resté vierge. A l'endroit précis où les deux rayons interfèrent, placez une plaque lumineuse d'interférences. Après développement, regardez la pellicule impressionnée : ça ne ressemble à rien, c'est l'hologramme brut. Comme une trame moirée. Maintenant, éclairez ce tirage avec le même rayon laser vierge : il interfère avec sa propre trace dans la figure enregistrée, d'où rediffusion de la lumière de l'autre rayon (celui qui a éclairé la statue) dans les mêmes conditions qu'à l'enregistrement. Rediffusion de *toute* sa lumière : la statue vous apparaît soudain comme sortant du néant, en trois dimensions.

Sous des dehors de gadget, ce truc est une bombe qui pourrait rcmodeler toute la civilisation. Au même titre que l'invention de la roue. Plus près de nous, la Renaissance reposa sur un outil : la lentille. Grâce à celle-ci microscopes et téléscopes se mirent à transpercer l'univers. Plus tard, photographie et cinéma continuèrent de façonner nos esprits dans le même sens. En optique, « lentille » se dit aussi « objectif ». Ça possède une fonction : ça *objective*, ça fait voir le réel sous forme d'*objets*, d'objets séparés. Tout ce qui n'était pas *objectif* devint, d'une certaine façon, irréel. La lentille se mit à régner. On trouvait cela légitime parce que après tout, elle est le prolongement de nos fenêtres sensorielles – qui fonctionnent toutes plus ou moins sur des systèmes à lentille. La répercussion du modèle « lentille » sur l'esprit moderne fut considérable.

Mais voici que survient un nouvel outil : l'hologramme. Tout d'un coup l'icône se rapproche d'un octave de son modèle vivant. Vous basculez dans un aquarium où les poissons-images qui nagent autour de vous ont un relief surréel. Vous vous penchez, vous voyez dessous, vous vous hissez sur la pointe des pieds, vous voyez dessus. *Or il n'y a pas de lentille à l'enregistrement.* Juste un laser fourchu, qui frappe une plaque dans le noir. Toutes les références tombent. Plus de focale, plus de cadrage, plus de diaphragme, plus rien. Un monde vole en éclats. Est-ce l'annonce d'une nouvelle Renaissance? L'avènement d'un âge où nous pourrions enfin comprendre notre propre mémoire et donc, masquée derrière, la conscience?

Comment Karl Pribram en est-il venu à penser que la mémoire fonctionnait peut-être suivant le modèle holographique? Quand Ken Ring me parla de lui la première fois, je l'imaginai en outsider, sorte de professeur Tournesol isolé. En réalité, il appartient à toute une lignée de chercheurs, vieille d'un bon siècle déjà.

Une image simple fera comprendre en quoi cette lignée prétend se distinguer du flot principal de la recherche (pour qui elle représente une hérésie) : « Si notre mémoire, dit Pribram, fonctionnait comme un magnétophone, j'estime que la plupart des chercheurs s'acharneraient sur la bande de matière plastique. Ils chercheraient à l'analyser chimiquement. Elle ne représente pourtant qu'un support neutre à l'opération magnétique de mémorisation. Voyez là une pure allégorie. Personnellement, la matière plastique ne m'intéresserait pas trop. Je ne pense pas que la piste chimique ne nous apprenne grand-chose sur la mémoire. »

Au départ, Pribram est neurochirurgien. Diplômé de l'université de Chicago au début des années quarante, il affiche aussitôt une vive ambition. La seule question qui vaille quelque chose à ses yeux : comment la cervelle produit-elle de la pensée? Ses confrères croient à une plaisanterie. La pensée? C'est bon pour les psychologues. Pribram décide donc d'étudier la psychologie. On est en pleine vogue *comportementaliste*. Ce que Pribram apprécie chez Skinner, le pape de ce mouvement de pensée, c'est la rigueur : il vérifie tout cent fois avant de se prononcer; et il semble tellement persuadé de l'insuffisance des données de l'époque sur le cerveau, qu'il l'appelle la *boîte noire*. Le truc mystérieux sur lequel on ne dira surtout rien. Les *béhavioristes* se contentent d'observer ce qui entre et ce qui sort du cerveau.

Pour le neurochirurgien, cette attitude semble bizarre. Le cortex est un monde déjà très exploré. Mais Pribram est, malgré tout, fort impressionné par les colles que lui pose Skinner. Il doit reconnaître qu'il ne sait pas par où passe la « pensée », ni comment se stocke la mémoire, ni... Il ne sait rien du tout.

Il n'abandonne pas son métier pour autant. En neurologie, la grande affaire consiste déjà, à l'époque, à étudier le cerveau archaïque. Pribram s'y lance à fond. Mais vous ne pouvez pas étudier le cerveau sans fenêtre sur l'extérieur – les fenêtres du cerveau, ce sont les sens. Pribram étudie donc, en parallèle, les mécanismes de la vue. Il devient l'assistant de l'Allemand Wolfgang Köhler. Köhler a une lubie : il pense que, pour comprendre la mémoire, la voie royale est celle de la « potentialité électrique globale » du cerveau. C'est très vague, mais ça le travaille. On sait bien que le cortex est parcouru en permanence par des milliers de courants électriques, ce qui induit un champ. « Etudions ce champ », s'est dit l'Allemand. Cela dure depuis des années. Il ne trouve rien. Mais Pribram en tire sa première idée : ne serait-il pas plus excitant d'étudier des microchamps électriques? Le champ global est forcément trop confus. Mais où y aurait-il des microchamps?

Pribram n'est évidemment pas le seul à faire la navette entre psychologues et neurologues. Il y a, en Floride, une bande de savants dirigée par un certain professeur Lashley, qui s'intitule « laboratoire de neuropsychologie ». Par rapport à la neu-

285

rologie officielle, ce sont des rebelles. Contre les théories localistes, ils cherchent à appliquer les modèles des cybernéticiens. Ils imaginent des boucles, des feed-back et recherchent des explications souples.

En 1950, Pribram devient le neurochirurgien de leur laboratoire. Très vite, Lashley lui parle de ses idées sur les interférences ondulatoires. Si on lance deux cailloux dans l'eau, les deux ondes ainsi provoquées vont se rencontrer. De cette rencontre va naître une figure particulière à la surface de l'eau, une figure stable, faite de creux et de bosses : une figure d'interférences. A la suite de l'Allemand Goldscheider, Lashley pense que le cerveau doit forcément contenir des tas de figures d'interférences, qu'il baptise d'avance « lignes de force ». Quel rôle joueraient ces lignes? Il n'en sait rien. Existent-elles? On a beau pratiquer toutes les mesures du monde, on ne trouve rien.

La rébellion de Lashley s'arme surtout des lacunes de la théorie localiste officielle. Si j'écris avec les muscles de ma main droite uniquement parce que ces muscles ont été « dressés » à cette fin par une zone particulière de mon cerveau, comment se fait-il alors que je puisse écrire aussi, sans l'avoir jamais appris, avec mon pied ou avec ma bouche?

Lashley meurt avant d'avoir trouvé la preuve qu'il cherchait. En 1954, Pribram lui succède à la tête du laboratoire de neuropsychologie. Pendant dix ans, il va démolir pas mal de modèles localistes (celui de Penfield, en particulier), mais sans aboutir à une alternative sérieuse.

Et puis voici qu'au début des années soixante le Britannique Eccles repère, grâce à des micro-électrodes ultrafines, de minuscules charges électriques à l'intérieur de chaque neurone, à la hauteur des synapses. Cette découverte lui vaudra le prix Nobel. Selon lui, ces charges – ou « potentiels lents » – sont arrangées selon des fronts ondulatoires qui interfèrent les uns avec les autres.

Sitôt qu'il apprend la découverte d'Eccles, Pribram devient fébrile. Des microchamps électriques : son intuition de débutant. Des interférences : l'intuition de Goldscheider et de Lashley. Il y a donc bien des figures interférentielles dans le système nerveux. Seul le manque de finesse de la technologie a retenu les premiers visionnaires à un niveau trop grossier. C'est *à l'intérieur même* de chaque neurone qu'il fallait les rechercher. L'invention de la micro-électrode a enfin permis de le comprendre.

Pendant quelques mois, Karl Pribram vit à deux cents à l'heure. Il faut absolument en savoir plus sur ces microchamps synaptiques d'Eccles. Quelque chose se passe là, mais quoi? Pribram se dit soudain qu'il pourrait bien s'agir d'un mécanisme essentiel de la mémoire. Pure intuition poétique. Mais les coïncidences continuent.

Nous sommes en 1964, quand Pribram tombe sur un article de l'*American Scientific* qui le fait bondir. Rien de nouveau pourtant : Pribram entend tout simplement parler, pour la première fois, de la théorie holographique. Seize ans après que Gabor l'eut mise sur pied? Eh oui, même chez les savants, l'information circule parfois lentement. Ce qui fait sursauter Pribram dans l'article sur Gabor, c'est, bien sûr, qu'en vertu de la nature même des figures d'interférences l'information d'un hologramme soit uniformément répartie – chaque point contenant l'image du tout. Exactement comme la mémoire! De ce jour, la vie du savant change. Toutes ses recherches se focalisent sur un but désormais unique :

vérifier si *l'hypothèse holographique de la mémoire* tient debout ou pas.

Quelques mois plus tard, Pribram rencontre Gabor à Londres. Ils vont au restaurant. L'América-no-Tchèque (Pribram) demande à l'Anglo-Hongrois (Gabor) : « Expliquez-moi comment fonctionne votre histoire *concrètement*. Je suis chirurgien, pas mathématicien. » Trois heures plus tard, Pribram emporte dans sa sacoche dix nappes en papier couvertes d'équations.

Mais, dans le cerveau, comment cela se passe-t-il? De prime abord, une cervelle disséquée est aussi indéchiffrable qu'une plaque holographique. Chaque once de votre cerveau contiendrait tous vos souvenirs. Mais contiendrait *comment*?

En quatre ans, Pribram aboutit à une nouvelle vision du processus de réminiscence et, par là, de tout le fonctionnement cérébral. Il ne s'agit encore que d'hypothèses. Mais, vue l'impasse où piétinent tous les autres spécialistes de la mémoire, refuser une telle hypothèse serait idiot.

Observons, dit Pribram, un influx nerveux, provoqué par exemple par un goût particulier sur les papilles gustatives. Suivons cet influx. L'ensemble du cortex est en permanence sous tension, comme une clôture électrique. L'influx se déplace sur cette clôture en un train d'ondes de polarité inverse. Sa vitesse est variable, entre dix et cent mètres à la seconde. Le voilà qui parvient dans les cellules de l'aire visuelle.

Regardons de plus près. L'influx se pointe à une grille synaptique. En la franchissant, par neuro-transmetteurs interposés, il induit instantanément dans le neurone qui l'accueille un de ces fameux *potentiels lents* d'Eccles. L'influx est déjà loin, mais il laisse derrière lui sa trace dans toutes les synapses qu'il franchit. Chaque microchamp d'Eccles fait cinq microvolts et a une durée de vie de quelques secondes – ce qui pourrait correspondre à la mémoire à très court terme.

Bien sûr, il est impossible de raisonner juste à cette échelle. Par définition. Ce qui fait la force du cerveau (et qui sert aussi parfois d'alibi aux chercheurs), c'est que tout s'y passe simultanément à des milliards d'endroits à la fois. Poursuivons tout de même. Si la figure d'interférences de tous ces microchamps (la physionomie de leur mouvant mariage) « rappelle » au neurone (nous verrons plus loin comment) une figure ancienne, il entre en résonance. Imaginez un volume ectoplasmique en train de vibrer. On dit qu'il « se souvient ». Il va alors engendrer à son tour des influx, qui s'en iront porter son message à quelques milliers de neurones voisins.

Admettons maintenant que notre influx soit porteur d'un message troublant – par exemple, le goût de ces petits gâteaux dodus appelés madeleines, que nous mangions enfants. Chaque fois que l'influx parvient à une grille synaptique nouvelle et engendre un microchamp, toute l'émotion du sujet s'alarme et le message se trouve répercuté des milliers de fois. Bientôt c'est tout le cortex qui vibre en phase... Ciel, le propriétaire du cerveau entre en pâmoison. Il porte un mouchoir de lin à son front. Sous sa petite moustache perlent de fines gouttes de sueur...

Mais stop, arrêtons là ce voyage qui dégénère en mauvaise science-fiction. Il faut raffiner un minimum le schéma. Ainsi, le « goût de la madeleine » ne se promène jamais en tant que tel, onde complexe à bord d'un influx unique. En réalité, sitôt arrivée dans l'aire gustative, l'onde est décomposée en ondes de plus en plus simples, par ces sélecteurs de fréquences que sont aussi les neurones, et cela suivant un processus apparemment voisin de la transformation mathématique de Fourier. Le message original se trouve donc dispatché sous la forme de sinusoïdes de plus en plus simples. Ce qui va faire résonner certaines cellules, ce ne serait donc jamais une « onde du goût de la madeleine », mais des sous-ondes de celle-ci, totalement abstraites pour nous, et sans représentation significative dans notre langage.

Mais comment un neurone deviendrait-il sensible à une fréquence? Autrement dit, comment garderait-il la mémoire de cette fréquence? Ici, l'hypothèse de Pribram fait appel à certaines propriétés des protoplasmes, c'est-à-dire du lac intérieur de chaque cellule. Celui-ci contient, dans un désordre au départ aléatoire, des tas de macromolécules libres, des protéines et des graisses. On sait que certaines forces, en particulier certains champs électriques répétés, peuvent introduire un ordre dans cet enchevêtrement. Un ordre caractérisé simplement par les angles que forment les macromolécules les unes avec les autres. Cet ordre serait déterminé par la figure « statistiquement dominante » d'entre toutes les figures vibratoires qui s'imposent au neurone, d'un bout à l'autre de la vie. Les figures les plus simples s'avérant être les plus stables. De même, les courants marins dominants provoquent des vaguelettes figées sur le fond sablonneux de la mer. Cela ne veut surtout pas dire que la mémoire à long terme soit *mise en conserve* dans ces structures. La mémoire résiderait plutôt dans le fait que ces longs arrangements de macromolécules rendraient le protoplasme dans lequel elles baignent sensible à certaines fréquences. Un peu comme si le lac intérieur de chaque neurone était un récepteur radio, réglable grâce à la disposition des cailloux qu'il contient, et grâce aux formes de vaguelettes dessinées dans le sable, au fond. Cette disposition et ces formes étant elles-mêmes déterminées par les grands courants dominants.

Fait absolument essentiel : dans un hologramme, plusieurs figures peuvent se superposer et être lues distinctement. Il suffit que leurs ondes de référence (leurs « lasers ») soient différentes, soit par la fréquence, soit par l'angle d'incidence, soit par l'amplitude, etc. Le même support physique peut donc servir à enregistrer une infinité d'hologrammes différents. Un neurone pourrait, de même, être sensible à une infinité de figures d'interférences – il suffirait que les fréquences de référence soient différentes.

Une fois tous les messages passés à la moulinette mathématique de la sélection fréquentielle des colonnes de neurones, on aboutirait à une hyper-standardisation des éléments : rien que des ondes sinusoïdales simples. Du coup, plus de spécialisations : visions, sons, parfums n'existeraient au fond de notre mémoire que comme des combinaisons d'éléments communs. Les « souvenirs de leurs fréquences » seraient « stockées » dans les mêmes lacs. Ce qui expliquerait pourquoi, chez les enfants surtout, qui n'ont pas encore appris à cloisonner leurs sens, un bruit peut aussi avoir une odeur, et un parfum une couleur. Synesthésie, voilà donc ton lit !

Le modèle holographique apporterait, s'il se trouvait vérifié, des réponses à d'innombrables énigmes. Imaginez que vous ayez à apprendre le service au tennis en regardant quelqu'un jouer. L'ancienne vision *localiste* disait que votre cerveau allait vous faire copier le geste morceau par morceau. On sentait bien que c'était trop mécanique, mais on avait du mal à trouver un modèle de remplacement. Pribram a l'intuition que le geste appris doit être

« résumé en un seul bouquet de sinusoïdes simples » et se trouver enregistré dans une seule courbe, mathématiquement exprimable en une seule fonction. Il n'a pas encore de preuves, mais il le sent : la mémoire des gestes doit être d'un seul tenant : elle doit se replier comme une canne télescopique, en un seul point. D'ailleurs, toute la mémoire ne semble-t-elle pas pouvoir se replier en un seul point?

Reste un considérable mystère. Au pied du cerveau archaïque, au fond du système nerveux, il y a toujours un paquet d'explorateurs scientifiques encordés, qui piétinent dans la mélasse : *aucun d'eux n'a jamais réussi à remonter jusqu'à la source des deux rivières qui en jaillissent : l'attention et l'émotion.* Tout le monde sait qu'il s'agit là de deux composantes indispensables à toute mémorisation : nous nous rappelons ce à quoi nous avons prêté attention et ce qui nous a émus (ou, plus largement : nous mémorisons les *contextes* où notre attention et notre émotion ont été sollicitées). Mais encore? Ici, la foule des chercheurs attelés à décrypter la chimie du cerveau prend une sorte de revanche sur Pribram : ne prétendait-il pas que la mémoire ne pourrait jamais s'expliquer par la chimie? Par le biais des émotions, une fois de plus, la chimie refait une entrée en force. On sait que *toutes* nos émotions sont induites, à un moment ou à un autre, par des messagers chimiques. Mais quel rapport, au fond, entre les émotions et la mémoire?

Le modèle de Pribram ne nous en dit pas plus à ce sujet que les autres modèles. Tout au plus autorise-t-il une intuition inédite : ne pourrait-on pas considérer l'attention et l'émotion comme nos « rayons lasers » intérieurs? Les rayons sans lesquels l'hologramme mental serait impossible et notre conscience resterait vide, sans spectacle ? Car si un jour l'hypothèse holographique s'avérait, il faudrait bien découvrir ce qui y fait office d'*ondes de référence*!

Travaillez plusieurs semaines sur les textes de Pribram, et vous aurez une vision : celle de mille milliards de lacs, vibrant en silence, traversés de langues de feu. Le modèle alimente les visions les plus fantastiques. Dit brutalement : à supposer que vous voyez un poste de radio allumé, à quoi se réduirait votre Moi profond ? A l'appareil lui-même, ou à l'émission qu'il reçoit ?

Image amusante, mais s'agit-il d'une pure allégorie ? Autrement dit, le modèle holographique ne fait-il finalement que repousser d'un cran notre éternelle tendance à comparer notre esprit à la dernière technologie en date ? A n'en pas douter, les ordinateurs de demain seront holographiques – ils fonctionneront non plus à l'électricité mais à la lumière, et des montagnes d'informations y seront stockées, les unes sur les autres, sous formes de figures d'interférences. Karl Pribram n'a-t-il donc fait qu'intelligemment renouveler l'arsenal allégorique de l'interface cerveau-esprit ? Ou bien peut-on dire que nos souvenirs soient *réellement* des sortes d'hologrammes ?

Plusieurs expériences ont apporté des débuts de démonstration – celle de Campbell, notamment, sur les capacités d'analyse fréquentielle des neurones de l'aire visuelle, à Cambridge, en 1968. Mais c'est insuffisant. Pribram manque, il faut le dire, tragiquement de crédits. Il compte tellement d'adversaires, dans la communauté scientifique, qui ne supportent pas sa témérité insolente. « Le modèle holographique de la mémoire, disent les plus sévères, ne repose que sur des fantasmes. » Comment cela ? C'est très simple, disent-ils, personne jusqu'ici n'a su concevoir, même théoriquement, *un holo-gramme qui bouge*.

Parmi les critiques les plus virulents de Pribram, deux Français, les philosophes Guy Fihman et Claudine Ezykman. Ils savent de quoi ils parlent, puisqu'ils ont inventé l'un des procédés les plus performants de cinéma holographique – fondement vraisemblable des spectacles du XXIᵉ siècle. Le « cinéma en relief », font-ils remarquer, ne doit pas nous tromper : à la base, il repose sur le bon vieux découpage « image par image » du cinéma plat : il crée l'illusion du mouvement en juxtaposant des immobilités successives.

« Henri Bergson, s'écrie Claudine Ezykman, nous a génialement expliqué en quoi l'*illusion cinémato-graphique* était vieille comme la philosophie! Les scientifiques ont toujours eu tendance à considérer qu'une continuité était faite d'une succession de discontinuités, une ligne d'une succession de points, un geste d'une succession d'états fixes. Mais c'est faux! Si Zénon d'Elée, parodiant les pythagoriciens, peut nous faire croire que sa flèche n'atteindra jamais son but – parce qu'il serait toujours possible de diviser en deux la distance qui l'en sépare –, c'est qu'il nous fait d'abord gober l'idée qu'un mouvement est réductible à une somme d'immobilités. Idée dont Bergson a si bien su dire en quoi elle était fausse : la course de la flèche forme un tout indivisible, il est impossible de dire qu'à un moment donné elle *est* à tel ou tel endroit. Elle y passe. Elle n'y *est* jamais. Quand le cinéma – fût-il holographique – reproduit cette même trajectoire, il la divise bien, lui, en une suite d'instants où la flèche semble figée dans l'espace. »

« Mais le cinéma, poursuit Guy Fihman, c'est comme le *Canada Dry* : ça ressemble à la vie, ça a la couleur de la vie, ça en a le relief, mais ça n'est pas la vie. »

La vie, dit Bergson, est un flux continu. Comme la conscience. Comme la mémoire. Ce flux échappe malheureusement à la science – du moins telle qu'on la conçoit depuis les Grecs, en dépit des apparentes mutations – parce qu'il faudrait, pour l'appréhender, *se représenter le temps de l'intérieur c'est-à-dire le remplacer par la durée*. Le temps est une invention humaine, c'est pourquoi il est décomposable; la durée est une expérience vécue, elle forme un tout insécable. Or à cette tâche de substitution du temps par la durée subjective, l'intelligence humaine semble particulièrement inapte... Et Pribram, c'est clair, n'y réussit pas plus que les autres savants.

Et pourtant... Bergson, champion de l'intuition, aurait-il nié que le modèle holographique soit, *très intuitivement*, séduisant?

Kenneth Ring en est sûr. Ce modèle plaît à quelque chose de subtil en lui. Supposons, se dit-il, qu'il faille surtout garder de Pribram son intuition poétique, supposons que notre cerveau fonctionne effectivement à la manière d'un récepteur protoplasmique captant des « interférences d'ondes de souvenirs » sans que nous en sachions encore davantage... De quel genre d'*ondes* pourrait-il bien s'agir, au fond? Des ondes appartenant à quel ordre de réalité?

En cherchant une réponse à cette question apparemment délirante, notre ami Ken Ring finit par découvrir une autre théorie scandaleuse. Une théorie qui défraie la chronique en Grande-Bretagne depuis 1981 : la *causalité formative et les champs morphogénétiques*. L'auteur est un jeune biologiste anglais du nom de Rupert Sheldrake. Pour lui, tout a commencé grâce à Bergson, justement.

Sheldrake affirme que la science moderne ne comprend strictement rien aux formes que prend la nature depuis que le monde existe. De la forme de l'atome d'hydrogène à celui de l'être humain, les myriades de formes engendrées par l'évolution auraient purement et simplement échappé à la sagacité des savants occidentaux. Par sa théorie de la *causalité formative*, Sheldrake prétend combler cette immense lacune.

Quel rapport avec la mémoire? « Très simple, répond le jeune savant, nos souvenirs, tout comme nos pensées, nos habitudes, nos comportements, nos instincts, bref toutes nos figures intérieures obéissent exactement aux mêmes lois que les formes physiques. »

Nos souvenirs seraient des formes, engendrées par (et engendrant) des *champs morphogénétiques*, autrement dit des champs d'*ondes de forme*.

Serait-ce là, se demande Ken Ring, les ondes que le cerveau holographique de Pribram est censé capter?

Et le voilà parti sur une nouvelle piste.

Tout gamin déjà, Rupert Sheldrake était fasciné par les milliers de sortes de pétales, de fourrures, de feuilles, d'ailes de papillons créées par la nature. Lorsque ses parents l'emmenaient en promenade, dans la campagne proche de Nottingham, il était de ces enfants qui passent des heures couchés dans l'herbe, à observer les fourmis transportant des brindilles, les libellules, les araignées d'eau... Il était éperdu d'admiration, voyait littéralement la nature se déplier sous ses yeux, et la multiplicité des formes déployées lui semblait aussi étrange que la régularité imperturbable de leurs répétitions.

En grandissant il voulut comprendre. Pourquoi les roses ne donnent-elles jamais naissance à des marguerites? Pourquoi les insectes, qui nous sont si étrangers, ont-ils, eux aussi, des yeux? Et comment un arbre énorme peut-il sortir d'un gland? Sitôt qu'il fut en âge d'étudier, ses maîtres lui conseillèrent de s'orienter vers les sciences naturelles, puis vers la génétique. C'était un garçon doué, il se retrouva à Cambridge.

Là, on lui apprit que chaque organisme devait sa forme à ses gènes, c'est-à-dire à ses molécules géantes d'acide désoxyribonucléique (ADN), où sont enroulées, comme en des manuscrits d'extraterrestres et dans un alphabet mystérieux, toutes les informations concernant les caractères innés de l'animal ou de la plante, en particulier la totalité de sa forme.

La fascination de Sheldrake pour les formes se reporta donc sur l'ADN. Devenu chercheur, au début des années soixante (à Cambridge toujours), il se lança passionnément dans l'aventure. Il n'était pas le seul. En quelques années, la découverte de la double hélice d'ADN par Watson et Crick avait bouleversé toute la biologie. Des tas de querelles d'école avaient cessé, remplacées par un grand calme admiratif. De nombreuses équipes scientifiques se mirent à décrypter l'invraisemblable molécule géante. Mille questions se bousculaient : comment l'ADN délivre-t-il son information? Ou plutôt, comment se retient-il d'en donner en désordre et sans arrêt? Qui contrôle l'incessante noria des messagers ARN entre l'ADN et les chantiers à protéines? Bref, où était caché le plan de l'admirable édifice?

Sheldrake chercha. Il fit quelques découvertes sur les enzymes. Mais très vite son excitation cessa. La tête pleine de son immense interrogation, il s'était tout de suite rué sur un aspect précis de l'ADN : comment la double hélice peut-elle contenir dans son code, la forme globale d'un être vivant ? Et comment cette forme se « déplie-t-elle » ? Or le jeune chercheur avait reçu une belle gifle : on n'en avait pas la moindre idée.

On sait que les molécules d'ADN sont les mêmes dans toutes nos cellules. Mais comment l'ADN d'une cellule du bras sait-il, lui, qu'il est dans un bras, et non dans un pancréas ou dans un œil ? Ça avait l'air idiot. On vous répondait qu'il s'agissait d'une « information positionnelle », et vous risquiez de vous taire, impressionné. Sheldrake, plus intéressé par les formes que ses collègues (polarisés, eux, sur les protéines), s'aperçut qu'il y avait, dans l'état présent des travaux, une sorte d'imposture. Ça ne voulait rien dire : on n'avait pas trouvé le moindre mécanisme permettant aux cellules de se situer par rapport à l'organisme global.

Comment les cellules de l'embryon de poulet savent-elles selon quel arrangement d'ensemble elles formeront un poussin ? En se passant le mot de proche en proche, suivant un processus de rumeur ? Et ce serait alors dans leurs membranes que les cellules transporteraient toute cette information ? Possible. Mais plus les chercheurs cherchaient, plus les choses se compliquaient. Pourquoi votre visage garde-t-il sa forme, alors que ses cellules se renouvellent sans arrêt ? Qu'est-ce qui maintient les formes vivantes sur le qui-vive ? On ne savait pas. Et du coup, bien des discussions sur l'évolution de la vie depuis les origines devenaient gratuites.

Peu à peu, une évidence s'imposa à Rupert Sheldrake : la science conventionnelle trompait son monde, dès lors qu'elle prétendait expliquer les formes. Ce n'était visiblement pas son rayon. Les formes n'obéissent à aucune loi des catégories physiques actuelles. Prenez un bouquet d'orchidées.

Jetez-le au feu. En quelques secondes, il n'y a plus qu'un peu de cendres et de fumée. Grâce aux lois de la thermodynamique, nous savons pourtant que rien ne s'est perdu : si l'on suppose le système clos, la plus grande masse du bouquet d'orchidées s'est transformée en vapeur et en chaleur; même si vous réussissiez à disloquer les atomes du bouquet en une gerbe nucléaire, la somme totale des énergies demeurerait constante. Rien ne se perd, rien ne se crée, telle est la loi. Rien ne se perd? Et mon bouquet d'orchidées? Je veux dire sa forme? « Ça? s'étonnent les savants, mais ça ne compte pas! »

Pardon?

Non, ça ne compte pas. Représentez-vous un instant les myriades de formes que prend la nature – une panthère, un diamant, un baobab, une cerise, un rat, une rose, un cul... – et entendez bien ceci : la toute-puissante science sèche lamentablement dès qu'on lui pose la moindre question sur ces formes. Pour la physique, – quand il s'agit de résumer *le réel* à son essentiel – elles ne comptent pas. C'est que les formes, en soi, sont sans énergie. Elles demeurent hors des équations de la thermodynamique, donc elles échappent au monde de la physique, et donc au *réel* officiel. De vrais fantômes.

Etrange régression. Dans les temps anciens, il existait d'innombrables sciences des formes. Peut-être les savants d'alors devaient-ils leur savoir au fait que, ignorant la plupart des mécanismes intérieurs de la matière, ils en étudiaient avant tout l'extérieur. A la longue, ils en avaient trouvé les secrets. Vinrent les temps modernes. On se mit à disséquer et à analyser. De formidables découvertes jaillirent des entrailles des bêtes et du dedans des métaux. Du coup, les savants s'obnubilèrent sur le dedans des choses, persuadés que son algèbre contenait la clef de l'univers. Ils n'avaient pas forcément tort. Mais ils oublièrent le dehors, les formes, le qualitatif, l'esthétique, le sens giratoire, les dilutions extrêmes, l'inqualifiable...

Déçu, Sheldrake décide finalement d'étudier la philosophie. Il s'en va à Harvard. Il possède déjà quelques bases. A Cambridge, il faisait partie du club *Theoria to Theory*, où se rencontraient depuis des années des scientifiques et des philosophes. Ensemble, ils discutaient du processus étrange de la création. Ne dirait-on pas parfois que l'évolution est poussée vers l'avant par une sorte d'autocréation permanente ? Mais comment la science, qui est l'art de saisir les répétitions, pourrait-elle comprendre un phénomène unique ? Par définition, une forme ne se *crée* qu'une fois. Le moteur de l'évolution échapperait donc à la science ? Et ils discutaient des heures de l'intuition.

Dans ce club, Sheldrake s'imbiba essentiellement des pensées de Bergson et de Whitehead. Bergson fut sans doute celui qui le marqua le plus. (Bergson. Encore lui ! Et dire que je prenais cet homme pour un ringard ! Voilà qu'on me le cite comme un maître dans les endroits les plus divers !) L'auteur de *L'Evolution créatrice* avait lancé aux scientifiques modernes un défi qu'aucun n'avait osé relever jusque-là. On avait préféré ignorer le fâcheux. Sheldrake était d'autant plus impressionné que l'attaque du philosophe français s'adressait d'abord aux biologistes. L'intelligence humaine, disait Bergson, a pour fonction l'action, l'action sur la matière. Elle ne peut clairement se représenter que l'inerte, l'immobile, le discontinu. Pour rendre compte du mouvement, elle ne sait que juxtaposer une série de paralysies, à la façon du cinéma. Ça semble marcher. Mais c'est une imposture. Et du coup, elle est incapable de vraiment comprendre la vie, qui est création ininterrompue, écoulement continu.

C'était dur pour les biologistes. Tellement dur, qu'ils n'avaient même pas entendu. Mais Sheldrake, lui, du fait de sa mésaventure chez les généticiens, se doutait bien qu'il y avait une imposture sous roche. La critique de Bergson avait fait mouche. Il s'interrogea gravement : n'y avait-il donc aucun moyen de comprendre scientifiquement la vie? Si, répondait Bergson, mais il faudrait concevoir une démarche scientifique radicalement différente. Une démarche qui vous fasse vous transporter « à l'intérieur du devenir par un effort de sympathie ». Et Sheldrake avait bu à longs traits les paroles du philosophe :

« *On ne se fût plus demandé où un mobile sera, quelle configuration un système prendra, par quel état un changement passera à n'importe quel moment : les moments du temps, qui ne sont que des arrêts de notre attention, eussent été abolis; c'est l'écoulement du temps, c'est le flux même du réel qu'on eût essayé de suivre. Le premier genre de connaissance a l'avantage de nous faire prévoir l'avenir et de nous rendre, dans une certaine mesure, maîtres des événements; en revanche, il ne retient de la réalité mouvante que des immobilités éventuelles, c'est-à-dire des vues prises sur elle par notre esprit : il symbolise le réel et le transpose en humain plutôt qu'il ne l'exprime. L'autre connaissance, si elle est possible, sera pratiquement inutile, elle n'étendra pas notre empire sur la nature, elle contrariera même certaines aspirations naturelles de l'intelligence; mais, si elle réussissait, c'est la réalité même qu'elle embrasserait dans une définitive étreinte* [5]. »

Ce n'était déjà pas si facile à dire. A faire, cela semblait impossible. Par où commencer? Rupert Sheldrake s'interrogea encore de longs mois. Il lut et relut Whitehead, selon qui le plus grave défaut de la science moderne consistait à vouloir expliquer le tout par la somme des parties. « Il faut faire machine arrière, disait Whitehead, ce serait plutôt au tout d'expliquer la partie. »

A Harvard, Sheldrake découvre l'école des vitalistes allemands du début du siècle. En particulier l'œuvre du biologiste H. Driesch. Selon eux, le vivant n'était compréhensible que dans sa globalité, et ils avaient élaboré une théorie dite du « champ vital ». Théorie aujourd'hui dépassée, mais sans laquelle Sheldrake n'aurait sans doute jamais trouvé la méthode de sa propre théorie. Ces Allemands voyaient peut-être juste. Mais ils arrivaient trop tôt. Il fallait d'abord que l'analyse mécanique et réductionniste descende jusqu'au fond de son puits et s'y cogne aux plus grands paradoxes.

Poser les prolégomènes d'une révolution théorique ne va jamais de soi. Rupert Sheldrake est très troublé. Si, comme le disent les vitalistes, les formes se répètent sous la pression de *matrices* immatérielles, ne retombe-t-on pas en plein platonicisme ?

Mais les cours de philo ont beau le passionner, la botanique le tient. Les plantes l'appellent. Sheldrake se retrouve en Inde, où il devient agronome, à l'Institut d'Haderabad. Là, tout en travaillant à améliorer les rendements agricoles, il échafaude son hypothèse. Les formes vivantes (aussi bien mentales que biologiques), et, plus généralement, toutes les formes auto-engendrées (les cristaux par exemple), ne seraient-elles pas déterminées par la *présence* des formes passées ? Cette *présence* constituant une force inconnue de la science moderne. Une sorte de champ non physique, qui agirait par-delà l'espace et à travers le temps. Et toute apparition d'une forme nouvelle provoquerait, en retour, l'émergence d'un nouveau « champ » de ce type.

A la fin, Sheldrake s'enferme dans un ashram et,

pendant trois ans, il écrit. Ses amis trouvent la première version de son livre *A New Science of Live* (« Une nouvelle science de la vie ») trop agressive. Pourquoi attaquer les scientifiques avec cette hargne? Manque de sérénité inacceptable. Il réécrit tout, trouve le ton juste. Les savants occidentaux ont fait des merveilles, mais voici qu'il leur faut retrouver la curiosité fraîche de leur enfance s'ils ne veulent pas rater la suite du feuilleton.

A peine publié, le livre fait scandale. Habitué aux petits cénacles, Sheldrake n'en revient pas. La communauté scientifique britannique se déchire passionnément. *Nature*, la grande revue classique (l'équivalent de *La Recherche* en France), en perd son sang-froid : « Faut-il brûler ce livre? » demande John Maddox, le directeur de la publication, qui explique : « Cette nouvelle théorie essaie de réintroduire la magie dans la science! Le mieux, c'est encore de l'ignorer! » Et il n'hésite pas à mettre en garde les savants contre la « tentation de tester cette hypothèse farfelue ». Faut-il qu'un point sensible de l'orthodoxie ait été touché! »

Mais le *New Scientist*, une autre grande revue scientifique britannique, plus jeune et plus audacieuse, n'est pas du tout de cet avis : elle prend vigoureusement parti pour Sheldrake. « Le docteur Sheldrake, lit-on, propose une théorie extrêmement intrigante, qui semble répondre à bien des énigmes de la science actuelle. En tant qu'hypothèse, elle est scientifique. Reste, bien sûr, à la démontrer. » Le *New Scientist* crée même un prix Rupert-Sheldrake, pour récompenser la meilleure idée de test scientifique qui vérifierait, ou infirmerait, la théorie de la « causalité formative ».

Bientôt, le biologiste hérétique est invité à donner des conférences dans plusieurs grandes universités (Harvard, Berkeley, Leningrad, Göttingen...).

J'assiste, quant à moi, à une conférence plus modeste, à la Ojai Foundation, en pleine montagne californienne, à deux heures de route de Los Angeles.

Rupert Sheldrake a une allure extrêmement britannique. Grand, mince, légèrement voûté, il a la peau rose et le ton hésitant. Il n'a pas quarante ans. Il tient des feuilles d'acacia à la main. Il demande : « D'où viennent leurs formes? Comment se perpétuent-elles? Comment évoluent-elles? » Il remonte très loin dans le passé. Que savons-nous de l'évolution de la vie depuis les origines? Les darwiniens et néodarwiniens nous parlent toujours de la féroce sélection naturelle. Cette sélection existe, bien sûr – qui en douterait? Mais comment le hasard et la nécessité, qui constituent son moteur, ont-ils pu, seuls, façonner toutes ces formes? Selon l'orthodoxie en vigueur aujourd'hui, le hasard a proposé toutes sortes de formes, et la nécessité a tranché, en sanctionnant d'un refus la plupart des propositions, parce que non viables.

Sheldrake prétend que ce mécanisme n'explique rien des formes. A supposer même qu'une seule forme ait jamais pu naître « par hasard » (ce qui est indémontrable), il aurait fallu un temps mathématiquement infini pour que la matière trouve « par hasard » toutes les formes que nous lui connaissons. Et la nécessité? Aucune des grandes lois physiques qui l'expriment ne nous éclaire d'un iota sur la route des formes. La génétique vit sur des *croyances* inconscientes qui pourraient devenir dangereuses. Elle n'a pas la moindre idée de la façon dont les formes *acquises* en cours d'existence pourraient être mémorisées, en feed-back, dans le code génétique. Qu'il y ait eu adaptation de la vie au milieu, ce n'est que trop évident. Mais la question est de savoir comment et où cette adaptation s'est inscrite. La vision classique présente trop de lacunes. Elle oublie quelque chose. Mais quoi?

Pour en parler, Sheldrake commence par le célèbre exemple des cristaux. Les cristaux représentent la forme achevée de la matière minérale. Or c'est un fait bien connu des chimistes que l'on met toujours un temps fou à faire cristalliser un produit inédit, dont on vient de réussir la synthèse. Ça peut prendre des années. Un jour *pof*! un savant obtient enfin la cristallisation désirée. Mettons que son laboratoire soit à Londres. Eh bien! c'est chaque fois le même scénario : une semaine plus tard, *repof*! un autre savant, à l'autre bout du monde, mettons à Tokyo, réussit la cristallisation à son tour. Et deux ou trois jours plus tard, un troisième à San Francisco. Ensuite, c'est une véritable réaction en chaîne, et bientôt plus personne n'éprouve la moindre difficulté à faire cristalliser le produit en question.

Explication classique : il y a eu contagion directe; des petits fragments du premier cristal se sont baladés dans l'atmosphère, d'un labo à l'autre. C'est un fait que la cristallisation démarre toujours beaucoup plus vite si vous ensemencez le produit d'un peu de cristal déjà constitué. Cette explication, dit Sheldrake, nous masque le véritable processus de création et d'évolution des formes. Nul besoin de contact direct par poussières interposées, car ce qui donne sa forme à un cristal, c'est un *champ morphogénétique*.

A quoi diable ressemblerait donc cette drôle de « force sans énergie », censée donner leurs formes aux choses et aux pensées? Premier point, donc, ce serait un champ. Nous connaissons plusieurs champs de force physiques. Le champ gravitationnel, par exemple. La seule façon que nous ayons de connaître un champ, c'est de le faire *résonner*. Ce qui fait *résonner* un champ gravitationnel, ce sont les masses. Vous avez une certaine masse, donc vous faites *résonner* l'énorme champ gravitationnel de la Terre, et vous ressentez l'impression de *peser* un poids. Ce qui, selon Sheldrake, fait résonner un champ morphogénétique, ce sont les formes elles-mêmes. Ce serait parce qu'il a déjà une forme spécifique, un relief en trois dimensions, que le gland capterait tel champ de fréquence et donnerait un chêne, et non un abricotier.

Les physiciens ont une façon topologique commode de représenter un champ; ils dessinent une surface plane, comme un drap élastique qui s'enfonce là où ce champ résonne – par exemple, dans un champ gravitationnel, une grosse masse provoque un gros cratère. Même chose pour la représentation topologique du champ morphogénétique : tant qu'il n'y a aucune forme, le drap est rigoureusement plat; sitôt qu'apparaît la première forme, mettons la première forme d'atome, apparaît la première ride, la première vallée.

Pourquoi la vallée et pas le cratère? C'est que Sheldrake tient à relever le défi de Bergson et à se « couler dans la durée ». Il veut étudier l'évolution des formes depuis *l'intérieur du temps*. Lentement, les milliards de formes s'écouleraient dans les milliards de vallées des *champs morphogénétiques*. Ces vallées, images de ces mystérieux champs, sont baptisées *chréodes*.

« Précisons l'image, dit Sheldrake. Quand une forme est de création récente, par exemple un cristal nouveau, sa vallée (ou chréode) est très peu profonde. La manifestation de sa création est encore instable. Mais chaque fois que cette forme se répète, sa chréode se creuse un peu plus. Les formes vieilles de milliards d'années, et très répandues, comme l'atome d'hydrogène, ont des chréodes tellement profondes qu'on n'en voit pas le fond! Et le simple grain de blé, dont la forme a été répétée bon nombre de fois aussi, a une chréode encaissée comme un canyon.

« Comment la matière serait-elle happée dans ces vallées invisibles pour y recevoir une forme? D'abord, disions-nous, en présentant justement un début de forme, un *germe morphique*, sensible à un champ morphogénétique précis, avec lequel il entrera en résonance. Ce germe lui-même serait issu d'une autre forme, fille d'une forme antérieure et ainsi de suite jusqu'à la genèse de la première forme, dont la création échappe, elle, à toute tentative d'encerclement théorique.

« Une fois le contact établi, l'influence du champ de forme ne lâche plus le germe. Grâce à cette *résonance morphique*, toutes les formes passées de la même famille l' « habitent », en quelque sorte. Prenons un embryon de poulet en train de se développer. Dès le départ, l'œuf entre en résonance avec le « champ morphogénétique du poulet », qui le guide, comme une vallée guide un fleuve. Chaque fois que le hasard ou les caprices de la matière essaient de le faire sortir du lit normal de son développement, l'embryon de poulet y est ramené par la forme abrupte de la vallée. »

Plus il y a de poulets, plus leur champ de forme est stable. Car chaque matérialisation d'une forme creuse un peu plus sa chréode. C'est l'un des apports essentiels de l'hypothèse de Sheldrake à toute cette vision qui, sinon, pourrait furieusement rappeler les archétypes de Platon, ces formes idéales, immuables et éternelles, dont le monde n'aurait fait que produire éternellement des copies. Sheldrake n'adhère pas à l'antique vision. Selon lui, ce qui détermine une forme donnée serait quelque chose comme la moyenne statistique de toutes les formes semblables passées. Un fœtus humain en train de grandir serait guidé par « résonance morphique » vers une forme à laquelle toute l'humanité, depuis le commencement des temps, contribuerait directement. Ce fœtus serait donc lui-même en perpétuel devenir, en constante évolution – et celle-ci comporterait donc une fascinante part de liberté.

Ainsi, au fond de l'immense chréode de la forme humaine générale, verrait-on courir de nombreux ruisseaux – raciaux, ethniques, familiaux... Dans le détail d'une forme, mettons d'un visage, mille autres facteurs entrent en jeu, constituant l'histoire de chacun. Sheldrake pense que chacun de nous tend surtout à ressembler à la forme avec laquelle il a le plus d'affinités morphiques. Devinez laquelle : soi-même! La forme avec laquelle nous résonnerions le plus, tout au long de notre vie, serait la moyenne de toutes nos propres formes passées. Et voilà pourquoi nous ne changerions pas de visage, alors que nos cellules valsent sans arrêt!

Chaque être vivant est constitué d'un ensemble complexe de formes de plus en plus petites, s'emboîtant les unes dans les autres. On retrouverait un emboîtement analogue pour les champs morphogénétiques, chacun exerçant une influence globale sur tous ceux qu'il contient. Selon Sheldrake, cela expliquerait pourquoi la synthèse des protéines par l'ADN se fait toujours au bon moment, au bon endroit : ce ne serait pas tant que chaque cellule « sache » spontanément ce qu'elle a à faire, en fonction de l'endroit où elle se trouve, mais plutôt qu'un champ de forme le lui dicterait. En d'autres termes, l'ADN non seulement contiendrait tous les plans de fabrication des protéines, mais il constituerait, en plus, une excellente antenne : il *capterait*, lui aussi, les messages morphiques au quart de tour.

Un peu comme une antenne de télévision capte un champ électromagnétique et l'exprime en images – à ceci près que le champ télévisuel ne peut aller plus vite que la lumière et, surtout, disparaît sitôt que l'émetteur cesse de fonctionner; alors que le champ morphogénétique est censé se déplacer de manière instantanée (il échappe à l'espace) et persister dans le temps, même s'il n'y a plus aucune forme matérielle pour le représenter.

Etrange théorie! Le plus fou, c'est que l'observation empirique signale très vite à Rupert Sheldrake des exemples non plus physiques, mais mentaux ou comportementaux, allant dans le sens de son hypothèse.

Prenez les inventions. Tout employé d'un bureau de brevets sait qu'une invention nouvelle n'arrive presque jamais seule. Les chercheurs ont souvent la même idée en même temps. On dira : « Bah, c'était dans l'air! » Mais, précisément : qu'est-ce qui était *dans l'air*? Une convergence d'informations? Mais quand c'est une invention qui suppose de l'imagination? Et quand cela semble même se vérifier rétrospectivement sur la découverte du feu (c'est l'une des polémiques qui agitent actuellement les spécialistes de la préhistoire), ou sur l'invention de la roue?

Il y a l'exemple fameux des rats. On a remarqué que le score des rats de laboratoire, soumis exactement au même test depuis cinquante ans – un labyrinthe – n'a cessé de s'améliorer, quels que soient les liens de ces rats avec ceux qui furent testés avant eux. Autrement dit, tout se passe comme si, concernant une expérience précise, le niveau d'intelligence des rats du monde entier augmentait de concert.

Il y a aussi l'exemple du vélo : depuis que le vélo a été inventé, les gens ont de plus en plus de facilité à apprendre. Evidemment, les vélos modernes sont plus pratiques, on pédale de plus en plus jeune et la télévision diffuse de l' « intelligence visuelle » partout. Mais, d'après Sheldrake, ces explications partielles masquent une vérité plus stupéfiante : tous nos états mentaux ou comportementaux se conduiraient exactement comme des formes physiques et obéiraient, donc, à toutes les lois morphiques.

Supposez que Sheldrake ait raison. Cela signifierait que plus un comportement se répète, n'importe où dans le monde, plus il devient facile à adopter. Et qu'à la fin, il s'impose de lui-même à tous. Sheldrake est persuadé que les instincts sont d'anciennes habitudes répétées tant de fois que leurs chréodes sont progressivement devenues aussi profondes que celles des formes du poulet ou du baobab. Tellement profondes qu'à la fin ces formes comportementales auraient directement affecté le *hardware* physique du système nerveux, donnant lieu à des automatismes entièrement « câblés ». Par le biais des champs morphogénétiques, on échapperait enfin au vieux casse-tête génétique de l'acquis et de l'inné. Comme souvent, la solution serait venue d'où on ne l'attendait pas.

Bien sûr, si nos pensées sont en rapport biunivoques avec des *champs* échappant à l'espace et au temps, plus besoin d'être magicien pour imaginer que nous puissions *capter*, par exemple, les souvenirs de quelqu'un d'autre, même depuis longtemps disparu, ou ceux d'un animal, ou d'une plante, puisqu'il s'agirait toujours de « champs » de même nature. Au gré de quelle *économie psychique* capterions-nous ces souvenirs-formes? Au gré de quelle *stratégie inconsciente*? Ça c'est une autre paire de manches. Mais on conçoit aisément la satisfaction d'un homme comme Kenneth Ring lorsqu'il réalise que la théorie de Sheldrake contient peut-être, enfin, l'explication des impossibles « souvenirs » de Stanislas Grof.

Rupert Sheldrake est-il un fou délirant?

S'il fallait prendre au sérieux son hypothèse, qu'adviendrait-il de ce que nous avons coutume d'appeler le « réel »? Les critiques les plus sérieuses viennent de savants comme le mathématicien français René Thom qui, bien que tout à fait d'accord avec la pure *théorie* des champs morphogénétiques, se posent de sérieuses questions sur les applications concrètes qu'en fait Sheldrake. « Où est le substrat physique de votre champ? » demande un jour René Thom à Rupert Sheldrake. Autrement dit : comment un champ supposé sans énergie pourrait-il avoir la moindre influence sur la matière?

Ici, Sheldrake se livre à la démonstration suivante. Selon les spécialistes de la mécanique quantique, la limite ultime de ce que nous pourrions connaître de la réalité physique serait elle-même constituée de phénomènes de « champs ». Ces champs obéissent à des lois étranges : les phénomènes qu'on y perçoit ne semblent pas déterminés, mais seulement probables. C'est à ce niveau « quantique » de la matière que Sheldrake situe l'interface entre ses champs morphogénétiques et l'énergie. Il s'agit d'un niveau de réalité où, la matière n'étant pas « objectivement déterminée », notre savant postule qu'il n'est guère besoin d'énergie, au sens physique, pour l'influencer. Autrement dit, les champs morphogénétiques seraient cette force qui, entre plusieurs possibles de la matière, en choisirait un, pour le faire apparaître à nos sens, sous forme de « réel objectif ».

Arrivé à ce stade de la démonstration de Sheldrake, Ken Ring se sent totalement désarçonné.

Qu'est-ce que l'énergie? Où en sont les physiciens, pour autoriser de pareilles échappées? Et soudain, il comprend qu'il n'y a plus moyen d'y couper : il faut suivre Stanislas Grof dans sa folle entreprise : tenter de deviner quelles résonances secrètes les découvertes de la physique de pointe pourraient bien provoquer sur l'étude de la psyché.

Epouvantable épreuve, parsemée d'illusions et de pièges redoutables. Chaque science a sa logique et ses symboles. Les passerelles directes d'une science à l'autre sont interdites, impossibles. Mais il est tout aussi impossible de reculer...

Ring ne quitte pas la bibliothèque du campus de Storrs. Il change simplement de rayon. Parti à la recherche de l'explication de la conscience, il a dû suivre l'interminable route de la mémoire, et le voici plongé dans d'épais ouvrages de physique! Laissons-le transpirer. C'est trop compliqué pour nous. Passons plutôt de l'autre côté de la barrière. Allons directement voir l'un des chefs de file de ces fameux physiciens. Il s'appelle David Bohm. Il enseigne la mécanique quantique à l'université de Londres. Brusquement toute la situation va *s'inverser*.

C'est le plus sensible des savants que ce long reportage m'ait donné de rencontrer. Les sentiments passent sur son visage comme les frémissements du vent sur un lac.

N'étant pas physiciens nous-mêmes (j'étais venu avec Manuel Simoes, un artiste portugais, notre intention étant de faire non pas un article, mais une bande dessinée), il y avait de notre part quelque chose d'un peu vain à venir interroger l'un des premiers spécialistes mondiaux de la physique quantique sur les dernières trouvailles de sa discipline. Mais nous savions Bohm ouvert au dialogue avec les profanes. Il nous le prouva tout de suite : en deux échanges, il eut jugé notre (très faible) niveau et s'y accommoda.

Que savions-nous de la mécanique quantique? Pas grand-chose. Que tout s'était joué au début du siècle entre Einstein, Niels Bohr et les autres. Toute la bande dite *de Copenhague*. Des fous complets, sauvagement illuminés, qui mettaient leurs découvertes en scène, sous forme de pièces de théâtre. De théâtre! Ils avaient atteint un niveau tel, dans la connaissance mathématique du monde, qu'une équation pouvait les faire pleurer. Ou rire. Ou les enchanter. Ou les écœurer.

« Votre équation est obscène! » hurlait Heisenberg à Schrödinger (ou était-ce Pauli?). Et ils le ressentaient vraiment. Pour eux, une équation pouvait réellement paraître répugnante. Ou sexy. Ou sacrée.

Bien que ne faisant pas vraiment partie de leur bande, le grand Albert les domina tous longtemps : quand Einstein avait parlé, on réfléchissait trente secondes avant de répondre. Ses visions géométriques étaient si fortes! Elles étaient venues tellement vite après que Planck eut planté les premières banderilles dans le dos du vieux buffle mécaniste! Quelles banderilles? Les quanta, justement. Désormais, on savait qu'on pouvait considérer la lumière – l'analyser – certes comme une onde, mais aussi comme une substance discrète, c'est-à-dire segmentée en grains, en particules. Ça fichait tout par terre, parce qu'on ne pouvait jamais la considérer *à la fois* comme une onde et comme une particule. C'était soit l'un, soit l'autre. Soit le processus (ondulatoire), soit l'état (corpusculaire). Au chercheur de choisir la voie, discrète ou continue, au moment de faire son expérience.

Cette étrange liberté se retourna facilement en

sentiment d'impuissance. Ne s'agissait-il pas de la liberté de se choisir des œillères? Cette *liberté d'impuissance* terrorisa les vieux scientifiques. Que devenait le monde, si c'était aux hommes de décider de sa nature intime au moment de l'analyser? Tout devint incertain. Les citadelles du mécanicisme, au pouvoir depuis la Renaissance, tremblèrent. Einstein se rua dans la brèche. Il visualisa, plus clairement qu'aucun autre avant lui, comment formuler mathématiquement ce dont on pouvait être certain. Pensa-t-il un temps embrasser le tout? En fait, il traça la frontière du connu.

L'espace et le temps se fondirent l'un dans l'autre. Les deux grandes forces régissant l'univers, selon la physique d'alors (la gravitation et la force électromagnétique), se métamorphosèrent en *déformations* d'un nouveau continuum : l'espace-temps. Et celui-ci se découvrit une limite absolue : la vitesse de la lumière. *Plus vite que la lumière, tu meurs.* Pas seulement parce que tu pèserais l'infini, mais parce que, au-delà de la lumière, il n'y a strictement plus rien, ni espace, ni temps, rien. Aujourd'hui (trois quarts de siècle après) que la plupart des physiciens et astrophysiciens admettent de surcroît l'hypothèse du *big-bang* – selon laquelle l'univers serait né d'une explosion, il y a dix-huit milliards d'années –, le profane s'y retrouve plus facilement.

D'abord, disent les savants, il n'y avait rien. Rien au sens physique. C'est-à-dire rien du tout : pas même d'espace, ni de temps. Rien. Et puis *boum*! une chose sans dimension, un truc fou baptisé *singularité*, un « point de rien » aurait explosé. Et tout serait apparu. De cette gerbe primordiale seraient nées (diront plus tard certains savants) onze (ou neuf) dimensions! Sept (ou cinq) d'entre elles se seraient repliées vite fait et il ne nous en resteraient, physiquement déployées, que quatre :

longueur, largeur, hauteur, durée. C'est dans ce carré spatiotemporel qu'apparaissent notre Terre, ses arbres, ses baleines, ses tueurs fous et ses savants, qui traquent la nature ultime du tout dans leurs viseurs cinématographiques.

Les savants observent l'observable. Avec la Renaissance, disions-nous, et l'invention de la lentille, l'observable devient l'*objectif*. Au point qu'on finit par les confondre. En réalité, *l'objectivation* réduit le réel à une seule de ses expressions, à un seul de ses reflets. Mais qu'importe, le système a longtemps fonctionné comme ça, et malgré ses limites, les résultats furent grandioses : à l'intérieur de cette *objectivation* du réel toute la techno-science moderne a pu s'épanouir, jusqu'à la bombe atomique.

Mais vint un jour où les limites de l'objectif craquèrent. Le jour où, étudiant la vitesse du rayonnement électromagnétique, les savants se retrouvèrent dans le brouillard.

C'est là que le grand Albert s'opposa à la bande de Copenhague, l'exhortant de toutes ses forces à résister aux tentations de la brume. « Le brouillard se dissipera, disait Einstein, il se dissipera forcément. Certaines données nous manquent encore, mais un jour, on comprendra. » Tous n'étaient pas de son avis. Les Heisenberg et autres Bohr établirent carrément une chose inconcevable jusque-là : la mathématique du brouillard, les équations de l'incertitude. Rétorquant à Einstein qu'il ne fallait pas attendre de la découverte de « variables mécaniques cachées » la résolution de la nouvelle énigme, mais plutôt se faire à celle-ci, s'y adapter, se couler en elle, et faire subir à toute la pensée humaine un bond fantastique dans la complexité, la souplesse et le paradoxe.

Quel brouillard? Quel paradoxe?

D'abord, il y avait cette double nature de la lumière, et, en fait, de toute matière : soit onde, soit particule, selon le choix de l'observateur. Poussée à son extrême, la logique mathématique de l'incertitude se répandait partout, en même temps que la vertigineuse illusion de puissance de l'observateur : lorsqu'il « choisissait » la vision corpusculaire, il tombait sur une nouvelle incertitude : impossible de mesurer à la fois la vitesse et l'orbite de cette particule. Il fallait de nouveau choisir soit l'un, soit l'autre, de nouveau comme si l'observation humaine ne consistait finalement qu'à coller des étiquettes conventionnelles sur une réalité fondamentalement inconnaissable.

Selon les inventeurs de la mécanique quantique, la matière finissait par ressembler à un enchevêtrement d'ondes, mathématiquement calculables – bien que nous ne percevions rien d'elles, sinon quelques interférences et quelques « bourrelets de probabilités » baptisés *particules*. C'était insensé; ces « bourrelets » semblaient n'exister sous les formes observées *que si on les observait* : le réel, disaient ces savants, est essentiellement indéterminé et seul notre regard lui donne ses formes actuelles.

Très vieux débat philosophique, mais qui soudain rebondissait chez des savants tout à fait réalistes, et capables, par exemple, de vous faire exploser une bombe atomique sous le nez. Il ne s'agissait plus de rire. Quelque chose de vraiment sérieux grondait sous le voile des apparences. Débat fondamental, dont la plupart d'entre nous n'ont encore rien perçu, cinquante ans après...

Einstein tira le premier. Son argument prit la forme négative d'un paradoxe : si les lois d'incertitude de la mécanique quantique disaient vrai, alors le *don d'ubiquité* devenait possible, ce qu'interdisait pourtant les fondements primordiaux de la pensée moderne, l'axiome des axiomes depuis Aristote : la séparabilité. Que dit cet axiome ? Un objet ne peut pas se trouver ici et ailleurs en même temps. Donc, concluait Einstein, la mécanique quantique se trompait.

Comment le grand Albert en venait-il à parler de *don d'ubiquité* dans sa démonstration ? Son paradoxe était rusé. On savait que deux particules élémentaires nées d'une même collision ont forcément des *spins* (grossièrement, des *sens de rotation*) inverses : si l'une tourne à droite, l'autre tourne à gauche. Donc, raisonnait Einstein, si c'était le regard de l'observateur qui « déterminait » le spin de l'une des particules, il aurait fallu supposer que la particule jumelle de celle-ci soit instantanément informée de la « décision » du regard en question – puisqu'il lui fallait automatiquement adopter le spin inverse. Or comment voulait-on que deux particules qui s'éloignent l'une de l'autre à deux fois la vitesse de la lumière puissent se communiquer quoi que ce soit entre elles, puisque rien ne va plus vite que la lumière ? Donc, concluait Einstein, l'*indétermination* mentionnée par la mécanique quantique n'était qu'un brouillard passager et matinal. Et la prétendue « influence du regard de l'observateur », une illusion logique.

Malheureusement, tout cela demeura purement théorique. A l'époque, nul appareil de mesure ne pouvait prétendre capter la subtilité monstrueusement preste et ténue du sens de rotation de deux particules élémentaires, simultanément, en deux endroits différents.

Dans les années 50, David Bohm, jeune élève d'Einstein, dessina pour la première fois le protocole expérimental réel qui devait permettre de tester dans un laboratoire le fameux paradoxe. Mais la technologie ne suivait pas encore. Il fallut attendre la fin des années 70 pour que l'expérience soit finalement réalisée. En France. A l'Institut d'optique de l'université d'Orsay. Dans le laboratoire du physicien Alain Aspect.

Et tout sembla alors indiquer que le grand Albert se trompait, et que l'école de Copenhague avait raison : deux particules nées de la même collision se comportent bel et bien comme si elles demeuraient en relation permanente et immédiate entre elles : si le chercheur décide arbitrairement d'imprimer un spin « de droite » à l'une d'elle, l'autre, automatiquement, tournera « à gauche ». Autrement dit, tout se passe comme si ces deux particules nées d'une même collision constituaient les deux facettes d'une seule et même réalité – bien que s'éloignant l'une de l'autre à six cent mille kilomètres à la seconde.

La nouvelle fit frémir de joie bon nombre d'illuminés. L'expérience d'Aspect fut mise à toutes les sauces. Certains dirent qu'elle prouvait la possibilité, pour une information, de remonter le temps. D'autres pensèrent y trouver le mécanisme de base de la télépathie...

Mais David Bohm nous arrache d'emblée à ces voies de traverse piégées pour nous plonger au cœur du séisme : si la vision du monde selon Aristote, Descartes ou Newton est aujourd'hui dépassée, ce n'est pas parce que le principe de séparabilité se trouve contredit. C'est beaucoup plus grave.

A l'intérieur de notre espace-temps, un même objet ne peut *toujours pas* se trouver simultanément à deux endroits à la fois. Il ne le pourra jamais. Et pourtant, la mécanique quantique a raison : deux particules éloignées de milliards d'années de lumière peuvent effectivement se comporter comme si elles étaient une seule et même entité. Comment est-ce possible?

« C'est à la fois très simple et très compliqué, nous dit Bohm. Ce que nous savons désormais, c'est que les particules élémentaires n'obéissent que partiellement aux lois de notre espace-temps. Toute une partie de leur comportement semble régie par des lois d'un autre ordre. Un ordre sous-jacent au nôtre, dont nous ne savons que fort peu de chose. Un ordre mouvant, dont l'univers tel que nous le connaissons serait seulement l'une des *ex-pressions*, ou des *ex-plicitations*. Un ordre que, pour cette raison, je me suis permis de baptiser *ordre impliqué.* »

Ou plus trivialement : *univers replié* (c'est ainsi que nous nous sommes amusés ensuite à appeler cet « ordre » dans notre bande dessinée sur Bohm). Cet « ordre » serait en effet *replié au fond des choses.* Nous ne pourrions apparemment le connaître que par le fait qu'il s'ex-prime. On pourrait alors dire qu'il s'ouvre, comme une fleur qui n'en finirait pas de s'épanouir. Si le monde de Descartes a atteint sa limite d'âge, ce serait que le substrat primordial du monde se révèle n'être pas constitué d'*objets* (si petits fussent-ils), ni même d'espace, mais de champs relationnels en perpétuelle mouvance.

Comment concevoir une mouvance qui échapperait à l'espace-temps?

« Voulez-vous une analogie très simple? répond Bohm. Prenez le cas des deux fameuses particules, physiquement séparées et qui pourtant, semblent ne former qu'une seule entité. Eh bien! Imaginez que ces deux particules ne soient en fait que deux expressions secondaires, deux projections, sur deux écrans, d'une seule et même réalité primaire, filmée en direct par deux caméras... Euh... prenez un poisson dans un aquarium, filmé par deux objectifs et projeté sous forme de deux images. Que se passe-t-il pour le spectateur qui ne voit que les écrans? Tout ce qui arrive à l'image du premier écran semble avoir une répercussion immédiate sur celle du second écran. Le spectateur pourra se creuser la tête pendant des heures, à imaginer toutes sortes de communications vraiment folles entre ces deux images de poisson. Jusqu'au jour où il comprendra qu'il s'est fourvoyé en poursuivant des réalités secondaires : c'est derrière l'écran qu'il fallait chercher. Bien sûr, l'analogie s'arrête vite, car il faudrait imaginer des caméras échappant elles-mêmes à l'espace-temps...

– Mais c'est du Platon? Votre ordre impliqué est la *matrice idéale* d'où les archétypes s'expriment, rien d'autre!

– D'une certaine façon, dit Bohm (en hochant lentement la tête comme on fait en Inde, tic qu'il a dû prendre à son grand ami Krishnamurti), à cette cruciale différence près que, pour les Grecs, le monde des idées était l'immobilité même, alors que l'*ordre impliqué* que l'on peut deviner derrière le voile de la matière est un pur mouvement, une création permanente. Nous ne disons pas que l'*ordre expliqué* soit fait d'ombres totalement illusoires. Il y a une certaine autonomie. Il pourrait même jouer en feed-back sur l'ordre primaire dont il est l'expression – c'est du moins une hypothèse de travail intéressante. Si vous reprenez le langage de Platon, il y aurait alors dialogue entre l'archétype et ses manifestations. Certains, tel notre jeune ami Sheldrake, iraient même jusqu'à dire " création permanente de l'archétype par ses expressions ".

– Mais, demanda Simoes qui était resté silencieux jusque-là, prenez cette *singularité* dont on dit que l'explosion aurait donné naissance à l'univers.

Diriez-vous qu'elle faisait partie de l'*ordre impliqué*, et que son explosion a donné naissance à l'*ordre expliqué*?

– On peut dire ça...

– Mais comment concevoir ce qui était *avant* le big-bang, puisque, alors, il n'y avait pas de temps, donc pas d'*avant*? De même, comment explorer ou seulement concevoir ce qui est *au-delà* de la lumière la plus lointaine, puisque, *au-delà* du front de la lumière, il n'y a plus d'espace? »

Un bref sourire éclaira le visage de Bohm :

« Je connais au moins deux moyens d'explorer cet ailleurs. Le premier est mathématique. C'est le plus tranchant, mais le plus limité. Il ne nous permet nullement de dire *ce qu'est l'ordre impliqué*. Tout au plus d'y effectuer quelques incursions furtives et d'en ramener des coupes, des fragments symboliques.

– Des fragments de quoi?

– Des lois mathématiques. Les nombres de ces mathématiques sont dits *multiplexes*. Leur substance est l'*holomouvement du vide*.

– Du vide?

– Dans l'hypothèse où je me situe, *ce qui est* ressemble à un pur mouvement. Un mouvement *en soi*. Un mouvement qui échappe à l'espace-temps, parce que l'engendrant. Donc, spatiotemporellement, un " rien ".

– Un... rien qui serait un mouvement?

– Un mouvement non mesurable.

– Mais vous êtes mathématicien!

– Cela peut vous paraître étrange, en effet. Et pourtant, nous savons que ce " mouvement " est, si je puis dire, " rempli d'énergie ". Mais pas au sens où nous entendons l'énergie habituellement. Les équations qui se risquent à le caractériser traduisent non plus des *transformations*, mais des *méta-*

morphoses, et la loi holographique du tout et de la partie s'y trouve vérifiée : chaque partie contient l'information du tout, en même temps que celle-ci se trouve disséminée partout à la fois. Il me serait difficile de vous en dire davantage sans devenir hermétique pour un non-mathématicien. Pourtant, curieusement, cela ne me gêne pas pour vous répondre. Car il y a un second moyen d'explorer l'*ordre impliqué*. Et celui-là n'est pas mathématique. Il suffit d'être un humain pour posséder ce moyen qui vous livre l'essentiel de ce que nous, mathématiciens et chercheurs de la physique théorique, finissons par comprendre, après des années de labeur.

– Quel est ce moyen?

– C'est l'émotion musicale.

– Comment cela?

– Voyons, il vous est déjà arrivé, n'est-ce pas, d'être ému par une musique? A l'instant précis où la musique vous émeut, vous pouvez, si vous êtes attentif, percevoir comment le passé, le présent et l'avenir de sa mélodie se télescopent en un seul point – un point qui est votre conscience. En un sens, à cet instant-là, vous mettez, si j'ose dire, un pied dans l'*ordre impliqué*. Une partie de vous se met à participer consciemment à ce " réel primaire " qui est l'implicitation de notre espace-temps. »

Un silence. Puis : « L'*ordre impliqué* de l'univers est sans doute ce qui touche notre conscience en premier, car elle-même semble fondamentalement appartenir à cet ordre. Pourtant, notre intelligence sensorielle s'interpose aussitôt entre le réel primaire et nous, pour nous le rendre différencié, mais aussi, du même coup, étranger. Terrible illusion du " bons sens " commun. »

Alors, lentement, tout se mit à tourner dans ma tête.

Je rêvais ? Etais-je bien là, face à un grand physicien qui tentait de m'expliquer la nature intime de la réalité ? De quoi parlait-il ? De l'émotion musicale ! Oh, petite mère ! Le plus sérieusement du monde ! Que voulait-il dire ? Sous-entendait-il que la nature « primaire » du réel, la matrice d'où se serait *exprimé* notre espace-temps, fût faite de « substance émotionnelle » ? J'osai à peine balbutier la question, tant elle me paraissait folle. Il répondit : « L'émotion est certainement une façon d'accéder à l'*ordre impliqué*. Affirmer que cet ordre *est* de l'émotion, c'est une autre affaire. Il nous sera sans doute à jamais impossible de capturer cet ordre par des mots. »

Un formidable mouvement de bascule me plaqua la glotte contre la nuque. Un physicien, savant du dehors, venait de faire appel au-dedans de mes tripes pour m'aider à deviner les confins ultimes de l'univers matériel. Vous voulez connaître la nature du réel ? Placez vos émotions au centre de votre conscience, et connaissez-les, de l'intérieur. N'était-ce pas ce qu'il venait de me dire ? Par tous les dieux, ai-je pensé, quelle inversion ! Le dehors qui devient dedans et le dedans, dehors. Tout au fond de notre mémoire, au nœud central de notre conscience, là où se croisent notre volonté et notre capacité à ressentir, il y aurait un trou ? Un trou par où nous échapperions à l'espace-temps ? Le fameux *trou noir* serait en nous ? Ce serait par là que nous participerions à l'*ordre impliqué*, à l'ordre primaire du flux matriciel du monde ?

Quel coup de tonnerre dans la tête, le jour où l'on saisit ce que ces mots pourraient vouloir dire. Ce jour-là, vous avez soudain l'impression d'être aspiré au fond de vous-même, avant de vous redéployer en un immense manteau d'étoiles. Comme si tout s'inversait effectivement : comme si l'univers entier basculait pour de bon à l'intérieur de chacun d'entre nous. Comme si, à l'inverse, au fond des *trous noirs* infiniment denses, mystérieux pièges à lumière du bout des galaxies, se mettait à briller... de la conscience!!!

Dans les rituels initiatiques d'antan, l'inversion, le passage à travers le miroir, jouait un rôle clef. Inversion sexuelle : les hommes se travestissant en femmes et les femmes en hommes, pour tenter, chacun, de s'approprier les pouvoirs de l'autre sexe et ainsi d'échapper à la dualité. Ou bien inversion morale – par exemple, dans les mystères chrétiens, où le postulant devait cracher sur la croix, pour gagner l'au-delà du bien et du mal... Il y avait une infinie variété d'inversions. Mais au centre du rituel régnait toujours l'inversion majeure : on vous faisait mourir, c'est-à-dire qu'on vous montrait la mort, non plus du dehors, mais du dedans.

Maintenant, là, à Londres, face à David Bohm, je commence à comprendre combien l'actuel mouvement d'inversion dépasse tout ce que j'aurais pu concevoir. Ça n'était donc pas pour rire que Heisenberg avait pu hurler à Schrödinger (ou était-ce l'inverse?) : « Votre équation est obscène! » Ces grands savants baignaient dans l'émotion toute la journée.

« Oui, objectera-t-on, l'émotion les aidait sans doute à créer, mais alors ils étaient pareils aux artistes. Ils *étaient* des artistes. Les paroles de Bohm, quand il évoque l'émotion musicale, sont celles d'un visionnaire, ou d'un philosophe, mais certainement pas celles d'un scientifique! »

C'est vrai. Du moins si l'on considère que la science ne peut s'attaquer qu'au quantifiable et au répétitif. Mais en ce cas, le jaillissement intuitif, c'est-à-dire la création, lui échappe définitivement.

Qui, alors, nous parlera de la vie?

Quel monde étrange! Prenez Einstein. D'une certaine façon, son génie s'avéra impitoyablement mécanique, et il fustigea, telle une brute, le subtil Bergson, venu à la Sorbonne lui poser des questions sur l'*intuition* et sur le *temps vécu*. Mais le même Einstein put écrire des choses comme celles-ci :

L'émotion la plus magnifique et la plus profonde que nous puissions éprouver est la sensation mystique. Là est le germe de toute science véritable. Celui à qui cette émotion est étrangère, qui ne sait plus être saisi d'admiration ni éperdu d'extase est un homme mort. Savoir que ce qui nous est impénétrable existe cependant, se manifestant comme la plus haute sagesse et la plus radieuse beauté que nos facultés obtuses n'appréhendent que sous une forme extrêmement primitive, cette certitude, ce sentiment est au cœur de tout sens religieux véritable[6].

Plus il avançait, plus c'était beau. Plus c'était beau, plus il était ému. Plus il était ému, plus il s'inclinait. Plus il s'inclinait, plus il avançait...

Au moment où nous prîmes congé de David Bohm, son visage était devenu grave, presque douloureux. Il s'était assis derrière son bureau et ne disait plus rien. Tels des canards devant une clef à molette, nous contemplions au tableau noir, Manuel Simoes et moi, les morceaux de formules mathématiques du dernier cours du semestre, aux trois quarts effacés par une éponge paresseuse.

« Où ces recherches nous mènent-elles? » finit par oser demander mon compagnon.

Alors le physicien, rompant le silence d'une voix

soudain lasse : « La réponse est terriblement préoccupante, bien que connue depuis la nuit des temps. Mais chaque époque doit la reformuler à sa façon. Pour ma part, je dirais que c'est une illusion assez grossière que de voir en chaque humain une réalité indépendante. A un certain niveau, nous relevons tous d'une seule et unique entité. L'oublier, c'est s'exposer à une sérieuse confusion de tous les sens, et donc à de graves périls. »

Il toussa deux ou trois fois et reprit : « Malheureusement, nos contemporains ne semblent pas du tout prendre le chemin qui mène à la compréhension de cette évidence. Aussi la planète court-elle de réels et graves dangers. »

Nous quittâmes Londres en proie à un double sentiment d'exaltation et d'inquiétude. Par bonheur, Manuel Simoes me parla de Proust, que je connais fort mal, et me donna envie de le lire. Deux ans plus tard, un mathématicien français, Ivar Ekeland, allait sortir un livre sur les *Figures du temps, de Kepler à Thom*, où il citerait justement le passage du *Temps perdu* qu'évoquait pour moi l'artiste portugais à l'aéroport de Heathrow. Je le recopie ici. Non sans jubilation.

L'être qui était rené en moi quand, avec un tel frémissement de bonheur, j'avais entendu le bruit commun à la fois à la cuiller qui touche l'assiette et au marteau qui frappe la roue, à l'inégalité pour les pas des pavés de la cour Guermantes et du baptistère de Saint-Marc, cet être-là ne se nourrit que de la substance des choses, en elle seulement il trouve sa subsistance, ses délices. Il languit dans l'observation du présent où les sens ne peuvent la lui apporter, dans la considération d'un passé que l'intelligence lui dessèche, dans l'attente d'un avenir que la volonté cons-

truit avec des fragments du présent et du passé auxquels elle retire encore de leur réalité en ne conservant d'eux que ce qui convient à la fin utilitaire, étroitement humaine qu'elle leur assigne. Mais qu'un bruit, qu'une odeur, déjà entendu ou déjà respirée jadis, le soient de nouveau, à la fois dans le présent et dans le passé, réels sans être actuels, idéaux sans être abstraits, aussitôt l'essence permanente et habituellement cachée des choses se trouve libérée, et notre vrai Moi, qui, parfois depuis longtemps, semblait mort, mais ne l'était pas entièrement, s'éveille, s'anime en recevant la céleste nourriture qui lui est apportée. Une minute affranchie de l'ordre du temps a recréé pour nous, pour la sentir, l'homme affranchi de l'ordre du temps. Et celui-là, on comprend qu'il soit confiant dans sa joie, même si le simple goût d'une madeleine ne semble pas contenir logiquement les raisons de cette joie, on comprend que le mot de « mort » n'ait pas de sens pour lui; situé hors du temps, que pourrait-il craindre de l'avenir[7]?

IV

LES DIEUX SONT DE RETOUR

15

La source noire :
naissance d'une nouvelle mythologie
centrale

NOTRE conversation avec Bohm fut suivie, pour moi, d'une longue exaltation. J'avais l'impression de comprendre des choses insensées, infiniment subtiles et frissonnantes. J'ignorais encore que, pour avancer, et grimper plus haut dans la gamme des joies, il me faudrait passer par la vallée des larmes et pleurer à en tomber par terre d'épuisement. Pour le moment, je m'ébrouais dans une plaine luxuriante et, tout à mon euphorie, je me mis à écrire ce livre. La pensée des grands esprits que j'avais rencontrés, tous les mois précédents, m'inspirait des réponses imparables, face aux diables intimes qui, par fonction, s'étaient évidemment attelés à saboter mon enthousiasme.

« Alors ça y est, ricana l'un de mes diables, t'as basculé ! »

Je restai calme : « Basculé dans quoi ?

– Dans la confiture, mon pauvre ami ! Mettre ses émotions au centre, c'est de la folie ! Les émotions sont des œillères. Les sages l'ont toujours dit. Il faut, au contraire, apprendre à se détacher de ses émotions. Atteindre le stade de grande indifférence ! (Mon diable prit une pose de Bouddha ascétique.)

– Amusant, dis-je, c'est exactement ce que racontent les *visionnaires de la mort*.

– Ah? (Son œil s'alluma.)

– Ils disent s'être sentis très calmes, très indifférents devant le spectacle déchirant qui se déroulait autour de leur " cadavre ". De ce point de vue, ils avaient radicalement changé. Les pleurs des êtres chers ne les blessaient plus. »

En un éclair, mon diable changea de stratégie. Il devint une madone au visage infiniment tendre et triste, tenant dans ses bras un enfant mort. Mais cela ne brisa point mon élan. La vision que m'avaient inspirée les savants intégrait momentanément toute la tristesse du monde. Je m'entendis poursuivre : « Dans le même temps qu'ils deviennent indifférents, les *experiencers* disent s'être sentis envahis par une immense compassion. Ceux qui se rappellent avoir revu leur vie remonter du fond de leur mémoire disent qu'ils ont tout revécu, dans le moindre détail, mais en compassion.

– C'est-à-dire? demanda mon diable, les yeux mi-clos.

– Eh bien, ils ressentaient l'effet global qu'avaient eu leurs actes. Pas seulement sur eux-mêmes, mais aussi sur les autres. Ils avaient la sensation de revivre leur vie, mais en ressentant son influence globale et détaillée. C'est ainsi que je me suis mis à imaginer ce que Hitler ou Staline (mon diable sursauta) avaient pu ressentir, au moment de leur mort. Une foule de choses, je pense... A ce stade-là, il semblerait que l'ultrasubjectivité devienne totalement objective. Comme si la grande émotion et la grande indifférence ne faisaient qu'un. Comprends-tu, mon cher? Quand les sages disent qu'il faut se " recentrer ", ce serait à cette émotion-là qu'ils feraient allusion.

– Quelle différence? lança mon diable, agacé.

Admets-tu, oui ou non, que les émotions nous aveuglent?

– Question de vocabulaire. Les petites émotions nous aveuglent. Les grandes nous éclairent. Sans doute faut-il se détacher des premières, mais celui qui ne ressentirait plus les secondes disparaîtrait. Le mieux serait sans doute d'appeler les premières *passions*, et les secondes *compassion*. Note au passage la métamorphose du pluriel en singulier.

– Tu débloques complètement, mon pauvre vieux! »

Il était à court d'arguments. Pourtant, il ne s'était pas trompé : j'avais effectivement *basculé*. Mais dans quoi? Je m'interrogeai longuement sur la nature de cet état d'euphorie étrange où m'avaient jeté mes conversations avec les savants – et particulièrement celle avec Bohm. Un étrange bouleversement avait eu lieu. Il me donnait l'impression de s'être déroulé *ailleurs*; et en même temps, là, au fond de moi.

Certains jours, je me demandais si je n'avais pas tout bonnement rêvé ces entretiens. Leur convergence était déroutante. A la fin, ils semblaient vouloir donner un sens à tout. Or prétendre énoncer un sens ultime et global ne nous avait-il pas toujours paru rédhibitoirement grotesque? Les religions n'en étaient-elles pas mortes, bien avant notre naissance? Et quand l'humanisme athée de nos arrière-grands-pères s'y était essayé à leur place, ne s'était-il pas durement cassé le nez? (Comment faire partager à la multitude un sens fondé sur du non-sens?)

Pourtant, – comment le nier? – j'avais l'impression de sortir d'une longue obscurité. C'était d'un paradoxal renversant. Dieu sait si ma génération est friande de paradoxes et d'*effets pervers*! Mais un paradoxe pareil! Je ne parvenais pas à m'y faire.

Quel paradoxe?

Il est une source d'inspiration à laquelle *toutes* les grandes civilisations sont venues puiser. C'est la mort. Je veux dire la mort concrète, l'observation intime de l'agonie. Pour toutes les civilisations, les agonisants ont été, semble-t-il, des inspirateurs de vie privilégiés. De ce qu'ils parvenaient à communiquer aux vivants, ceux-ci tiraient des croyances, un mythe. Et sur ce mythe central, ils bâtissaient ensuite des rites, un art, une vision du monde. *Toutes* les civilisations. Sauf la nôtre, l'occidentale. Pour des tas de raisons, l'homme moderne s'est peu à peu détourné de cette source d'inspiration. Au point de l'oublier...

Or il existe une ancienne hypothèse de travail, chez les anthropologues, qui demeure généralement admise : les grands singes hominiens ne seraient devenus hommes qu'avec les premières sépultures. C'est la prise de conscience par l'individu de sa propre mortalité qui aurait fait de nous les sujets d'un règne nouveau. Mais alors, n'avons-nous pas, nous, les modernes, frisé la perte de notre qualité d'humain et failli redevenir préhumains, en souhaitant si ardemment oublier la mort? Serait-ce parce que nous avons voulu l'oublier que nous nous sommes, peu à peu, anémiés du dedans? Comme les pauvres mollassons de la *Source des dieux* de Peyo? (Avez-vous jamais lu cette admirable bande dessinée?) En quelques siècles, oubli et amnésie se seraient combinés pour nous faire totalement colmater la « source noire » de l'inspiration humaine. Il existe d'autres sources, mais une fois que vous êtes coupé de celle-là, une carte maîtresse vous manque – et vous ne voyez aucune raison d'aller remettre le nez là-bas, au bord du gouffre... qui, de loin, paraît de plus en plus morbide.

La réponse habituelle se voulait sereine. On nous

disait : « La vision scientifique, voyez-vous, remplace peu à peu la vision religieuse. »

On ne nous trompait pas. La science remplace effectivement la religion. Mais elle le fait dans tous les domaines. Et du coup, elle se métamorphose. Retour de balancier. Inversion de l'inversion. Idée fascinante qui va me hanter. Dans la société religieuse, lorsque quelqu'un venait de mourir, on était heureux de pouvoir dire : « Mais rassurez-vous, il a eu le temps de la voir venir et de se préparer. » Les modernes ont mis la proposition à l'envers. Désormais, c'est du contraire que l'on se réjouit : « Qu'une chose au moins vous console : il est mort sur le coup et ne s'est rendu compte de rien. » Inversion capitale, apparemment définitive. Et voilà qu'en cette fin de siècle des médecins remettent la phrase sur ses pieds : « Reste calme et lucide jusqu'au bout, mon ami », murmure Elisabeth Kübler-Ross.

Quelle stupeur, quand j'ai compris que la science de mon temps était en train d'accoucher, à son tour, d'un mythe puissant sur la mort ! Ce n'est plus de la science, assurément. C'est de la mythologie. Mais vivante et ça change tout !! Jusqu'ici, les modernes n'ont connu que des mythologies mortes, ou en voie d'extinction, étrangères à leurs systèmes de croyances – ou bien ce sont des bribes de pseudo-mythologies inconscientes, inlassablement répertoriées (mythologie de l'automobile, mythologie de la starlette, mythologie de la cigarette, ou du fix d'héroïne, ou du rock... mille farfadets familiers, autorisant toutes les jongleries). Avec la NDE, soudain, une nouvelle mythologie centrale, vivante, surgit au beau milieu du monde moderne. Mais alors...? Si les visions d'un Bohm, d'un Sheldrake ou d'un Pribram m'ont à ce point impressionné, serait-ce en tant que mythes adjacents à ce nouveau mythe central ?

De découvrir cela me permet de définir, enfin, cet état d'euphorie étrange où je me trouve depuis ma visite aux savants : j'appartiens désormais à une véritable civilisation! Forte de son propre accès à la « source noire ». Ce sentiment d'appartenance et cet accès nouveau changent ma vie intérieure de fond en comble. Tout redevient possible. Les dieux peuvent revenir vivre parmi nous, sans choquer nos croyances scientifiques. Le réel ultime redevient un soleil innommable. Un gigantesque *ré-émerveillement* est en cours.

Certes, nous n'en sommes qu'au tout début de cet éveil. Mais le chantier promet beaucoup. Mille récits fabuleux nous enchantent déjà. Récit du big-bang. Récit des paradoxes incroyables de la mécanique quantique. Récit de l'introuvable mémoire... Aux avant-postes, les scénaristes de science-fiction deviennent d'indispensables explorateurs. Kenneth Ring se risque lui-même à esquisser un scénario de métaphysique-fiction.

Si l'on suppose, dit-il, que le monde livré par nos sens n'est que l'expression secondaire d'une réalité primaire, inconnaissable, mais dont nous savons au moins qu'elle constitue l'étoffe subtile de notre conscience, alors les hypothèses les plus fantastiques deviennent possibles autour de la NDE. En particulier, celle de l'énigmatique « sortie hors du corps ». Pour la simple raison qu'il n'est plus alors besoin de *physiquement* sortir de son corps pour en avoir l'impression : il suffirait en effet que la conscience vive pleinement son appartenance à l'ordre « primaire » du réel, en se vivant comme un « point qui dure », pour aussitôt échapper à l'espace-temps.

Echapper à l'espace-temps? *Bing*! Vous venez de mourir, et vous voilà transformé en « probabilité d'interférences ondulatoires » (pour dire les choses poliment). Onde émotionnelle, naturellement. Toute votre mémoire vous devient accessible, globalement, pour le meilleur et pour le pire. Devant vous, soudain, un gouffre obscur et colossal. Vous ne voyez plus rien. C'est à peu près, dit la fiction de Ring, ce que ressent une onde radio lorsqu'elle ne rencontre aucun récepteur. Ne vous affolez pas, surtout. Vous venez de quitter la réalité ex-pliquée du monde des apparences. Il vous faut maintenant rejoindre la réalité primaire. Comment? Certainement pas en essayant de contrôler quoi que ce soit. Il suffit de laisser s'opérer en soi le changement de niveau de conscience. N'être plus qu'un point passif.

Quelle obscurité magnifique! Soudain, des entités apparaissent : figures holographiques de parents ou d'amis décédés. Elles vous font un cortège souriant. Et voilà qu'une étoile apparaît, vers qui un vent impalpable vous pousse maintenant à une vitesse prodigieuse. L'étoile devient un soleil. Mon Dieu, mais c'est *la* grande lumière dont ils parlent tous! Mais alors, vous avez atteint le cinquième stade! Alléluia! Vous voilà dans la réalité des émotions pures. Débarrassé de la pesanteur, votre corps de conscience exulte. Vous êtes ici chez vous. Une voix plus puissante que le ronflement du soleil un jour de grande activité vous salue et vous enveloppe d'une chaleur inimaginablement compatissante, tendre, douce, et érotique. Aaaaaaah! Vous êtes au paradis! Nom de nom! Ces lacs, et ici, des millions de fleurs aux couleurs inconnues! Et là, toutes ces naïades! C'est merveilleux... Mais vous vous posez soudain une question gravissime : où êtes-vous réellement? Car enfin, de deux choses l'une : soit vous vous trouvez dans le monde secondaire des apparences ex-pliquées – et vous pouvez voir des champs, des fleurs, des femmes et des grappes d'enfants – ou bien vous accédez à cette réalité primaire im-pliquée, et il n'existe plus ni espace, ni temps, ni visions d'aucune sorte. Mais alors, comment expliquer ces troupeaux de chevaux ailés et là, ces adorables mignonnes dorées courant dans le pré? Arrêtez! Il y a une faille dans le scénario!

Heureusement, une explication du scénariste arrive de justesse par onde express. Lorsqu'elle revient au royaume des émotions pures après une longue absence, la conscience individuelle est encore malhabile. Habituée au corps et au monde physiques, elle continue égotiquement à traduire toutes les vibrations qu'elle rencontre en images biographiques terrestres. Et bien sûr, si vous traduisez de « très hautes fréquences » avec votre propre stock d'images terrestres, eh bien! ce sont des chevaux, des fleurs ou des femmes que vous apercevez, mais énormes, magnifiques, fantastiques. Ici, tout ce que vous *ressentez* se manifeste immédiatement. Au royaume des émotions pures, rien n'est émotionnellement neutre. C'est beau. Mais c'est un piège redoutable.

Gare à vous si vous avez l'esprit rempli d'horreurs! Et gare au vertige si vous n'avez jamais appris, durant votre vie physique, à faire le vide en vous. Car les horreurs de votre cœur se manifesteront bientôt en autant d'apparitions terrifiantes. Et en ce fabuleux royaume, les délices sont autant de chausse-trapes.

Pendant combien de temps se trimbale-t-on avec le vieux stock d'images terrestres dans l'ordre primaire? Le scénario n'hésite pas :

Tu continueras à tout traduire en images, et donc à perpétuer ton monde, avec ton espace, ton temps et ton ego, jusqu'au moment où tu saisiras que ces merveilles qui t'éblouissent, ou ces monstres qui t'ef-

fraient, ces lacs, ces fleurs, ces couleurs jamais vues, cette puissance d'amour ineffable dont parlent les experiencers *depuis la nuit des temps, cette lumière si chaleureuse, ce vacarme terrorisant... eh bien! que tout cela, c'est toi* [8].

Un toi non plus limité aux frontières étroites de ton véhicule individuel. Un toi plus large où, à la fois, tu te dissoudrais et tu te confirmerais. Un toi transpersonnel, dirait Grof. Un toi impliqué, dirait Bohm. Un toi qui serait aussi moi. Et l'incommensurable force contenue derrière cette suggestion pourrait rendre fou celui qui la pendrait dans la figure à l'improviste, au coin d'une rue, alors que tout autour de lui des millions d'individus se promèneraient en criant à tue-tête : « Je suis moi, manants, moi! moi! moi! Et je suis seul, moi, à bord de mon héroïque petit drakkar, voguant seul, vers mon unique fin absolue. »

Personne, conclut le récit de Ring, ne peut se dire garanti contre lui-même.

Oui, une nouvelle mythologie se met en place. Nous n'en percevons encore que des fragments. Mais à l'évidence, ces fragments appartiennent à un puzzle géant. Un puzzle mondial – dans l'espace et dans le temps (Les chamans aborigènes ont été, par exemple, des guides irremplaçables quand les enfants des modernes ont retrouvé le chemin de l'humain par la voie primitive du LSD). Quand je suis rentré en France, après ma première série d'enquêtes chez les Américains, dans l'avion qui me ramenait, j'ai feuilleté, encore une fois, *Le Livre tibétain des morts*. Brusquement des pans entiers de l'étrange petit livre me devinrent limpides. Ces diables d'hommes connaissaient le scénario de Ring depuis mille cinq cents ans. Ils ne possédaient ni mécanique quantique, ni modèle holographique, ni techniques de réanimation sophistiquées. Mais on dit que certains grands lamas continuaient de dicter leurs visions à leurs disciples jusqu'à un stade avancé de leur propre agonie.

En parcourant leur vénérable « guide pour les âmes en transition entre deux réincarnations », j'ai ri à toutes les pages. Ils disaient les mêmes choses que Ring, mais avec un tel goût pour la mise en scène, les dragons, les déités étincelantes, une telle aisance, aussi, dans l'exploration symbolique du royaume des fréquences pures!

Ô fils noble, au moment où ton corps et ton esprit se sont séparés, tu as connu la lueur de la Vérité pure, subtile, étincelante, brillante, éblouissante, glorieuse et radieusement impressionnante, ayant l'apparence d'un mirage passant sur un paysage au printemps en un continuel ruissellement de vibrations. Ne sois pas subjugué, ni terrifié, ni craintif. Cela est l'irradiation de ta propre et véritable nature. Sache le reconnaître [9].

Tout le problème tiendrait à la frayeur que finit par nous communiquer notre « propre nature ». Pourquoi? Sans doute parce qu'elle est *trop* : trop grande, trop belle, trop douce, trop bonne... Ne dit-on pas : « Cette femme est *too much*? » On met longtemps, paraît-il, à se débarrasser de l'idée du *too much*, ce bouclier du jouvenceau. « Ne dites jamais que la mariée est trop belle, nous conseille l'ancienne mythologie tibétaine, mais n'en attendez rien non plus. »

Ni peur ni espoir, telle serait l'étrange recette des sages. Sous toutes les latitudes et à toutes les époques, la Tradition semble très claire sur ce point : il faut essayer de mourir sans attachements.

Les attachements peuvent être sensuels aussi bien que religieux, intellectuels aussi bien que physiques. L'attachement du bigot à ses croyances, ou de l'intellectuel à ses concepts seraient comparables à celui de l'alcoolique à sa drogue. La peur et l'espoir seraient les deux extrémités d'une même épine au travers du flux ineffable. L'apprentissage du vide intérieur se ferait cependant non pas en chassant « les anges et les démons » (les images de nos désirs et de nos craintes) par la force, mais au contraire en les accueillant en s'offrant intérieurement à eux, pour mieux les dépasser.

Un beau matin, j'ai compris qu'en mon for intérieur, la fiction de Ring était devenue pour moi une réalité – je veux dire une intime conviction. Dans sa première formulation, elle demeurait, certes, fort naïve; mais des faits extraordinaires allaient continuer à tomber dans l'épuisette de mon ami. Avec une candeur désarmante, Ring allait se remettre au travail, et découvrir qu'au moment de « presque mourir », la conscience des *experiencers* se retrouvait dans un état bien connu des contemplatifs, depuis l'aube de l'humanité. Le plus étonnant, c'était que Ken tienne bon sur ses pieds. A sa place, j'aurais été renversé par la force de la vision, et je n'aurais pas osé la moindre publication à son sujet. Cette fois, la silhouette du nouveau mythe central devenait colossale.

16

La cinquième extase :
assistons-nous à une accélération
du processus d'hominisation?

FINALEMENT, de retour à Paris, j'avais écrit mon article. Pendant quelques mois, je ne parlai plus que de ça. Imprudemment parfois. Rien de tel pour faire fuir les gens que de leur dire, la bouche en fleur : « Je m'intéresse surtout à la mort, ces temps-ci. » Vous pouvez toujours courir ensuite, pour les convaincre qu'en réalité il s'agit de la vie!

Mais à l'inverse, plusieurs amis me firent tomber des nues en avouant : « Tu sais, l'expérience dont tu parles dans ton papier, la NDE, eh bien! je l'ai connue! » Ou bien : « Tu devrais en parler à ma sœur, elle a traversé une expérience semblable. » Ils ne m'en avaient jamais rien dit. Et je croyais les connaître!

Trois ans s'écoulèrent. De l'autre côté de l'Atlantique, l'IANDS devint une institution, regroupant des dizaines de chercheurs. Il faut dire que, depuis 1982, la NDE est carrément devenue un phénomène officiel. En partie grâce à George Gallup Junior, l'héritier du plus prestigieux institut de sondage du monde. Un grand sanglier quinquagénaire, qui s'est épris de la cause *death and dying* et a offert un sondage colossal à travers les Etats-Unis pour savoir combien de personnes avaient connu une NDE. Il est tombé sur le chiffre renversant de huit millions.

Huit millions d'Américains prétendent avoir connu au moins un épisode de la folle expérience! Les détails du sondage sont publiés dans un livre intitulé *Aventures dans l'immortalité* (*McGraw-Hill*, New York 1982). Evidemment, ça a sidéré tout le monde. A commencer par les chercheurs de l'IANDS eux-mêmes. Certes, les enquêteurs de l'institut Gallup n'ont pas dû prendre toutes les méticuleuses précautions de nos savants. Pourtant, ils aboutissent à un chiffre relativement modeste quant à la fréquence des NDE en cas de mort clinique ou de coma profond : selon eux, 35 p. 100 environ des *rescapés de la mort* en ramènent le souvenir d'une expérience...

Bref, d'une manière ou d'une autre, le phénomène s'impose. La NDE existe, quelle que soit l'explication qu'on en donne. Des millions d'individus l'ont rencontrée.

Du coup, les monographies statistiques d'un Sabom, ou même d'un Ring, se trouvent dépassées. On veut en savoir *qualitativement* davantage, et dans le détail, s'il vous plaît! Oui, le moindre détail se met à compter. La spécialisation commence. L'IANDS se subdivise en départements. Il y a *la sortie du corps,* le tunnel, les *rencontres avec des êtres décédés*, la *revue de vie*, les *transformations de croyances* consécutives à l'expérience... Bruce Greyson, un jeune et brillant psychiatre du Michigan, à qui Ken Ring va bientôt laisser la direction de l'organisation, se consacre aux seuls suicidés. Suicidés ratés naturellement. Des philosophes commencent à rappliquer. Et des militaires du département parapsychologique du Pentagone pointent leur nez! Et puis, il y a la branche sociale de l'IANDS, chère à Madeleine Pordurgiel, directrice de l'école d'infirmières de l'université du Connecticut : une fois que vous avez déniché une belle NDE, impossible de repartir tranquillement : « Merci beaucoup, *bye bye*! » Il faut souvent aider la personne à redescendre sur terre, à se réintégrer, à faire accepter son expérience par l'entourage. Cela prend un temps fou.

Ken Ring, lui, avait cru que *Life at Death* serait son seul et dernier livre sur la question « NDE ». Peut-être, un jour, plus tard, engagerait-il une seconde manche. Mais pour le moment, c'était fini. Le quasi-militantisme de sa première enquête l'avait mis sur les genoux. Il aspirait au calme et se voyait vivre peinardement pendant quelque temps, avec Norma aux longs cheveux de feu, son nouvel amour, dans leur maison en bois (un ancien relais de poste), tout contre la rivière – l'eau frôlait la baie vitrée.

Mais le livre parut, et le public réclama l'auteur. La maison d'édition organisa des lectures, des conférences. La boule de neige. Plusieurs chaînes de télévision invitèrent Ring à des shows grand public. C'est un numéro dont j'ai pu voir quelques versions, à la vidéothèque de l'université du Connecticut. Les Américains se permettent des shows qui nous seraient strictement interdits. Imaginez l'annonce dans les programmes télé yankee : *Ken Ring et ses amis* survivors *racontent l'incroyable voyage dans l'ineffable lumière*! Ici, en Europe, nos yeux jetteraient immédiatement de la vulgarité sur le propos. Et l'affiche *deviendrait* vulgaire. Là-bas, comme en Afrique, comme au Brésil, comme dans les profondeurs insoupçonnées de l'Union soviétique, cette vulgarité ne prend pas.

Est-ce parce qu'on y est plus jeune et qu'on y vit plus naïvement, donc plus intensément, jusque dans les virtualités invisibles du réel?

Ken est submergé de lettres. Des gens avides d'informations. Mais aussi des centaines de récits de NDE, qui se manifestent d'elles-mêmes. Des rescapés l'accostent dans la rue. Toute la suite de l'aventure va se jouer dans ce contact physique. Des *experiencers* débarquent sur le campus de Storrs. Certains viennent de loin. Un jeune type vient en stop de la Californie pour rencontrer Ken. Ça redevient *Rencontre du troisième type*. Avec cette fièvre dans le désir des visionnaires de se retrouver, de se reconnaître. Mais en s'incarnant, la science-fiction s'est transfigurée; le vaisseau spatial s'est métamorphosé en cité de lumière intérieure.

Le jeune auto-stoppeur californien passe quinze jours dans la maison de Ken et de Norma. Puis débarque un autre *experiencer*. Puis deux autres. Puis une quatrième. Bientôt, Ken et Norma croulent sous les visites. Rares sont les dîners où ils n'ont pas un *visionnaire de la mort* à table. On ne parle plus que de ça. Un soir, tard, Ken et Norma doivent se rendre à l'évidence : leur maison porte maintenant un nom : c'est le *Near Death Hotel*. L'hôtel près de la mort. On a rarement vu maison plus joyeuse au bord du Styx! Ils y accueillent des dizaines et des dizaines de « clients ». Maria, une jeune psychosociologue chilienne, s'installe même à demeure. Profitant de son exil en Espagne, elle y avait commencé une étude sur les NDE ibériques. L'idée de pouvoir travailler avec Ring, d'avoir accès à son formidable réseau d'*experiencers*, l'a enthousiasmée.

Maria a une idée fixe : les rescapés revenus sans souvenir. Ceux qui ont failli mourir, comme les autres, mais qui n'ont eu droit à aucun coup de baguette magique. Les malchanceux! Pour eux, rien n'a changé. Pourquoi? Ont-ils simplement oublié? Question délicate, qui exige, pour être convenablement posée, un très gros travail de recherche. Ken admire Maria... de loin. Il en a réellement marre et souhaite se reposer.

Mais il a trop bon caractère. Son sens de l'hospitalité va le perdre. A mesure que les *experiencers* défilent chez lui, qu'ils y mangent, parlent, dorment, rient, boivent, pleurent, notre savant s'aperçoit avec une stupeur grandissante que ceux qui ont été le plus loin dans la NDE – ils sont nombreux, parmi les visiteurs, à avoir connu le cinquième stade – sont vraiment *très* particuliers. Ken ne les a pas connus *avant* leur expérience, il ne peut donc pas savoir s'ils ont réellement changé à cette occasion. Sont-ils nés ainsi?

La première chose que Ken constate, c'est que les *experiencers* du cinquième stade débordent de vitalité. Une fois passé la (souvent très difficile) « rentrée dans l'atmosphère », ils ont une forme comme on en voit rarement. Une *grande* forme. Vraiment, ça marche pour eux. Et ils prétendent que cela aurait commencé avec leur NDE! A la vingtième « grande forme », Ken Ring ne tient plus en place. Des picotements lui grimpent dans les jambes. D'abord, ça le rend furieux : et son repos alors? Il tente d'étouffer tout désir, toute sensation. Trop tard : il y a pensé! Et plus il y pense, plus il est intrigué : comment expliquer, physiologiquement le tonus époustouflant de ces gens? Ne dirait-on pas que la NDE a atteint le métabolisme profond de leurs cellules? Comme si l'expérience comportait tout un pan biologique encore laissé dans l'ombre par les explorateurs.

« Passerelles psychosomatiques », lui souffle une voix professorale intérieure, d'un ton bas. Mais justement, comment fonctionnent-elles donc, ces fameuses passerelles?

Nous sommes au printemps de 1980. En quelques semaines, Ring succombe à la tentation et se remet en selle. Maintenant il en est sûr : il a accordé trop de temps et d'importance au « passage » (au trou, aux rives de la mort). Ce qu'il faut étudier, ce sont les passagers. En chair et en os. Il faut les observer, les humer, les toucher, les palper, les analyser aux rayons X. Surtout : il faut les écouter. Que disent-ils ? Comment vivent-ils, là, maintenant, concrètement ?

Ring replonge dans les fichiers de l'IANDS (que les équipes de chercheurs n'ont cessé, entre-temps, d'alimenter). Il dresse une liste spécifique des rescapés revenus des quatrième et cinquième stades – ceux qui disent avoir vu la lumière et ceux qui prétendent y avoir baigné. Le voilà avec soixante-dix cas extrêmes. A vrai dire, les statistiques ne l'intéressent plus que par habitude. C'est un simple tic. Ken Ring a cessé de vouloir convaincre. Du moins au niveau purement quantitatif où patinent les armées impériales de nos académies. Sur soixante-dix cas, il n'en étudiera à fond que vingt-six. La quasi-unanimité des réponses enregistrées par les sismographes comportementaux et psychologiques feront immédiatement exploser ses compteurs. C'est le *sens* de la NDE qui va lui importer désormais. En a-t-elle un ? Drôle de question.

Sur le terrain, cette vision « qualitative » n'allège pas sa tâche, bien au contraire. Il ne s'agit plus simplement de faire raconter aux gens leur « voyage », mais d'en saisir et d'en jauger toutes les retombées dans leur vie quotidienne. Heureusement pour lui, Ken n'est pas seul. En tant que maîtresse du *Near Death Hotel*, Norma va lui donner un joli coup de main. Ken lui dédiera son second livre, l'abasourdissant *Heading toward Omega* (« En route vers oméga »). Puis ils se sépareront, comme deux dauphins s'écartent brusquement l'un de l'autre – allez savoir pourquoi.

Nous n'avons pas la place de dérouler ici la seconde enquête de Ring chronologiquement. Voici donc les faits, tels qu'ils apparaissent dans le conte final. Car l'âge étrange est bien revenu où les contes se remettent à vivre et où les faits, remis à leur place, retrouvent leur sens. Avec l'*Omega* de Ring, nous basculons dans l'un des contes fondamentaux de cette fin de siècle.

Dehors, la neige étouffait tous les bruits. Bien au chaud à l'intérieur d'un hôtel de poupée, je jubilais : tous mes personnages étaient là : Sheldrake (vous verrez pourquoi), Peter Pan, K le serpent, dont l'éveil vous transforme en homme-dauphin, et puis le Truffaut de Spielberg, et tous les autres. Ring lui-même avait un côté Geppetto, derrière ses grosses lunettes de fabricant de marionnettes. Heureusement! Ça calmait la force effrayante de ce qui était prétendu, là, noir sur blanc, dans son *Omega*.

Que dit-il donc de si impressionnant, ce livre?

Ring a tout simplement constaté que les *experiencers* du cinquième stade avaient subi une quadruple transformation : physique, émotionnelle, intellectuelle et spirituelle. Au sens propre, il s'agissait de mutants.

Une fois de plus, la réalité dépasse la fiction, et le grand sphinx en profite pour jeter une poignée de nouvelles questions. Un cran plus profond. Un cran plus rusé. Un cran plus simple. Observons donc ces étranges *experiencers*. En quoi diable auraient-ils été métamorphosés?

Paradoxalement, les tout premiers effets de la NDE sont souvent négatifs. N'avoir plus fait qu'un avec le « nectar sublime », comme disaient les rescapés de jadis, puis revenir dans le monde constitue d'abord une source de difficultés terribles. Il faut vous dire que le *rescapé rayonnant d'amour* une fois rétabli commence généralement par irriter ses proches au-delà du tolérable. Quel emmerdeur! Tout ce qui est relationnel et social le choque; il trouve nos relations humaines terriblement grossiè-res. Un exemple? Les programmes télé. Depuis son expérience, ils lui font l'effet (on est aux Etats-Unis) d'une immonde coulée de vomi dans sa propre maison. Sur la tête de ses enfants! Il ne peut laisser faire ça! *Hop*! il éteint le petit écran à tout bout de champ. Cela rend les autres furieux. Qu'est-ce qu'il lui prend? Depuis son *accident*, il déraille complète-ment!

Le malheureux doit réapprendre à renoncer, à laisser les siens se gaver de poison sans broncher. Il en souffre énormément. S'enferme des journées entières dans sa chambre. Ce qui le choque le plus à la télé? L'étalage hagard et permanent de la vio-lence; dans les films, les feuilletons, les reportages, dans la relation que les journalistes entretiennent avec la réalité, partout. « *There was just no reason on earth to show people killing people** », me mur-murera un soir un *experiencer* (un flic d'origine italienne) d'une voix bouleversée.

La « rentrée dans l'atmosphère » peut prendre des mois. Puis, lentement, l'indulgence pour le monde revient. Avec elle, souvent, le silence. Une femme tente de transmettre son indicible expé-rience à son mari. Celui-ci accepte le jeu; mais le jour où elle lui avoue qu'elle aurait *tout* donné pour pouvoir rester « là-bas », en cet autre état, il le prend très mal. Le voyant souffrir, elle finit par se taire. Pendant des années, elle ne reparle plus de rien, la langue cousue au fond de la bouche.

Pourtant, malgré les difficultés initiales, les *expe-riencers* (du cinquième stade, nous ne parlerons plus que de ceux-là désormais, ils représentent en

---

* « Il n'y avait juste aucune raison au monde de montrer des gens en train d'en tuer d'autres. »

gros le dixième de toutes les NDE recensées) prennent bientôt conscience d'un phénomène tout à fait surprenant : leurs névroses semblent avoir disparu. Les timides ont brusquement l'orgueil calmé et ne craignent plus de rencontrer le monde. Les masochistes s'aiment soudain plus paisiblement et contemplent avec un certain recul les ressorts tordus qui les ont livrés, jadis, à la souffrance. Les agités se sentent apaisés. Les léthargiques s'activent... Dans tous les cas, la transformation semble avoir emprunté le même sentier : l'*experiencer* dit avoir découvert « qui il est ». De s'être enfin *situé*, ou reconnu, l'a amené à s'accepter. Dans des scénarios fort divers.

Scénario de Barbara. Fille de fermiers du Middle West, mariée, trois enfants, elle étouffe sous un confort petit-bourgeois épouvantablement conformiste. Névrose aiguë. Parano. Elle se sent rejetée de toutes parts, ne prend aucune initiative, se transforme lentement en zombie. A trente ans, un accident d'auto lui brise la colonne vertébrale et manque la tuer de peu. NDE du cinquième stade. Elle revoit sa vie défiler. Une scène compte particulièrement, où elle est encore toute petite et vient juste de faire pipi au lit. Son père et sa mère se ruent sur elle en hurlant, et la tabassent.

Barbara revit la scène, mais *globalement* : elle *devient* tous les personnages à la fois, comprend tous les rôles de l'intérieur à la fois adulte et enfant, et brusquement saisit que tout son mal-être futur s'est enraciné là. Elle ne prend parti ni pour l'enfant qu'elle était, ni contre sa mère ou son père. Elle ressent les trois flux d'émotions. Du coup, elle *voit* les racines de sa névrose, comprend pourquoi elle s'est toujours sentie rejetée. Elle se pardonne à elle-même et pardonne à ses parents. Plus tard, elle dira : « Ce fut comme si soudain j'avais ouvert les volets. Nous étions tous victimes d'une structure qui avait fini par nous dépasser. Nous élevions des murs de plus en plus hauts entre nous.

– Mais, demande Ring, vous reviviez toutes ces scènes successivement?

– C'est difficile à dire, répond la jeune femme. Je voyais bien les couches *successives* de ma vie, qui s'étaient accumulées les unes sur les autres. Mais, comme par un effet de domino, le fait d'avoir compris le début de mon mal se propageait à travers toute ma vie, redressant tout, à mesure que l'onde passait. C'était une réaction en chaîne : tout se remettait en place au fond de moi. Comme une guérison fulgurante. Quand j'en avais le désir, je pouvais m'arrêter sur tel ou tel événement important, positif ou négatif – mais en fait, il n'y avait ni positif ni négatif, juste une ré-expérimentation globale de tout ce que j'avais vécu. »

Finalement Barbara s'en sort. Stupéfaite, elle se découvre alors une énorme envie de vivre et de lutter. Pour la première fois, la petite-bourgeoise bloquée accepte de plaire. « Jusque-là, dit-elle, j'avais toujours voulu cacher mon vrai Moi, que je croyais haïssable. Quand quelqu'un me disait quelque chose de gentil ou était sympa avec moi, je pensais : " Ouais, mais ils ne savent pas qui tu es *réellement*! " Après mon accident, j'ai compris que je n'étais pas mauvaise, et que je devais simplement être moi. J'ai changé totalement et à jamais. Ça n'a pas été facile car, sans toujours bien comprendre, les miens n'ont cessé de me mettre des bâtons dans les roues. J'ai dû me battre sept ans pour m'imposer. »

Cette prise d'identité peut aller loin. Dans certains cas, l'*experiencer* découvre « qui il est » en termes froidement biographiques. Ainsi la très belle et fascinante Angel de M. Abandonnée à l'âge de sept mois, Angel avait été recueillie par de braves gens, un peu bornés, qui élevèrent leur fille adoptive de façon extrêmement stricte et traditionnelle. A huit ans, une gamine de l'école apprit à Angel qu'elle n'était pas la fille de ses parents. La petite se rua chez elle en larmes. Sa mère avoua, très embarrassée. Après ça, rien ne se remit plus en place. Angel grandit complètement bloquée. Elle devint une fille gauche et craintive, incapable de prendre le moindre plaisir à vivre. Mais elle était belle. Un riche New-Yorkais l'épousa. Elle mit cinq enfants au monde, devint une bourgeoise « idéale » de l'ère Kennedy. Totalement frustrée.

Un jour, elle tombe gravement malade. Péritonite, avec reins bloqués. Elle frôle la mort de près. Une nuit, elle a une première vision étrange : hors de tout contexte, un mot en hébreu se détache sur un fond sombre. Plus tard, elle saura que ça voulait dire : « Au-delà du point d'évanouissement » – un mot qui n'existe pas en français. Son mal empire. Elle tombe dans le coma. Là, elle connaît une NDE carabinée : la fameuse lumière se transforme, pour elle, en éblouissante cité de crital. Un être (de lumière également) l'approche.

« Au début, raconte-t-elle, je n'ai vu que ses pieds, nus et blessés. Puis j'ai lentement relevé la tête et j'ai fini par le regarder : il avait deux visages superposés, un de beauté et de paix, un autre de souffrance, complètement martyrisé. »

Par une sorte de « télépathie émotionnelle », cet être lui communique alors une foule d'informations. Entre autres, que la vie ne cesse pas avec la mort physique, qu'il existe des niveaux plus intenses et plus subtils de réalité, que les hommes doivent, à nouveau, le savoir, et que, pour cette raison, Angel, comme beaucoup d'autres, va être renvoyée parmi eux. Mais avant de la renvoyer, il lui apprend une chose surprenante : elle serait née juive et il lui faudrait, pour poursuivre sa route, retrouver sa famille. Flash étrange : personne ne lui avait jamais rien dit de pareil.

Sitôt guérie, une force incompréhensible jette la jeune femme à la recherche de son hypothétique famille juive. Son mari la croit devenue folle. Il la conjure d'arrêter. Mais elle ne se préoccupe plus de l'opinion des autres et fonce, tête baissée. Par la filière administrative officielle, aucune piste. Va-t-elle abandonner? Non. Une série de cinq ou six hasards très bizarres lui tombe alors dessus (une fort jolie pièce pour le club des Collectionneurs de coïncidences de Vienne). Par une filière apparemment aléatoire – un restaurateur lui parle d'un flic, dont la belle-sœur a connu un journaliste qui s'intéressait aux généalogies... –, Angel se retrouve dans le vieux Sud, auprès d'un juge de paix à la retraite. Celui-ci, dès qu'il l'aperçoit s'écrie : « Ma parole, mais c'est une petite-fille Kahn! » Il la met aussitôt en contact avec son grand-père, retiré en Floride.

Incroyables retrouvailles. L'ancêtre embrasse Angel, qu'il reconnaît immédiatement comme sa petite-fille. Il lui montre les albums de photo de sa famille. A trente-quatre ans, Angel découvre le visage de son père et de sa mère. Elle apprend qu'elle a un frère – qui lui ressemble de façon frappante. Ils vivent tous au Texas. Angel s'y précipite. Mais les choses se gâtent. L'accueil est glacé. Celui de la maman surtout – qui ne sourit même pas.

Retour morose à New York. Mais Angel s'aperçoit soudain qu'une énorme boule d'angoisse a disparu de sa poitrine. Euphorie. Elle sent une force incomparable l'envahir à mesure qu'elle achève de reconstituer la genèse de son drame. Rejetée à sept mois par cette mère qui ne l'a jamais aimée, elle a culpabilisé à mort et pris sur elle toute la faute de la rupture. Ensuite, elle s'est pliée sans résistance aux désirs fanatiquement calvinistes de ses parents adoptifs pour se punir elle-même. Mais par quel chemin étrange lui est venue la vérité... ?

En quelques mois, la bourgeoise cafardeuse, frustrée, bloquée, se métamorphose en une femme libre. La lutte n'est pas facile. Angel va divorcer, se convertir au judaïsme, devenir une femme d'action « à haut rendement » – elle travaillera notamment à la Maison-Blanche, comme spécialiste de l'adoption au département de l'aide à l'enfance. Quand j'étais aux Etats-Unis la dernière fois, elle écrivait un livre sur son expérience : ça devait s'appeler *Au-delà du point d'évanouissement.* La figure de l'être de lumière aux pieds nus blessés y tient une place centrale. Dans l'esprit d'Angel, cela ne fait aucun doute : c'est le Christ. Comment concilie-t-elle cela avec sa nouvelle religion ? Aucun hiatus : il lui aurait simplement fallu ce retour à ses propres sources pour guérir. Mais les rescapés se fichent des clivages religieux – nous y reviendrons.

Quadruple transformation : physique, émotionnelle, intellectuelle et spirituelle. A suivre la trajectoire d'une Angel de M., on comprend cependant qu'il soit difficile, et même absurde de vouloir tant disséquer que généraliser.

C'est devant l'exultation physique des *experiencers* que Ring s'est remis à l'étude. Certaines NDE reposent sur un retour *physiologiquement incompréhensible* à la vie. Ken cite le cas particulièrement beau de cette femme stérile, au ventre totalement gangrené, qui finit par s'éteindre, après une longue agonie. Morte. Mais non, soudain elle se redresse, pleine d'appétit. Les médecins sont sidérés. Ils essaient de comprendre. La jeune femme insiste pour qu'on lui serve au plus vite un bon repas. Les toubibs s'interposent, ordonnent une diète quasi totale : elle n'a plus d'estomac et ses pauvres intestins sont ravagés! Mais un gros repas débarque par erreur dans la chambre de la dame, qui l'engloutit vite fait. La malheureuse a toutes les chances d'y passer! Mais non, elle se porte comme un charme. Peu de temps après, elle quitte l'hôpital, fait l'amour et se retrouve enceinte : non seulement son ventre n'est plus pourri, mais il semble s'être littéralement régénéré. Une nouvelle vie commence pour la jeune femme, totalement illuminée (pour ceux qui aimeraient vérifier cette histoire peu croyable, la dame s'appelle Betty Malz, sa NDE a eu lieu un matin de juillet 1959, à l'Union Hospital à Terre Haute, dans l'Indiana).

Mais quand Ken essaie de remonter aux causes biologiques de cette régénération, les émotions s'en mêlent aussitôt. Comment faire le tri? On sait bien que les joyeux guérissent mieux que les tristes. Or les *experiencers* ont perdu toute peur de vivre, et c'est peu dire qu'ils sont joyeux. Du coup, la vie semble avoir choisi de les envahir. Interrogés, les médecins qui les ont soignés se contentent de hausser modestement les épaules : oui, c'est vrai, il existe des guérisons spectaculaires, mais qui peut dire à quelles marées étranges obéit le flux de vie?

Ring fonde sa nouvelle recherche sur un quadruple matériau : les récits des rescapés, le compte rendu médical de leur état physique, leurs réponses à toute une batterie de questions, enfin les témoignages de plusieurs de leurs amis (ont-ils réellement changé ou bien se font-ils des idées?). Au vingt-sixième cas, Ken n'a plus de doute : la NDE provoque un bouleversement complet du système des valeurs de l'individu concerné.

Le démon du qu'en-dira-t-on, par exemple, passe

à la trappe. Les *experiencers* s'aperçoivent qu'une bonne partie de leurs attitudes était dictée jusque-là par la peur de l'opinion d'autrui. Vouloir faire bonne impression, désirer la célébrité, craindre le rire des autres, tout cela disparaît de leur vie comme maladies infantiles. De même disparaît l'attachement excessif aux biens matériels – dont ils découvrent qu'il constitue la source véritable de la fameuse « insécurité » qui accable tant les sociétés modernes.

A l'inverse, certaines valeurs connaissent une hausse à la verticale. Le goût de vivre par exemple. « Je ne m'ennuie plus jamais » est une phrase qui revient sans arrêt dans les récits des *experiencers* du cinquième stade. Ils prétendent être ressortis de leur expérience avec les cinq sens lavés. La nature prend une énorme importance. Elle leur semble infiniment plus belle qu'autrefois. Les couleurs, les odeurs, les ombres, le grain des surfaces... Les détails! Ils disent avoir découvert l'importance primordiale des détails de la vie de tous les jours.

Ex aequo avec le goût de vivre retrouvé : l'attention aux autres, l'autre grande valeur en hausse. Un mélange complexe de patience, de tolérance, de sollicitude, de compréhension, de compassion!... Aaaah! n'en jetez plus, de grâce!

« C'est plus fort que moi, dit une vieille femme, j'aime désormais la plupart des gens que je rencontre, comme des amis très chers. Je ne peux m'empêcher de serrer contre moi et d'embrasser tous ceux qui débarquent à la maison, même les inconnus – ils sont parfois surpris. »

« Depuis mon expérience, dit une femme plus jeune, dès qu'il y a un problème familial ou conjugal dans le quartier, c'est moi qu'on vient consulter. Il faut dire que je ne m'énerve plus jamais. Je *vois* la peine dans les yeux des gens. » « C'est pour ça que les gens se font du mal, dit un ancien boxeur, ils ne comprennent pas que le plus important, c'est notre relation avec les autres. L'amour est la réponse à tout. »

Mais là encore, impossible d'isoler un mécanisme simple. Fouillant ces bouleversements physiques, émotionnels, éthiques, Ring tombe sur la piste des motivations. A la source, disent les *experiencers*, ce qui éclaire désormais leur existence, c'est qu'elle a pris un sens. Finie l'errance molle. Chacun a ses mots, mais un seul les regroupe aisément : une vie *spirituelle* s'est éveillée en eux. Ou, si l'on préfère, une soif, qui les tire en avant.

Pas grand-chose à voir avec la religion. La plupart des *experiencers* ne se reconnaissent pas – ou plus – dans un culte particulier. Les vieux rituels religieux, les vieux credos leur semblent souvent, au contraire, briser net tout élan spirituel. Nul ostracisme pourtant : certains retournent modestement au temple ou à l'église, parce qu'on y médite mieux qu'ailleurs; mais aucun faux dieu barbu n'y règne plus. Ce qui avait viré à la mascarade s'évanouit. L'être ultime redevient innommable, et le monde sacré. La source mystique des religions se débarrasse de ses vases millénaires.

Nul retour en arrière. Les *experiencers* ne reviennent pas à la Bible des quakers, ni à la Torah des intégristes juifs. Un irrépressible besoin de synthèse les fait s'intéresser à toutes les traditions spirituelles à la fois. L'Orient les attire d'autant plus qu'ils sont occidentaux – ne dirait-on pas que le christianisme lui-même prend sa source à l'Est? La mystique orientale est plus tranquille. Ses techniques plus concrètes. Plus modernes finalement. Mille convergences spatio-temporelles leur sautent aux yeux. La réincarnation devient une évidence pour la quasi-totalité des *experiencers* du cinquième stade –

qui insistent cependant sur le fait que l'individu moderne a beaucoup de mal, avec son gros ego, à réellement comprendre ce qu'elle signifie. « Le vrai *moi* qui survit à la mort, me dira un garçon boucher de l'Ohio, ce n'est pas, bien sûr, l'ego. C'est juste le contraire. »

Or voilà que, comme pour mieux assimiler cette révolution (physique, émotionnelle, intellectuelle et spirituelle), les *experiencers* du cinquième stade semblent baigner dans un nouvel *état de conscience*. Ici, nous entrons dans une invraisemblable grotte d'Ali Baba, où il nous faut prendre garde de ne pas nous égarer.

Plus de trois quarts des *experiences* de cinquième stade auscultés par Ring présentent en effet des *dons* tout à fait extraordinaires. Depuis leur « voyage dans la lumière », certains peuvent ainsi guérir en imposant les mains. Ou lire dans la pensée des gens. Ou voir la couleur de leur *aura*. Ou encore visualiser leurs maladies à distance. En réalité, cela fait des années que Raymond Moody a invité Ring à se pencher sur un phénomène très étrange, qu'il a baptisé PV : les *prophetic visions*. Certains rescapés voient dans l'avenir. Plusieurs d'entre eux s'en passeraient d'ailleurs volontiers. Ne parlons pas des grandes visions apocalyptiques (sur lesquelles nous reviendrons), le simple fait que la vie quotidienne soit devenue à 100 p. 100 prévisible leur est une épouvantable épreuve. Plus de surprise : quelqu'un frappe à la porte ou le téléphone sonne, ils savent automatiquement qui c'est. Une femme a avoué à Moody la joie immense qu'elle éprouva le jour où elle s'aperçut qu'on venait de frapper à la porte et qu'elle ignorait de qui il s'agissait.

Au début, Ring a eu tendance à repousser ces histoires de dons « surnaturels » qui excitaient tant

Moody. Mais, au fur et à mesure de son enquête, il lui a bien fallu constater le phénomène et en tenir compte comme d'une donnée « naturelle » ultra-bizarre de plus.

Les visions prophétiques les plus courantes portent sur le long terme. Ring les appelle des *flashes forward* (FF) : l'individu a la vision complète (avec musique et parfum) d'une scène qui se déroulera plus tard dans sa vie. Evidemment, on ne peut recenser que des FF qui ont pu être vérifiées, relatives donc à des NDE anciennes. Mais puisque la mémoire des *experiencers* semble inaltérable, la vérification s'avère possible...

N'allongeons pas inutilement la liste de ces dons étranges. Le phénomène dépasse l'entendement. Pris à froid sur le sujet, n'importe quel chercheur normal se sauverait au galop. Mais Ring est déjà trop engagé dans l'aventure. Il ne peut plus reculer. Le malheureux va-t-il finir complètement fou? Il s'interroge interminablement.

Mais voilà qu'un jour, dans son courrier, notre savant reçoit une lettre qui va tout changer.

Une femme raconte, sur une vingtaine de feuillets, son expérience. A première vue, ça ressemble à s'y méprendre à une NDE du cinquième stade. Ring lit avec attention, mais sans surprise. Les transformations profondes consécutives à l'expérience sont typiques : 1) la rescapée a une meilleure image d'elle-même; 2) elle n'a plus peur de la mort (de souffrir, si, mais c'est autre chose); 3) désormais, la simple vue d'un arbre ou d'une grenouille peut l'émerveiller pendant des heures; 4) elle qui se disait agnostique et vivait en athée a découvert la spiritualité (qu'elle distingue bien de la religion); 5) une soif de savoir insatiable l'habite nuit et jour; 6) son nouveau but dans la vie est d'entrer en relation avec les autres et de les aider; 7) elle n'arrête pas de faire des rêves prémonitoires...

Or la lettre s'achève sur un aveu qui laisse Ring pantois : la dame n'a jamais failli mourir. Son expérience s'est déroulée en quelques secondes, par un après-midi d'été, alors qu'elle cueillait des fleurs dans un champ (des amis présents à ses côtés ne se sont rendu compte de rien). Qu'est-ce à dire ?

Passons sur différentes péripéties. Brusquement, tout l'édifice des chercheurs de l'IANDS se retrouve catapulté hors de son cadre d'origine. Si l'on peut vivre une NDE du cinquième stade en cueillant tranquillement des fleurs dans un champ, serait-ce donc que la NDE n'a, au fond, aucun rapport avec la mort elle-même ? Ring va se trouver contraint de réorienter toute sa démarche. Le voilà qui se met à fouiller les dossiers de l'IANDS en diagonale. Il découvre plusieurs documents signalant des recherches étrangement parallèles aux siennes, bien que non liées à la mort.

Ainsi le psychiatre Stanley Dean a-t-il longuement étudié ce qu'il appelle l'*ultra-conscience* de certains mystiques. Il décrit en dix points cet état extraordinaire : *Premier point*, écrit Dean : la lumière emplit tout. C'est la *splendeur brahmanique* décrite par l'Orient, la *lumière ineffable* de Walt Whitman, celle qui, selon Dante, *est capable de transhumaniser un homme en dieu*.

Deuxième point : l'individu est envahi par une joie si inouïe, une adoration et un ravissement tels qu'aucun mot ne peut les exprimer. C'est l'extase, le super-orgasme du *Oui*.

Troisième point : une illumination intellectuelle pareillement impossible à décrire lui prend la tête. L'intuition foudroyante lui vient qu'il *connaît déjà* le sens de l'univers. Il s'identifie à la création, au-delà de tout sens révélé. Il prend conscience de l'existence en lui-même d'un *soi* supérieur si omnipotent que les religions l'ont jusqu'ici traduit par « Dieu ».

Quatrième point : il se sent habité par la sensation d'une compassion totale pour tous les êtres vivants.

Cinquième point : sa peur de la mort le quitte comme un vieil habit. Toute souffrance se dissipe. Il se trouve rechargé à bloc, physiquement et mentalement. Ses chairs rajeunissent littéralement. Il se contente désormais de deux ou trois heures de sommeil par nuit.

Sixième point : son intérêt pour la possession matérielle disparaît. Son sens de la beauté s'exacerbe.

Septième point : son intelligence lui révèle son propre génie latent. Sa mémoire devient fantastique. Conscience et pensée cessent d'être amalgamées. Le corps entier, à tous les niveaux, se révèle *conscient*.

Huitième point : l'expérience est si émouvante, si profonde, qu'il sera obligé de tout faire pour la partager avec ses congénères.

Neuvième point : sa personnalité se charge de charisme. Il rayonne d'une force qui attire les autres et les inspire.

Dixième point, enfin : il présente (brusquement ou de façon progressive) des dons psychiques extraordinaires, comme la clairvoyance, la télépathie, la précognition, le don de guérison, etc. Talents fabuleux dont les *Vissuddimagga* (texte pali du Ve siècle) nous disent qu'il s'agit des retombées mineures du développement spirituel, et qu'elles peuvent être très dangereuses pour une personne immature (qui risque d'en ressortir avec un ego monstrueux, véritable glissade infernale).

Voilà Ring complètement retourné. Il se plonge fiévreusement dans la lecture des grands livres anciens – égyptiens, tibétains, kabbalistiques, gnostiques, soufis... Des tas de savoirs dispersés se rassemblent sous ses yeux pour former une image prodigieuse. Finalement, c'est l'Inde qui lui offre la pièce centrale depuis si longtemps recherchée.

La clef, peut-être, de tout le mystère NDE.

Les yogis appellent cela « éveil de la *kundalini* ». C'est le terme « technique » de ce qu'ils recherchent durant toute leur vie. Vous en avez certainement déjà entendu parler.

Au bas de la colonne vertébrale, dans le milieu du bassin, serait sise, en chacun de nous, une colossale réserve d'énergie vitale, à laquelle les Indiens ont donné l'image d'un surpuissant « serpent de vie » – en sanscrit, *kundalini* signifie « lové sur lui-même ». Selon la science traditionnelle indienne, l'énergie de la *kundalini* serait le fondement même de la vie. Fluide mystérieux qui se dit *chi* en chinois et *ki* en japonais, ou encore *baraka* en arabe, chez les Soufis, niveau énergétique encore ignoré des savants occidentaux modernes. Les alchimistes, en revanche, l'aurait connu : ils en auraient laissé la trace dans le serpent du caducée des médecins...

Dans certaines conditions, ce « serpent » pourrait jaillir de son très long et très profond sommeil (en fait, il ne dort jamais totalement, car nous cesserions instantanément de vivre – chez un individu « normal », c'est-à-dire passablement endormi, le *serpent* laisse s'échapper l'énergie goutte à goutte, comme un robinet qui fuit). Les yogis savent depuis des millénaires comment éveiller la *kundalini*. S'élançant vers la lumière, celle-ci traverse alors le corps de bas en haut, empruntant pour ce faire tout un réseau de canaux insoupçonnés, révélant en notre anatomie profonde la présence d'un corps « subtil » sophistiqué (appelé *nadis* en sanscrit), véritable doublure du corps physique, le fameux réseau énergétique des acupuncteurs...

A mesure qu'elle remonterait du bassin vers le crâne (le long d'un canal central appelé le *sushummna*, parallèle à la colonne vertébrale), l'énergie de la *kundalini* prendrait en charge tout l'organisme, en particulier le système nerveux, pour en faire un usage totalement inédit. Au passage, elle éveillerait sept « nœuds de vie », ou centres énergétiques, appelés *chakras*, carrefours principaux du corps « subtil » mentionné plus haut (le premier *chakra* est à la racine du sexe, le second dans le ventre, le troisième au plexus, le quatrième au cœur, le cinquième au cou, le sixième dans la tête, le septième au sommet du crâne). Ces sept *chakras* seraient des régulateurs, responsables de notre santé physique, émotionnelle et mentale. Leur état d'éveil déterminerait notre niveau de conscience. En les traversant, l'énergie de la *kundalini* porterait ces sept *chakras* à leur point optimal de fonctionnement, ouvrant soudain l'individu à ses propres potentialités, jusque-là inhibées à 90, voire à 95 p. 100. Selon les yogis, celui qui connaît l'éveil de la *kundalini* donne l'impression d'être un surhomme. En réalité, il s'agirait d'un homme. D'un homme éveillé, tout simplement.

Dans *En route vers Oméga*, Ring rapporte le récit d'un yogi indien, Gopi Krishna, qui eut très jeune un *éveil de kundalini* faramineux. L'ensemble de l'opération s'étala sur plusieurs mois. La première fois, il crut que sa tête allait exploser et resta étendu, raide, par terre, jusqu'au lendemain. Ensuite, il se mit à faire des rêves prémonitoires et à lire dans la pensée des gens. Il sentait, physiquement, que ses trois premiers *chakras* s'étaient éveillés. Quelques semaines plus tard, de nouveau, le flux impétueux le traversa de part en part. Cette fois, ce fut le quatrième *chakra* qui s'éveilla, celui du cœur. Pendant vingt minutes, Gopi Krishna sentit une énorme énergie se déplacer entre sa poitrine et son crâne. Sa mère, qui se trouvait à ses côtés, vit une lumière resplendir autour de sa tête et une autre à la hauteur de son cœur.

Après cela, le jeune homme se mit à guérir en imposant les mains. Il changea complètement, se détachant en particulier des biens matériels. Plus tard, ce fut son cinquième *chakra* qui prit feu – et il se mit à voir dans le passé et dans le futur, et aussi par-delà les montagnes. Lorsque le sixième *chakra* entre dans la danse, le récit rappelle les NDE les plus fortes. Gopi Krishna « quitte son corps » et s'enfonce dans une vallée emplie d'une lumière violette... Quelque temps plus tard, en bloquant longuement sa respiration dans une posture appropriée, il éveille enfin son septième *chakra*. Une lumière d'or commence à lui dégouliner dessus, entrant et sortant du sommet de sa tête. « Un nectar infiniment doux », dira-t-il. Il visualise alors une tête de bouddha violet et bleu, couronnée, elle aussi, d'une lumière d'or. De nouveau, il perd la sensation de son corps, mais demeure très conscient, hyperconscient même. Et il entend une voix « puissante et tendre » résonner à travers l'univers. En l'écoutant, il dit avoir soudain « pris conscience de ses incarnations passées » et de son état de développement spirituel. Un calme infini l'envahit. Puis il sent la nécessité impérative de revenir dans le monde physique. Il redescend par le même chemin qu'à l'aller : le sommet de son crâne. Son corps est tout raide, et il lui faut littéralement le *ranimer* à l'aide de son énergie spirituelle...

Que peut dire la science occidentale face à un discours pareil? La plupart des notions ici évoquées ne représentent rien pour elle. Les neurologues occidentaux reconnaissent cependant une chose : c'est que nous n'utilisons que 10 p. 100 de nos capacités cérébrales (ou 5 p. 100, ou 15 p. 100, peu importe). Ce qui soulève d'ailleurs immédiatement un problème fort intéressant : comment les quelques 90 p. 100 restants ont-ils pu être programmés? Comment la nature aurait-elle pu mettre au point un système en avance sur les contingences immédiates? Au nom de quel hasard étonnant ou de quelle prévoyante nécessité? Pour les théoriciens classiques, c'est un mystère insondable. Le vieux darwinisme – et jusqu'à Monod – ne peut répondre à cette question. La réponse des yogis, elle, se situe à un autre niveau, pas scientifique non plus : « La *kundalini*, disent-ils, est divine, et son éveil rend divin. Elle brûle en nous toutes les broussailles négatives accumulées de karma en karma. »

Pour Kenneth Ring en tout cas, une chose est sûre : cet *éveil de kundalini* semble provoquer des effets en tout point comparables à ceux de la NDE. Plusieurs *experiencers* parlent d'ailleurs très clairement d'une sorte d'*énergie* qui n'a cessé de se déplacer en eux depuis leur flirt avec la mort. « Curieusement, raconte une femme, cette lumière-énergie me donne l'impression de franchir une immense distance chaque fois que, quittant ma poitrine où elle se repose en temps ordinaire, elle monte vers ma tête et va illuminer le dôme de mon crâne. Une fois là, je ne peux plus l'arrêter, il lui faut aller jusqu'au bout de sa course – même quand mon corps n'en peut plus et demande grâce : cette énergie se fiche bien de la fatigue; mes yeux peuvent tomber de sommeil, elle continue à éblouir l'intérieur de ma tête. Parfois, ça dure des heures. »

Kenneth Ring entre en contact avec le *Kundalini Research Center* de Toronto, dont le directeur, un certain docteur Joseph Dippong, est persuadé que les NDE sont tout bonnement des éveils de *kundalini* « sauvages ». Pourquoi « sauvages »? Les yogis s'entraînent toute leur vie, avec acharnement, pour atteindre, en d'assez rares cas, grâce à la respiration *pranayama*, ou aux postures *asana*, ou à la méditation sur les *chakras*, cet éblouissement fabuleux. Et voilà que des quidams sans entraînement, sortis de n'importe où, semblent avoir droit au gros lot comme ça, gratuitement, simplement pour avoir frôlé la mort. Sans long entraînement de samouraï, sans laborieuse discipline monacale, ils auraient atteint – au nom de quelle grâce? – le stade étrange où deviennent mobilisables en nous des capacités étourdissantes.

En quelques mois d'études, Ring est convaincu : si les NDE ne sont pas tout bonnement des éveils de *kundalini*, alors il s'agit de deux phénomènes de la même famille. Arrivé là, le chercheur se gratte furieusement la tête : quel serait cet *éveil de kundalini* soudain démocratique et indulgent?

Hier encore, il se demandait, de façon très brumeuse, s'il ne serait pas par hasard possible de trouver un « sens » au phénomène NDE, et voilà que ce sens lui semble soudain à portée de main...

S'efforçant, non sans difficulté, de conserver son calme, Ring aligne à la queue leu leu les données dont il dispose : 1) il existe un phénomène bien connu des Orientaux, qu'on appelle *éveil de kundalini*; 2) selon les spécialistes de la *kundalini*, ce phénomène éveillerait en l'homme d'énormes et merveilleuses capacités endormies; 3) de son côté, la science occidentale reconnaît, au moins sur le plan neurologique, cette idée de « capacités humaines endormies »; 4) selon les savants du yoga, l'éveil de la *kundalini* ne se produit cependant que chez des individus ayant atteint un très haut niveau de connaissance de soi et de discipline intérieure; 5) le cinquième stade de la *near death experience* ressemble énormément aux descriptions que l'on fait de l'éveil de la *kundalini*; 6) mais la NDE peut arriver n'importe quand, à n'importe qui; 7) le perfectionnement des techniques de réanimation semble devoir multiplier les cas de NDE sur la planète. On en compterait déjà (selon Gallup) huit millions aux Etats-Unis, dont vraisemblablement 10 p. 100 du cinquième stade; 8) donc...? Donc...?

« Donc, s'écrie Ring un beau matin, nos *experiencers* s'inscrivent dans une vaste mutation! Des mutants, voilà, ce sont des mutants! »

Je sais qu'on utilise aujourd'hui ce mot à toutes les sauces. La différence avec les multiples variantes de « mutant » habituellement proposées, c'est que celui-ci surclasserait sans problème tous les surhommes de science-fiction, en s'affirmant simplement homme. Homme! A 30 p. 100, 40 p. 100, et pourquoi pas, enfin, à 100 p. 100! Qu'est-ce à dire?

Un Indien Cherokee à la voix enrouée d'alcool m'a raconté un soir la parabole suivante : « Quand le grand esprit décida de créer le monde, il croisa son propre regard, et ce fut le premier accomplissement, la première extase : la lumière. Puis apparurent les pierres, qui constituaient la longue route vers le deuxième accomplissement, la deuxième extase : le cristal. Ensuite germa l'herbe. Lentement, celle-ci s'arracha au sol sous forme de plantes, puis de buissons de plus en plus élevés, pour finalement permettre la troisième extase : l'arbre. Entre-temps arrivèrent les animaux. A eux tous, ils constituèrent la route de la quatrième extase : la baleine. Enfin vint notre tour, à nous, humains. Nous qui sommes la route vers la cinquième extase : l'homme. Mais dis-toi bien ceci, petit : si nous voulons atteindre ce but, il nous faut savoir écouter et respecter les quatre extases précédentes. Trop d'humains l'ignorent, hélas! et c'est pourquoi je bois. Mais au fond de mon cœur, je n'ai jamais oublié les quatre extases qui nous précèdent, et jamais, tu m'entends, je ne cesserai d'espérer qu'advienne la cinquième extase, la cinquième adoration. »

Grâce à ce vieux Cherokee, j'ai mieux compris, plus tard, pourquoi Konrad Lorenz disait : « Le chaînon manquant entre le singe et l'homme, c'est nous. » Et pas pour rire. Dans bien des domaines, à bien des niveaux, nous ne sommes encore que très partiellement hommes – ou plutôt : nous n'avons encore que très partiellement *actualisé notre potentiel humain*. Nous sommes des êtres en devenir. Le monde s'écoule, les choses bougent, la vie évolue. Nous sommes un chaînon manquant à coulisse! A quelle vitesse coulissons-nous?

« Nous sommes abominablement lents, soupira d'un air las le neuropsychologue Henri Laborit, que nous étions allés consulter. Pis : nous n'avons pas changé, cérébralement, depuis le néolithique. Cela représente dix mille ans de stagnation au bas mot. »

Pas changé depuis dix mille ans? Nous (la grande masse) peut-être... Mais voilà que certains mutants se seraient soudain rapprochés du but...

Un soir, à la sortie d'une conférence qu'il vient de donner à l'Académie des religions et des sciences psychiques de Chicago, Ken Ring tombe sur un vieil ami, un philosophe du nom de John White. Ils dînent ensemble. John White est enthousiaste. Il vient d'achever son livre *Homo Noeticus*, et les propos qu'il vient d'entendre dans la bouche de Ring coïncident parfaitement avec son hypothèse.

« Nous sommes en train de vivre un moment décisif de l'évolution cosmique, s'écrie-t-il sous le regard étonné des gens assis aux tables voisines, un moment sans doute plus important que la révolution néolithique elle-même! Tes fameuses NDE ne seraient-elles pas un mécanisme d'évolution affectant le saut des individus de notre état actuel à l'état suivant du développement humain, en débloquant les potentiels spirituels jusqu'ici endormis? »

Ken Ring est troublé. Le fameux « sens » de la NDE serait-il à chercher au niveau collectif? Ne dit-on pas que, pour survivre, la planète aurait besoin d'individus plus souples, plus coopérants, plus aimants? Avec l'accélération générale des techniques et la concentration du pouvoir énergétique, n'a-t-on pas l'impression qu'il faudrait que l'humanité connaisse en effet une rapide mutation si elle veut survivre? Les *experiencers* du cinquième stade seraient des prototypes de l'humain du futur?

« On ne les appelera plus *homo sapiens*, s'écrie John White, mais *homo noeticus*! »

Il a choisi le mot *noeticus* en hommage à Teilhard de Chardin. *Noétique*, dans le langage teilhardien, signifie « qui a trait à la conscience et à l'étude de celle-ci ». Ring fait un bond sur sa chaise : voilà le mot qu'il cherche depuis sa première expérience psychédélique dans la forêt, il y a plus de dix ans : c'était une expérience *noétique*!

Mais John White poursuit sur sa lancée, on ne peut plus l'arrêter : « *L'homo noeticus* ne tolérera plus que la société bloque le plein épanouissement de ses potentialités. Sa psychologie sera fondée sur l'expression des émotions, et non plus sur leur refoulement. Sa motivation sera la coopération et non plus la compétition et l'agression. Sa logique sera polyvalente, intégrante, simultanée, et non plus séquentielle, linéaire, alternative. Les voies sociales conventionnelles ne lui conviendront pas. D'ailleurs sa créativité... »

Longtemps, les phrases impétueuses de White résonneront dans la tête de Ring. Se pourrait-il réellement que les *experiencers* soient des mutants, des prototypes de cet *homo noeticus* fabuleux? Qu'en pensent-ils eux-mêmes? Ring n'a guère besoin de le leur demander, les *cinquièmes stades* le lui ont suggéré cent fois : ils sont persuadés d'avoir été « renvoyés au niveau de conscience terrestre » avec une mission précise : celle d'aider l'humanité à accélérer son évolution... noétique.

Un âge d'or s'approcherait-il de nous? Quel messianisme échevelé! C'est normal, vous dites-vous, la fin du millénaire provoque forcément ce genre de fantasme. Mais Ring ne peut se payer le luxe de l'ironie sceptique. C'est qu'il connaît personnellement les *experiencers* et qu'à l'évidence *ils sont le signe* de quelque chose. Comme il aimerait connaître la suite du feuilleton! Il lui faudrait pouvoir voyager dans le temps...

« Mais au fait, vous écriez-vous, c'est facile : demandez donc à vos fameux *rescapés visionnaires*, puisqu'ils savent " voir " par-delà l'espace et le temps! »

C'est bien le problème. On leur a posé la question : « Comment voyez-vous l'avenir collectif de l'humanité? »

Certains n'ont rien vu, rien dit. Mais les autres ont pâli. *Tous les autres.* Ça faisait un moment qu'ils hésitaient à cracher le morceau...

L'horreur.

Des visions abominables.

Des massacres incommensurables, dont se dégageaient à grand-peine de gigantesques « boules d'âmes humaines », affreusement emmêlées les unes aux autres. Incapables de comprendre ce qui leur arrivait, elles glissaient vers des abîmes dont nul n'a idée.

L'holocauste généralisé?

L'apocalypse?

Certains chercheurs de l'IANDS ont commencé à travailler sur ces terribles *visions prophétiques* (VP). Bien sûr, les interprétations ont aussitôt fleuri. Les naïfs les plus pessimistes rappellent qu'en général les VP des *experiencers* se réalisent effectivement. Ils s'attendent donc à voir éclater, dans les années qui viennent, un conflit nucléaire global. C'est la fin du monde.

Les pessimistes modérés se demandent s'il ne faudrait pas plutôt voir dans ces visions l'annonce d'une sorte de gigantesque NDE collective : ce serait en passant tout près de sa propre extinction, que notre espèce prendrait enfin conscience d'elle-même et de sa place dans le cosmos.

Les optimistes modérés, eux, ont un faible pour la version « chantage » : inconsciemment, l'être humain se menacerait lui-même : « Si tu ne changes pas, si tu n'ouvres pas ton cœur et tes yeux, voilà ce qui va t'arriver! »

Mais Ring n'est pas d'accord. Selon lui, les visions d'horreur des *experiencers* doivent s'interpréter de façon symbolique. Ces massacres physiques représenteraient en réalité un énorme chambardement psychique : la mort du vieil homme, la mutation prochaine de notre espèce, la grande inversion collective.

Mais comment notre pauvre espèce pourrait-elle se métamorphoser, elle qui se traîne, identique à elle-même, depuis si longtemps?

C'est ici que Ring fait intervenir Rupert Sheldrake – pour qui, on s'en souvient, plus une forme se répète, plus sa manifestation physique devient aisée.

« Grâce à Sheldrake, explique Ring, grâce à la clarté de sa théorie sur les champs morphogénétiques, nous savons comment une mutation collective pourrait se produire. Pendant des millénaires, seule une poignée d'humains est parvenue à épanouir l'intégralité de ses capacités. Les premiers furent évidemment considérés comme des dieux. En un sens, ils l'étaient. Mais, à chaque nouvelle réussite, à chaque nouvelle montée de *kundalini*, le champ morphogénétique de l'éveil s'est trouvé renforcé. Ce serait d'ailleurs ainsi qu'auraient eu lieu toutes les grandes mutations depuis le commencement des temps : un beau jour, le champ devient si intense, que tout s'accélère et que les éléments les plus traînards se trouvent aspirés par la forme nouvelle. Aujourd'hui, le phénomène NDE prouverait que nous sommes à la veille (à dix ans? A cent ans?) d'une aspiration généralisée de la *kundalini*, ou de quelque chose qui y ressemble fort. »

Avouez que ce serait l'une des démonstrations les plus curieusement lumineuses en faveur de l'hyphotèse des champs morphogénétiques. Une démonstration à mon avis largement entamée. L'humanité est une. Quelles que soient les différences de cultures et de croyances, du fond de la forêt africaine au sommet des gratte-ciel américains, les humains constituent bien une seule et même espèce. Il faut n'avoir jamais voyagé ni jamais fait craquer le masque de Golem tragique de *Y'a bon Banania* en regardant dans les yeux les autres races pour s'imaginer qu'il puisse exister quelque part des catégories inférieures de sous-hommes. Nous sommes tous consubstantiellement égaux.

Mais alors, quel est ce lien invisible qui nous maintient attachés les uns aux autres à travers l'évolution? Ce lien qui, depuis des centaines de milliers, voire des millions d'années, et malgré tous les bouleversements extérieurs – et quels que soient vos pourcentages respectifs de capacités utilisés –, vous maintient assis sur le même *banc intérieur*, toi le Blanc dans ton vaisseau hypertechnologique, et lui, l'Aborigène, accroupi tout nu au soleil, le corps peinturluré, traçant des figures du bout des doigts dans le sable? Quel serait ce lien étrange, sinon un énorme *champ morphogénétique humain*, enserrant toute l'humanité dans un seul et même rayon, une seule embarcation, cinglant, toutes voiles déployées, vers un seul et même but : le cinquième accomplissement. La cinquième extase. L'homme. Humblement divin. Que les rivages ombragés de la mort cesseraient d'effrayer à jamais.

Hypothèse exaltante. Trop exaltante. L'homme « à 100 p. 100 »? La « cinquième extase »? Mais c'est l'Apocalypse! Je ne peux y croire...

La tête finit par me tourner.

Homo noeticus est peut-être en train d'émerger. Pourtant, sur la planète, la souffrance, la cupidité et la bêtise demeurent terrifiantes. Comment *compatir* aux torrents de misère sans se disloquer, quand on n'est encore qu'un vulgaire *sapiens sapiens*? Un mortel qui n'a sa conscience éveillée que d'un dixième! Celui-là a besoin d'aide et de chaleur à la façon d'un enfant...

Arrivé là, spontanément, j'éprouve le besoin de retourner à la mamma qui est au départ de toute cette histoire. A Elisabeth Kübler-Ross.

Qu'est-elle devenue, depuis que nous l'avons quittée? Elle aide toujours les mourants. Elle les écoute sans relâche. Et sans perdre le moral. Quel tonus! Or voici que je vais apprendre l'explication très étonnante de la formidable énergie d'EKR : Elisabeth a elle-même connu le fameux *éveil de kundalini*. Une drôle d'histoire.

Une nuit, chez un certain Robert Monroe...

17

La nuit chez Monroe :
les femmes ouvrent et ferment la marche

MALGRÉ l'énormité de la chose, j'ai mis une éternité à m'en rendre compte : Moody, Sabom, Noyes, Grof, Ring, Pribram, Sheldrake, Bohm... Ce sont tous des hommes. Des mâles. Leur souci principal, même s'il s'éclaire toujours d'humanisme, fut d'abord d'ordre mental : ils voulaient comprendre. C'est pour cela qu'ils ont fini, les uns après les autres, par basculer dans la grande inversion, matrice de la nouvelle mythologie – alors, sans doute, ont-ils eux-mêmes subi l'étrange métamorphose, au point de cesser de se comporter en purs cerveaux. Mais nul ne peut nier que la route qui les a menés là fut *d'abord* mentale. Mentale et ludique. Ça les amuse tellement, les hommes, de traquer la grosse énigme redevenue palpable et vivante, au cœur même des fondements scientifiques de la société moderne! Et lorsqu'ils se rendent compte qu'ils sont en train de jouer avec les moustaches d'un tigre, leur excitation gamine ne fait que croître : cela devient tout bonnement de la *grande* science-fiction.

Or le champ étrange sur lequel jouent, pardon travaillent, les savants de cette histoire a été ouvert – et nul ne peut le nier – par une femme. Elisabeth. Par *des* femmes, corrigeront certains. Soit : par *des* femmes. Outre EKR, on connaît mère Teresa en Inde et, peut-être, Cicely Saunders en Grande-Bretagne. Mais il y en a des dizaines d'autres que l'on ne connaît pas encore. Une fois rentré en France, je découvrirai – à mesure que le mouvement nous atteindra, à notre tour, dans les années quatre-vingt – qu'ici aussi ce sont des femmes qui, très concrètement, ouvrent la voie (je citerai quelques Françaises remarquables dans l'épilogue). Des femmes médecins pour la plupart, soutenues par des infirmières.

Chez elles, le côté scientifique de la médecine importe beaucoup moins que son aspect caritatif, compassionnel, humain. C'est lui qui leur a donné le désir et la force de remonter le formidable courant infantile qui menace l'humanité de ruine. Le courant qui, décennie après décennie, nous a écartés de la « source noire », la vitale source d'inspiration du dialogue avec les mourants. C'est ce que je crois : sans le cœur immense de ces femmes, le dialogue n'aurait pas été rétabli et les hommes savants les plus géniaux du monde n'auraient rien pu y changer.

Pourquoi des femmes? Est-ce parce qu'elles seules donnent la vie (quand les hommes la prennent en tuant), qu'elles seules peuvent rouvrir les yeux des humains sur la mort?

Bien sûr, dans l'amas incroyable de leurs expériences avec les moribonds, les nouvelles *passeuses* ont, elles aussi, ramené des éléments *intellectuellement troublants* – toutes les recherches d'Elisabeth Kübler-Ross en sont la preuve vivante. Mais ces éléments leur servent beaucoup moins à bâtir de nouvelles théories qu'à vivre de nouvelles expériences. L'explication logique des phénomènes vient ensuite, de surcroît. Qui vivra comprendra.

Quand Raymond Moody écrit à Kübler-Ross, en

1974, pour qu'elle lui préface son recueil si bizarre de NDE, que répond-elle? Elle accepte aussitôt en disant : « Vous êtes courageux, vos collègues vont vouloir vous assassiner, mais tenez bon, j'ai moi-même une énorme collection de ces expériences que vous appelez NDE. Mais je n'ai pas eu le temps de les rassembler sous forme de livre. Je le ferai sans doute un jour. »

Un jour? Au moment où j'écris ces lignes, soit onze ans plus tard, en décembre 1985, EKR a publié sept livres sur l'accompagnement des mourants, mais pas un seul sur les NDE. *Elle n'a pas eu le temps*. Trop de mourants à accompagner. Trop de vivants à fortifier. Elle n'a pas eu le loisir, comme tous ces hommes savants, de consacrer des mois et des années d'études universitaires à l'étrange phénomène. Cela ne signifie nullement que le « dossier NDE » ne l'intéresse pas. Il la passionne. Et elle se jure d'y consacrer « bientôt », un ouvrage, où elle pourra enfin citer les cas insensés de NDE auxquels sa situation très privilégiée lui a donné accès (en particulier dans le monde des aveugles). Evidemment, ce petit jeu avec les savants l'amuse aussi beaucoup. De quoi ont-ils l'air, ces dadets, à brandir leurs échantillons statistiques, si elle, la *number one*, conserve les siens dans ses tiroirs? A l'évidence, pour EKR, la bataille principale ne se joue pas là. Il ne s'agit pas, pour faire mûrir l'homme, de le (re)convaincre intellectuellement de l'existence de l'âme. Mais bien d'abord de réveiller son cœur. L'intelligence de son cœur. C'est avec cette intelligence-là qu'elle suit donc le « dossier ». C'est une pragmatique. La théorie pure ne l'intéresse pas beaucoup. Si l'on ne peut l'expérimenter, l'hypothèse la plus belle ne diffère guère de la spéculation gratuite. Si par contre on peut répéter soi-même l'expérience, alors les hypothèses les plus folles deviennent permises.

C'est dans cet état d'esprit qu'elle lit, en 1971, un livre étrange, intitulé *Voyage hors du corps*, d'un certain Robert Monroe. Cet ingénieur du son est devenu, dans les années cinquante, programmateur de radio, puis patron de toute une chaîne, la Mutual Broadcasting System, à New York. Il le serait sans doute resté, s'il ne lui était arrivé une drôle d'histoire : pendant la nuit, durant son sommeil, Robert Monroe s'est mis à « sortir de son corps ».

Au début, il a cru rêver, bien sûr. Un rêve éblouissant de netteté. Toujours le même : il commençait par se voir lui-même, endormi sur son lit, puis il avait la sensation de passer à travers le plafond et de se retrouver dehors, flottant en l'air et contemplant sa maison et la rue. Le quartier était calme. Peu de voitures la nuit dans ce quartier résidentiel de Long Island. De temps en temps passait un chat. Ou une patrouille de flics. Rien d'extraordinaire. La vie normale. Et cela toutes les nuits. Mais peu à peu, Monroe se rendit compte qu'il ne rêvait pas.

L'histoire commença par amuser le P.-D.G. Il se balada dans tout le quartier, visita quelques maisons voisines et fit des niches à quelques copains. Puis il prit peur, et consulta un ami psychiatre, le docteur Foster Bradshaw, à qui il raconta tout. « Ne me cache rien, supplia-t-il, crois-tu que je sois vraiment devenu fou ? – Je n'en sais rien, répondit l'autre un peu goguenard, tu n'en as pas l'air... – A ma place, que ferais-tu ? – Je prendrais des vacances, quelque part en pleine nature, loin de tout, et j'aviserais. »

Robert Monroe attendit deux ans avant de suivre les conseils de son ami. En attendant, rassuré sur sa santé mentale, il se mit à mener une parfaite double vie. Le jour, il demeura un businessman new-yorkais, la nuit, il devint explorateur du fantastique. Multipliant les expériences, il découvrit comment provoquer volontairement ses « sorties hors du corps ». Pour cela, il lui fallait produire un *certain son*, juste au moment où il sentait le sommeil l'envahir. Un son intérieur, qui faisait doucement vibrer tout son corps.

De sortie de corps en sortie de corps, Monroe apprit peu à peu à utiliser son extraordinaire talent pour pousser toujours plus loin les voyages. Il en tira une étrange *cartographie intérieure*. Une fois « sortie du corps », disait-il, la conscience aurait la possibilité, soit de se promener à l'intérieur de notre espace-temps – il appela cette zone *locale I* –, soit de lui échapper et d'entrer dans une zone fabuleuse – baptisée *locale II* – où, entre autres merveilles, le voyageur aurait la possibilité de visiter les temps anciens, pour y effectuer, par exemple, quelques menues vérifications historiques.

Au bout de deux ans d'exploration, Robert Monroe démissionna de son poste de P.-D.G. et partit s'installer dans une maison de campagne, au fin fond de la Virginie, dans le comté de Nelson, où il entreprit de mettre en œuvre un projet précis : construire un laboratoire, pour perfectionner son exploration « intérieure » à l'aide de la technologie.

Après des années de recherche, Monroe réussit à mettre au point une méthode très curieuse pour faire « sortir les gens de leurs corps » : le candidat au voyage est enfermé dans une pièce sombre et insonorisée, couché sur un matelas rempli d'eau (*waterbed*), avec des écouteurs sur les oreilles et des électrodes sur la tête et aux mains – les électrodes servent à contrôler en permanence son état cérébral et émotionnel. Durant une première phase,

Monroe (aux commandes d'un véritable vaisseau spatial) envoie dans les écouteurs une série de sons relaxants (genre « bruits de vagues ») qui mettent l'*explorateur* en ondes alpha, voire en ondes thêta (caractéristiques de la zone intermédiaire entre veille et sommeil). Lorsque le corps de l'*explorateur* (c'est Monroe qui l'appelle ainsi) se trouve suffisamment détendu, et que ce dernier est sur le point de s'endormir, Monroe change brusquement de régime : il envoie *le son*. Celui-ci est, en fait, le croisement de deux sons – les recherches avaient en effet d'abord abouti à un son de fréquence tellement basse (quatre hertzs à peine), qu'il était inaudible. Monroe se sortit d'embarras en envoyant aux deux oreilles deux sons audibles mais légèrement différents (d'une différence de quatre hertzs exactement) : le cerveau enregistre la différence comme s'il s'agissait d'un son en soi. Le résultat de l'opération est inattendu : le corps de l'*explorateur* demeure détendu, presque endormi, alors que sa conscience se réveille. Le *voyage* peut alors commencer.

EKR est très frappée par la lecture du livre de Monroe. Il y aurait donc des gens sérieux qui travailleraient sur la *sortie hors du corps*?! Elisabeth est absolument ignare en parapsychologie et sa connaissance des techniques ésotériques est alors des plus minces. Bien sûr, certains récits de *rescapés de la mort* qu'elle a pu recueillir font allusion à une telle « sortie ». Mais elle n'aurait jamais cru que l'on puisse provoquer cela. Intriguée, elle écrit à Monroe. Et celui-ci ne tarde pas à lui envoyer une invitation. Une délégation de médecins, de psychiatres et d'ingénieurs doit justement lui rendre visite pour tester son invention. Qu'elle se joigne donc à eux!

Et voilà EKR qui entre à son tour dans la sombre

petite cabine, et qui s'allonge sur son *waterbed*. La plupart des gens mettent une petite demi-heure à se relaxer suffisamment pour que le son soit envoyé à leurs oreilles. Et le *décollage* qui est censé suivre ne se produit pas automatiquement chaque fois. Il faut généralement plusieurs séances d'entraînement. Mais Elisabeth! En dix minutes, elles « flotte contre le plafond de sa cabine ». De la salle des commandes, derrière son pupitre chargé de cadrans, Monroe s'en aperçoit tout de suite : les aiguilles et les tracés ne lui mentent pas. Le bonhomme s'inquiète : c'est beaucoup trop rapide. Seul un *explorateur* chevronné peut décoller aussi vite, et encore! De sa voix de vieux speaker, il ordonne un retour immédiat à la base. Mais une fois « redescendue », c'est Elisabeth qui engueule le type : « Vous n'auriez pas dû. Lorsque j'entreprends quelque chose, j'aime le faire à fond. » Le lendemain elle remet ça, bien décidée à ne pas se laisser faire et à pousser le plus loin possible l'expérience. Car elle n'a jamais rien connu d'aussi incroyable : tel un oiseau infiniment léger, son corps, soudain, n'a plus rien pesé, et un sentiment fascinant de liberté l'a envahie de la tête aux pieds. Il faut dire qu'à l'époque, en 1972, EKR est malade. Elle a les intestins bouchés, vit sous médicaments, et ne supporte pas de fournir le moindre effort physique pendant plus d'une heure sans s'écrouler de fatigue – elle commence à payer cher ses années de travail acharné. Le fait « d'échapper » à son corps fourbu lui a évidemment été délicieux...

Second décollage éclair donc. Second voyage. Elle disparaît « côté face cachée de la lune » (jargon Monroe) durant environ vingt minutes. C'est long. Elle se réveille sans problème. Mais cette fois, Elisabeth ne se rappelle rien. Rien, sinon deux mots, *shanti nilaya*. Elle demande aux autres invités de Monroe s'ils savent si ces deux mots signifient quelque chose. Quelqu'un assure que *shanti* doit être un mot sanscrit. Mais c'est tout. Enfin, façon de parler, car un incroyable changement s'est opéré : Elisabeth est resplendissante. Tout le monde en reste muet. La petite dame à grise mine de tout à l'heure donne maintenant l'impression de revenir de six mois de vacances en montagne. Elle met tout de même quelques heures avant de prendre conscience d'une chose stupéfiante : elle n'a plus mal au ventre. Mieux : elle est guérie.

On imagine l'excitation générale et la longue soirée de discussion qui suit. Comment expliquer un pareil phénomène ? Vers minuit pourtant, allez savoir pourquoi, une légère appréhension : « Ne suis-je pas allée trop loin ? » se demande tout d'un coup Elisabeth. A 1 heure du matin, quand elle regagne le petit bungalow que lui a prêté Monroe, son appréhension s'est transformée en franche inquiétude : elle *sait* qu'un événement grave est en cours. Mais quoi ? Elle l'ignore. Un pressentiment terrible s'empare d'elle : *il ne faut surtout pas qu'elle s'endorme.* Pourquoi ? Elle l'ignore pareillement. Mais elle a peur, très peur. Un instant, l'idée lui vient d'appeler à l'aide – que quelqu'un vienne lui tenir compagnie. Mais une étrange résignation s'abat aussitôt : rien à faire, il est trop tard, elle ne peut plus faire marche arrière. Elle laisse quand même toutes les lumières allumées et lutte une demi-heure encore. En vain : elle finit par s'endormir, tout habillée sur le divan. Alors, tel un éclair blanc...

A peine perd-elle (extérieurement) conscience qu'elle se sent arrachée hors d'elle-même. Cette fois, on ne joue plus. Et le vieux Monroe n'est plus là pour lui intimer l'ordre de « rentrer à la base ». EKR a l'impression de s'élever à toute vitesse dans la nuit. Et soudain commencent à défiler les images. Pas n'importe quelles images : une à une, Elisabeth revoit toutes les personnes qu'elle a aidées à mourir. Toutes. Une à une. Là, devant elle. Elle revoit leurs visages d'agonisants. Et aussitôt une peine abominable lui étreint le cœur et la gorge, tandis qu'une douleur inouïe la foudroie. En une fraction de seconde elle comprend : elle ressent ce qu'ont ressenti les personnes qui sont mortes dans ses bras. Chaque fois que la figure de l'une d'elles se présente, c'est un nouveau jaillissement de douleurs et de peine. Et elles sont des centaines! Quelle abomination! Terrorisée, Elisabeth cherche à fuir. Mais où est la sortie? Elle veut se réveiller. Mais une évidence la glace : son corps dort, mais sa conscience *est* éveillée. Dans une situation pour le moins inhabituelle, certes, mais éveillée, ça oui. Elle est prisonnière. Et nul ne peut rien pour elle. Alors commence un songe infernal. Une interminable torture.

EKR sent le cancer lui ronger la face et les entrailles. La sclérose fait éclater ses veines. Ses muscles se tétanisent. Son dos se disloque en éclaboussures de douleurs stridentes, de la pointe des orteils au sommet du crâne. C'est lancinant. C'est à hurler. C'est pis que tout. Un à un ses os craquent. Son sang se putréfie, vire au venin. Une nausée gigantesque lui retourne l'estomac dix fois sur lui-même. Sa peau entière se boursoufle en une vaste écorchure purulente et brûlante... Elle souffre le martyre. Et la souffrance physique n'anesthésie pas la peine. Au contraire! Jamais elle n'a ressenti pareil chagrin, ni connu telle solitude.

Très vite, quand elle comprend qu'elle ne pourra rien faire pour échapper au monstrueux cauchemar, Elisabeth se met à souhaiter la présence d'un homme. Elle s'entend prier comme une démente :

« Seigneur, si seulement je pouvais appuyer ma tête contre l'épaule d'un homme ».

A sa plus grande surprise, venant à la fois de partout et de nulle part, une voix lui répond aussitôt – une voix calme mais catégorique : « Non ». Elle tressaille. Quoi? Ce supplice serait un coup monté? Ne l'a-t-on attirée chez Robert Monroe que pour mieux la torturer? Qui « on »? Pas le temps de s'interroger. Le calvaire s'accélère. Elisabeth souffre au-delà du supportable. Les figures des agonisants défilent devant elle – en elle – avec une intensité et une lenteur exaspérantes. De nouveau la soif d'une présence masculine tournoie dans son esprit. De nouveau la malheureuse se retrouve à prier, sans comprendre. « Oh, faites que je puisse seulement tenir la main d'un homme! » De nouveau la réponse la gifle : « Non! »

Elisabeth s'affole. Le songe abyssal s'éternise. Va-t-elle mourir? Hélas! si seulement elle pouvait! Ce qui lui arrive est bien plus terrible. Son corps entier n'est plus qu'un paquet de viande cabré sur les flammes. Mais est-ce vraiment son *corps*? Jamais sa conscience ne s'était enfoncée aussi profondément dans quoi que ce soit. Jamais elle n'aurait soupçonné que l'on puisse endurer pareil tourment sans s'annihiler. Elle n'en peut plus. Elle s'apprête à descendre d'une marche encore dans la supplication. Elle est sur le point de balbutier : « Si je ne puis tenir une main, alors, par pitié, au moins un doigt, comme un petit enfant l'index de son père. » Quand soudain surgit en elle, inattendue, une ultime bouffée de rage. Avec la dernière gouttelette d'énergie qui lui reste, elle s'entend murmurer : « Un doigt... Oh! et puis non, c'est trop minable! En ce cas, allez vous faire foutre, bande de radins! Rien du tout! » Et cessant toute lutte, elle s'abandonne au mal qui la ronge.

A cet instant précis, un voile noir la traverse. Et brutalement tout s'inverse. Elle sent les douleurs la quitter et une paix immense l'envahir. Que se passe-t-il? Deux phrases lui viennent à l'esprit, dont elle se souviendra : « Je suis acceptable » et « Je suis partie de l'un ». Voilà que les mille figures d'agonie se métamorphosent en mille paires de mains qui lui font à présent la plus douce des civières. En même temps qu'elles la portent, Elisabeth a la sensation que ces mains la rechargent, la remplissent d'énergie. Apparaît alors une lumière, blanche et dorée. Un torrent de jouissance fait irruption en elle. Plus tard, elle parlera d'un « orgasme à la puissance dix mille ».

Lorsqu'elle revient enfin à elle, il fait encore nuit. Trois heures et demie environ se sont écoulées depuis qu'elle s'est endormie. Elle se retrouve là, habillée, sur le canapé du bungalow de Bob Monroe, où toutes les lumières sont restées allumées.

Après, Elisabeth ne voit plus la vie tout à fait de la même façon. Le songe de sa nuit chez Monroe va la hanter à jamais. Pendant des mois, elle n'ose se confier à personne, mais il y a une chose qu'elle ne peut cacher : sa santé recouvrée. Elle ne s'est jamais sentie en aussi grande forme. « Quel miracle s'est donc opéré en toi? » lui demandent tous ses amis. Elle ne sait que dire. Un miracle? Non, pas un miracle – à moins d'entendre la vie elle-même comme un miracle –, car le courant de grâce qui a balayé le corps d'Elisabeth obéit à des lois que les hommes connaissent. Les hommes d'Orient surtout. Ne s'agit-il pas, tout bonnement, d'un *éveil de Kundalini*?

Elisabeth va mettre des années à réellement se remettre de son expérience. Les premiers à l'éclairer sont des étudiants en psychologie de Berkeley – des amis de Stanislas Grof. A eux, elle ose raconter toute l'histoire sans craindre d'aussitôt passer pour folle. Les étudiants lui apprennent qu'elle a connu là une expérience très connue des sages : elle a atteint, disent-ils, l'état de *conscience cosmique*. Quant aux mots *shanti nilaya*, dont elle désespérait de comprendre le sens, ils signifient, en sanscrit, « ultime maison de paix ». Plus tard, en 1977, quand Elisabeth s'installera dans le sud de la Californie, à Escondido, près de la frontière mexicaine, elle baptisera ainsi sa maison. Et *Shanti Nilaya* deviendra, pour des milliers de gens, synonyme de renaissance. Pas seulement pour les mourants ou les endeuillés. Car l'illumination de la nuit chez Monroe a modifié sa trajectoire en un point crucial : pour elle, désormais, la mort n'est plus une rupture, mais un « stade de croissance ». Et son travail va dorénavant consister à aider les gens à « croître ».

Ce dont nous avons peur, c'est de vivre et non pas de mourir! N'a peur de mourir que celui qui n'a pas su vivre pleinement. Mais que signifie *vivre*? Et *croître*?

Elisabeth aura d'autres expériences mystiques. Un personnage très particulier va entrer dans sa vie. Elle l'appellera tantôt son guide, tantôt son fantôme *(my ghost!)*... Eh oui, comme Jeanne d'Arc, EKR entend des voix. Une voix. Une voix intérieure. Un dialogue régulier s'instaure entre elle et son ange. EKR quitte définitivement la scène scientifique. Elle-même prétendra pourtant n'avoir pas changé de critères. « Je demeure, aime-t-elle dire, totalement sceptique tant que je n'ai pas expérimenté moi-même. » Mais ses expériences s'écartent tellement de la norme qu'elle devient insupportable à beaucoup de nos contemporains. Toute la suite de son enseignement sera puisé dans son dialogue avec l'ange.

Ses expériences mystiques vont apporter à ses expériences cliniques la perspective de fond qui leur manquait encore. Elisabeth a l'impression de pouvoir enfin *nommer* la lutte acharnée qu'elle mène depuis tant d'années. Contre quoi se bat-elle, en fin de compte? Quelle est cette fameuse *frontière* qu'elle rêve de repousser, depuis qu'elle a onze ans? La frontière de la mort? Tout nous incitait à le croire. Elle-même s'est longtemps laissé piéger. Mais non. Ce n'est pas cela. Alors quoi?

Rien de compliqué. Pour EKR, tout s'éclaire quand elle comprend qu'elle lutte *contre la négativité*. Qu'est-ce que la négativité? Tout ce qui bloque le flux de l'énergie et vous empêche de vivre avec amour et harmonie – et donc tout ce qui vous rend malheureux, méchant, stupide, malade...

« La négativité de chaque individu, lui dit l'ange, contribue à nourrir un vaste grumeau de négativité générale qui menace le monde. A l'inverse, chaque fois qu'un être devient plus positif quelque part sur la planète, l'humanité court un peu moins de risques de s'autodétruire. »

Comment devenir plus positif? L'ange ne contredit pas les savants modernes de la psyché (les aurait-il inspirés?) : il faut que les émotions refoulées s'échappent de la prison de l'inconscient, afin que le flux vital puisse à nouveau circuler librement. Les émotions *naturelles*, souffle l'ange à Elisabeth, se comptent sur les doigts d'une main. Il y a la peur (peur de tomber, et peur des grands bruits), la colère (contre le changement), la jalousie (qui pousse à imiter et à faire mieux), le chagrin (face à la perte), l'amour, enfin (qui consiste plus souvent qu'on croit à dire non). Toutes les autres émotions (toutes!) seraient, selon le « fantôme » d'Elisabeth, des sous-produits pervertis, parce que fruits de refoulements, de ces cinq émotions naturelles.

« Et la mort? demande Elisabeth un jour, quel rapport entre l'aide aux mourants et la lutte contre la négativité?

– C'est très simple, répond l'étrange interlocuteur. L'agonie représente la dernière chance pour un individu de se débarrasser de la négativité dont il n'a su se défaire durant son existence. La dernière chance, donc, d'accomplir ce pour quoi il s'était incarné. C'est d'ailleurs la seule chose qu'un humain puisse faire pour " aider le monde " !

– Quoi donc?

– Se rendre plus positif lui-même. Même si c'est à la dernière seconde, il aura en quelque sorte accompli sa mission. Mais cela serait difficile s'il restait bloqué à l'un des stades intermédiaires de l'agonie.

– Et en ce cas?

– Eh bien, il lui faudrait revenir, se réincarner, pour reprendre le même travail, encore et encore, jusqu'à ce qu'il y soit parvenu, et puisse passer à un autre niveau de conscience. »

La réincarnation?

Depuis que le dialogue avec l'Orient a commencé à se rétablir (voici, quoi? un siècle à peine), une foule croissante d'Occidentaux retrouve sur son chemin cette très ancienne croyance. Les chrétiens eux-mêmes n'y ont-ils pas adhéré pendant des siècles, avant que Rome interdise d'en parler (au concile de Nicée)?

Cette croyance en la réincarnation (ou ce mythe, ou ce conte, comme vous voudrez) a de nouveau le vent en poupe. Elément après élément, le puzzle d'une universelle cosmologie se révèle lentement.

« Qu'est-ce que la mort? demande le Moderne.

– La réponse est inaccessible, répond l'Ancien, si

l'on arrête l'homme à ses limites physiques. Nous sommes infiniment plus que le corps physique.

– Et pourtant, proteste le Moderne, tout se joue là, dans ce corps!

– Mais il y a plusieurs couches dans ce corps. Seul le physique est visible. Le psychique, déjà, échappe aux sens. Ainsi qu'à l'espace-temps. C'est pourtant un corps bien réel. Aussi réel que le corps subtil, à bord duquel les humains s'évadent lorsqu'ils rêvent – ou lorsqu'ils " quittent leurs corps ", pour une raison ou pour une autre.

– Lors de la NDE?

– Par exemple.

– Mais l'individu qui " sort de son corps " parce que la mort est imminente meurt-il réellement un instant?

– Non, réplique l'Ancien, quand on meurt, on meurt.

– Que se passe-t-il, alors, au moment de la mort?

– La corde invisible qui relie le corps physique au corps subtil se rompt.

– Le corps subtil, ce serait donc ce qu'on appelle l'âme?

– L'âme est une plongée vers des corps plus subtils encore...

– Et c'est toujours la vie?

– Chaque fois un peu plus. »

« Et vous, demande un jour Elisabeth à son ange, vous réincarnerez-vous?

– Bien sûr, lui répond la voix intérieure.

– Ah? Et savez-vous en quoi?

– Naturellement. Nous nous réincarnerons (il parle souvent au pluriel) en un enfant se mourant de faim.

– Quoi? (Sincèrement choquée.) Y a-t-il au monde idée plus cruelle et plus absurde?

– Au contraire, réplique l'ange, nous en avons besoin.

– Au nom du Ciel, mais pourquoi?

– Cela élargira notre sens de la compassion. »

On imagine sans peine l'effet désastreux que produit Elisabeth, lorsqu'elle se met à raconter toutes ses histoires de songes et d'ange, à partir d'une tribune, à un large public non averti. Surtout en Europe. A Paris, où elle n'a encore jamais essayé, ce serait, je le crains, un désastre. Elle a tellement perdu le sens de la démagogie. C'est une grand-mère, maintenant. *Ex abrupto*, son discours ne peut plus passer. C'est sur le terrain qu'il faut la voir. Lorsque les masques tombent. Quand tout le monde crie *Sauve qui peut*! et plonge sa tête sous le sable, parce que l'horreur des apparences devient trop répugnante et que la souffrance du mourant semble interdire toute communication. Alors vous regardez la mamma agir. Et, gentiment, vous vous écrasez. Oui, vous vous écrasez.

J'ai voulu voir la mamma sur le terrain, de mes propres yeux. J'ignorais qu'ils allaient surtout me servir à pleurer. Car EKR tient une place bien à part dans la nouvelle mythologie. Je n'avais encore jamais rencontré la grande dame de ce livre moi-même. J'allais découvrir EKR en son étrange *pleuroir*. Et découvrir la métamorphose des poignardés. Celle dont il est si difficile de parler.

18

La métamorphose des poignardés :
le second séminaire d'Elisabeth Kübler-Ross

Il n'y avait qu'une seule possibilité pour approcher
Elisabeth Kübler-Ross : participer à son fameux
séminaire *Vie, mort et transition*. Malheureusement,
il fallait s'inscrire des mois à l'avance – vingt ans
après sa toute première conférence, EKR affichait
toujours complet. Par un coup de chance, je pus
bénéficier du strapontin qu'au dernier moment elle
offre toujours au voyageur inattendu. C'était en
janvier 1984.

J'ai raconté le début de ce séminaire dans le
premier chapitre. Cela se passait dans un monastère franciscain, à Wappingers Falls, à une cinquantaine de kilomètres au nord de New York. Les
présentations prirent toute la première journée. Il
fallait, chacun son tour, dire comment on s'appelait,
d'où l'on venait et pourquoi on pensait être là.
Après que les deux premières personnes eurent
brièvement amorcé la pompe (deux jeunes femmes,
brunes et vives, d'origine aisée, mal dans leur peau
– disaient-elles – mais sans plus), je m'étais tassé sur
mon siège, prévoyant de gentiment m'ennuyer pendant des heures, vu qu'il y avait près de cent
participants à ce séminaire et que chacun allait
devoir déballer son ennuyeuse petite salade.

EKR écoutait sans rien dire.

Quand tout à coup, la troisième personne se leva. Encore une femme. Je l'avais remarquée dès le début. C'était sans conteste la plus jolie des femmes présentes. Mince, de longs cheveux roux lui coulaient dans le dos jusqu'au creux des reins. Des yeux bleus dans un visage de renarde. Elle n'avait, durant les premières heures, manifesté qu'une indifférence glacée pour tout ce qui se déroulait autour d'elle. Elle m'avait intrigué. Et voilà qu'on lui demandait de s'ouvrir à tous.

Je pus à peine l'entendre prononcer son nom. Elle s'appelait Patricia. Le reste de ses mots fut aussitôt haché de larmes. Son mari venait de mourir d'une fulgurante maladie des os. Il n'avait pas trente ans. La jeune veuve dut se rasseoir, cisaillée de chagrin au-delà du convenable. Les yeux fermés, elle gardait la bouche ouverte de douleur, sanglotant maintenant en silence. D'un coup, la tension était montée en flèche. Elle n'allait plus redescendre pendant une semaine.

Toutes les trois ou quatre présentations, un poignard surgirait des larmes et me transpercerait le ventre. Ceux-là n'auraient pas besoin d'en dire long sur leurs motivations – mon oreille ne s'était pas encore faite à l'accent *américain sangloté*. Et puis les mots me sautaient brusquement à la figure : « *I won't die! I won't die!* » Elle ne voulait pas mourir. Un cancer lui rongeait les jambes et remontait lentement vers son ventre. « *I wont' die!* » Il ne voulait pas mourir. Il avait le sida. Son visage commençait à s'affaisser. « *I won't die!* » Ils allaient mourir et tous leurs muscles se cabraient.

Ou bien : « *Give me my baby back!* » Ils suppliaient qu'on leur rende leur enfant. Ils l'avaient vu tomber à l'eau sans jamais remonter. Ou brûler vif. Ou s'étouffer. Ou l'avaient retrouvé dans un terrain vague, atrocement mutilé. Ils avaient vu périr leur compagnon d'armes, hurlant dans les flammes d'un hélicoptère écrabouillé au fond de la jungle. Elles avaient vu leurs amants s'éteindre, lentement défigurés. Leurs parents étaient morts sans pardonner. Ou sans pardon. Sans *Good bye*. Sans dernier regard, dernier message, dernier baiser. Dernière audace. Sans qu'ils aient pu leur dire : « Je t'ai toujours aimé. Je t'ai admiré ma vie durant, imbécile, sans jamais oser te le dire. Je ne t'oublierai jamais. »

La dernière personne se présenta vers 11 heures du soir. Nous étions exténués. Mais déjà, tout avait changé. D'une foule anonyme avaient surgi des figures immenses.

Le rituel proprement dit ne commença qu'au deuxième jour. Je ne compris pas immédiatement ce qui se passait. Une grosse dame d'une cinquantaine d'années, au visage rougeaud, vint s'agenouiller sur le matelas, au centre de la pièce. De profil par rapport à EKR, quatre-vingt-douze paires d'yeux braqués sur elle. Une femme américaine ordinaire, en tenue de week-end, blue-jean rempli à craquer, chemisier blanc en nylon semi-transparent, laissant deviner un soutien-gorge fortement armé. On lui demanda de retirer ses lunettes et ses chaussures. Elle se mit à parler.

D'une voix d'abord très calme, elle raconta son enfance en quelques phrases. Sa mère était malade et son père faible. On l'avait donc confiée à sa grand-mère. Consciemment ou pas, celle-ci se comporta en sadique : quand les parents venaient voir la petite, le week-end, la vieille l'enfermait dans une autre pièce, « pour ne pas gêner la conversation des grandes personnes ». La gamine n'avait pourtant qu'une idée : sauter dans les bras de ses parents, les serrer contre elle. La grand-mère l'interdisait – sauf pour dire bonjour et au revoir. L'enfant souffrait horriblement. Elle terrait sa peine au fond d'elle-même, prostrée, refusant d'aller jouer dans le jardin. Elle ne pouvait même pas pleurer. Plus tard, quand ses parents seraient repartis et qu'elle se retrouverait seule, les larmes la submergeraient. Et la rage contre la vieille.

A genoux sur le matelas, la grosse dame commence à remuer d'avant en arrière, avec une sorte de tétanisation dans le dos et dans les cuisses. Sa voix change. Quand elle a commencé à parler, j'ai trouvé ça un peu forcé. Le jeu volontariste d'une psychotérapie somme toute banale. Quand elle s'est mise à pleurer, j'ai hésité. Quand elle a hurlé, je me suis senti bizarre. Tout a changé avec sa voix. Elle est vraiment redevenue la petite fille à qui l'on ne permettait pas de voir ses parents le week-end. Et la haine contre sa grand-mère a brusquement jailli.

EKR a chuchoté une phrase que je n'ai pas comprise sur le coup. C'était : « Dites ce que vous avez à dire à votre grand-mère. Elle est là, devant vous. » Alors la grosse dame est entrée en fureur. Saisissant une matraque qu'on lui tendait, elle s'est mise à frapper le matelas avec rage. En hurlant. Son dos gras s'est révélé athlétique. A chaque coup, toute sa masse y était. Elle déchiquetait sa grand-mère en lambeaux. Puis la rage a ricoché. Elle a revu ses parents. Leurs visages navrés quand l'heure était venue de repartir et qu'ils l'embrassaient. Navrés! Ces chiens étaient navrés! Oh, le regard infiniment lâche de son père quand il lui disait : « Nous nous parlerons davantage la prochaine fois, Betty. » Ils savaient pourtant qu'elle souffrait. Mais ils étaient trop faibles, trop lâches, trop culpabilisés, face à la vieille qui leur dictait sa loi sans pitié. Oh, qu'elle les haïssait, eux aussi! Qu'elle les hait encore aujourd'hui! De l'avoir livrée. Ils auraient pu aussi bien la vendre!

La grosse dame redouble de fureur contre le matelas. Elle casse la figure à ses parents. Elle leur écrase les mandibules. Une assistante d'EKR glisse de vieux annuaires téléphoniques sous la matraque. Blam! Blam! des milliers de pages volent bientôt en l'air au milieu des hurlements. Puis la dame s'essouffle. Sa rage se tarit. Elle est en nage. Son cœur bat à cent cinquante. Elle a complètement oublié que tout le monde la regardait, une centaine de glottes bloquées autour d'elle. Maintenant elle pleure, pliée en deux sur ses genoux. De lourdes vagues de chagrin la soulèvent par rafales. Elle a huit ans. Tout son esprit est focalisé sur l'absence de ses parents. Qu'elle aurait su les aimer! Qu'elle aurait voulu se blottir dans leurs bras! Maintenant, on lui tend un oreiller, qu'elle serre contre elle en gémissant. Elle reste comme cela longtemps. Personne ne dit rien. Un apaisement s'installe. Une atmosphère. La tragédie sacrée peut commencer.

Car jusque-là, nous n'avons jamais assisté qu'à une séance de psychothérapie de groupe assez classique. Si vous ne vous fermez aussitôt comme un coffre-fort, ce genre de situation a des chances de vous toucher. Mais jamais autant que lorsque le séminaire lève tout à coup son véritable rideau et que la mort entre en scène. Alors tout se met en place. *Fssshhh*! Les récits les plus simples s'imprègnent d'un champ de force implacable, et personne n'y échappe.

La femme suivante – les femmes précèdent chaque fois, dans cette histoire, – a été battue. Encore des parents tordus. Mais directs, ceux-là. Des tabasseurs. Le nombre de gosses battus qui apparaissent au fil des transes! De filles violées par leur père ou leur frère! J'en suis éberlué. La seconde femme, donc, est une des rares maigres. Une chatte de gouttière. Maigre de l'intérieur. Rachitisme profond du cœur. Famille nombreuse prolétarienne. Mère douce chienne prostituée et père alcoolique.

Quand elle entre en transe à son tour, son dos se raidit, tout pointu, et sa souffrance se bloque dans sa gorge, refuse de sortir autrement que par braiments rauques. Mais au lieu de s'épuiser dans la rage, cette femme y trouve une crique inattendue : un jour, son père a tellement frappé l'un de ses frères que celui-ci en est mort. C'est à lui qu'elle se met à penser. Vers lui qu'elle détourne sa peine. Lui qui était beau. Et gentil. De deux ans plus jeune qu'elle. Elle crut devenir folle quand le garçon mourut. Il avait treize ans. On l'emporta à l'hôpital, où il s'éteignit sans qu'elle ait pu lui dire adieu.

« Dites-lui *adieu* maintenant, murmure Elisabeth, il est là, devant vous. » La jeune femme maigre entre complètement dans le jeu. Elle *voit* son frère mort. Elle le voit quand il lui souriait. Elle décrit son visage quand il dormait. Elle se met à lui parler. A le serrer contre elle. A l'embrasser. Elle pleure. D'abord en tremblant. Mais peu à peu le flot se régularise. Elle sanglote avec plus d'ampleur et finit par s'abandonner complètement, allongée sur le ventre.

Et voilà qu'elle se met à parler aussi à son père. Lui aussi est mort, depuis. Elle le voit quand il était lui-même enfant – longtemps, bien longtemps avant qu'il se mette à boire. Cette image la rend infiniment plus triste encore. Infiniment? Est-ce possible? Jusqu'où descend-on dans la vallée des larmes? Jusqu'au bout, le père a bu. A la fin, il n'était plus qu'une larve imbibée d'alcool. Une carcasse chancelante. Mais dans ses yeux luisait une supplication incendiaire, toute mangée de haine – ou était-ce elle qui y mettait de la haine? La malheureuse repart dans une nouvelle tempête. Elle souffre soudain d'avoir haï cette larve. Elle ne peut plus voir son père que sous la forme de l'enfant qu'il était. C'est cet enfant qu'elle serre à présent dans ses bras, en étreignant l'oreiller qu'on lui tend.

La dixième personne à venir se livrer sur le matelas est un homme. Un New-Yorkais. Un grand blond moustachu aux cheveux filasses, qui s'est surtout signalé jusque-là pour son goût immodéré des blagues juives.

Le grand blond a le sida. Ça ne se voit pas encore. Pas autant que sur le petit gris chauve – chauve depuis qu'il est atteint du mal. Mais le grand blond sait qu'il a le sida, et cela suffit. Le grand blond est gay; comme tous les autres participants atteints de la même maladie.

Il met longtemps à décoller. Quand son homosexualité finit par tout teinter, sa voix commence à trembler. Il se revoit, vers douze, treize ans, quand la honte commença à lui ronger le ventre. Il se revoit quand son souffle devint court, quand il se déserta lui-même le plus clair du temps, parce que les hommes l'attiraient et que cela n'était pas prévu. Quand une voix commença à le harceler : « Enculé! Pédé! Tapette! Tu n'es qu'une tapette! Une tante! » Il se revoit enfant, et cet enfant lui fait de la peine. Il voit cet enfant honteux, entouré d'ennemis ricanants, et il lui vient des envies de meurtre.

EKR lui dit : « Parlez à cet enfant. »

Alors le grand blond se met à crier : « Défends-toi petit! Casse-leur tous la gueule! Brise-leur les os! Cogne! » La rage prend les gouvernes sans crier gare. Contre-mimant vingt ans plus tard la métamorphose qui le jeta brutalement dans le lit de son premier amant, un soir de désir lancinant, le grand blond se change en furie. A lui la matraque. Il est balaise et ses coups vous font tressauter à vingt mètres. Il frappe. Il fulmine. Il assassine. Toute la société y passe. Ses copains d'antan – ces fourbes! –, ses parents, ses maîtres, tous! Ce n'est qu'une fois en transe – véritablement *hors de lui* – que le grand blond évoque pour la première fois, le sida. Le sida qui, inexorablement, le désarme, pour mieux le livrer à la première bactérie venue. Le grand blond se met à pleurer à longs traits. Je ne comprends plus ce qu'il dit que par bribes.

Il dit qu'il a trente-cinq ans. Qu'il veut vivre. Il s'écrie : « Je mourrai peut-être d'un rhume. D'un rhume! N'importe quelle saloperie peut nous faire clamser! » Il se met à hurler : « Nous allons crever comme des mouches! » Brusquement il se retourne vers l'assistance : « Et vous! Vous, salopards, avec vos gueules d'infects hypocrites, vous vous dites : " C'est normal ", hein! Les pédés doivent crever, hein? Salopards! Ne niez pas, vous vous dites : " C'était écrit dans la Bible ", hein? Les pédés sont maudits, Sodome et Gomorrhe, hein? Et vous... »

Il s'interrompt, comme fauché par une rafale de mitrailleuse. Le grand blond s'écroule au sol, le visage dans les mains. Il sanglote : « Et Bobby n'est plus là! Bobby!!! Mon frère! Bobby n'est plus là (sanglots redoublés). Le sida lui avait rongé la figure. Il a fini complètement monstrueux. Aaaaaaah! »

Le grand blond s'étrangle de douleur. Il pleure pour l'ensemble des gays victimes du sida. Il se sent solidaire de tous par-delà la mort. Etrangement, leur faiblesse collective se muerait presque en une force. Mais la psyché du grand blond n'est pas simple... A une époque, il s'était rangé. Il avait épousé une femme et lui avait fait deux enfants. Deux petites filles. Maintenant, ce sont elles qu'il appelle. Il revoit leurs figures, le jour où elles comprirent qu'il était gay et qu'il allait les quitter, elles et leur mère, pour rejoindre un homme. Elles avaient six et huit ans. Elles étaient blêmes. Et il s'était enfui sans rien dire. Une nouvelle vague de tristesse le submerge. Il va mourir, laissant derrière lui deux fillettes à l'âme affolée. Oh, amertume sans nom! Cette fois, c'est contre lui-même que la colère lui vient. Il se martèle le visage, se cogne la tête contre le sol. Une assistante d'EKR le repousse doucement sur le matelas, où il finit par s'affaisser, en suppliant ses deux petites filles de lui pardonner.

Lentement il s'apaise. Il accepte enfin l'oreiller qu'on lui tend et qu'il avait jusque-là rejeté avec hargne. Il le serre dans ses bras. Il lui parle. Il lui dit : « Je vais mourir, mes chéries. Votre papa va mourir. »

Je mets longtemps à comprendre comment fonctionne la noria des transes. L'*effet pop-corn*, comme dit EKR : tout d'un coup, la souffrance rebondit dans l'assistance; quelqu'un se met à sangloter bruyamment derrière votre dos; si fort qu'il faut l'emmener. Une assistante le prend par les épaules et l'accompagne dans l'une des trois *chambres de pleurs* annexes – les *screaming rooms* où l'on a disposé le même attirail que dans la salle principale : un matelas, avec une matraque, des annuaires, un oreiller.

La première fois, je n'en reviens pas. Quelqu'un se met à pleurer à grands coups de trompette derrière moi. C'est le gros Philipp, mon cothurne! Ce garçon si ironique, si coupant. Le voir en cet état me coupe les jambes. Qu'a-t-il? Je ne comprendrai vraiment qu'au troisième jour. Lorsque tant de souffrances mortelles sont ainsi étalées sous vos yeux, vous entrez en résonance. Mais jamais autant que lorsque la souffrance manifestée par autrui vous touche personnellement en un point sensible. *Un égoïsme monumental régule les vannes de la compassion naissante.* Une jeune femme atteinte du cancer déballe toute sa vie, fichue, bousillée, depuis que son père s'est mis à la violer régulièrement, après son treizième anniversaire. A son tour elle revit tout et déchaîne sa fureur. Elle hurle en trépignant : « *Get out of my body! Get out of my boooody!* » Elle a un tel accent de sincérité que mon sang déserte instantanément ma figure. Me voilà blême et ma gorge est une râpe sèche. Mais je ne pleure pas. Je souffre de la voir souffrir. Mais c'est trop loin, le père violeur, trop fou, trop extérieur à moi. La réelle compassion m'est encore interdite. En revanche, quand plus tard une autre femme racontera le meurtre de son enfant, je sentirai le coup faire terriblement mouche au fond de moi. Parce que je penserai immédiatement à mes propres enfants. Je les verrai mourir. Talon d'Achille. Têtes coupées dans une baraque inconnue. Je descendrai moi-même dans la vallée basse. Et la noria me happera par la nuque. Tout d'un coup, j'éclaterai en sanglots. Bruyamment. J'entrerai dans le bain étrange de la compassion.

Le second soir, trois heures environ après qu'il eut ainsi cédé à l'*effet pop-corn,* je vis le gros Philipp, assis en face de moi au réfectoire. Il ne me voyait pas. Il était complètement sonné. Sandy, l'une des assistantes d'EKR, se tenait à côté de lui. Il n'avait d'yeux que pour elle. Admiration éperdument platonique. On eût dit un mioche illuminé d'avoir retrouvé sa mère après dix mille ans d'absence. Le gros Phil était béat. Plus tard, depuis son lit, il me raconta jusqu'à 5 heures du matin, comment, sans qu'il n'y comprenne rien, la souffrance était soudain montée en lui. Cela s'était produit d'un coup, quand il avait entendu un garçon parler du « vide inté-rieur » effrayant qui se creusait en lui à mesure qu'approchait la mort – c'était un cancéreux. Ces simples mots avaient suffi, dans le contexte du moment, pour cisailler Phil de l'intérieur. Lui qui disait ignorer pourquoi il était venu au séminaire – il n'était ni malade, ni en deuil – comprit soudain à quel point il se sentait blessé lui-même, et abandonné par la vie. Et seul. Et raté. A quel point toute sa famille était constituée de ratés. De ratés haineux, coupés les uns des autres. Sa souffrance devint soudain telle, me dit-il, qu'il crut mourir. Qu'il eut l'impression très physique de mourir de chagrin.

Je n'ai jamais vu une transformation aussi rapide chez un individu. Le gros Phil avait perdu son énorme stock d'ironie d'un seul coup. Le matin encore, il échappait à la moindre question personnelle par une pirouette ricanante. A présent, il se confiait toute honte bue. Il n'avait pas perdu son humour, mais celui-ci s'était réchauffé et le venin avait fondu. Il était devenu le plus humain des hommes. C'était stupéfiant.

Ce même soir, nous eûmes droit à la première confession d'un *Vietnam vet*. Un blond costaud, aux sourcils broussailleux et à la voix de basse, qui jouait de la guitare dans les escaliers pendant les pauses. Ce fut le seul qu'Elisabeth invita expressément à venir s'agenouiller sur le matelas devant elle – les autres s'y succédaient, au rythme d'un toutes les heures environ, suivant une loi tacite qui continuait à m'échapper.

Je m'attendais à le voir longtemps éluder, tourner autour de sa propre participation aux tueries au Viêt-nam. Mais non. Il en parla tout de suite. Sans l'ombre d'une hésitation, la tête penchée en avant, les yeux dans le vague, il ne lui fallut pas plus de trente secondes pour s'y retrouver.

« Je me souviendrai toujours du regard des gens que j'allais tuer. Des hommes. Parfois aussi des femmes, et même des enfants. Mais le plus souvent on ne voyait rien. De nos hélicoptères, il était impossible de faire le tri. Et d'ailleurs ça ne comptait pas vraiment. Il y avait des jours où je m'en foutais complètement. »

Il parla ainsi un moment. Mais sa voix demeura à peu près calme tant qu'il fut question de la mort des gens d'en face, si cruelle qu'elle eût été. Il était triste, mais calme. Tout changea quand il se mit à évoquer son propre camp. Ses propres compagnons. Ses propres morts. Franchise crue d'un égoïsme à nu.

« L'hélico est tombé dans les mangroves, en pleine jungle. Un vrai miracle que je m'en sois tiré. Mais lentement cette saloperie a commencé à glisser vers le marécage. Et Chris, tout sanglé à son siège, s'est mis à s'enfoncer dans la boue. Il me faisait des signes de tête désespérés. Mais j'avais des éclats plein les jambes. Je ne pouvais rien faire pour lui. Rien! Mais rien! (Il commence à pleurer en hurlant.) Rien d'autre que de le regarder stupidement s'enfoncer dans ce foutu bordel de marécage! Lentement, comme dans un supplice chinois. Chris! Bon Dieu de merde, Chris! (Son visage est à présent inondé de larmes.) Il savait qu'il était foutu. Il avait du sang qui lui coulait de la bouche. Mais il ne l'acceptait pas. Je le voyais dans ses yeux. C'était un gosse! (Plusieurs personnes se mettent à pleurer autour de moi.) Il avait quoi? Vingt ans! Et il s'est mis à chialer. Et moi, coincé là-haut dans les branches, j'en tremblais. Et tout ça pourquoi? Et tout ça pourquoi? »

L'ancien G.I. s'empare brutalement de la matraque et se met à cogner sur le matelas de toutes ses forces – ce qui n'est pas peu dire. Nous assistons à un déchaînement colossal. L'homme devient fou furieux. Il vocifère avec la force d'un buffle. De la bave lui sort de la bouche. Il ne sait visiblement plus où il est. Qu'est-ce qui l'empêche de cogner sur les gens autour de lui pour arrêter sa douleur? Et puis, sans transition, il passe de la mort de son compagnon d'armes à la « vie de chien » qu'il a toujours menée, et aux coups de fouet que lui donnait son père (tous les petits Yankees n'auraient donc pas été élevés à la coule, comme on le prétendait jadis chez nous?).

A son tour, le vétéran du Viêt-nam retombe en enfance. Une seconde fois, sa voix se brise. Elle mue à l'envers. Il parle maintenant comme un gosse. En phrases courtes, entrecoupées de sanglots, l'ancien G.I. raconte une enfance désolante. Pris dans le brasier, d'infimes détails quotidiens ressortent tragiquement incandescents. Cela n'a rien de ridicule; à cause du ton. Le *Vietnam vet'* pleure maintenant d'une toute petite voix. Il a douze ans et il vient d'apprendre que ses parents divorçaient...

Il pleure pendant une demi-heure encore. A la fin, ce n'est plus qu'un mince filet qui coule d'entre ses lèvres. Il est couché en chien de fusil. Autour de lui, quatre-vingt-dix poitrines respirent d'un même mouvement. Pas un mot. Pas un chuchotement. Le *Nam vet'* nous a entraînés avec lui tout au fond de la vallée des larmes. Là où règne le grand calme. Le silence devient total. Il est minuit moins le quart. Dehors il neige. De gros flocons battent les carreaux.

A partir du troisième jour, on en voit qui pleurent sans arrêt. Un grand maigre à fine moustache semble se vider d'une quantité inimaginable de chagrin. Il se tient toujours à la même place, assis par terre, à la gauche d'EKR, les jambes repliées sur le même côté, les bras tendus, mains ouvertes contre le sol, la tête penchée – il ne la relève que de temps en temps, pour jeter un regard noyé à la personne en train de déballer son sac de misères sur le matelas central, et hop! le revoilà pris d'un sanglot redoublé. Cela pourrait ne jamais cesser. La noria des douleurs nous terrasse.

Les *unfinished business*, comme dit Elisabeth, se succèdent sur le matelas. Les « affaires inachevées » qui se règlent. Un jeune homme trop blond va mourir. Il dit qu'il a honte. On dirait qu'il va mourir de honte, avant que son cœur, trop maigre, ne le lâche. Pourquoi a-t-il honte? Il le hurle : parce qu'il n'a pas vécu. Parce qu'il n'a pas fait honneur à la vie. Parce que tous ses projets sont restés bloqués au stade de velléités et que, maintenant, il le sait, c'est fichu. Parce qu'il ne connaîtra pas le grand amour – connaît-il seulement le petit? Il se tord par terre de souffrance. Comme un lombric coupé en deux. Ses poings cognent la toile à s'y arracher la peau. A la fin, on dirait que n'importe quoi pourrait alimenter sa peine. Puis il s'enfonce lentement dans l'obscurité calme de l'épuisement. Et nous tous, autour de lui, sombrons de même; suivant chaque fois la lourde vague en son inexorable balancement; portés d'abord jusqu'à sa crête de colère, quand le souffrant hurle et crie; roulant en son ventre tourbillonnant, quand il se met à sangloter en désordre; puis brisés sur la plage, ratatinés, aplatis en une mince pellicule transparente, quand enfin il sombre, harassé, et qu'abandonnant toute résistance, il se met à respirer comme un enfant. Des flots de venin et de pus se sont définitivement écoulés vers l'océan du vide. Je commence lentement à comprendre de très anciennes vérités.

Pas mal de gens ont maintenant vidé leur sac. Ceux-là, on ne les reconnaîtrait pas! De descendre ainsi au tréfonds de leurs souffrances les a comme illuminés de l'intérieur. Je n'en reviens pas. Plus la souffrance a été grande, plus la lumière les transfigure à présent. Plus le poignard les a transpercés profondément, plus je les sens porteurs maintenant d'un trésor incomparable. Je les envie! Pourtant, pas la moindre morbidité. Pas le moindre masochisme. A aucun moment ne nous effleurerait l'idée qu'il faut donc s'arranger pour souffrir – puisque ce serait ainsi que le cœur se sublimerait en trésor. Non, rien de tel. Un amour inconditionnel de la vie. Et, dans le même temps, l'incroyable certitude : celui qui n'aurait jamais souffert ne pourrait rien comprendre. C'est aussi en souffrant qu'on accède à la connaissance. Que de fois les avais-je trouvés suspects, ces mots! Jamais je n'aurais cru qu'ils puissent désigner une réalité à ce point tangible. Les souffrants délivrés rayonnent.

Quant à moi, je me sens extrêmement mal tout à coup. Depuis le troisième jour, une angoisse incompréhensible me gonfle les artères. Dans l'après-midi du quatrième jour, le malaise finit par atteindre une intensité telle que je me mets à maudire l'instant où j'ai stupidement décidé de venir à ce séminaire. Quel cafard! Une boule de plomb d'origine inconnue m'emplit toute la poitrine. Je pars marcher dans la forêt, faisant craquer la glace sous mes pas. Je tente de parler aux arbres. Mais rien n'y fait. Je rentre, les idées les plus noires en tête. Je revois mon enfance, et toutes mes haines, à commencer par la haine de moi-même. Affreux cloporte!

Et soudain, quelque chose craque en moi. J'explose à mon tour. Dans la même seconde, l'*effet pop-corn* me devient parfaitement intelligible. Je pleure comme un misérable et Sandy m'entraîne dans l'une des pièces annexes. Là, me saisissant du fameux gourdin, je réduis un bottin en pièces. Mais l'essoufflement est rapide. Mes souffrances n'ont pas atteint la profondeur de celles de la plupart des participants au séminaire. Ma capacité à descendre par moi-même dans la vallée des larmes s'en trouve réduite d'autant. Au moins ma pseudo-transe me permet-elle de retrouver un certain calme et de poursuivre, sans « envie » maladive, l'observation de la sublime métamorphose de mes compagnons.

La métamorphose la plus extraordinaire fut sans doute celle de la jeune veuve aux longs cheveux roux. Quand elle sentit que son tour était venu, Patricia vint s'agenouiller devant Elisabeth. Et commença une interminable traversée. A la latitude de son cœur, la vallée des larmes faisait un million de kilomètres de large. L'homme de sa vie était mort. Il n'avait pas trente ans. Patricia refusait sa disparition de toute son âme. Cela lui était littéralement in-com-pré-hen-si-ble. Car, disait-elle, « Dieu lui-même » avait visiblement tout arrangé dès le départ pour que se déroule entre eux la relation la plus belle et la plus durable du monde. Son amour ne pouvait pas être mort. Leur vie ne faisait que commencer! « C'était si bien, répétait Patricia, c'était si bien! » Et elle secouait sa tête comme une démente.

Elle pleura, pleura, pleura. Sans pouvoir s'arrêter. Pendant des heures. Son esprit semblait condamné à devoir errer dans la vallée des larmes jusqu'à la fin des temps. Elle pleura si longtemps qu'EKR dut demander à l'une de ses assistantes de raccompagner la jeune veuve dans sa chambre et de la veiller jusqu'à ce que l'hémorragie de larmes cesse. Patricia sortit; le visage tordu de douleur. Elle donnait véritablement l'impression d'avoir été poignardée. A tel point qu'elle me fit peur. Je pensai : « Et si cette fois EKR avait déclenché un processus irréversible? Et si elle ne parvenait pas à la ramener? Et si elle mourait de chagrin? »

Patricia pleura toute la nuit dans sa cellule, et

toute la matinée qui suivit. L'après-midi, Marilyn, l'assistante qui la veillait, crut qu'elle pouvait ramener la jeune veuve dans la salle commune. Mais le seuil à peine franchi, l'adorable rouquine s'écroula de nouveau en sanglotant, et il lui fallut vite rebrousser chemin. « Cette fois, me dis-je avec un frisson glacé, ils ne la ramèneront pas. » Je la voyais déjà, irrémédiablement folle, se vidant de toute sa substance par les larmes.

Et pourtant. Le dernier soir, lorsque tout le monde se rassembla pour le rituel final, Patricia apparut soudain le visage paisible. A la stupeur générale, elle demanda d'une voix calme la parole, et se mit à lire, sans pleurer, la dernière lettre que son mari lui avait envoyée, juste avant de mourir. Cette lettre était sublime. Je regrette infiniment d'avoir dû ensuite jurer à la jeune veuve de ne jamais la publier. Car vous auriez alors compris, comme nous tous ce soir-là, que Patricia ne faisait pas de cinéma. Et que l'amour qu'elle venait de perdre était tellement grand, tellement sensuel et dans le même temps d'une spiritualité si élevée qu'il y aurait eu de quoi, en effet, mourir sur place de chagrin.

Il faudrait un livre entier pour raconter toutes les métamorphoses que je vis ainsi s'opérer dans la mystérieuse vallée des larmes, sous le regard silencieux d'Elisabeth, au couvent franciscain de Wappingers Falls, *up-state New York*.

Raconter Nancy de Boston, qui me fit si forte impression, le jour où, sous son chignon de vieille fille anglaise, se révéla soudain une panthère admirable de férocité. Raconter Jacqueline, la Française cancéreuse, qui ne savait plus parler notre langue qu'avec un étrange accent. Raconter Rita, l'énorme infirmière septuagénaire atteinte de sclérose en plaques, qui, le premier jour, boxa l'air de fureur et de peur à l'idée de sa mort prochaine – contre toute attente, c'était d'autant plus effrayant qu'elle était vieille – et qui, à la fin, fit rire tout le monde aux éclats en racontant, par le menu, les funérailles irlandaises qu'elle se souhaitait. Raconter...

Raconter surtout Jeremiah, Deborah, Chuck, Carol et Cathy, qui, chacun de son côté, avaient perdu un enfant et ne s'en étaient jamais remis.

Les parents en ruine.

C'est sur eux qu'Elisabeth Kübler-Ross concentra, en fait, la plus belle part de son attention. Ils étaient clairement le maillon le plus faible de la chaîne des souffrances, face à la mort, chez les Occidentaux modernes, et depuis longtemps déjà les hôtes privilégiés de la maison d'EKR. C'est à eux aussi que s'adressa l'essentiel des exposés « théoriques » qu'elle nous fit durant cette semaine – généralement le matin, avant que nous ne redescendions ensemble dans la vallée des larmes.

Etranges exposés. Le premier avait été précédé d'un test. Avec force crayons de couleur, nous avions dû dessiner pendant un quart d'heure sur une feuille de papier tout ce qui nous passait par la tête. Le soir, avant que nous nous séparions, EKR nous avait livré quelques clefs pour interpréter ce que nous avions dessiné. Clefs simples, où entraient en jeu les couleurs choisies, les emplacements sur la feuille, et naturellement les scènes évoquées. Je ne dirai rien de ce test, sinon que la mort y tenait une place de choix et qu'EKR nous apprit ceci : les enfants qui vont mourir le savent à l'avance... Ils connaissent les circonstances particulières de leur agonie et l'expriment, inconsciemment bien sûr, dans leurs derniers dessins. La mamma nous montra plusieurs exemples frappants. Tel mouflet avait ainsi prédit qu'il mourrait en tombant d'un arbre, tel autre en se noyant, ou dans un accident automobile, etc.

Mais il y avait plus étrange encore. A un certain endroit de leurs dessins, ces enfants avaient, selon Elisabeth, et toujours inconsciemment, exprimé l'étape suivante. Celle qui viendrait *après* la chute de l'arbre, *après* la noyade, ou *après* l'accident de voiture. Le grand saut dans la lumière. De cela, EKR ne nous parla d'abord qu'en termes voilés, se contentant de signaler que ses meilleurs maîtres avaient été des enfants mourants et que, aussi absurde cela puisse paraître, le fait de perdre un enfant pouvait provoquer, chez les parents, un véritable éveil spirituel. Encore fallait-il savoir ouvrir son cœur à la présence des jeunes disparus. Et pour cela, se débarrasser d'abord de tout un fatras de « superstitions à rebours », fil de fer barbelé négatif, scepticisme masochiste, qui nous empêchent, prétendait-elle, de sentir la présence invisible de ceux qui ont basculé au royaume de la totale compassion.

A mesure que les jours avaient passé – et qu'un nombre toujours plus grand de participants avait connu le *matelas des lamentations* – EKR se permit des allusions de plus en plus osées, bien que toujours très tranquilles, à ce royaume invisible. Le royaume dont la vallée des larmes constituait en quelque sorte l'entrée principale, le col enneigé, le passage.

A vrai dire, tout le monde, même parmi les plus émus, ne suivait pas l'étrange mamma jusqu'au bout de ses histoires fantastiques. Car on pourrait s'imaginer ici EKR en gourou manipulateur, déversant des sornettes dans l'esprit de gens qu'elle aurait préalablement mis en condition par un vigoureux « massage émotionnel ». Mais rien de tel. Je veux dire que l'ambiance était littéralement aux antipodes de cela. Lorsque Elisabeth se mettait à parler des âmes des enfants morts, ou des apparitions qu'elle avait eues, à plusieurs reprises, dans sa vie, c'était toujours sur le ton de la franche plaisanterie. Elle prenait le ton de Woody Allen pour raconter les expériences mystiques les plus irradiées. Non qu'elle se soit alors dérobée – les faits les plus scandaleux demeuraient les faits, et elle les affirmait avec son aplomb de montagnarde – mais elle avait manifestement atteint un stade où convaincre n'était plus son problème. Elle aidait les malheureux traqués par la mort à retrouver le goût de vivre – en les faisant plonger la tête la première dans leurs émotions les plus noires! Après quoi, elle racontait, telle une grand-mère moqueuse, ce que la vie lui avait appris de l'au-delà. Et ici, suivait qui voulait. Ou plutôt, qui pouvait.

Je la suivis le plus loin possible. Ma conviction que nous étions en train de vivre la (re)naissance d'une « mythologie vivante » – essentielle à l'éveil de l'homme – ouvrait mon esprit à toutes les audaces. Je pensais : « Au diable la sordide avarice d'âme des modernes! En avant! En avant! »

Mais mon bel enthousiasme cachait mal ma propre misère. Il est un domaine où la souffrance m'arrêtait tout de suite : c'est quand elle frappait les enfants. Est-ce pour cela que ce livre ne comporte aucun chapitre spécial sur le sujet? Sans doute. C'est ma faiblesse. Car, durant des heures, Elisabeth nous parla de la mort des enfants. Linda, la jeune leucémique de Denver, qui avait véritablement *ouvert* le « théâtre » d'Elisabeth, en 1965, n'était-elle pas elle-même encore une enfant? Le *Livre terrestre des morts* n'avait-il pas commencé, pour la dame de cette histoire, par des dessins d'enfants au camp de Maidanek?

Les leçons les plus fortes, nous expliqua-t-elle, lui

étaient venues des moins de dix ans. Avec eux, elle avait passé des centaines d'heures à converser sur la vie et la mort (certaines de ces conversations ont été filmées). Elisabeth a raconté cela dans un livre intitulé *On Children and Death.* Elle y déverse tout son mysticisme, mais l'ouvrage prend aussi, souvent, l'allure d'un traité élémentaire plein de sagesse pratique à l'intention des parents – la rupture du dialogue avec les mourants nous a rendus littéralement niais dès qu'il s'agit d'enfants. Pourtant, lorsque leur interlocuteur se révèle à la hauteur, c'est-à-dire ouvert et calme, les enfants mourants peuvent devenir de véritables sages, évoquant leur « départ prochain » avec une lucidité dont la plupart des adultes seraient incapables. L'essentiel du travail d'Elisabeth, nous l'avons dit, consiste beaucoup plus à aider les parents que les enfants.

Douloureuse inversion. La mort des enfants est une inacceptable énigme. Elle rendit plus d'un Voltaire athée.

C'est que l'humour cosmique nous dépasse de trop de têtes.

L'humour? Pourquoi ce mot ici?

Ce sera le dernier chapitre, la dernière énigme sur le chemin. Ouvrant un tiroir de plus dans son armoire secrète, l'incroyable NDE va me faire entr'apercevoir de quelle très étrange façon les hommes pourraient, au moment de mourir, comprendre, ou pas, cet humour mystérieux qui les dépasse. Encore une inversion. Où jouer l'adulte pourrait s'avérer dangereusement enfantin.

19

Puisse l'humour de Dieu
ne pas vous rester au travers de la gorge!

Au début, je n'avais pas bien compris le statut exact de Nancy Bush à la tête de l'IANDS. *Executive director,* mais encore? « Elle s'occupe de l'organisation, m'expliqua Ring, c'est une pro du management. On a eu de la chance de la trouver, elle travaille pour la moitié de son prix normal. »

Maintenant, nous conversions depuis une heure, elle et moi, dans son petit bureau froid de l'université du Connecticut. Une femme de cinquante ans, blonde et potelée, à l'avenant visage de chatte, donnant l'impression d'avoir secrètement beaucoup pleuré. Ses paroles tout en nuances, le doute qui semblait l'habiter me frappèrent aussitôt. Contraste étonnant avec le ton facilement péremptoire de Ring et des autres chercheurs de l'IANDS.

A vrai dire, j'attribuai d'abord son ton dubitatif à son recrutement récent et à l'intérêt tout neuf qu'elle portait aux états de conscience des mourants. Mais voilà que, baissant légèrement la voix, elle se mit à me raconter un épouvantable cauchemar. En quelques secondes, la directrice se transforma sous mes yeux en procureur redoutable de sa propre organisation! Et tout le dossier NDE menaça de s'écrouler, telle une misérable mascarade.

Nancy Bush vient elle aussi d'une famille de

calvinistes très pratiquants. Des puritains durs et naïfs. Le genre d'Américains que l'assassinat de John Kennedy et les révélations qui suivirent ont abominablement secoués. A l'époque, Nancy Bush contenait déjà à grand mal une mélancolie de presque tous les instants. Pendant des années, elle tint bon grâce à ses trois enfants. Son mari ne lui avait vite plus souri. Ils divorcèrent, et elle qui n'avait plus travaillé depuis fort longtemps se remit au boulot. Elle se débrouilla bien. Se retrouva à la tête d'un énorme programme social. Une affaire d'aide à la réinsertion, à Hartford. Soixante salariés sous ses ordres, dans un building de trois étages. L'Amérique. Et la mélancolie disparut.

Nancy s'attacha à sa mission. Mais trop passionnément. Et au mauvais moment. Reagan arrivait. Les programmes sociaux se virent tailler de larges croupières. Nancy se raidit, prit parti pour ses clients contre le pouvoir et perdit rapidement la confiance de ses chefs. En trois mois, elle se retrouva à la rue.

La sourde mélancolie revint. En pis. Un blues monstrueux. Nancy se laissa gagner par l'impression d'avoir trahi les déshérités à qui toute aide avait été supprimée. La cinquantaine approchait. Une spirale très difficile aspira la pauvre femme vers le fond. Plus un sou. Elle vendit sa petite maison. Deux ans de dépression carabinée. De nouveau, elle s'accrocha à ses enfants. La fille cadette cherchait du travail. Du fond d'un épais brouillard médicamenteux, Nancy l'aida vaguement à éplucher les petites annonces.

Et voici que, un jour, elle tombe sur une offre d'emploi très bizarre. C'est signé *IANDS*. Les *explorateurs de la mort* ont besoin d'un expert pour mettre de l'ordre dans une organisation devenue capharnaüm. Le salaire proposé est plutôt dérisoire, mais Nancy est tellement intriguée par le sigle invraisemblable que, pour la première fois depuis des lunes, elle éclate de rire. Elle prend rendez-vous avec Ring. Le marché est conclu. En réalité, elle n'a pas la moindre idée de ce qui l'attend.

Aussitôt à son poste, on lui fait rencontrer des *experiencers*. Pas n'importe lesquels : rien que des *rescapés du cinquième stade*, invités par Ring à venir échanger quelques sentiments sur leurs expériences respectives. Bien sûr, ils parlent de l'ineffable lumière, et de l'amour inconditionnel que celle-ci dégage. Un sentiment immensément tendre et familier qui...

Soudain Nancy Bush se lève, pâle comme un linge et tremblante. Elle ne peut en entendre davantage! Pendant cinq minutes, elle a résisté du mieux qu'elle a pu, mais c'est au-dessus de ses forces. D'un bond, la nouvelle directrice sort de la pièce et s'enfuit en courant vers son petit bureau, où elle s'écroule en sanglots.

Ring la poursuit, éberlué. Que se passe-t-il? Il l'a prend par les épaules : « Mais enfin, qu'avez-vous? » D'abord, elle ne peut répondre. Son corps lui échappe, parcouru de soubresauts. Puis, sans cesser de pleurer, elle finit par avouer : elle vient de comprendre une chose horrible : elle aussi, elle a eu une NDE!

Pendant des années, cette histoire l'a poursuivie, et elle a dû lutter comme une forcenée pour l'enterrer tout au fond de sa mémoire. Elle ne savait pas ce que c'était. Elle n'en avait jamais entendu parler et ne voulait surtout pas en entendre dire un mot par qui que ce fût. En répondant à la petite annonce, elle n'aurait jamais cru qu'elle réveillerait cette histoire. « Sinon, dit-elle, pour rien au monde je ne serais venue! » Car à présent, le souvenir est de nouveau là, et elle se demande si elle va pouvoir y survivre.

Ring l'interrompt d'une petite voix, comme s'il parlait à une enfant : « Mais enfin je ne comprends pas, Nancy. Nous savons depuis longtemps que beaucoup d'*experiencers* ont du mal à parler de leur NDE. Tout cela est tellement fou, n'est-ce pas? Tout cet amour, toute cette beauté...

– Mais taisez-vous, imbécile! Amour?! Beauté?! Cessez de proférer des âneries! Mon expérience fut tout simplement atroce. De bout en bout!

– Hein? Mais... »

Nancy Bush se remet à trembler de plus belle. Des tas d'images se bousculent dans sa tête. Tout d'un coup, elle se redresse, les yeux perdus dans le vague. Une brutale clarté se fait dans son esprit : toute son indéracinable tristesse, cette mélancolie qu'elle a dû combattre pendant des années en se grisant d'action à l'extérieur, ce cafard glacé qui lui a rongé les meilleures années de sa vie et coûté son mariage, tout cela – elle vient de s'en rendre compte – a réellement commencé avec la terrible expérience.

C'était en 1961. Elle était en train de donner naissance à son second enfant. Un accouchement insupportablement douloureux. A lui donner des envies de meurtre, tant elle se sentait trahie. Cela faisait dix heures qu'elle gisait là, en contractions, à demi étouffée, lardée de coups aigus qui duraient, duraient à en mourir. Ça n'était pas un problème de col mal dilaté. Son cœur épuisé menaçait de lâcher. Elle ne pouvait plus forcer dessus. Les contractions en perdaient toute efficacité. Et l'enfant, coincé à mi-chemin, commençait à lentement étouffer. Trop tard pour pratiquer une césarienne. Le médecin paniquait.

Soudain, une brusque chute de tension. Nancy

s'évanouit. En un éclair, elle se retrouve « flottant quelque part », comme hors de son corps, dans une nuit d'encre. Et, brusquement, elle *les* aperçoit, qui la cernent de toutes parts. Oh! souvenir mille fois maudit!

Se détachant sur l'ombre, des centaines de petits cercles noir et blanc clignotent autour d'elle – le noir devenant blanc et vice versa. Aussitôt elle *sait :* ces figures se moquent d'elle. Une ironie et une insolence inouïes se dégagent de leurs clignotements.

« Comment cela? demande Ring.

– C'est impossible à expliquer, murmure Nancy, mais j'ai immédiatement compris. Leur message était désespérément clair. Ils me disaient : *Toute ta vie n'est qu'une farce. D'ailleurs, tu n'as jamais existé. Tu as tout juste été autorisée à t'imaginer toi-même, comme une bulle d'air à la surface d'un cloaque. Tu n'es qu'une illusion.* J'argumentai du mieux que je pus. Je déballai tout ce en quoi je croyais, et dont j'étais sûre, pour m'y raccrocher : l'amour, mes parents, mon premier enfant, mon pays... Mais un à un, mes arguments s'écroulèrent sous le regard des cercles sarcastiques. Simplement en clignotant, les monstrueuses figures géométriques démolirent ma vie. Je me sentis irrémédiablement seule. Un désespoir et un chagrin atroces s'emparèrent de moi. De tout ce que j'avais aimé, il ne resta bientôt plus rien.

« Pendant ce temps, le médecin travaillait d'arrache-pied à faire remonter ma tension. Enfin je revins à moi. Ma fille était née. Elle allait extrêmement mal. Pendant les jours qui suivirent, tout le monde crut que c'était à cause d'elle que je faisais cette tête d'enterrement. Mais non. Je savais qu'elle s'en sortirait. C'était moi que je sentais menacée. Le cauchemar m'avait suivie. Les figures continuaient de me ronger de l'intérieur. Je crus ma vie anéantie. »

Au bout de quelques mois, Nancy parvint néanmoins à endiguer l'impression de vide existentiel et à reprendre la routine quotidienne. Jusqu'à cette soirée chez des amis, cinq ans plus tard, en 1966.

Elle est en train de feuilleter nonchalamment un livre de gravures orientales. Soudain elle pousse un hurlement, comme si elle venait de découvrir une tarentule sur ses genoux. Elle laisse tomber l'ouvrage par terre et se lève, livide. Tout le monde se précipite. Elle dit : « Là! Là! » Mais qui peut comprendre? Qui peut décrypter l'horreur de ce qu'elle désigne dans le grand livre oriental? C'est la figure géométrique de sa vision! Le cercle noir et blanc immensément ironique et destructeur! Quel cercle? Le signe chinois du yin et du yang, tout simplement.

Nancy Bush ne l'avait encore jamais vu jusque-là. Sauf lors de son accouchement, bien sûr. Mais il était encore sans nom pour elle. De découvrir que ce signe existe réellement dans la culture humaine, qu'il porte un nom et possède même, apparemment, un statut important glace Nancy de terreur. En une fraction de seconde, le vide se rouvre en elle. Mais c'est bien pis que la première fois : maintenant, ce vide a une légitimité officielle. *C'était donc vrai.* Plus moyen de louvoyer, de se dire qu'après tout il s'agissait d'une hallucination. Quiconque a connu la moindre expérience un peu forte avec des hallucinogènes dribble ce genre de fantôme en un tour de jambe. Mais Nancy est tellement loin de ces pratiques! « C'était donc vrai », répète-t-elle inlassablement.

« Mais qu'est-ce qui était vrai? demande Ring, franchement inquiet maintenant.

– Les existentialistes français avaient raison!

s'écrie Nancy Bush (*sic :* ce sont ses mots) : Sartre, Camus, tous ces Français tristes qui, après la guerre, nous avaient dit que l'absurde était la règle. Ils avaient raison!

— Mais en quoi diable le signe du yin et du yang disait-il cela?

— Vous ne voyez pas? C'est pourtant évident. Les cercles clignotaient : noir-blanc-noir-blanc... Jamais je n'ai connu une si lugubre ironie. Cela signifiait évidemment : vrai-faux-vrai-faux... Tout était vrai et faux à la fois. Donc, tout était vain. On ne pouvait compter sur rien. Donc tout était absurde. C'était la seule chose claire. D'une clarté absolue! Vous ne comprenez pas? Moi si, et ma vie était fichue. Que pouvais-je faire? En parler autour de moi? A mes enfants? Quelle cruauté c'eût été. Non, je me devais de garder ces affres au fond de moi. Définitivement seule. »

Pendant seize ans elle s'est tue. Et la voilà qui se retrouve directrice de l'IANDS! Ring découvre qu'il n'a pas embauché n'importe qui. Les jours passent. Nancy se calme. De parler, pour la première fois, de la NDE de son accouchement — car c'en était incontestablement une — finit tout de même par la soulager. Elle réussit à ne pas tout refouler de nouveau au fond de sa conscience. Le terrible sentiment de l'absurdité de la vie s'en trouve légèrement émoussé. Elle peut à présent le regarder en face sans se mettre à sangloter. Mais de là à partager l'enthousiasme béat de Ring et des autres, pardon! Quels niais!

Le destin aime l'humour noir. Nancy en a vite soupé de l'euphorie de ses nouveaux collègues. Ayant, par le plus grand des hasards, enfin réussi à mettre un nom sur l'expérience douloureuse qu'elle a connue vingt-trois ans plus tôt, elle s'étonne d'être apparemment la seule à mentionner une NDE négative. Quelle histoire! La nouvelle directrice de l'IANDS crie à l'imposture contre ceux qui l'ont engagée! Mais ne caricaturons pas. Que dit Nancy Bush au juste?

« Je crains, me chuchote-t-elle après avoir fermé la porte, que les enquêtes de nos amis n'aient été inconsciemment biaisées dès le départ, et qu'ils n'aient, comme par hasard, trouvé sur le terrain que ce qu'ils étaient partis y chercher : des histoires positives.

– Mais pourquoi les gens, s'ils avaient eu des expériences négatives, ne l'auraient-ils pas dit?

– Mon pauvre, on voit que vous ignorez ce que c'est! Les rescapés qui disent avoir rencontré l'*amour total* ont eux-mêmes beaucoup de mal à en parler (tout le travail de l'IANDS consiste justement à délier leurs langues). Mais lorsque vous avez rencontré l'*absurde total*, c'est mille fois plus difficile, croyez-moi! Vous vendriez votre âme à n'importe qui pour ne plus avoir à en repasser par là! Et aucun enquêteur au monde ne parviendrait à vous en faire parler. »

Nancy Bush échafaude alors devant moi une théorie sur les NDE négatives. Elle me parle de la terrible souffrance que doivent connaître des milliers de gens, depuis qu'ils ont connu cette expérience. Peut-être même des millions, se dit-elle. Si l'institut Gallup a recensé huit millions de NDE très majoritairement positives, pourquoi ne pas supposer qu'il y en ait autant de négatives? N'est-ce pas la loi d'équilibre du positif et du négatif, de leurs fichus yin et yang?

Que peut-on faire pour aider ces malheureux qui ont vu l'absurde et en sont certainement demeurés les prisonniers solitaires et muets? C'est la seule question qui intéresse réellement la nouvelle directrice exécutive de l'IANDS. En une seule et tardive interview, ma longue enquête se retrouve cul par-dessus tête. Et il faut que ce soit la première femme entrée au QG de l'organisation qui provoque ce chambardement!

Ses arguments me touchent. C'est vrai, pourquoi ne rapporterait-on pas de ces voyages à l'orée de la mort davantage de récits cauchemardesques? Pourquoi toujours le calme, la sérénité, l'amour? Pourquoi les différentes statistiques ne rapportent-elles presque jamais de visions négatives? *Le Livre tibétain des morts* lui-même ne parle-t-il pas de bruits abominables et de monstres terrifiants, que l'âme du décédé est certes invitée à ne pas prendre au sérieux, mais qui lui apparaissent quand même bien comme la réalité?

Légère perplexité. Ce vice de forme compromet-il réellement l'ensemble des travaux des chercheurs de l'IANDS? Je vais mettre plusieurs semaines à découvrir une réponse. Etrange réponse.

Par chance (si je puis dire), je tombe sur trois autres cas négatifs. Trois NDE qui, toutes, ont au moins très mal commencé. J'ai raconté la première au commencement de ce livre. C'est celle du vieux médecin de Rotterdam, cardiaque au dernier degré, qui finit par s'éteindre, après des mois de souffrances.

Sa tête s'écroule soudain sur sa poitrine. Il ne respire plus. On le croit mort. Une infirmière lui ferme les yeux. Mais voilà qu'il se redresse sous son drap et s'écrie : « Un crayon, vite, et du papier! »

En lisant le texte de ce rescapé très particulier, je suis frappé par plusieurs similitudes troublantes avec la mésaventure de Nancy Bush. Dans les deux cas, ce sont des figures géométriques rondes, abstraites mais apparemment « vivantes », qui terrorisent le moribond. Surtout : la terreur est chaque fois décrite comme provoquée par l'attitude « infiniment ironique » ou « sarcastique » de ces figures.

Par chance, le docteur Simpson réussit à conserver son sang-froid plus longtemps que Nancy Bush, et à analyser l'expérience. Ainsi raconte-t-il qu'il s'est vu lui-même comme un « cube », et qu'il a immédiatement compris l'intention des sphères qui l'entouraient : elles l'invitaient à devenir comme elles et donc à arrondir ses angles. « C'est cette invitation, écrit-il, qui m'effraya tellement. Ces extraterrestres voulaient que je devienne comme eux. Il n'en était pas question! » Pour lui, le fait de passer de la forme cubique à la forme sphérique aurait clairement signifié abandonner toute humanité, tout ce à quoi il tenait et en quoi il croyait. Il se mit à hurler : « Ne me touchez pas! » comme un dément et ordonna aux *aliens* de s'éloigner. Curieusement, ces derniers lui obéirent. Ils se tinrent à distance. Mais sans abandonner cette attitude narquoise qui lui faisait si peur.

Jusque-là, c'est à peu près la même expérience que celle de Nancy Bush. Contre toute attente, le vieux médecin se remet, lui aussi, à respirer et s'éveille. Va-t-il, à son tour, constater que la terreur l'a suivi jusque dans le monde normal? Non. A l'instant précis où il revient à lui, une lueur lui traverse l'esprit : « En une seconde, écrit-il, j'ai compris mon abominable méprise : ces figures rondes ne m'avaient voulu aucun mal. Elles souriaient, certes, mais ce que j'avais pris pour de l'ironie cruelle n'était, en fait, que gentillesse amusée. » Et le remords du docteur Simpson se transforme en illumination. Il se dit soudain persuadé de l'immortalité de sa conscience. Il avoue sa hâte de revoir les sphères qui lui ont fait si peur...

La seconde NDE négative sur laquelle je tombe, après ma conversation avec la directrice de l'IANDS, m'est racontée par une femme du Minnesota. Elle aussi s'est évanouie au cours d'un accouchement. Même scénario : une grande souffrance, une hémorragie et *hop*! le trou noir. Mais cette fois, pas de figures abstraites. La jeune femme flotte un instant dans un *no man's land* léger et obscur. Puis surgissent deux personnages apparemment « normaux ». Des inconnus souriants qu'elle couvre aussitôt d'injures : de qui se moque-t-on? Où l'a-t-on emmenée? Pourquoi lui sourient-ils de façon si insolente? Et d'abord, où est leur chef? Elle exige qu'on la conduise immédiatement auprès du responsable du lieu. Elle va lui montrer de quel bois elle se chauffe et lui dire combien elle trouve scandaleux d'avoir été conduite, contre son gré, en cet endroit inconnu.

A mesure que sa colère enfle, la jeune femme s'aperçoit que ses cris attirent des tas de « gens ». Ils forment à présent une foule autour d'elle. Et d'un seul coup son emportement vire à la terreur. Pourquoi? Elle comprend qu'elle est en un endroit totalement inconnu et elle voit *un immense amusement luire dans les regards des personnages qui l'entourent. Cet amusement lui est littéralement insupportable.*

Mais la partie négative de l'expérience de la dame du Minnesota s'arrête là. Un personnage très lumineux finit par s'approcher d'elle. Il lui prend la main, et toute sa peur se trouve instantanément dissoute. Ensuite, il la conduit vers une grande cité de lumière... Bref, la dame connaît un cinquième stade particulièrement extatique. Cette double face de sa NDE nous est très précieuse : une véritable pierre de Rosette, un dictionnaire! L'intéressant, c'est la façon dont elle analysera, plus tard, la frayeur survenue au début de sa NDE. Elle dira : « A force d'y repenser, j'ai fini par trouver à quoi cette peur ressemblait : c'était celle du petit enfant qui s'étale de tout son long devant une assistance d'adultes qui éclatent de rire. Les adultes ne pensent pas à mal : un petit bonhomme tombe par terre. C'est comique. Ils rient de bon cœur. Mais, pour peu qu'ils aient des costumes étranges, un drôle d'accent, une allure étrangère, l'enfant va prendre leurs rires pour de l'ironie, puis même pour de la cruauté. D'abord vexé, il va s'affoler, pour sombrer dans une franche terreur : à l'évidence ces inconnus lui veulent le plus grand mal! Eh bien, c'est exactement ce que j'ai ressenti. »

Plus tard, je m'apercevrai qu'un grand nombre de NDE comporte un épisode effrayant. Mais la plupart des *experiencers* qui le mentionnent sont tellement pressés d'en arriver à la partie lumineuse de leur expérience, qu'ils passent sur la négative sans s'y attarder. Chose remarquable : dans rigoureusement tous *ces* épisodes négatifs, l'*experiencer* expliquera sa frayeur par l'« ironie », la « moquerie » ou l'« insupportable sarcasme » de quelque mystérieuse entité. Mais seuls les *experiencers* dont la NDE s'est bien terminée interpréteront rétrospectivement cette « ironie » comme de l'*humour,* voire de la *compassion amusée.* Pour les autres, le sarcasme refusera obstinément de se transformer en humour dans leur mémoire encore tout endolorie.

La quatrième NDE négative appartient à cette dernière catégorie. Un soir, à New York, un type de vingt-cinq ans m'entend parler de mon reportage. Sur le coup, il n'ouvre pas la bouche, alors que tout le monde donne bruyamment son avis sur la vie et la mort et qu'un Français hilare exhibe de son sac un numéro spécial de la revue satirique *Jalons,* intitulé : « Y a-t-il une vie avant la mort? » Plus tard, le hasard me fait retrouver le garçon. Nous allons boire un verre dans un bar. En un visible effort sur lui-même, il finit par me dire : « Je t'ai entendu parler de ton enquête, l'autre soir. Je suis désolé, mais tu te gourres. La mort, je connais. J'ai été opéré une dizaine de fois quand j'étais môme. Un jour, j'ai failli y rester de peu. J'ai vu ce que c'était. »

Il s'arrête de parler, en proie à un visible malaise. Je me demande s'il va poursuivre. Il finit par grommeler : « Je ne vais pas t'en parler. D'ailleurs, je n'en ai jamais parlé à personne.

– Pourquoi ?

– De toute façon, c'est impossible. C'est indicible. Je ne *peux* pas en parler... Et puis j'ai eu trop de mal à enfouir cette histoire sous une trappe pour avoir envie de... Le simple fait de la raconter me la ferait instantanément revivre. Tout ce que je voulais te dire, c'est que tu te trompes, c'est tout. Ce qui nous arrive au moment de la mort est horrible. Voilà. »

Impossible d'insister. Il a l'air trop mal. Pourtant, je bous de curiosité. Nous parlons d'autre chose. Puis, par petites touches, il y revient de lui-même. A la fin, je comprends ceci : en cours d'opération, une grave hémorragie a failli le tuer. Il s'est retrouvé « flottant comme hors de son corps », dans un espace obscur où soudain une force magnétique colossale s'est emparée de lui. « Comme un courant de trois cent mille volts. » Cette force le faisait vibrer frénétiquement, le long d'un immense huit imaginaire.

Je demande : « Tu souffrais physiquement ?

– Bien pis. J'avais peur. Une peur atroce. »

Cette peur est, à l'évidence, restée très vivante en lui. Il éprouve les plus grandes difficultés à la décrire. L'idée même de s'y essayer le terrorise. Il finit tout de même par murmurer : « Tu ne peux pas comprendre. Cette espèce de force magnétique me maintenait sur le fil d'un rasoir. A vrai dire, le huit imaginaire *était* le fil d'un rasoir. Et moi, je passais d'un côté, de l'autre, d'un côté, de l'autre... C'était affreux.

– Mais pourquoi était-ce si effrayant?

– J'étais à la fois maintenu en place et sans cesse menacé de tomber. Et, de chaque côté, je voyais bien que c'était le vide. Le néant. Tu ne peux pas comprendre.

– Et ce huit, avait-il une personnalité?

– Que veux-tu dire?

– Il dégageait quelle ambiance, quelle émotion?

– Affreux. On aurait dit que ça le faisait marrer.

– Et toi, tu réagissais comment?

– Je te l'ai dit : j'ai lutté comme un fou jusqu'au bout. »

Cette dernière rencontre m'éclaire grandement. Lorsque je revois Nancy Bush, je lui dis qu'elle a raison : il doit y avoir, de par le monde, un certain nombre de NDE négatives. Loin de dissoudre la peur de la mort, comme le font les NDE positives, celles-ci l'accentuent, au contraire. Et je pense comme elle. Il faut absolument en tenir compte dans les spéculations ultérieures, et chercher un moyen d'aider ces rescapés malheureux.

Les quatre expériences négatives que je viens de décrire me font penser à des sortes d'impasses à l'intérieur du premier stade de la grille de Ring. Dès le début de la « sortie hors du corps », l'ego (l'image du Moi) se crispe, il veut garder le contrôle, comme si la pesanteur régnait toujours. Un cauchemar commence alors. Le mourant ne passe même pas au second stade (celui où il verrait son corps étendu). Il demeure bloqué dans une impasse et se met à jouer au punching-ball avec lui-même. Comme si la fameuse et colossale force de la

Kundalini, une fois libérée, se retournait contre elle-même.

Découverte essentielle.

Pourtant, il me semble impossible d'attribuer à cette impasse, ou à ce blocage en stade un, l'importance théorique des cinq stades décrits par Ring, Moody ou Sabom.

« Théorique peut-être! s'exclame Nancy Bush, mais moi, c'est la pratique qui m'intéresse! Le reste je m'en fous. Et en pratique, je crains que Ken Ring et les autres ne se laissent embarquer dans des hypothèses trop angéliques. »

Elle a l'air franchement soucieuse. Je voudrais la faire sourire : « Tout de même, vous ne trouvez pas bizarre que toutes les expériences négatives reposent sur une " ironie " s'exerçant contre des individus qui disent s'être entêtés à vouloir contrôler la situation jusqu'au bout? Et que cette " ironie " se transforme instantanément en " humour " dans les récits de ceux qui ont fini par lâcher prise, vous ne trouvez pas ça amusant? »

Elle fait une horrible grimace : « Parce que vous, vous trouvez ça amusant, peut-être? »

Elle a vraiment l'air consternée. J'éclate de rire. Enfin quoi? En 1961, au cours d'un accouchement épouvantable, elle s'est vue cernée par des « cercles yin et yang » moqueurs. Et vingt-trois ans plus tard elle en tremble encore? Sans pouvoir en rire? Le tableau est d'autant plus drôle que Nancy est assise sous un panneau de liège où l'on a épinglé une dizaine de dessins humoristiques parus dans la presse à propos des NDE. Du genre : le patient sort de son corps flapi et fait un pied de nez au médecin furicux, qui lui tend vainement la facture. Ou bien le patient « hors de son corps » s'amuse comme un gosse au plafond de la salle d'opération, et le chirurgien lui demande : « Bon, décide-toi, Joe, qu'est-ce qu'on fait? Tu redescends ou j'annonce que t'es mort? »

Je rappelle à Nancy ces dessins dans son dos. Elle se retourne et dit : « Moi, c'est celui-ci que je préfère » – deux types immobiles le long d'une route, la nuit, sous la neige, le premier demande au second : « Qui nous dit que nous ne sommes pas au fond du filet à provisions de quelqu'un? »

« Oui, qui nous dit? répète Nancy plusieurs fois avec un sourire désarmant, qui nous dit? »

Les chercheurs de l'IANDS avaient grand besoin de Nancy Bush. Il leur fallait une mamma, à tous ces gamins surexcités par leurs trouvailles de méta-physique-fiction. Une vraie mamma, à la fois aventureuse et inquiète. Terriblement inquiète, depuis son second accouchement.

ÉPILOGUE

LA FRANCE S'ÉVEILLE

Si l'on s'était amusé à écrire, en Europe, en 1970, qu'un vaste mouvement clinique de redécouverte de l'agonie et de la mort venait de se lever à l'Ouest, on se serait vraisemblablement fait rire au nez. L'Europe a quinze ans de retard (je parle évidemment de la masse, dont je suis). Sans doute est-ce le temps que mettent les vagues de fond pour traverser l'océan. Aujourd'hui, on peut s'avancer sans grand risque : l'affaire a pris une telle ampleur outre-Atlantique qu'on peut difficilement se tromper. On a comptabilisé cent cinquante mille cours, ateliers, séminaires, conférences sur l'écoute des mourants en 1980 aux Etats-Unis. On n'en comptait pas un seul en 1965. J'en ai relevé une vingtaine en France en 1985. Combien dans cinq ans?

Pas de bluff : l'écrasante majorité des médecins américains demeure, si j'ose dire, classiquement moderne. C'est-à-dire *années trente* : à l'âge de la découverte de la pénicilline. Grands coups de trompette : les antibiotiques ont sauvé des millions de vies humaines. Rien à dire. On s'incline. La psyché, l'esprit, l'âme? « Du baratin », disent-ils. Mais quelle importance? La vague dont nous parlons ne conduit de toute façon jamais en arrière – Ô bonne pénicilline! – mais, encore une fois, à illuminer la réalité de l'intérieur.

Les infirmières (incluons bon nombre d'aides-soignantes) constituent la véritable armée du mouvement Death and Dying. Ce sont elles qui vont au charbon. Souvent de nuit. C'est au petit jour que l'on meurt. Et le jeune interne de service n'a pas avec le malade les mêmes liens que celle qui le déshabille, le lave, dans certains cas le torche tous les jours. Or, pour celui qui meurt, c'est évidemment ceci qui compte d'abord : comment on traite son corps. C'est exactement la même chose avec le nourrisson. Il faut d'abord que sa mère le touche, le caresse, le lave et lui transmette par la peau, de sueur à sueur, tout l'amour qu'elle a pour lui. Pareil, donc, pour le mourant. Sauf qu'avec lui ça ne se présente pas comme une partie de plaisir! Mais le contact se fait plus vite. Une main touche son bras et il réagit. Qu'une infirmière le masse trente secondes, souffle sur sa douleur, l'aide à y pénétrer pour en détendre le pourtour, lui administre une dose convenable d'analgésique qui ne l'anéantisse pas trop, ou accepte de le changer avant l'heure (parce qu'il s'est encore pissé dessus), il réagira formidablement. Même si cela ne se voit pas du dehors, parce qu'il a trop mauvaise mine. Juste deux mots dans un sourire, il s'embrase.

Déjà, pourtant, on quitte le physique pur. C'est la seconde priorité : après le confort physique, il faut lui communiquer des émotions chaudes. Emotionnellement, le malade le plus atteint ressent toutes les vibrations de son entourage. Les preuves abondent. Un mot d'espoir et la vie reprend en lui. La présence d'une personne anxieuse, en revanche, même si elle mime la bonne humeur, fait redoubler le mal. Et l'époux haineux en visite auprès de sa femme très malade pourrait même la tuer à distance, sans dire un mot. Comme ça, du dehors. On ne se serait rendu compte de rien, puisqu'elle était dans le coma.

Hein? On pourrait communiquer avec un comateux? Il semble que oui. Parler tous les jours à une personne dans le coma pourrait l'aider à guérir – ou à mourir. Une sorte de télépathie émotionnelle s'établirait, dit-on, de cœur à cœur. Depuis la nuit des temps, des infirmières ont su cela. Seulement, voilà : pendant des siècles, elles étaient aussi bonnes sœurs. Et après les soins, elles priaient, le plus naturellement du monde. Entrer en communication avec les « âmes » des comateux était alors dans la nature des choses. Elles n'avaient pas besoin de connaître l'*ordre impliqué par la mécanique quantique* pour oser le faire. On se passait de justification scientifique.

Puis, lentement, l'environnement s'est sécularisé. Les médecins, les chefs, se sont mis à faire faux bond. Sous une apparente sollicitude, ils ont soufflé aux infirmières : « Continuez, petites sœurs, à veiller les mourants. Mais ne comptez pas trop sur nous pour nourrir vos tête-à-tête.

« La prière? (Ils se sont mis à rire) : Abracadabra – c'est du charabia. Les moribonds racontent qu'ils sortent de leurs corps? Délire! Piqûre! Endormez-les! Faites *oui* de la tête si vous voulez, mais, de grâce, petites sœurs, n'en croyez rien! »

Les médecins une fois « aseptisés », les infirmières se sont retrouvées extrêmement seules. Pourtant, elles continuèrent d'assumer. *Passeuses*, quoi qu'il en coûte. Il fallait bien. Plus que jamais, les humains mouraient dans les hôpitaux et les hospices. Pendant de longues nuits, les infirmières continuèrent de recueillir – mais de plus en plus clandestinement – de petites constatations désormais « absurdes ». Bien sûr, de gros blocages surgirent.

Face à la mort de leurs patients, certaines jeunes infirmières connurent des terreurs monstrueuses. Pourquoi auraient-elles été mieux armées que leurs contemporains? Et les plus expérimentées y perdaient leur latin. Comment expliquer que certains malades soient si faciles et d'autres si épouvantables? Les phases psychologiques de l'agonie sont tellement complexes et vicieuses!

Pour les infirmières qui s'occupent de « malades terminaux », le mouvement Death and Dying a vraiment représenté un début de libération. Parmi celles que j'ai interrogées, toutes les infirmières qui avaient suivi les recherches d'Elisabeth Kübler-Ross m'ont dit en avoir tiré un immense bénéfice. EKR a donné des conférences dans des centaines d'écoles d'infirmières américaines, canadiennes, anglaises, allemandes, néerlandaises, suisses. L'organisation Shanti Nilaya a développé tout un programme d'enseignement pour le personnel soignant. Sur cent personnes qui assistent aux séminaires *Vie, mort et transition*, on trouve trente infirmières (ou aides-soignantes). Une bonne partie de cet enseignement est consacrée au maniement des calmants et des analgésiques. La lutte contre la douleur a fait des progrès remarquables, même si l'on élimine d'emblée les produits qui sabotent la lucidité. Ces potions très efficaces sont essentiellement à base de morphine. Avalées avec un sirop sucré et des anti-vomitifs toutes les quatre heures, elles sont destinées à combattre la douleur avant même que celle-ci n'apparaisse, sans supprimer la lucidité.

Mais beaucoup de ces infirmières vont plus loin. Rares sont, parmi les plus âgées, celles qui n'ont jamais entendu parler de « voyages » étranges, sur les rives de la mort. Le plus souvent, elles n'ont pas su quoi répondre aux rescapés qui leur tiraient la blouse avec un air de supplication : « Vous me croyez, n'est-ce pas? »

Aujourd'hui, ces femmes ont nettement moins de problèmes. Elles savent qu'on peut aider les *experiencers*. Partant du livre de Moody, on a même vu des écoles américaines d'infirmières donner des cours sur les NDE. Au séminaire *Vie, mort et transition*, j'ai été frappé d'entendre, le dernier jour, les revendications des plus radicales des jeunes infirmières : elles réclamaient non seulement la limitation de l'acharnement thérapeutique et des analgésiques abrutissants, mais le libre accès aux mourants et la possibilité, officiellement reconnue, de dialoguer avec eux. Mieux : elles voulaient que soit proclamée l'obligation impérative de respecter les cadavres pendant les deux ou trois jours suivant le décès, et le droit imprescriptible de poursuivre le dialogue avec le mort pendant ce laps de temps.

Les esprits conservateurs s'étranglent : parler aux comateux, passe encore, mais aux morts! Ces infirmières d'un nouveau genre vous citent alors bravement *Le Livre tibétain des morts*, ou *le Livre égyptien*, ou l'*Ars Moriendi* du Moyen Age chrétien. Toute une culture populaire renoue avec ses traditions. En réalité, c'est bien *la* tradition qui est en train de réémerger, sous une forme inédite. D'étranges livres d'accompagnement font leur apparition. Le plus audacieux de ces livres s'intitule *The New American Book of the Dead* (« Le Nouveau Livre américain des morts ») : des « accompagnateurs » du Nevada – dont plusieurs médecins – ont traduit, sous ce titre, *Le Livre tibétain* en langage moderne. La première partie est un traité d'apprentissage du détachement, à pratiquer tous les jours, même en bonne santé : exercices de respiration, de visualisation, d'écoute, de méditation, et même de « sortie hors du corps ». La seconde partie est un guide à lire au mort pendant les sept semaines qui suivent son décès. Les sept semaines symboliques, durant lesquelles (selon la Tradition) il voyagera au royaume de la compassion pure, et où, par trois fois, il verra la « claire lumière » et aura la possibilité de se fondre en elle. Plus le temps passera, dit toujours la Tradition, plus le voyageur aura du mal à résister à l'attraction des « ternes lumières » de la réincarnation. Pourtant, jusqu'au dernier moment, jusqu'au quarante-neuvième jour, c'est-à-dire la quarante-neuvième épreuve (la « quarante-neuvième chambre », dit le livre américain, imitant la terminologie égyptienne), l'âme en transition conservera sa chance d'échapper au cycle des réincarnations. Comment? En établissant le contact avec l'ange régnant sur la *chambre* du jour, et en lui demandant son aide (là, les Yankees s'en sont donné à cœur joie en faisant de larges emprunts à la Tradition juive). L'essentiel de la leçon du livre américain tient cependant dans son introduction, rédigée par John Lilly, ami célèbre des dauphins. Le but de la vie, dit en substance Lilly, est d'apprendre à distinguer les grandes coïncidences des petites. Les grandes coïncidences, ce sont tous les grands moments de votre existence, ceux que vous citeriez dans une biographie : grandes rencontres, grands choix, grandes victoires et grandes défaites. Eh bien! s'esclaffe Lilly, toutes ces « grandes » choses-là ne sont pas décidées par vous. Cessez donc d'en être fier ou honteux. Des *petites* coïncidences en revanche, petites rencontres, petits gestes, petites victoires, petites défaites, de celles-ci, oui, vous pouvez vous tenir responsable. C'est par elles que vous pourriez vous arracher au sommeil et vous fondre dans la lumière.

Il faudrait un très gros annuaire pour recenser toutes les organisations anglo-saxonnes qui s'occupent aujourd'hui des mourants. Certaines, comme la Hanuman Foundation de Baba Ram Dass (ex-Richard Alpert) et Stephen Levine, installées à Taos, (Nouveau-Mexique), allient l'enseignement de Kübler-Ross et celui des sages tibétains ou hindous. D'autres, tel le célèbre Saint Christopher's Hospice de Cicely Saunders, à Londres (où l'on a découvert ces potions très efficaces pour lutter contre la douleur sans estomper la lucidité), restent plus discrètes sur leurs évidentes convictions spirituelles ou religieuses. Toutes se reconnaissent cependant dans l'idée d'euthanasie. Mais attention aux contre-sens! Euthanasie signifie *mort douce. Les humains doivent de nouveau s'aider les uns les autres à connaître une mort douce.* Mais je n'ai pas rencontré une seule personne, ayant réellement travaillé avec les mourants, qui m'ait dit : « La solution la plus sage et la plus bénéfique consiste à *choisir* (pour soi-même ou pour un autre) le moment final. »

Tabou du suicide? Pour qui a réellement compris ce que signifiaient les phases psychologiques de l'agonie, et la possibilité pour l'individu de « se purger de sa négativité » avant de mourir, le désir de suicide risque fort d'apparaître comme une étape intermédiaire. Un élan inabouti. Une soif masquée. Or la question est justement de décoller sans masque. Le vieillard, ou le grand malade qui, réellement, n'en peut plus de souffrance, mais dont le corps refuse « absurdement » de mourir, a peut-être un « travail à achever », comme dit Kübler-Ross. Un « coup de main » de la part d'un personnel hospitalier entraîné au *travail euthanasique*, pourrait immensément aider non pas à achever le moribond, mais à le libérer du nœud psychologique qui bloque. Et donc à lui permettre de mourir, enfin libre.

Mon enquête sur le mouvement *Death and dying* aux Etats-Unis s'est achevée le 7 février 1984. Le 8 je suis de retour à Paris. Le 9 je tombe, dans *le Monde*, sur un article intitulé « Accompagner le mourant », signé par deux médecins français : les docteurs Michèle Salamagne et Renée Sebag-Lanoé. Deux femmes! La première est chef du département d'anesthésie à l'hôpital de La-Croix-Saint-Simon (Paris), la seconde, chef de service de long et moyen séjour à l'hôpital Paul-Brousse (Villejuif). Quelques jours s'écoulent, et j'apprends l'existence d'un nouveau service d' « accompagnement des mourants », à l'hôpital Cognacq-Jay, dans le XVe arrondissement. Je m'y rends et fais la connaissance du docteur Anne du Pontavice. Cette ancienne infirmière a décidé de commencer sa médecine à trente-huit ans parce qu'on lui interdisait de s'occuper des mourants de son service. Elle a été « initiée » auprès d'Elisabeth Kübler-Ross. Mais voici qu'on m'écrit de Marseille, où le docteur Françoise Rozan-Lbath vient de passer sa thèse sur « la mort et son image pour le mourant ». Quelque temps plus tard m'arrive un petit livre des éditions Doin, intitulé *L'Accompagnement du mourant en milieu hospitalier* : un assemblage (destiné aux médecins) de conseils cliniques (et particulièrement pharmaceutiques), et de visions tibétaines. L'auteur est une femme, le docteur Blandine Beth, qui, bien que très jeune encore, a déjà travaillé : auprès de mère Teresa au mouroir de Kali Gath en Inde, auprès de Cicely Saunders à Londres, auprès du docteur Renée Sebag-Lanoé à Paul-Brousse, auprès du docteur Michèle Salamagne, enfin, à La-Croix-Saint-Simon.

Je suis estomaqué, et ravi. L'Europe et la France sont donc bel et bien touchées! Et là encore, le mouvement est clairement mené par des femmes. Bien sûr, on trouve aussi des hommes – c'est ainsi que je rencontre, par exemple le docteur Xavier Feintrenie, de Nancy, au stage de « préparation à l'écoute des mourants » organisé par Tan Nguyen au Centre Source, à Paris. Ou le psychologue Léo Matos à l'Université holistique de Monique Thoenig (Matos anime un admirable séminaire – très chamanique – sur le suicide). Des amis m'envoient la brochure du mouvement *Espoir et harmonie*, qui me fait aussitôt penser à Shanti Nilaya. Au gouvernement, le ministre socialiste Edmond Hervé nomme une cellule de réflexion sur l'accompagnement des mourants. C'est une révolution qui se prépare. Le « terrain » résiste d'abord un peu, mais au printemps 1986, les choses s'accélèrent brusquement. J'apprends que le réalisateur de télévision Bernard Martino est en train de tourner, avec le journaliste médical Marc Horwitz, une série de quatre heures intitulée *Voyage au bout de la vie*. On doit y voir Kübler-Ross et Grof, mais surtout des Français, en particulier René Schaerer, professeur de cancérologie à Grenoble et fondateur du mouvement J.A.L.M.A.L.V. (jusqu'à la mort accompagner la vie). Un rapide contact m'indique que ce mouvement se développe dans plusieurs autres villes. Et la liste s'allonge. Une amie me parle de l'infirmière Chantal Haegel, très active dans l'*Association pour le développement des soins palliatifs*, où l'on commence à former des volontaires (non soignants) à l'accompagnement. Côté gouvernemental, la libérale Michèle Barzac remplace bientôt le socialiste Edmond Hervé au ministère de la Santé, mais la volonté de développer l'accompagnement semble vouloir se poursuivre. Plusieurs unités de soins palliatifs devraient s'ouvrir d'ici peu, en particulier dans le service du docteur Abiven, à l'hôpital universitaire de Paris. Aux quatre coins de la France s'ouvrent ateliers, séminaires et groupes d'entraide...

Je ne vois pas ce qui pourrait arrêter le mouvement. Les Français, à leur tour, ne veulent plus mourir idiots. La voie s'ouvre jusqu'en notre propre jardin. L'espoir en l'homme peut refleurir sur les tombes. Et l'éblouissement du dimanche matin, enfin, de nouveau, nous faire chanceler de joie.

RÉFÉRENCES DES CITATIONS

1. BARDO-THÖDOI, *Le Livre tibétain des morts*, présenté par Lama Anagarika Gorinda, collection Spiritualités vivantes, 1981, Albin Michel.

2. *Life at death*, de KENNETH RING, 1980, Coward McCann & Geoghegan, New York, traduit en France sous le titre *Sur la frontière de la vie*, Laffont.

3. *Notizen über den Tod durch Absturz* (Notes sur la mort par chute) d'ALBERT HEIM, 1892, Zurich.

4. *Ecrit orphique* mentionné par Simone Weil dans *la Source grecque*, 1953, collection *Espoir* (Gallimard).

5. *L'Evolution créatrice*, d'HENRI BERGSON, 1941, P.U.F.

6. Passage de la *Correspondance d'Einstein* cité par Ajit Mookerjee dans *Art Yoga*, 1975, Les Presses de la Connaissance, Paris.

7. Passage de *A la Recherche du Temps perdu* de MARCEL PROUST, cité par IVAR EKELAND dans *Le Calcul, l'imprévu*, 1984, Seuil.

8. Voir note 2.

9. Voir note 1.

BIBLIOGRAPHIE

ARIÈS PHILIPPE : *Essais sur l'histoire de la mort en Occident du Moyen Age à nos jours*, 1975, le Seuil.
L'Homme devant la mort, 1977, le Seuil.

BECKER ERNEST : *The Denial of Death*, 1973, The Free Press, Macmillan Publishing Co. Inc., New York.

BETH BLANDINE : *l'Accompagnement du mourant en milieu hospitalier*, 1985, Doin éd., Paris.

BIANU ZENO : *Les Religions et... la Mort*, 1981, Ramsay.

BOHM DAVID : *Wholeness and the Implicate Order*, 1981, Routledge & Kegan Paul Ltd, Londres.

BUDGE WALLIS : *The Egyptian Book of the Death*, 1895-1967, Dover Publications Inc., New York.

FLAMMARION CAMILLE : *Après la mort*, 1922, Flammarion, 1976, J'ai Lu.

FOOS-GRABER ANYA : *Deathing, an Intelligent Alternative for the Final Moments of Life*, 1984, Addison-Wesley Publishing Company, Reading, Massachusetts.

FREUD SIGMUND : *L'Interprétation des rêves*, 1900; 1971, P.U.F.
Totem et Tabou, 1913; 1967, Payot.
Métapsychologie, 1928; 1958, Idée, Gallimard.
Malaise dans la civilisation, 1930; 1970, Revue française de Psychanalyse, numéro 1.

Gallup George Jr. : *Adventures in Immortality,* 1982 McGraw-Hill, New York.

Gill Derek : *Quest, the Life of Elisabeth Kübler-Ross,* 1980, Harper & Row.

Grof Stanislas : *La Rencontre de l'homme avec la mort* (en collaboration avec Joan Halifax), 1976; 1982, éditions du Rocher.
Royaumes de l'inconscient humain, 1975; 1983, éditions du Rocher.
Psychologie transpersonnelle, 1984, éditions du Rocher.

Huxley Aldous : *Ile,* 1962, Plon.

Kübler-Ross Elisabeth : *On Death and Dying, What the Dying have to teach Doctors, Nurses, Clergy and their own Families,* 1969, MacMillan Publishing Company. En traduction française : *Les Derniers Instants de la vie,* 1975, Labor et Fides, Genève.
Questions and Answers on Death and Dying, 1974, MacMillan Publishing Company.
Death, Final Stage of Growth, 1975, Prentice Hall International, Engelwood Cliffs.
Working it Through, avec des photos de Mal Warshaw, 1982, Macmillan Publishing Company.
On Children and Death, 1983, MacMillan.

Levine Stephen : *Who dies ? An Investigation of Conscious Living and Conscious Dying,* 1982, Anchor Book, New York.

Lilly John : *Simulations of God : the Science of Belief,* 1973. En traduction française : *Les Simulacres de Dieu, vers une science du croire,* 1984, Editions du groupe Chamarande.
New American Book of the Dead, 1981, IDHHB Publishing po Box 370, Nevada City, ca 95959.

Malz Betty : *My Glimpse of Eternity,* 1977, Chosen Book, Waco, Texas.

Misraki Paul : *L'Expérience de l'après-vie,* : 1974, Laffont.

442

MOODY RAYMOND A. JR. : *Life after life*, 1975, Mockingbird. En traduction française : *La Vie après la vie*, 1976, Laffont.
Reflections on Life after Life, 1977, Mockingbird/Bantam. En traduction française : *Lumières nouvelles sur la vie après la vie*, 1978, Laffont.
Guérissez par le rire, 1980, Laffont.

OSIS KARLIS : *At the Hour of our Death, the Results of Research on over 1000 Afterlife Experiences* (en collaboration avec Erlendur Haraldsson), 1977, Avon, Books, New York.

PRIBRAM KARL : *Languages of the Brain, Experimental Paradoxes and Principles in Neuropsychology*, 1971, Brooks/Cole, Monterey; California.

RANK OTTO : *Le Traumatisme de la naissance*, 1924, Payot.

RENARD HÉLÈNE : *L'Après-vie, croyances et recherches sur la vie après la mort*, 1985, Philippe Lebaud, Paris.

RING KENNETH : *Life at Death, 1980, Coward McCann.* En traduction française : *Sur la frontière de la vie*, 1982, Laffont.
Heading toward Omega, in Search of the Meaning of the Near-Death Experience, 1984, William Morrow and Co, NY.

SABOM MICHAEL B. : *Recollection of Death, a Medical Investigation, 1982*, Harper & Row, New York. En traduction française : *Souvenirs de la mort*, 1982, Laffont.

SATPREM : *La Vie sans mort* (en collaboration avec Luc Venet), 1985, Laffont.

SAUNDERS CICELY : *La vie aidant la mort*, 1985, Medsi, Paris (traduit par Michèle Salamagne).

SEBAG-LANOÉ RENÉE : *Mourir accompagné*, 1986, Desclée de Brouwer.

SHELDRAKE RUPERT : *A New Science of Life*, 1981, Blond & Briggs, Londres. En traduction française : *Une nouvelle science de la vie,* 1985, éditions du Rocher.

STEINER RUDOLF : *La Mort, métamorphose de la vie,* 1918; 1984, éditions Triades, Paris.

VESPIEREN PATRICK : *Face à celui qui meurt,* 1984, Desclée de Brouwer (l'un des nombreux ouvrages d'un prêtre resté accompagnateur).

VOVELLE MICHEL : *La Mort et l'Occident, de 1300 à nos jours,* 1983, Gallimard.

QUELQUES ADRESSES

● *Association pour le développement des soins palliatifs* (entre autres : formation de volontaires), 66, rue Boissière, 75116, tél. : 45.01.27.57.

● *Harmonie et espoir* (médecines alternatives et accompagnement), 5, rue Olivier-Noger, 75014, tél. : 45.45.48.00.

● *Ecoute cancer,* tél. : 45.02.15.15.

● *Centre Source :* (qui propose toute une série d'ateliers et de séminaires, avec des médecins, des scientifiques et des lamas tibétains), 95, bd Magenta, 75010, tél. : 42.46.12.86.

● *Jusqu'à la mort accompagner la vie :* 12, rue Montorge, 38000 Grenoble, tél. : 76.47.76.60.

Table

DU MÊME AUTEUR

En collaboration avec Jean-François Bizot et Léon Mercadet :
AU PARTI DES SOCIALISTES, Grasset, 1975.

En collaboration avec Jean Puyo :
VOYAGE A L'INTÉRIEUR DE L'ÉGLISE CATHOLIQUE, Stock, 1977.
SACRÉ FRANÇAIS, Stock, 1978.

IMPRIMÉ EN FRANCE PAR BRODARD ET TAUPIN
Usine de La Flèche (Sarthe).
LIBRAIRIE GÉNÉRALE FRANÇAISE - 6, rue Pierre-Sarrazin - 75006 Paris.

ISBN : 2 - 253 - 04192 - 0   ✠ 30/6358/3